L'INVINCIBLE FORTERESSE

Du même auteur
aux Éditions J'ai lu

GEORGE R. R. MARTIN

L'INVINCIBLE FORTERESSE

LE TRÔNE DE FER - 5

TRADUIT DE L'AMÉRICAIN
PAR JEAN SOLA

Titre original :
A CLASH OF KINGS
(troisième partie)

À John et Gail,
avec qui j'ai tant de fois partagé le pain et le sel

PRINCIPAUX PERSONNAGES

Maison Targaryen (le dragon)

Le prince Viserys, prétendant « légitime » au trône de Fer, en exil à l'est depuis le renversement et la mort de ses père, Aerys le Fol, et frère, Rhaegar

La princesse Daenerys, sa sœur, épouse du Dothraki Khal Drogo

Maison Baratheon (le cerf couronné)

Le roi Robert, dit l'Usurpateur

Lord Stannis, seigneur de Peyredragon, et lord Renly, seigneur d'Accalmie, ses frères

La reine Cersei, née Lannister, sa femme

Le prince héritier, Joffrey, la princesse Myrcella, le prince Tommen, leurs enfants

Maison Stark (le loup-garou)

Lord Eddard (Ned), seigneur de Winterfell, Main du roi

Benjen (Ben), chef des patrouilles de la Garde de Nuit, son frère, porté disparu au-delà du Mur

Lady Catelyn (Cat), née Tully de Vivesaigues, sa femme

Robb, Sansa, Arya, Brandon (Bran), Rickard (Rickon), leurs enfants
Jon le Bâtard (Snow), fils illégitime officiel de lord Stark et d'une inconnue

Maison Lannister (le lion)

Lord Tywin, seigneur de Castral Roc
Kevan, son frère
Jaime, dit le Régicide, frère jumeau de la reine Cersei, et Tyrion le nain, dit le Lutin, ses enfants

Maison Tully (la truite)

Lord Hoster, seigneur de Vivesaigues
Brynden, dit le Silure, son frère
Edmure, Catelyn (Stark) et Lysa (Arryn), ses enfants

CATELYN

« En lui annonçant mon départ, dis-lui qu'il s'enorgueillira de m'avoir pour fils. » Un bond le mit en selle, seigneurial en diable avec sa maille étincelante sous l'ocre et bleu de son vaste manteau. Identique à celle de son bouclier, une truite d'argent lui faîtait le heaume.

« Père a toujours été fier de toi, Edmure. Et il t'aime passionnément. Sache-le.

— J'entends fournir à son affection des motifs supérieurs à ceux de la simple naissance. » Il fit volter son destrier, leva une main, les trompettes sonnèrent, un tambour se mit à battre, le pont-levis s'abaissa par à-coups et, finalement, ser Edmure Tully sortit de Vivesaigues à la tête de ses hommes, lances au clair, bannières déployées.

Ton ost est peu de chose auprès du mien, frère, se dit-elle en le regardant s'éloigner. *Un ost formidable de doutes et de peurs...*

À son côté, presque palpable était la détresse de Brienne. Catelyn avait eu beau lui faire tailler des vêtements sur mesure et l'atourner de robes aussi séantes à son sexe qu'à sa naissance, la chevalière n'en persistait pas moins à préférer s'empaqueter de maille et de cuir bouilli, taille sanglée par un ceinturon. Certes, elle aurait été plus heureuse de partir guerroyer botte à botte avec les autres, mais il fallait bien des épées pour tenir Vivesaigues, tout puissants qu'en étaient les murs. Edmure avait emmené aux gués tous les hommes valides, ne laissant sous les ordres de ser Desmond Grell qu'une garnison composée de blessés, de vétérans, de malades, ainsi que d'une poignée d'écuyers et de petits rustres encore effarés de leur puberté et sans expérience des armes. Ce pour défendre un château bondé de marmaille et de bonnes femmes... !

Une fois que le dernier fantassin se fut engouffré sous la herse, Brienne demanda : « Et maintenant, madame, qu'allons-nous faire ?

— Notre devoir. » Les traits crispés, elle entreprit de retraverser la cour. *J'ai toujours fait mon devoir*, songeait-elle. De là venait peut-être la prédilection que lui avait invariablement marquée Père. La mort au berceau de ses deux frères aînés avait fait d'elle, jusqu'à la naissance d'Edmure, autant le fils que la fille de lord Hoster. Et, après la disparition de Mère, le rôle de dame de Vivesaigues lui était échu, qu'elle avait assumé de même. Enfin, lorsque Père l'avait promise à Brandon Stark, elle avait exprimé toute la gratitude que méritait le choix d'un parti si brillant.

Brandon reçut de moi le droit de porter mes couleurs, et Petyr aucune consolation de ma part après sa blessure ni le moindre adieu lors de son renvoi. Et lorsque, après le meurtre de Brandon, je me vis enjoindre d'épouser son frère, je m'inclinai de bonne grâce, tout inconnu qu'il m'était jusqu'au visage avant le jour même des noces. Et c'est à cet étranger compassé que, toujours par devoir, je donnai ma virginité avant de le laisser rejoindre et sa guerre et son roi et la femme qui portait déjà son bâtard. Par devoir toujours.

Ses pas la guidaient vers le septuaire. Sis au sein des jardins de Mère et chatoyant d'irisations, le temple heptagonal de grès se révéla comble quand elle y pénétra ; son besoin de prier n'était partagé que par trop de gens. Elle s'agenouilla devant l'effigie de marbre polychrome du Guerrier et alluma deux cierges odorants, l'un pour Edmure, le second pour Robb, là-bas, par-delà les collines. *Préserve-les, aide-les à vaincre*, implora-t-elle, *procure la paix aux âmes des morts et le réconfort à ceux qu'elles abandonnent ici-bas.*

L'entrée du septon muni du cristal et de l'encensoir la surprit dans ses oraisons et l'incita à suivre l'office. À peu près de l'âge d'Edmure et d'aspect austère, ce religieux qu'elle ne connaissait pas célébrait avec l'onction requise, et il entonna les laudes des Sept d'une voix chaude et flexible, mais la nostalgie envahit Catelyn des chevrotements ténus de septon Osmynd, mort depuis longtemps. Osmynd aurait essuyé patiemment le récit de ce qu'elle avait vu, ressenti sous le pavillon de Renly, peut-être même aurait-il su lui expliquer ce que tout cela signifiait, lui indiquer comment conjurer les ombres qui arpentaient ses rêves. *Osmynd, Père, Oncle Brynden, le vieux mestre Kym, eux semblaient toujours tout savoir mais, maintenant que me voici réduite à moi-même, j'ai l'impression de ne rien savoir, pas même ce que je dois. Comment accomplir mon devoir, quand j'ignore en quoi il consiste ?*

Au moment de se relever, l'ankylose de ses genoux lui confirma crûment le sentiment de n'être pas plus avancée. Peut-être irait-elle, ce soir, dans le bois sacré, prier aussi les dieux de Ned. Des dieux plus anciens que les Sept.

À l'extérieur, chants d'un tout autre genre... Non loin de la brasserie, le timbre profond de Rymond le Rimeur charmait un cercle d'auditeurs par la geste de lord Deremond à la Prairie Sanglante :

Et là se dressait-il, dernier des dix Darry,
L'épée au poing...

Brienne s'arrêta pour écouter, voûtée de toute sa carrure et ses gros bras croisés sur la poitrine. Une bande de gamins en loques passa en courant, telle une volée perçante de triques et de cris. *D'où vient aux garçons cette passion effrénée de jouer à la guerre ?* se demanda Catelyn. *De Rymond et de ses pareils ?* Plus approchait la fin de la chanson, plus s'enflait la voix du chanteur :

... rouge,
Et rouge, l'herbe sous ses pieds,
Et rouges, ses vives bannières,

11

Et rouge, la lueur du soleil couchant
Qui le baignait de ses rayons.
« À moi, hélait-il, à moi »,
Le preux,
« Mon épée n'est point rassasiée. »
Alors, avec des clameurs de fureur sauvage,
Leurs flots submergèrent le ruisselet...

« Combattre vaut mieux qu'attendre, lâcha Brienne. On n'éprouve pas pareil dénuement pendant qu'on se bat. On possède un cheval, une épée, parfois une hache. Et l'on se sent comme invulnérable, une fois revêtue l'armure.

— Des chevaliers meurent dans la mêlée », rappela Catelyn.

Le magnifique regard bleu la dévisagea. « Comme des dames dans l'enfantement. Nul ne chante jamais de chansons sur *elles*.

— Autre espèce de bataille que les enfants. » Catelyn se remit en marche. « Une bataille qui, pour ne s'orner ni d'étendards ni de sonneries, n'en est pas moins féroce. Porter, mettre au monde... Votre mère vous aura parlé de la douleur que...

— Je n'ai pas connu ma mère, intervint Brienne. Mon père avait des dames... une dame enfin qui changeait tous les ans, mais...

— Ce n'étaient pas des dames, trancha Catelyn. Si pénible que soit l'accouchement, Brienne, ce qui suit l'est bien davantage. Il m'arrive de me sentir comme écartelée. Que ne puis-je être cinq moi-même, une pour chacun de mes enfants, je pourrais dès lors les sauvegarder.

— Et qui, madame, vous sauvegarderait, *vous* ? »

Petit sourire las. « Eh bien, les hommes de ma maison, si j'en crois les leçons de dame ma mère. Le seigneur mon père, mon frère, mon oncle, mon mari..., mais aussi longtemps que durera leur absence, je présume qu'il vous faudra les suppléer, Brienne. »

Celle-ci s'inclina. « Je m'y efforcerai, madame. »

La journée s'avançait quand mestre Vyman apporta une lettre qui le fit recevoir sur-le-champ mais qui, contre toute attente, émanait non pas de Robb ou de ser Rodrik mais d'un certain lord de La Nouë, gouverneur d'Accalmie, s'intitulait-il. Adressée à lord Hoster, ser Edmure, lord Stark ou « à quiconque tient pour l'heure Vivesaigues », elle annonçait que, par suite du décès de ser Cortnay Penrose, Accalmie s'était ouvert à son héritier légitime et incontestable, Stannis Baratheon. Et chacun des hommes de la garnison lui ayant juré allégeance, tous avaient obtenu leur grâce.

« Sauf Cortnay Penrose », murmura Catelyn. Sans l'avoir jamais rencontré, elle ne pouvait s'empêcher de déplorer sa perte. « Il faudrait en informer Robb immédiatement, dit-elle. Sait-on où il se trouve ?

— Aux dernières nouvelles, il se portait contre Falaise, la résidence des Ouestrelin, répondit le mestre. Si j'expédiais un corbeau à Cendremarc, peut-être y serait-on en mesure de lui dépêcher une estafette.

— Faites. »

Vyman retiré, elle relut le message. « Lord de La Nouë ne dit mot du bâtard de Robert, glissa-t-elle à Brienne. Celui-ci a dû être inclus dans la capitulation, mais j'avoue ne pas comprendre l'acharnement de Stannis à le réclamer.

— En tant que rival éventuel, peut-être ?

— La rivalité d'un bâtard ? non. Quelque chose d'autre... Il est comment, ce gamin ?

— Sept ou huit ans, gracieux, des cheveux noirs, des yeux très bleus. Les visiteurs le prenaient souvent pour le fils de Renly.

— Et Renly ressemblait à Robert. » En un éclair, elle devina. « Stannis compte exhiber le bâtard comme le portrait vivant de son frère et amener le royaume à se demander pourquoi Joffrey l'est si peu, lui.

— Et ce serait si décisif ?

— Les partisans de Stannis crieront à la preuve. Ceux de Joffrey que cela ne signifie rien. » Ses propres enfants étaient plus Tully que Stark. Seule Arya tenait de Ned nombre de ses traits. *Et Jon Snow, mais il n'est pas mon fils.* Elle se prit à songer à la mystérieuse mère de celui-ci, à cet amour secret dont Ned refusait de parler. *Le pleure-t-elle comme moi ? Ou bien s'est-elle mise à le haïr quand il délaissa sa couche pour la mienne ? Prie-t-elle pour son fils comme je le fais pour les miens ?*

Autant de pensées importunes – et vaines. Si Jon était bien, comme d'aucuns le chuchotaient, son rejeton, Ashara Dayne des Météores était morte depuis longtemps ; qui, sinon, était sa mère et où elle pouvait bien se trouver, Catelyn n'en avait pas la moindre idée. Il n'importait, du reste. Ned disparu, mortes, ses amours, et morts avec lui, ses secrets...

Une fois de plus la frappait néanmoins l'incompréhensible comportement des hommes sur le chapitre des bâtards. Si Ned s'était sans relâche montré le farouche protecteur de Jon, si ser Cortnay Penrose venait de donner sa vie pour cet Edric Storm, Roose Bolton, en revanche, tenait moins au sien qu'à l'un de ses chiens, d'après le ton glacé de la lettre reçue par Edmure, trois jours plus tôt. Il annonçait avoir, conformément aux ordres, franchi le Trident pour marcher sur Harrenhal. « Une forteresse puissante et tenue par une bonne garnison, mais Sa Majesté l'aura, dussé-je tout exterminer pour la lui gagner. » Et d'exprimer l'espoir qu'aux yeux du roi cette victoire compenserait les forfaits de son bâtard de fils, abattu par ser Rodrik Cassel. « Une fin sûrement méritée, commentait-il. Sang taré porte à félonie, et le naturel de Ramsay combinait cruauté, cautèle et cupidité. Je me félicite d'en être débarrassé. Lui vivant, les fils légitimes que je me promets de ma jeune épouse n'auraient jamais connu de sécurité. »

Un bruit de pas précipités la détourna de ces réflexions malsaines. Déjà se ruait dans la pièce et s'agenouillait, hors d'haleine, l'écuyer de ser Desmond. « Des Lannister... madame... sur la rive opposée.

— Reprends ton souffle, mon garçon, puis parle posément. »

Il s'y efforça avant de reprendre : « Une colonne d'hommes revêtus d'armures. De l'autre côté de la Ruffurque. Unicorne violet sous lion Lannister. »

Quelque fils de lord Brax. Le père était jadis venu à Vivesaigues en proposer un pour elle-même ou Lysa.

L'assaillant d'aujourd'hui, là dehors, était-il le prétendant d'alors ?

Les survenants avaient surgi du sud-est sous une flambée d'étendards, expliqua ser Desmond lorsqu'elle l'eut rejoint aux créneaux. « Une poignée d'éclaireurs, pas davantage, affirma-t-il. Le gros des troupes de lord Tywin se trouve beaucoup plus au sud. Nous ne courons aucun danger. »

Au sud de la Ruffurque, le paysage s'ouvrait, tellement plat que, de la tour de guet, la vue portait à plusieurs lieues. Seul s'apercevait toutefois le gué le plus proche, qu'Edmure avait chargé lord Jason de défendre, ainsi que trois autres en amont. Les cavaliers ennemis tournicotaient d'un air perplexe au bord de l'eau, le vent cinglait l'écarlate et l'argent des bannières. « Une cinquantaine d'hommes au plus, madame », estima le gouverneur.

Elle les regarda se déployer en une longue ligne. Retranchés en face derrière roches et monticules herbus, les Mallister s'apprêtaient à les accueillir. Une sonnerie de trompette mit en branle les agresseurs qui, au pas, descendirent patauger dans le courant. Spectacle superbe, au premier abord, que l'éclat des armures sous les bannières déployées et le fer des lances ébloui de soleil.

« *Maintenant !* » entendit-elle marmonner Brienne.

Ce qui se passait au juste, il était malaisé de le démêler mais, même à cette distance, on était si fort obnubilé par les cris des chevaux qu'à peine se percevait le tintamarre sous-jacent de l'acier rencontrant l'acier. Une bannière disparut soudain, comme fauchée avec son porteur, et peu après parut sous les murs, charrié par les flots, le premier cadavre. Entre-temps, les Lannister, qui avaient retraité pêle-mêle, se regroupèrent et, à la suite d'un bref échange, rebroussèrent chemin au galop, sous les huées du rempart qu'ils ne pouvaient déjà plus entendre.

Ser Desmond se claqua la bedaine. « Dommage que lord Hoster n'ait pu voir cela. Il en aurait gambadé !

— Le temps des gambades est révolu pour lui, je crains, riposta Catelyn, et le combat ne fait que débuter. Les Lannister vont revenir. Lord Tywin a deux fois plus d'hommes que mon frère.

« — En aurait-il dix fois plus qu'il ne s'en porterait pas mieux, protesta ser Desmond. La rive occidentale de la Ruffurque est plus escarpée que l'orientale, madame, et fort boisée. Nos archers s'y trouvent bien à couvert, ils ont du champ pour ajuster leur tir... et, dût même s'ouvrir une brèche, encore Edmure disposerait-il de l'élite des chevaliers qu'il garde en réserve, prêts à fondre où les requerrait l'urgence. La rivière bloquera nos ennemis.

— Les dieux veuillent vous donner raison », dit-elle gravement.

La nuit suivante confirma ses pressentiments. Elle avait ordonné qu'on la réveille tout de suite, en cas de nouvelle attaque, et, bien après minuit, bondit sur son séant lorsqu'une servante lui posa la main sur l'épaule. « Que se passe-t-il ?

— Le gué de nouveau, madame. »

Le temps de s'emmitoufler dans une robe de chambre, et elle grimpait au sommet du donjon. De là-haut, le regard portait par-dessus les murs et le miroitement lunaire de la rivière jusqu'au lieu où faisait rage la bataille. Au vu des feux de guet échelonnés tout le long de la berge, les Lannister se figuraient-ils bénéficier de la mégarde des défenseurs ou de leur cécité dans le noir ? Chimère alors qu'un pareil calcul. Surtout que les ténèbres étaient un allié pour le moins douteux. En barbotant pour traverser cahin-caha, certains perdaient pied dans des creux sournois et s'abattaient à grand fracas, d'autres trébuchaient contre des écueils ou s'embrochaient sur les chausse-trapes. Et cependant, les archers Mallister décochaient vers la rive opposée des nuées sifflantes de flèches enflammées qui vous fascinaient, de loin, par leur singulière beauté. Immergé jusqu'à mi-jambe et les vêtements en feu, un homme barbelé de dards dansait, virevoltait, finit par s'effondrer, le flot le balaya, ne le rendit à la surface, de-ci de-là, que dans les parages de Vivesaigues, feu et souffle éteints.

Petite victoire, songea Catelyn lorsque, achevée l'échauffourée, les adversaires survivants se furent fondus dans la nuit, *victoire néanmoins*. « Que pensez-vous de cela,

Brienne ? interrogea-t-elle tout en descendant l'escalier à vis.

— Que lord Tywin nous a juste effleurés d'une pichenette, madame. Il est en train de nous tâter. Il cherche un point faible, un passage non défendu. S'il n'en découvre, il reploiera chacun de ses doigts et, d'un coup de poing, tentera de s'en ouvrir un. » Ses épaules se tassèrent. « Voilà ce que je ferais. Si j'étais lui. » Sa main se porta vers la garde de son épée, la tapota comme pour s'assurer qu'elle n'avait pas disparu.

Plaise alors aux dieux de nous seconder, se dit Catelyn. Elle n'y pouvait rien, de toute manière. Là-bas dehors, sur la rivière, c'était la bataille d'Edmure ; ici se trouvait la sienne à elle, dans le château.

Pendant qu'elle déjeunait, le matin suivant, elle manda le vieil intendant de Père, Utherydes Van. « Faites apporter à ser Cleos Frey un flacon de vin. Comme j'entends l'interroger sous peu, je lui veux la langue bien déliée.

— À vos ordres, madame. »

Peu après se présenta un courrier – un Mallister, comme en témoignait l'aigle cousu sur sa poitrine –, par qui lord Jason mandait nouvelle escarmouche et nouveau succès : ser Flement Brax avait tenté de forcer le passage à un autre gué, six lieues plus au sud, en abritant cette fois des fantassins derrière un peloton de lances compact, mais le tir parabolique des archers avait malmené ce dispositif, que les scorpions installés par Edmure en haut de la berge contribuaient pour leur part à disloquer en le lapidant. « Une douzaine de Lannister ont péri dans l'eau, ajouta le courrier, et les deux seuls qui manquèrent aborder ont eu promptement leur compte. » On s'était également battu, dit-il, en amont, sur les gués que tenait lord Karyl Vance. « Et l'adversaire y a payé ses échecs aussi cher. »

Peut-être avais-je sous-estimé la sagacité d'Edmure, se dit Catelyn. *Quand ses plans de bataille faisaient l'unanimité de ses feudataires, à quoi rimait ma défiance aveugle ? Pas plus que Robb, mon frère n'est le gamin de mes souvenirs...*

Escomptant que plus elle patienterait, plus il aurait de chances de s'imbiber, elle retarda jusqu'au soir sa visite à ser Cleos Frey. Dès qu'elle entra dans la cellule, il s'affala à deux genoux. « Je ne savais rien, madame, de cette histoire d'évasion. C'est le Lutin qui, sur ma foi de chevalier, je le jure !, a dit qu'un Lannister devait être escorté par des Lannister, et...

— Debout, ser. » Elle prit un siège. « Aucun petit-fils de Walder Frey ne s'abaisserait, je le sais, à se parjurer. » *À moins d'y trouver profit.* « Vous avez rapporté des conditions de paix, m'a dit mon frère ?

— Oui. » Il se jucha tant bien que mal sur pied. Il titubait passablement, nota-t-elle sans déplaisir.

« Je vous écoute », commanda-t-elle, et il s'exécuta.

Une fois au courant, elle dut convenir à part elle, les sourcils froncés, qu'Edmure avait dit vrai : pas l'ombre d'une véritable ouverture, hormis... « Lannister échangerait Sansa et Arya contre son frère ?

— Oui. Il s'y est engagé sous serment du haut du trône de Fer.

— Devant témoins ?

— Devant toute la Cour, madame. Et au regard des dieux. Mais j'ai eu beau le dire et le redire à ser Edmure, il m'a répondu que la chose ne pouvait se faire, que jamais Robb – Sa Majesté – n'y consentirait.

— C'est la vérité. » En quoi elle ne parvenait même pas à lui donner tort. Arya et Sansa n'étaient que des enfants. Tandis que, sitôt libéré, le Régicide redevenait l'un des hommes les plus dangereux du royaume. Cette route-là ne menait nulle part. « Vous avez vu mes filles ? Comment sont-elles traitées ? »

Il hésita, bafouilla : « Je... Oui, elles m'ont paru... »

Il cherche à me mystifier, devina-t-elle, *mais le vin lui brouille la cervelle.* « En laissant vos gens se jouer de nous, ser Cleos, articula-t-elle froidement, vous vous êtes vous-même privé de l'immunité du négociateur. Osez me mentir, et vous irez pendre au rempart en leur compagnie. Est-ce clair ? À nouveau, je vous le demande : *vous avez vu mes filles ?* »

Son front s'était emperlé de sueur. « J'ai vu Sansa à la Cour, le jour où Tyrion m'a informé de ses conditions.

Belle à ravir, madame. Peut-être un – un rien pâle. Les traits tirés, en quelque sorte. »

Sansa, mais pas Arya. Cela pouvait signifier n'importe quoi. Arya s'était toujours montrée plus difficile à apprivoiser. Peut-être Cersei répugnait-elle à l'afficher en pleine Cour, de peur de ce qu'elle pourrait dire ou faire. Peut-être la tenait-on recluse, à l'écart des curieux mais saine et sauve. *À moins qu'on ne l'ait tuée.* Elle rejeta cette idée. « Vous avez dit Tyrion et *ses* conditions... C'est pourtant Cersei qui exerce la régence, non ?

— Tyrion parlait en son nom à elle comme au sien propre. La reine n'était pas présente, ce jour-là. En raison, m'a-t-on dit, d'une indisposition.

— Tiens donc. » Le souvenir l'assaillit du terrible voyage à travers les montagnes de la Lune et des manigances qui avaient permis au nain de lui chiper en quelque sorte les services du reître. *Deux fois trop malin, celui-là...* Sans parvenir à concevoir par quel miracle, après son expulsion du Val, il avait pu en réchapper, elle n'en était pas étonnée. *Il n'a pris aucune part au meurtre de Ned, en tout cas. Et il s'est porté à mon secours, lors de l'attaque des clans. Si je pouvais en croire sa parole...*

Elle ouvrit ses mains pour contempler les cicatrices qui en bourrelaient les doigts. *Les marques de son poignard*, se rappela-t-elle. *Son poignard, glissé dans le poing du tueur payé par lui pour égorger Bran.* Encore qu'il l'eût nié mordicus. Mordicus. Même après que Lysa l'avait claquemuré dans l'une de ses cellules célestes et menacé d'envol par sa porte de la Lune, mordicus encore. « Il en a menti ! dit-elle en se levant brusquement. Les Lannister sont de fieffés menteurs, tous, et le pire de tous est le nain. C'est son propre couteau qui armait l'assassin. »

Ser Cleos ouvrit de grands yeux. « Je ne sais rien de...

— Rien de rien », convint-elle en se ruant hors du cachot. Sans un mot, Brienne vint la flanquer. *C'est plus simple pour elle*, songea Catelyn avec une pointe acérée d'envie. Son cas personnel, Brienne le vivait en homme. Les hommes avaient une réponse invariable et toujours à portée, jamais ils ne cherchaient plus loin que la première épée. Autrement plus raboteuse et difficile à définir se révélait la route, lorsqu'on était femme, lorsqu'on était mère.

Elle dîna tard, dans la grande salle, en compagnie des garnisaires, afin de leur donner autant de cœur qu'il était en elle. Grâce aux chansons dont il ponctua l'intégralité du service, Rymond le Rimeur lui épargna l'obligation de converser. Il acheva par la ballade qu'il avait personnellement composée en l'honneur de Robb et de sa victoire à Croixbœuf.

Et les constellations nocturnes étaient,
Tout comme le vent lui-même,
Les prunelles et le chant de ses loups.

Entre chaque strophe, il hurlait si farouchement, la tête rejetée en arrière, qu'à la fin la moitié de l'auditoire, y compris Desmond Grell en personne, fort éméché, se mit à pousser de conserve des hurlements à faire crouler le plafond.

Laissons-les s'empiffrer de chansons, s'ils y puisent de la bravoure, songea-t-elle, tout en jouant avec son gobelet d'argent.

« Nous avions toujours un chanteur, à La Vesprée, quand j'étais enfant, confia doucement Brienne. J'ai appris par cœur toutes les chansons.

— Sansa aussi, quoique là-bas, tout au nord, notre Winterfell n'attirât guère de rhapsodes. » *Et je lui ai dit, moi, qu'elle en trouverait à la Cour du roi. Et je lui ai dit qu'elle y entendrait toutes sortes de musiques, je lui ai dit que son père engagerait un maître pour lui enseigner le jeu de la harpe. Oh, les dieux me pardonnent...*

« Je me souviens d'une femme, reprit Brienne, originaire de... – de quelque part au-delà du détroit. Je ne saurais préciser même en quelle langue elle chantait, mais sa voix m'enchantait autant que sa personne. Ses yeux avaient le coloris des prunes, et sa taille était si fine que les mains de Père suffisaient à l'enserrer. Il a des mains presque aussi grandes que les miennes. » Elle reploya ses longs doigts épais comme pour les dissimuler.

« Vous chantiez pour lui ? »

Elle secoua la tête, les yeux fixés sur son tranchoir comme dans l'espoir de découvrir une réponse dans le gras figé.

« Et pour lord Renly ? »

Elle s'empourpra. « Jamais, je... son fou – son fou se montrait parfois cruellement railleur, et je...

— Un de ces jours, je vous prierai de chanter pour moi.

— Je... De grâce, je n'ai aucun don. » Elle repoussa son siège. « Veuillez me pardonner, madame. Me permettez-vous de me retirer ? »

Catelyn acquiesça d'un signe, et cet épouvantail dégingandé de fille sortit à pas démesurés, presque inaperçue des convives tout à leurs agapes. *Puissent les dieux veiller sur elle*, souhaita Catelyn en se remettant à manger machinalement.

Il s'écoula trois jours avant que ne s'opère le coup de boutoir prévu par Brienne et cinq avant que Vivesaigues ne l'apprenne. Catelyn se trouvait au chevet de son père quand survint l'estafette. Son armure était cabossée, ses bottes crottées, son surcot déchiré, troué, mais sa physionomie disait assez, lorsqu'il s'agenouilla, qu'il apportait de bonnes nouvelles. « Victoire, madame. » Il lui tendit une lettre d'Edmure dont elle rompit le sceau d'une main tremblante.

Lord Tywin avait, mandait-il, tenté de forcer le passage sur une douzaine de gués différents, mais il avait échoué partout. Noyé, lord Lefford, capturé, le chevalier Crakehall dit « le Sanglier », contraint par trois fois à battre en retraite ser Addam Marpheux..., mais la rencontre la plus sévère s'était produite au Moulin-de-Pierre, attaqué par ser Gregor Clegane. Lequel avait perdu là tant de cavaliers que les cadavres de leurs montures menaçaient de barrer la rivière. Finalement, la Montagne et une poignée de ses meilleurs hommes avaient réussi à prendre pied sur la rive adverse, mais alors Edmure avait jeté sa réserve contre eux, et ils avaient dû, démantibulés, sanglants, rossés, détaler. Son cheval tué sous lui, ser Gregor lui-même avait, couvert de blessures et fort mal en point, repassé la Ruffurque, clopin-clopant, sous un déluge de flèches et de pierres. « Ils ne traverseront pas, Cat, griffonnait Edmure, lord Tywin se dirige à présent vers le sud-est. Une feinte, peut-être, s'il ne s'agit de repli total, mais c'est égal, *ils ne traverseront pas*. »

Ser Desmond Grell en fut transporté. « Oh, que n'y étais-je ! » gloussait-il à chaque nouveau détail. Et, lorsque Catelyn eut achevé de lui lire la lettre : « Où donc est ce niais de Rymond ? Voilà, parbleu, de quoi nous faire une chanson qu'Edmure lui-même ne bouderait pas ! Le moulin qui broya la Montagne... ah ! je pourrais presque rimailler ça, si j'avais la fibre rhapsodique...

— Vous m'épargnerez vos chansons, répliqua-t-elle avec un peu trop d'âpreté, peut-être, tant que la lutte se poursuit. » Elle lui permit néanmoins d'ébruiter la nouvelle et consentit à la mise en perce de quelques futailles pour célébrer le Moulin-de-Pierre. Pour soustraire un peu Vivesaigues à son humeur sombre et tendue des jours précédents, rien de tel qu'une pinte de bière et d'espoir.

Aussi le château résonna-t-il cette nuit-là d'un joyeux tapage. « *Vivesaigues !* » s'époumonaient les petites gens, et « *Tully ! Tully !* ». Alors que la plupart des seigneurs les auraient refoulés, Edmure avait ouvert, lui, ses portes à leur détresse et à leur panique. Les éclats de leur gratitude faisaient vibrer les vitraux des fenêtres et se faufilaient sous les vantaux de rubec massif. Rymond taquinait sa harpe, accompagné par deux tambours et les chalumeaux d'un adolescent. À des pépiements rieurs de fillettes se mêlait l'ardent caquet des bleus laissés par Edmure comme garnisaires. Tout cela formait un concert plaisant, nul doute... mais Catelyn y restait insensible, faute d'en pouvoir partager l'heureuse frivolité.

Dans la loggia de Père, elle dénicha un pesant recueil de cartes relié de cuir et l'ouvrit aux pages du Conflans. Ses yeux se portèrent sur le cours de la Ruffurque et l'examinèrent à la lumière vacillante de la chandelle. *Se dirige vers le sud-est*, réfléchit-elle. À présent, il avait donc probablement atteint la vallée supérieure de la Néra...

Elle referma le volume avec un sentiment de malaise encore aggravé. Jusque-là, victoire sur victoire, grâce aux dieux. Au Moulin-de-Pierre, à Croixbœuf, lors de la bataille des Camps, au Bois-aux-Murmures...

Nous serions en train de gagner... Mais d'où vient, alors, que j'ai tellement peur, tellement ?

BRAN

Un tintement, *cling*, des plus imperceptible, une éraflure de pierre et d'acier. Il releva la tête d'entre ses pattes, l'oreille tendue, la truffe flairant la nuit. La pluie vespérale avait réveillé cent arômes assoupis qui s'exhalaient, mûrs, avec un regain de vigueur. Herbes, épines, baies foulées au sol, humus, vermisseaux, feuilles pourrissantes, un rat furtif dans le fourré. Flottaient là-dessus le parfum hirsute et noir du poil fraternel et la saveur acide et cuivrée du sang de l'écureuil qu'il avait tué. D'autres écureuils s'affolaient, là-haut, dans les frondaisons, fleurant la frousse et la fourrure humide, égratignant l'écorce de leurs menues griffes. Le même genre de bruit, à peu de chose près, que le bruit précédent.

Qu'il perçut derechef, *cling*, éraflure, et qui le mit debout. Il pointa l'oreille, sa queue se dressa, sa gorge émit un hurlement. Un long cri frémissant, profond, un hurlement à vous réveiller les dormeurs, mais les amas de roche humaine s'obstinèrent au noir de la mort. Une nuit muette et trempée, une nuit à vous tapir les hommes dans leurs trous. L'averse avait eu beau cesser, les hommes demeuraient au sec, blottis près des feux, planqués dans leurs amas de pierres caverneux.

Son frère se glissa d'arbre en arbre au-devant de lui, presque aussi silencieux que cet autre frère dont il conservait vaguement le lointain souvenir, blancheur de neige et prunelles sanglantes. Tels des puits d'ombre étaient les prunelles de ce frère-ci, mais son échine hérissée le proclamait assez : il avait entendu, lui aussi, lui aussi reconnu l'indice d'un péril.

À nouveau, *cling*, éraflure mais, cette fois, suivie d'une glissade et de ce clapot preste et mou que font sur la pierre des pieds de chair. Le vent souffla une infime bouffée d'odeur d'homme, et d'homme inconnu. *Étranger. Danger. Mort.*

Son frère à son côté, il se précipita en direction du bruit. Devant se dressaient les antres de pierre, avec leurs parois lisses qui suintaient. Il dénuda ses crocs, mais la roche humaine les dédaigna. Une porte s'y dessinait, barreaux et traverses étranglés par les anneaux noirs d'un serpent de fer. Il s'y jeta de toute sa masse, la porte frémit, le serpent cliqueta, s'ébranla, tint bon. Par-delà les barreaux se voyait le long boyau de pierre qui, courant entre les murs de pierre, menait, là-bas, dans le champ de pierre, mais il était impossible de les franchir. Son museau pouvait à la rigueur s'insérer entre les barreaux, mais pas davantage. Son frère avait à cent reprises essayé de broyer entre ses dents les os noirs de la porte, impossible de les entamer. Et les essais conjoints pour creuser par-dessous s'étaient révélés aussi vains, de larges dalles de pierre se camouflaient sous la mince couche de terre et de feuilles mortes.

En grondant, il recula à pas comptés, s'avança droit dessus, fonça derechef. Elle s'émut un peu mais, d'une claque, le rejeta en arrière. *Enfermé*, chuchota quelque chose. *Enchaîné.* La voix, il ne l'entendit pas, la piste était inodore. Les autres issues n'étaient pas moins closes. Là où s'ouvraient des portes dans les murailles de roche humaine, on se heurtait à du bois, massif et inébranlable. Il n'y avait pas de sortie.

Si, reprit le chuchotement, lui donnant l'impression qu'il distinguait la silhouette sombre d'un grand arbre tapissé d'aiguilles et qui, de biais, dix fois plus grand qu'un homme, surgissait de la terre noire. Mais lorsqu'il regarda tout autour de lui, l'illusion cessa. *L'autre côté du bois sacré, le vigier, vite, vite... !*

Du fond trouble de la nuit surgit, coupé court, un cri étouffé.

Vite une volte, vite un bond sous le couvert, vite vite le bruissement des feuilles mouillées sous ses pattes et les branches fustigeant sa fuite éperdue. Le halètement de son frère le talonnait. Ils plongèrent sous l'arbre-cœur et, contournant à toutes jambes l'étang glacé, se précipitèrent, droit au travers des épineux puis d'un fouillis de chênes et de frênes et d'églantiers drus, vers les confins du bois sacré... où bel et bien s'inclinait, cime pointée vers le faîte des toits, la silhouette entrevue comme une chimère. *Vigier* lui traversa l'esprit.

Lui revint alors la sensation de l'escalade. Partout des aiguilles, le picotis des unes sur son visage, l'intrusion des autres le long de son cou, ses mains engluées de résine, l'entêtant parfum. Et jeu d'enfant que l'escalade, penché, tordu comme était cet arbre, et si touffu que ses branches vous faisaient quasiment l'échelle, et hop, jusqu'au toit.

Il fit en grognant, le flairant, tout le tour du tronc, leva la patte et le marqua d'un jet d'urine. Une branche basse lui balaya le mufle, il la happa, la tortilla, tira jusqu'à ce qu'elle craque et se brise enfin. La gueule bourrée d'aiguilles et saturée d'amertume, il secoua la tête en jappant.

Campé sur son derrière, son frère éleva la voix en un ululement noir de deuil. Impasse que cette issue. Ils n'étaient ni des écureuils ni des chiots d'homme, ils ne pouvaient grimper aux arbres en se trémoussant, n'avaient ni pattes roses et flasques ni vilains petons pour s'y cramponner. Ils étaient coureurs, chasseurs, prédateurs.

Du fin fond de la nuit, par-delà la pierre qui les retenait captifs, leur parvinrent des aboiements. Les chiens se réveillaient. Un puis deux puis trois puis tous, en un concert épouvantable. Ils la sentaient à leur tour, terrifiés, l'odeur ennemie.

Une fureur désespérée l'envahit, brûlante comme la faim. Au diable le mur, il fusa s'enfouir dans le profond du bois, l'ombre des branches et du feuillage mouchetant sa fourrure grise... et une volte soudaine le rua sur ses propres traces. Ses pieds volaient, dans un tourbillon de feuilles gluantes et d'aiguilles sèches, et, quelques secondes, il fut un chasseur, un dix-cors fuyait devant lui, qu'il voyait, sentait, poursuivit de toutes ses forces. Le fumet de panique qui lui affolait le cœur embavait ses babines, et c'est à fond de train qu'il atteignit l'arbre de travers et se jeta dessus, ses griffes labourant l'écorce au petit bonheur pour y prendre appui. Un bond vers le haut, *hop*, deux, trois, le menèrent, presque d'un trait, parmi la ramure inférieure. Les branches empêtraient ses pattes, cinglaient ses yeux, les aiguilles vert-de-gris s'éparpillaient pendant qu'il s'y frayait passage à coups de dents. Force lui fut de ralentir. Quelque chose agrippait son pied, qu'il dégagea avec un grondement. Sous lui, le tronc allait s'étrécissant, la pente se faisait de plus en plus raide, presque verticale, et poisseuse d'humidité. L'écorce se déchirait comme de la peau quand il tentait d'y arrimer ses griffes. Il en était au tiers de l'ascension, la moitié, trois quarts, presque à portée bientôt du toit... quand, posant son pied, il le sentit glisser sur la rondeur moite du bois, glisser, glisser, glissa brusquement, bascula dans un rugissement d'épouvante et de rage, et comme il tombait en tournant sur lui-même, *tombait...* ! le sol se ruait à sa rencontre pour le fracasser...

Alors, il se retrouva dans son lit, sa chambre de la tour et sa solitude, tout entortillé dans ses couvertures et au bord de la suffocation. « Été ! s'écria-t-il. Été ! » Comme si elle avait encaissé tout l'impact de la chute, son épaule le lancinait mais, il le savait, cette douleur n'était que l'ombre de celle qu'éprouvait le loup. *Jojen disait vrai. Un zoman je suis.* Du dehors filtraient de vagues aboiements. *La mer est venue. Et elle est en train, juste comme l'avait prévu Jojen, de submerger l'enceinte.* Il empoigna la barre au-dessus de sa tête et se redressa tout en réclamant de l'aide à grands cris. Personne ne vint, et personne, se rappela-t-il au bout d'un moment, ne viendrait. On lui avait retiré son planton. Ser Rodrik s'étant vu contraint à mobiliser tous les hommes en âge de se battre, le château ne possédait plus qu'une garnison symbolique.

Les autres, six cents hommes de Winterfell et des fortins avoisinants, étaient partis depuis huit jours. En route les rallieraient les trois cents supplémentaires de Cley Cerwyn, et les corbeaux de mestre Luwin avaient devancé tout ce monde pour réclamer des troupes à Blancport, aux Tertres et jusqu'aux dernières bourgades disséminées dans le dédale du Bois-aux-Loups. Quart Torrhen était attaqué par un monstrueux chef de guerre, un certain Dagmer Gueule-en-deux, que Vieille Nan prétendait impossible à tuer. Un coup de hache ne lui avait-il pas, jadis, fendu la tête sans qu'il s'en émût pour autant ? Il s'était contenté de rassembler ses moitiés de crâne et de les maintenir collées jusqu'à la cicatrisation. *Se pourrait-il qu'il ait gagné ?* Des jours et des jours de marche séparaient bien Quart Torrhen de Winterfell mais, tout de même...

Bran s'extirpa du lit par ses propres moyens et, d'une barre à l'autre, se traîna jusqu'à la fenêtre. Ses doigts bafouillèrent un peu pour ouvrir les volets. La cour était vide, et noire chacune des baies visibles. Winterfell dormait. « *Hodor !* » appela-t-il à pleins poumons. Tout endormi que devait être Hodor dans ses combles des écuries, peut-être finirait-il par entendre, lui ou *quelqu'un* d'autre, si les appels étaient assez forts ? « *Hodor, vite ! Osha ! Meera, Jojen, vite, n'importe qui !* » Il plaça ses mains en porte-voix. « *Hooooodooooor !* »

Or, lorsque la porte s'ouvrit bruyamment dans son dos, l'individu qui pénétra, Bran ne le connaissait pas. Il portait un justaucorps de cuir écaillé de disques de fer, un poignard à la main et une hache en bandoulière. « Que faites-vous ici ? s'alarma Bran, vous êtes dans ma chambre ! dehors ! »

Theon Greyjoy apparut à son tour. « Nous ne venons pas te faire de mal, Bran.

— Theon ? » Le soulagement lui donnait le vertige. « C'est Robb qui t'envoie ? Il est là, lui aussi ?

— Robb est au diable vauvert. Il ne saurait t'aider.

— M'aider ? » Sa cervelle s'embrouillait. « Tu veux me faire peur, Theon.

« — *Prince* Theon, désormais. Nous sommes tous deux princes, Bran. Qui l'eût dit ? Ç'a l'air d'un rêve, n'est-ce pas ? Je ne m'en suis pas moins emparé de votre château, mon prince.

— De Winterfell ? » Il secoua farouchement la tête. « Non non, tu n'as pas *pu* !

— Laisse-nous, Werlag. » L'homme au poignard se retira. Theon se posa sur le lit. « J'ai fait franchir le rempart à quatre de mes gens équipés de cordes et de grappins, et ils n'ont plus eu qu'à nous ouvrir une poterne. À l'heure qu'il est, le compte des vôtres doit être à peu près réglé. Je vous assure, Winterfell est mien. »

Bran ne saisissait toujours pas. « Mais tu es le *pupille* de Père...

— Et, dorénavant, vous et votre frère serez *mes* pupilles. Dès la fin des combats, mes hommes assembleront dans la grande salle ce qui restera de vos gens pour que nous leur parlions, vous et moi. Vous leur annoncerez m'avoir rendu Winterfell et leur ordonnerez de servir leur nouveau seigneur et de lui obéir comme à l'ancien.

— *Non pas*, dit Bran. Nous vous combattrons et nous vous bouterons dehors. Jamais je n'ai capitulé, tu ne pourras me faire affirmer le contraire.

— Ceci n'est pas un jeu, Bran, cessez donc de faire le gosse avec moi, je ne le souffrirai pas. Le château est à moi, mais ces gens sont encore à vous. Pour leur obtenir la vie sauve, le prince ferait mieux d'agir comme indiqué. » Il se leva, gagna la porte. « Quelqu'un viendra vous habiller et vous emporter dans la grande salle. D'ici là, pesez chacun des mots que vous prononcerez. »

L'attente ne fit qu'empirer le désarroi de Bran. Assis sur sa banquette, près de la fenêtre, il ne pouvait détacher ses yeux des sombres tours qui se découpaient par-dessus les murailles noir d'encre. Une fois, il se figura entendre des cris, derrière la salle des Gardes, et quelque chose qui pouvait passer pour des cliquetis d'épées, mais il n'avait pas l'ouïe aussi fine qu'Été, ni son flair. *À l'état de veille, rompu je demeure, mais, dès que je dors et que je suis Été, rien ne m'empêche de courir et de me battre et d'entendre et de sentir.*

Il s'était attendu qu'Hodor viendrait le chercher, Hodor ou quelque servante, mais c'est sur mestre Luwin, muni d'une chandelle, que se rouvrit la porte. « Bran, bredouilla-t-il, tu... – tu sais ce qui s'est passé ? On t'a dit ? » D'une estafilade au-dessus de l'œil gauche lui dégoulinaient tout le long de la joue des traînées de sang.

« Theon est venu. Il prétend que Winterfell est à lui, maintenant.

— Ils ont traversé les douves à la nage. Escaladé les murs avec des cordes équipées de grappins. Surgi tout trempés, ruisselants, l'acier au poing. » Il se laissa tomber sur le siège, près de la porte, étourdi par un nouvel afflux de sang. « Panse-à-bière était dans l'échauguette, ils l'y ont surpris et tué. Ils ont aussi blessé Bille-de-foin. J'ai eu le temps de lâcher deux corbeaux avant leur irruption chez moi. L'un pour Blancport, qui s'en est tiré, mais une flèche a descendu l'autre. » Il fixait la jonchée d'un air hébété. « Ser Rodrik nous a pris trop d'hommes, mais je suis aussi coupable que lui. Je n'ai pas prévu ce danger, je... »

Jojen, si, songea Bran. « Autant m'aider à m'habiller.

— Oui. Autant. » Au pied du lit, dans le gros coffre bardé de fer, il préleva sous-vêtements, tunique, braies. « Tu es le Stark de Winterfell et l'héritier de Robb. Allure princière s'impose. » Ils y œuvrèrent de conserve.

« Theon prétend que je lui fasse ma reddition, reprit Bran pendant que le mestre lui agrafait au manteau sa broche favorite, une tête de loup d'argent et de jais.

— Il n'y a là rien d'infamant. Un bon seigneur doit protéger ses gens. Cruels parages enfantent peuples cruels, Bran, souviens-t'en constamment durant ton face-à-face avec les Fer-nés. Le seigneur ton père avait fait de son mieux pour policer Theon, mais trop peu et trop tard, je crains. »

Le Fer-né qui vint les prendre était un magot charbonneux et courtaud, barbu jusqu'à mi-torse. Sans précisément excéder ses forces, la corvée de charrier Bran ne le ravissait manifestement point. Une demi-volée de marches plus bas se trouvait la chambre de Rickon. Lequel, on ne peut plus grincheux qu'on l'eût réveillé, trépignait :

« Je veux Mère ! avec l'opiniâtreté futile de ses quatre ans, je la veux ! et Broussaille aussi !

— Madame votre mère est loin, mon prince. » Mestre Luwin lui enfila une robe de chambre par-dessus la tête. « Mais nous sommes là, Bran et moi. » Il lui prit la main pour l'entraîner.

À l'étage inférieur, un type chauve armé d'une pique plus haute que lui de trois pieds poussait devant lui les Reed. Le regard de Jojen s'attarda sur Bran, telles deux flaques glauques de chagrin. D'autres Fer-nés talonnaient les Frey. « Voilà ton frère sans royaume, lança Petit Walder. Terminé, le prince, plus qu'un otage.

— Comme vous, répliqua Jojen, et moi, et nous tous.

— Qui te cause, bouffe-grenouilles ? »

La pluie qui avait repris eut tôt fait de noyer la torche qu'un de leurs gardes brandissait devant. Tandis qu'on traversait précipitamment la cour, ne cessait de retentir le hurlement des loups dans le bois sacré. *Pourvu qu'Été ne se soit pas blessé en tombant de l'arbre...*

Theon Greyjoy occupait le grand trône des Stark. Il s'était défait de son manteau. Un surcot noir frappé d'or à la seiche couvrait son haubert de maille fine. Ses mains reposaient sur les têtes de loup sculptées dans la pierre des accoudoirs. « Il est assis dans le fauteuil de Robb ! s'étrangla Rickon.

— Chut », souffla Bran, conscient de l'atmosphère menaçante que son frère était trop jeune pour percevoir. Bien que l'on eût allumé quelques torches et fait une flambée dans la vaste cheminée, la salle demeurait quasiment plongée dans l'obscurité. Les bancs empilés le long des murs interdisaient à quiconque de s'asseoir. Aussi les gens du château se pressaient-ils, debout, par petits groupes muets de peur. Il y discerna la bouche édentée de Vieille Nan qui s'ouvrait et se fermait convulsivement. Deux gardes portaient Bille-de-foin, la poitrine nue sous des bandages ensanglantés. Tym-la-Grêle pleurait éperdument, la panique faisait hoqueter Beth Cassel.

« C'est quoi, ceux-là ? demanda Theon devant les Reed et les Frey.

— Les pupilles de lady Catelyn, tous deux nommés Walder Frey, expliqua mestre Luwin. Et voici les enfants d'Howland Reed, Jojen et sa sœur Meera, venus de Griseaux renouveler leur allégeance à Winterfell.

— Des présences intempestives, jugeraient d'aucuns, mais qui m'agréent fort, commenta Theon. Ici vous êtes, ici vous resterez. » Il libéra le trône. « Apporte ici le prince, Lorren. » La barbe noire obtempéra en le balançant sur la pierre comme un sac d'avoine.

On continuait d'entasser des gens dans la grande salle en les bousculant à grands coups de hampes et de gueule. Gage et Osha survinrent des cuisines tout enfarinés par le pétrissage du pain quotidien. Des jurons célébraient la résistance de Mikken. Farlen clopinait, tout en soutenant de son mieux Palla qui, le poing crispé sur sa robe déchirée de haut en bas, marchait comme si chaque nouveau pas l'eût mise à la torture. Septon Chayle s'élança pour lui prêter la main, l'un des Fer-nés l'abattit au sol.

Le dernier à franchir les portes fut le fameux Schlingue, précédé par sa puanteur âcre et blette. Bran en eut l'estomac retourné. « On a trouvé çui-là verrouillé dans une cellule », annonça son introducteur, un rouquin imberbe que ses vêtements dégouttants laissaient présumer l'un des franchisseurs des douves. « Schlingue, y dit qu'on l'appelle.

— Va savoir pourquoi, ironisa Theon. Tu refoules toujours autant, ou tu viens juste de te foutre un porc ?

— Pas foutu rien d'puis qu'y m'ont pris, m'sire. Heke est mon vrai nom. J' 'tais au service du Bâtard d' Fort-Terreur jusqu'à temps qu' les Stark y plantent une flèche dans l' dos com' cadeau d' noces. »

La chose sembla divertir Theon. « Qui avait-il épousé ?

— La veuv' au Corbois, m'sire.

— Ce vieux truc ? Il était aveugle ? Elle a des nichons fripés et secs comme des gourdes vides !

— C' pas pour ses nichons qu'y la mariait, m'sire. »

Là-dessus se refermèrent à grand fracas les portes du fond. De son perchoir, Bran dénombrait une vingtaine de Fer-nés. *Il a dû en affecter quelques-uns à la garde des poternes et de l'armurerie.* Auquel cas Theon disposait tout au plus de trente hommes.

Ce dernier leva les mains pour réclamer silence. « Vous me connaissez tous... débuta-t-il.

— Mouais, vociféra Mikken, on sait tous que t'es qu'un fumier ! » Le type chauve lui enfonça le talon de sa pique dans le gosier puis lui balança la hampe en pleine figure. Le forgeron s'effondra sur les genoux et cracha une dent.

« Tais-toi, Mikken », intima Bran d'un ton qui se voulait aussi sévère et seigneurial que celui de Robb édictant ses ordres, mais sa voix le trahit, et il n'émit guère qu'un croassement strident.

« Écoute donc ton jeune maître, appuya Theon. Il a plus de bon sens que toi. »

Un bon seigneur doit protéger ses gens, se remémora Bran. « J'ai rendu Winterfell entre les mains de Theon.

— Plus fort, Bran. Et en m'appelant "prince".

— J'ai rendu Winterfell entre les mains du prince Theon, reprit-il en élevant la voix. Obéissez tous à ses ordres.

— Jamais ! aboya Mikken, ou que je sois damné ! »

Theon l'ignora. « Mon père a coiffé l'antique couronne de sel et de roc et s'est proclamé roi des îles de Fer. Il revendique également le Nord, par droit de conquête. Vous voici désormais ses sujets.

— *Foutaises !* » Mikken torcha sa bouche ensanglantée. « Je sers les Stark et non je ne sais quel félon de mollusque – *aah... !* » Le talon de la pique venait de lui plaquer le visage contre les dalles.

« Les forgerons ont plus de muscles que de cervelle, observa Theon. Quant à vous autres, si vous me servez aussi fidèlement que vous serviez Ned Stark, vous n'aurez qu'à vous louer de ma générosité. »

À quatre pattes, Mikken cracha rouge. *De grâce !* le conjura mentalement Bran, mais le colosse éructait déjà : « Si tu te figures tenir le Nord avec ce ramassis de... »

Le fer de la pique lui cloua la nuque, la transperça, ressortit par la gorge, le sang bouillonna. Une femme glapit. Les bras de Meera se refermèrent sur Rickon. *C'est dans le sang qu'il s'est noyé*, songea Bran, pétrifié. *Dans son propre sang.*

« Quelque chose à ajouter, quelqu'un ? s'enquit Theon Greyjoy.

— *Hodor hodor hodor hodor !* hurla Hodor, l'œil écarquillé.

— Ce benêt. Faites-la-lui gentiment boucler. »

Deux Fer-nés se mirent à tabasser Hodor qui, s'affalant tout de suite, n'utilisait, recroquevillé, ses énormes mains que pour essayer de se protéger.

« Vous trouverez en moi un aussi bon seigneur que Eddard Stark. » Theon força le ton pour se faire entendre par-dessus les volées de bois sur la chair. « Mais trahissez-moi, et vous vous en mordrez les doigts. N'allez pas du reste vous imaginer que les hommes ici présents sont tout ce dont je dispose. Quart Torrhen et Motte-la-Forêt ne tarderont guère à tomber en notre pouvoir, et mon oncle remonte actuellement la Piquesel pour s'emparer de Moat Cailin. Si Robb Stark parvient jamais à enfoncer les Lannister, libre alors à lui de régner comme roi du Trident, mais la maison Greyjoy tiendra dorénavant le Nord.

— Sauf qu'y vous fau'ra combat' les vassaux des Stark, interjeta le dénommé Schlingue. C' verrat bouffi d' Blancport, et d'un, plus les Omble et plus les Karstark. Vous fau'ra du monde. Libérez-moi, et chuis à vous. »

Theon prit le temps de le jauger. « Plus malin que ne présageaient tes remugles, mais je ne pourrais les souffrir.

— Ben... lâcha l'autre, j' pourrais m' laver, un peu, quoi. Si j' s'rais libre.

— Tant de conséquence... Une rareté. » Theon sourit. « À genoux. »

De l'un des Fer-nés, Schlingue reçut une épée qu'il déposa aux pieds de Theon tout en jurant de servir loyalement la maison Greyjoy et le roi Balon. Bran préféra détourner les yeux. Le rêve vert était en train de se réaliser.

« M'sire Greyjoy ? » Osha enjamba le cadavre de Mikken. « Je suis leur prisonnière, moi aussi. Vous étiez là, le jour où ils m'ont capturée. »

Et je te prenais pour une amie, songea Bran, blessé.

« J'ai besoin de combattants, déclara Theon, pas de souillons.

— C'est Robb Stark qui m'a mise aux cuisines. Ça fait près d'un an que je barbote dans les eaux grasses, que je récure des marmites et que j'y chauffe la paille, à çui-là. » Elle désigna Gage du menton. « Tout ça, j'en ai marre. Remettez-moi une pique au poing.

— T'en foutrai une, de pique, moi... » se fendit l'assassin de Mikken en tripotant son haut-de-chausses.

Elle lui balança entre les cuisses son genou osseux : « Garde ta limace rose », lui arracha son arme, le culbuta d'un revers de hampe, « et à moi le fer et le bois ». Le chauve se tordait à terre, sous les rires et les quolibets de ses acolytes.

Theon n'était pas le dernier à s'esclaffer. « Tu feras l'affaire, dit-il. La pique est à toi, Stygg s'en trouvera une autre. À présent, ploie le genou et prête serment. »

Nul autre volontaire ne s'étant offert, il congédia le reste de l'assistance en sommant chacun d'accomplir docilement ses tâches. À Hodor échut celle de remporter Bran dans sa chambre. Les coups l'avaient hideusement défiguré. Il avait un œil clos, le nez boursouflé. « Hodor », hoqueta-t-il entre ses lèvres tuméfiées, tout en soulevant son fardeau, mains en sang, dans ses bras puissants, avant de s'enfoncer sous la pluie battante.

ARYA

« Y a des fantômes, j' sais qu'y en a. » Enfariné jusqu'aux coudes, Tourte pétrissait le pain. « Pia a vu quèqu' chose, hier soir, à l'office. »

Arya répliqua par un bruit malséant. Pia n'arrêtait pas de voir des choses à l'office. Des types, d'habitude. « Je pourrais avoir une tartelette ? demanda-t-elle. Tu en as cuit tout un plateau.

— M'en faut tout un. Ser Amory a un faible pour les tartelettes. »

Elle haïssait ser Amory. « Crachons-y dessus. »

Il jeta un regard affolé à la ronde. Les cuisines fourmillaient d'ombres et d'échos, mais cuistots et marmitons, tout roupillait dans les noires soupentes aménagées au-dessus des fours. « Y s'apercevra.

— De rien du tout, dit-elle. Ça n'a pas de goût, les *crachats*.

— S'il s'aperçoit, c'est moi qu'aurai le fouet. » Il cessa de pétrir. « Rien qu'*être* ici, tu devrais pas. Fait nuit noire. »

Assurément, mais elle n'en avait cure. Même au plus noir de la nuit, jamais les cuisines ne reposaient ; toujours s'y trouvait quelqu'un, qui brassant de la pâte à pain, qui touillant la tambouille avec une longue cuillère à pot, qui saignant un porc pour le déjeuner de ser Amory. Le tour de Tourte, cette fois.

« Si Zyeux-roses se réveille et te trouve partie... commença-t-il.

« — Zyeux-roses ne se réveille jamais. » Il avait beau se nommer Mebble, tout le monde l'appelait Zyeux-roses à cause de sa chassie. « Et pas une seule inspection. » Il déjeunait, le matin, de bière et, le soir, sombrait, sitôt le dîner fini, dans un sommeil d'ivrogne, le menton gluant de bave vineuse. Arya guettait ses ronflements avant de se risquer, furtive et nu-pieds, vers l'escalier de service et de regrimper, non moins silencieuse que la souris qu'elle avait été. Elle ne portait bougie ni chandelle. Syrio lui avait dit, jadis, que les ténèbres n'étaient pas forcément hostiles, et il avait raison. Pour se repérer, la lune et les étoiles suffisaient. « Nous pourrions nous enfuir, je parie, sans que Zyeux-roses remarque seulement ma disparition.

— Je veux pas m'enfuir, répliqua Tourte. C'est mieux ici que c'était dans leurs bois. Je veux pas manger de tes vers. Tiens, saupoudre-moi la planche de farine. »

Elle inclina la tête de côté. « C'est quoi, ça ?

— Quoi ? Je ne...

— Écoute avec tes *oreilles* et pas avec ton bec. Un cor de guerre... Deux sonneries, tu es sourd ou quoi ? Et, là, les chaînes de la herse. Quelqu'un qui entre ou qui sort. Si on allait voir ? » Les portes d'Harrenhal ne s'étaient pas ouvertes depuis le matin du départ de lord Tywin et de son armée.

« Mon pain à finir, se déroba Tourte. Puis j'aime pas quand y fait noir, j' t'ai dit.

— J'y vais. Je te raconterai. Tu me donnes une tartelette ?

— Non. »

Elle en rafla quand même une et la dégusta tout en se glissant au-dehors. Composé de fruits, de fromage et de noix pilées, l'appareil, encore tiède, en était tout à la fois moelleux et croustillant. En priver ser Amory lui donnait au surplus la saveur de l'audace. *Pieds nus pieds légers pieds sûrs*, se fredonna-t-elle tout bas, *le fantôme d'Harrenhal, c'est moi.*

Les appels du cor avaient réveillé le château ; des hommes affluaient vers le poste afin de voir de quoi il retournait. Elle suivit le mouvement. Des chars à bœufs défilaient en cahotant bruyamment sous la herse. *Butin*, comprit-elle instantanément. Les cavaliers d'escorte baragouinaient des idiomes étranges. La lune moirait leurs armures de lueurs laiteuses, des zébrures noires et blanches annoncèrent un couple de zéquions. *Les Pitres Sanglants*. Elle se rencogna dans un peu plus d'ombre, l'œil à tout. L'arrière d'un fourgon révélait la cage d'un énorme ours noir. D'autres véhicules couinaient sous le faix de plates d'argent, d'armes et de boucliers, de sacs de farine, de pourceaux stridents comprimés par des claies, de chiens étiques, de volailles. Et elle en était à se demander à quand remontait sa dernière tranche de porc rôti quand parut le premier prisonnier.

Un seigneur, à en juger par son maintien et son port altiers. Sous son surcot rouge en loques se discernait un haubert de maille. Elle le prit d'abord pour un Lannister, mais le brusque éclat d'une torche lui révéla qu'il avait pour emblème, et d'argent, un poing brandi, au lieu du lion d'or. Des liens entravaient ses poignets, et une corde nouée à sa cheville le reliait à l'homme qu'il précédait comme celui-ci au suivant et ainsi de suite, si bien que la colonne entière en était réduite à n'avancer qu'en trébuchant et traînant les pieds. Nombre des captifs étaient blessés. Au moindre arrêt, l'un des cavaliers trottait sus au fautif et le cinglait d'un coup de fouet pour le contraindre à se remettre en marche. Elle essaya de dénombrer les malheureux mais s'embrouilla dans ses chiffres avant d'être parvenue à cinquante. Il y en avait au moins deux fois plus. Vu la crasse et le sang qui maculaient leurs vêtements, il n'était guère aisé, à la lueur des torches, de déchiffrer tous les écussons ou blasons, mais elle identifia certains de ceux qu'elle apercevait. Tours jumelles. Échappée. Écorché. Hache de guerre. *La hache de guerre est Cerwyn, et le soleil blanc sur champ noir Karstark. Des gens du Nord. Des vassaux de Père – et de Robb.* La seule idée d'en rien déduire la révulsait.

Les Pitres Sanglants entreprirent de démonter. Brutalement tirés de leurs litières, des palefreniers bouffis de sommeil emmenèrent au pansage les chevaux vannés. « De la bière ! » gueulait l'un des cavaliers. Le vacarme attira ser Amory Lorch sur la coursive qui dominait le poste. Deux porteurs de torches le flanquaient. Encore coiffé de son heaume caprin, Varshé Hèvre immobilisa sa monture juste en dessous. « Meffire gouverneur, lança-t-il d'une voix compacte et baveuse comme si sa langue était trop grosse pour sa bouche.

— Qu'est-ce là, Hèvre ? demanda ser Amory d'un air renfrogné.

— Prifonniers. Roof Bolton foulait traferfer la rifière, mes Brafes Compaings ont taillé en pièfes fon afantgarde. Tué des maffes et fait fuir Bolton. Fui-là, f'est leur fef, Glofer, et f't autre, derrière, fer Aenyf Frey. »

Les petits yeux de goret de ser Amory Lorch s'abaissèrent sur les captifs ligotés. Arya le soupçonna de n'être pas précisément enchanté. Que les deux hommes s'exécraient, nul ne l'ignorait. « Fort bien, dit-il. Jetez-les aux cachots, ser Cadwyn. »

Le seigneur au poing brandi leva les yeux vers lui. « On nous avait promis de nous traiter avec honneur, protesta-t-il, et...

— *Filenfe !* » lui cria Varshé Hèvre dans un flot de postillons.

Ser Amory reprit la parole à l'intention des prisonniers. « Les promesses d'Hèvre n'engagent que lui. C'est à *moi* que lord Tywin a confié le gouvernement d'Harrenhal, et j'en agirai avec vous selon mon bon plaisir. » Il fit un geste vers ses gardes. « Sous la tour de la Veuve. La cellule devrait être assez vaste pour les contenir tous. Libre à ceux qui refuseraient de s'y rendre de mourir ici. »

Comme s'ébranlaient les captifs, harcelés par le fer des piques, Arya vit émerger du trou de l'escalier Zyeux-roses, que les torches faisaient clignoter. Il gueulerait, s'il découvrait son escapade, menacerait de la fouetter, de la peler vive, mais elle ne craignait rien. Il n'était pas Weese. Il n'arrêtait pas de gueuler, il menaçait sans arrêt tel ou tel de le fouetter, de le peler vif, et il n'avait jusqu'à présent jamais *frappé* personne. Mieux valait néanmoins ne pas se laisser voir... Elle examina prestement les entours. On était en train de dételer les bœufs, de décharger les voitures, les Braves Compaings réclamaient à boire comme des forcenés, les curieux s'attroupaient autour de l'ours en cage. Avec pareil remue-ménage, pas bien dur de s'esbigner en catimini. Elle reprit le chemin de l'aller, juste soucieuse de disparaître avant que quiconque ne la remarque et n'ait la fantaisie de la fiche au boulot.

Sauf dans les parages immédiats des portes et des écuries, l'immense château vous faisait l'effet d'être à peu près désert. Derrière elle s'amenuisait le boucan. Le vent qui soufflait par rafales arrachait aux lézardes de la tour Plaintive d'aigres sanglots chevrotants. Dans le bois sacré, les arbres commençaient à se dépouiller de leurs feuilles, et l'on entendait celles-ci parcourir les cours solitaires et voleter parmi les édifices abandonnés avec un léger bruissement de fuite furtive et de pierre frôlée. À présent qu'Harrenhal se retrouvait quasiment vide, le son s'ingéniait à mille bizarreries. Parfois, les pierres paraissaient engloutir le bruit, pelotonner les cours sous un édredon de silence, parfois, les échos semblaient s'animer d'une existence indépendante, et le moindre pas se faisait le piétinement de troupes fantomatiques, la moindre voix lointaine une bacchanale de spectres. L'un des phénomènes qui terrifiaient Tourte, mais elle, ça, non.

Silencieuse comme une ombre, elle passa par le baile médian, contourna la tour de l'Horreur, traversa les volières vides où l'âme en peine des faucons morts, disait-on, brassait l'air d'ailes éplorées. Elle pouvait aller où ça lui chantait. La garnison se composait au pis d'une centaine d'hommes, une dérision dans la colossale carcasse d'Harrenhal. Fermée, la salle aux Cent Cheminées, tout comme nombre de bâtiments moindres, tour Plaintive elle-même incluse. Ser Amory Lorch occupait les appartements de sa charge, aussi vastes à eux seuls qu'un siège seigneurial, au Bûcher-du-Roi, et il avait déménagé dans les sous-sols toute la valetaille pour l'avoir en permanence à portée de main. Aussi longtemps que lord Tywin avait séjourné dans la place, vous tombiez constamment sur les qui ? quoi ? pourquoi ? d'un homme d'armes. Mais maintenant qu'il ne restait plus que cent types pour mille portes, nul ne semblait savoir où devait être qui ni s'en soucier vraiment.

Elle dépassait l'armurerie quand y résonna le fracas d'un marteau. Les hautes fenêtres s'orangeaient d'une lueur sourde. Elle escalada le toit pour jeter un coup d'œil à l'intérieur. Gendry martelait un corselet de plates. Dès qu'il travaillait, plus rien n'existait à ses yeux que le métal, les soufflets, le feu. Bras et marteau semblaient ne faire qu'un. Elle regarda jouer les muscles de son torse tout en l'écoutant frapper sa mélodie d'acier. *Costaud*, pensa-t-elle. Comme il saisissait les pinces à long manche pour plonger l'ouvrage dans le bain de trempe, elle se faufila par la fenêtre et atterrit à son côté.

Il ne se montra pas surpris de son intrusion. « Devrais être au pieu, ma fille. » Au contact de l'eau froide, l'acier rougi poussa des sifflements de chat. « C'était quoi, ce vacarme ?

— Varshé Hèvre, de retour avec des prisonniers. J'ai vu leurs écussons. Il y a un Glover, de Motte-la-Forêt. Un homme de mon père. Les autres aussi, pour la plupart. » En un éclair, elle sut pourquoi ses pas l'avaient conduite là. « Tu dois m'aider à les délivrer. »

Il se mit à rire. « Et on s'y prend comment ?

— Ser Amory les a fait jeter au cachot. Dans le grand, sous la tour Plaintive, il n'y en a qu'un. Tu n'auras qu'à défoncer la porte avec ton marteau, et...

— Et les gardes me regarderont faire en prenant seulement des paris sur le nombre de coups qu'il me faudra donner, peut-être ? »

Elle se mâchouilla la lèvre. « On les tuerait.

— De quelle manière, selon toi ?

— Il n'y en aura pas beaucoup, peut-être.

— Même que *deux*, ça fait trop de monde pour toi et moi. T'as rien appris là-bas, dans ce village, hein ? T'essaies ça, et Varshé Hèvre te coupera comme y sait faire les mains et les pieds. » Il reprit ses pincettes.

« Tu as *peur*.

— Fiche-moi la paix, ma fille.

— Gendry... Les hommes du Nord sont une *centaine* ! Peut-être plus, je n'ai pas pu les compter tous. Ser Amory n'en a pas davantage. Mis à part, bon, les Pitres Sanglants. Il nous suffit de les délivrer pour nous emparer du château et filer.

— Sauf que t'arriveras pas plus à les délivrer que t'es arrivée à sauver Lommy. » Avec les pincettes, il retourna le corselet pour l'examiner. « Puis, qu'on s'échappe, on irait où ?

— Winterfell, répondit-elle du tac au tac. Je dirais à Mère que tu m'as aidée, et tu pourrais rester...

— M'dame daignerait permettre ? M'dame m'autoriserait à lui ferrer ses haquenées et à fabriquer des épées pour ses petits frères de lords ? »

Il avait le don, parfois, de la mettre tellement *en rogne*... « Arrête !

— Pourquoi je risquerais mes pieds ? Pour le privilège de suer non plus à Harrenhal mais à Winterfell ? Tu connais le vieux Ben Poucenoir ? Il est arrivé ici tout gosse. À forgé pour lady Whent et pour son père, avant, et pour le père de son père, encore avant, et même pour lord Lothston, qui tenait Harrenhal avant les Whent. Maintenant, il forge pour lord Tywin, et tu sais ce qu'il dit ? Qu'une épée est toujours une épée, un heaume toujours un heaume, et que tu te brûles toujours à trop t'approcher du feu, que ça change rien, qui tu sers. Lucan est un assez bon maître. Je resterai ici.

— Et la reine t'attrapera. Elle n'a pas lâché de manteaux d'or aux trousses de Ben *Poucenoir* !

— Probable que c'était même pas moi qu'ils cherchaient.

— C'était toi aussi, tu le sais. Tu es *quelqu'un*.

— Je suis qu'apprenti forgeron. Et je ferai peut-être, un de ces jours, un maître armurier... *si* je file pas perdre mes pieds ou me faire tuer. » Il se détourna d'elle, récupéra son marteau et, une fois de plus, se remit à faire sonner l'acier.

Les mains d'Arya se refermèrent en poings désespérés. « Le prochain heaume que tu feras, fous-y des *oreilles de mule* au lieu de cornes de taureau ! » Elle l'aurait battu, préféra déguerpir. *Je cognerais qu'il ne le sentirait sans doute même pas. Quand ils découvriront son iden-*

tité et lui trancheront sa stupide tête de mule, il regrettera son refus de m'aider. Elle se tirerait beaucoup mieux d'affaire sans lui, de toute façon. C'était après tout par sa faute à lui qu'on l'avait pincée, au village, elle.

Mais la simple évocation du village lui remémora le dépôt, Titilleur, la marche et, pêle-mêle, le visage du garçonnet écrabouillé par un coup de masse, Lommy Mainsvertes et ce corniaud de Tout-Joffrey. *J'étais un mouton, puis j'ai été une souris, je ne savais rien faire d'autre que me cacher.* Tout en se mâchouillant la lèvre, elle essaya de se rappeler quand le courage lui était revenu. *Jaqen m'a rendu ma bravoure. Il a métamorphosé la souris en fantôme.*

Elle avait soigneusement évité le Lorathi depuis la mort de Weese. Tuer Chiswyck n'avait rien de sorcier, n'importe qui pouvait pousser un homme du chemin de ronde, mais son affreuse chienne tavelée, Weese l'avait dressée toute petite, il avait forcément fallu recourir à la magie noire pour retourner la bête contre son maître. *Yoren avait trouvé Jaqen dans une oubliette, exactement comme Rorge et Mordeur*, se souvint-elle. *Jaqen a dû commettre un crime horrible, et, comme il le savait, Yoren le gardait enchaîné.* S'il était magicien, le Lorathi pouvait avoir aussi bien tiré de quelque enfer Rorge et Mordeur, et c'étaient des diables, pas du tout des hommes, alors.

Jaqen ne lui en devait pas moins une mort de plus. D'après les contes de Vieille Nan où quelque esprit malin vous promettait d'exaucer trois vœux, vous aviez intérêt à faire drôlement gaffe pour le troisième, puisque c'était le dernier. Chiswyck et Weese avaient été du gaspillage. *La dernière mort doit compter*, se disait-elle chaque soir en chuchotant sa litanie de noms. Mais voici qu'elle se demandait si tel était vraiment le motif de ses hésitations. Aussi longtemps qu'il lui serait possible de tuer par un simple murmure, elle n'aurait rien à redouter de quiconque... mais une fois son ultime vœu proféré ? souris derechef, rien qu'une souris.

Zyeux-roses éveillé, elle n'osait regagner son lit. Faute d'autre cachette, elle se décida pour le bois sacré. Le parfum tonique des vigiers, des pins lui plaisait, ainsi que le contact de l'herbe et de l'humus entre ses orteils et la chanson du vent dans les frondaisons. Un petit ruisseau prélassait ses méandres parmi les arbres, et il avait, à un endroit, creusé la terre sous une cascade.

C'est là qu'elle avait dissimulé, sous du bois pourri et des entrelacs de branches brisées, sa nouvelle épée.

Ce butor de Gendry regimbant à lui en faire une, elle l'avait bricolée elle-même en épluchant les barbes d'un balai. Ce qui donnait une arme beaucoup trop légère et de prise pour le moins scabreuse, mais elle en aimait la pointe hérissée d'échardes. Dès qu'elle avait une heure de loisir, elle filait en douce travailler les bottes que Syrio lui avait apprises et, pieds nus sur les feuilles mortes, se démenait à tailler les branches, rosser les fourrés. Parfois même, elle grimpait aux arbres et, tout en haut, les orteils agrippés à son mouvant perchoir, avançait, reculait, dansait, chancelait un peu moins de jour en jour et recouvrait son équilibre. La nuit surtout s'y montrait propice ; jamais personne ne la dérangeait, la nuit.

Elle grimpa. Aussitôt parvenue au royaume des feuilles, elle dégaina et les oublia tous momentanément, ser Amory comme les Pitres, tous, jusqu'aux gens de Père, s'abîma elle-même dans la sensation de l'écorce rêche à ses pieds et les *pfffiiou* de l'épée dans l'air. Un rameau brisé lui devint Joffrey. Qu'elle frappa jusqu'à ce qu'il dégringole. La reine et ser Ilyn et ser Meryn et le Limier ne furent que des feuilles, mais elle les tua de même, tous, n'en laissant qu'une charpie verte. Son bras finit par se lasser, jambes pendantes elle s'assit sur une haute branche afin de reprendre souffle et de se gorger de fraîcheur nocturne tout en écoutant piauler les roussettes en chasse. Au travers du feuillage se discernait, tel un squelette, la membrure blême de l'arbre-cœur. *D'ici, il ressemble tout à fait au nôtre, à Winterfell.* Que n'était-ce lui... Elle n'aurait eu qu'à redescendre pour se retrouver de plain-pied chez elle et, qui sait ?, découvrir Père assis à sa place ordinaire, en bas dessous, là, près du tronc.

Après avoir glissé l'épée dans sa ceinture, elle se faufila de branche en branche et rejoignit le sol. Si la clarté lunaire peignait d'argent laiteux l'écorce du barral tandis qu'Arya portait ses pas vers lui, la nuit bitumait les cinq lancéoles pourprées de ses feuilles. La face sculptée dans le tronc vous dévisageait. C'était une face effroyable, avec sa bouche tordue, ses yeux flamboyants de haine. Était-ce là l'aspect d'un dieu ? Les dieux étaient-ils vulnérables, tout comme les gens ? *Je devrais prier*, se dit-elle brusquement.

Elle tomba sur ses genoux. Elle ne savait trop par où commencer. Elle joignit les mains. *Aidez-moi, vous, les dieux anciens*, demanda-t-elle en silence. *Aidez-moi à tirer ces hommes de leur cachot pour tuer ser Amory, et ramenez-moi à la maison, à Winterfell. Faites de moi un danseur d'eau et un loup sans plus de peur, jamais.*

Cela suffisait-il ? Ne fallait-il pas prier à voix haute pour se faire entendre des anciens dieux ? Elle devait, peut-être, prier plus longuement. Il arrivait à Père de prier très très longuement, se souvint-elle. N'empêche que les anciens dieux l'avaient abandonné. Cette pensée la mit hors d'elle. « Vous auriez dû le sauver ! gronda-t-elle. Il vous priait tout le temps. Ça m'est bien égal, que vous m'aidiez ou pas ! Vous en seriez bien incapables, d'ailleurs, je crois, même si vous vouliez... !

— Il ne faut pas moquer les dieux, petite. »

La voix la fit tressaillir, bondir sur ses pieds, tirer son épée de bois. Jaqen H'ghar se tenait si parfaitement immobile dans les ténèbres qu'on l'eût pris pour un arbre parmi les arbres. « Un homme vient entendre un nom. Après un puis deux suit trois. Un homme voudrait avoir terminé. »

Elle abaissa vers le sol la pointe hérissée d'échardes. « Comment saviez-vous que j'étais ici ?

— Un homme voit. Un homme entend. Un homme sait. »

Elle lui décocha un regard soupçonneux. Était-il l'envoyé des dieux ? « Comment avez-vous fait tuer Weese par son propre chien ? Et Rorge et Mordeur, les avez-vous tirés de l'enfer ? Et Jaqen H'ghar, c'est votre vrai nom ?

— Certains êtres ont des tas de noms. Belette. Arry. *Arya.* »

Elle recula, recula, finit par se retrouver adossée contre l'arbre-cœur. « Gendry a parlé ?

— Un homme sait, répéta-t-il. Lady Stark, ma dame. »

Il était peut-être, *vraiment*, l'envoyé des dieux. Afin d'exaucer ses prières. « J'ai besoin de votre aide pour tirer ces hommes de leur cachot. Le nommé Glover et les autres, tous. Il nous faudra tuer les gardes et nous débrouiller pour forcer la porte...

— Une petite oublie, dit-il sans s'émouvoir. Deux elle a eus, trois étaient dus. S'il faut qu'un garde meure, elle n'a qu'à dire son nom.

— Mais *un* garde ne suffira pas, il nous faut les tuer tous pour ouvrir le cachot ! » Elle se mordit violemment la lèvre afin de réprimer ses pleurs. « Je veux que vous sauviez les hommes du Nord comme moi je vous ai sauvé. »

Il la toisa d'un air impitoyable. « Trois vies ont été dérobées à un dieu. Trois vies doivent être remboursées. Il ne faut pas moquer les dieux. » Sa voix avait le soyeux de l'acier.

« Je ne les moquais pas. » Elle réfléchit un moment. « Le nom... Puis-je nommer *n'importe qui* ? Et vous le tuerez ? »

Il inclina la tête. « Un homme a dit.

— *N'importe qui ?* répéta-t-elle. Homme, femme, nouveau-né, lord Tywin ou le Grand Septon, votre propre père ?

— Le géniteur d'un homme est mort depuis longtemps mais, s'il était en vie et qu'une petite connaisse son nom, il mourrait sur ordre d'une petite.

— Jurez-le, dit-elle. Jurez-le par les dieux.

— Par tous les dieux de la mer et de l'air et même par celui du feu, je le jure. » Il enfonça sa main dans la gueule de l'arbre-cœur. « Par les sept dieux nouveaux et par les innombrables dieux anciens, je le jure. »

Il a juré. « Même si je nommais le roi...

— Nomme-le, et la mort viendra. Viendra demain ou lors du changement de lune ou dans un an d'ici, viendra.

Un homme ne vole pas comme un oiseau, mais un pied avance et puis l'autre et, un jour, un homme est là, et un roi meurt. » Il s'agenouilla, de sorte qu'ils se retrouvèrent bien face à face. « Une petite dit tout bas si elle craint de dire haut. Tout bas, maintenant. C'est *Joffrey* ? »

Elle avança les lèvres et, dans l'oreille, lui souffla : « C'est *Jaqen H'ghar*. »

Même quand, dans la grange en feu, des murs de flammes le dominaient et le cernaient, captif et aux fers, il n'avait pas eu l'air si égaré qu'à présent. « Une petite... Elle veut rire...

— Vous avez juré. Les dieux vous ont entendu jurer.

— Les dieux ont entendu. » Dans sa main venait subitement d'éclore un couteau dont la lame était aussi fine que le petit doigt d'Arya. À qui, d'elle ou de lui, le destinait-il ? impossible à dire... « Une petite va se désoler. Une petite va perdre son unique ami.

— Vous n'êtes pas mon ami. Un ami ne demanderait qu'à *m'aider*. » Elle s'écarta de lui, oscilla sur la pointe des pieds, au cas où il lancerait le couteau. « Jamais je ne tuerais un *ami*. »

Un sourire effleura les lèvres de Jaqen et s'évanouit. « Une petite pourrait alors... nommer un autre nom, si un ami aidait ?

— Une petite pourrait, dit-elle. Si un ami aidait. »

Le couteau disparut. « Viens.

— Maintenant ? » Elle n'avait pas une seconde envisagé qu'il agirait si promptement.

« Un homme entend chuinter le sable dans un verre. Un homme ne dormira pas tant qu'une petite n'aura pas dédit certain nom. Maintenant, méchante enfant. »

Je ne suis pas une méchante enfant, nia-t-elle mentalement, *je suis un loup-garou et le fantôme d'Harrenhal*. Elle alla déposer le bâton de bruyère dans sa cachette et suivit Jaqen hors du bois sacré.

En dépit de l'heure, Harrenhal s'activait d'une vie incongrue. L'arrivée de Varshé Hèvre avait bouleversé toutes les routines. Chars à bœufs, bœufs, chevaux, tout avait débarrassé la cour, mais la cage à l'ours s'y trouvait encore. On l'avait suspendue par de lourdes chaînes à la voûte du ponceau qui reliait le poste extérieur au poste médian, et elle s'y balançait à quelques pieds du sol. Un cercle de torches en illuminait les parages. Des garçons d'écurie décochaient des pierres au fauve afin de le faire rugir et gronder. À l'autre extrémité, des flots de lumière se déversaient par la porte de la salle des Garnisaires, ainsi que le fracas des chopes et les beuglements de soudards réclamant du vin. Entonnés par une douzaine de voix dans un idiome guttural fusèrent des couplets qu'Arya trouva passablement barbares.

Ça picole et s'empiffre avant d'aller pioncer, saisit-elle soudain. *Qu'il ait envoyé quelqu'un me réveiller pour aider au service, et Zyeux-roses apprendra que j'ai découché.* Elle se rassura vaille que vaille. Il devait s'affairer à abreuver les Braves Compaings et ceux des bougres de ser Amory qui s'étaient joints à eux. Le tapage que tout ça faisait le distrairait bien...

« Les dieux affamés se repaîtront de sang, cette nuit, si un homme fait cette chose, dit Jaqen. Douce petite, gente et gentille. Dédis un nom et dis un autre et dissipe ce mauvais rêve.

— Non.

— Soit. » D'un air résigné. « La chose sera faite, mais une petite doit obéir. Un homme est trop pressé pour bavarder.

— Une petite obéira, promit-elle. Que dois-je faire ?

— Cent ventres ont faim, leur faut manger, messire commande une soupe chaude. Une fille court aux cuisines dire à son mitron.

— Soupe, répéta-t-elle. Où serez-vous ?

— Une fille aide à faire soupe et attend aux cuisines qu'un homme vienne la chercher. Va. Cours. »

Tourte défournait ses pains quand elle entra en trombe, mais il n'était plus seul. On avait réveillé les cuistots en faveur de Varshé Hèvre et ses Pitres Sanglants. Des serviteurs emportaient déjà des corbeilles entières de miches et de tartelettes, le coq en chef découpait des tranches de jambon froid, des tournebroches rôtissaient des lapins que des fouille-au-pot tartinaient de miel, des femmes apprêtaient carottes et oignons. « Te faut quelque chose, Belette ? demanda le coq en l'apercevant.

— De la soupe, déclara-t-elle. Messire veut de la soupe. »

Il branla sèchement son couteau vers les marmites de fer noir accrochées au-dessus des flammes. « Et c'est quoi, ça, tu crois ? Quoique j'aimerais mieux y pisser dedans que la servir à cette chèvre ! Peut même pas laisser les gens dormir une bonne nuit... » Il cracha. « Bon, t'inquiète, détale et dis-y que ça se bouscule pas, les marmites, comme y s'imagine.

— Je dois attendre qu'elle soit prête.

— Déblaie le passage, alors. Ou plutôt, tiens, rends-toi utile. File à l'office, Sa Chèvreté va vouloir en plus du beurre et du fromage. Tire Pia du plumard, et dis-y bien de se grouiller, pour une fois, si ça la tente pas, de perdre ses deux pieds. »

Elle prit ses jambes à son cou. Loin de dormir, dans sa soupente, Pia geignait sous l'un des Pitres, mais elle ne fut pas longue à se rhabiller quand retentirent les appels d'Arya. Elle emplit six paniers de potées de beurre et de grosses formes enveloppées de linge et qui empestaient. « Maintenant, tu m'aides à les porter.

— Je ne peux pas. Mais tu feras bien, toi, de te dépêcher, ou Varshé Hèvre te prendra ton pied. » Et de détaler avant que Pia ne puisse l'attraper. Au fait, s'étonna-t-elle tout en courant, comment se faisait-il qu'aucun des captifs n'eût les mains ni les pieds coupés ? Peut-être que Varshé Hèvre avait peur de mettre Robb en colère. Quoiqu'il fût, semblait-il, du genre à n'avoir peur de *personne*.

Elle retrouva Tourte touillant les marmites, armé d'une longue cuillère de bois. Elle en saisit une aussi et entreprit de le seconder. Le mettre au courant ? Elle hésita un bon moment puis, au souvenir du village, décida que non. *Il ne ferait que se re-rendre.*

Au même instant la pétrifia l'abominable voix de Rorge. « *Coq !* tonna-t-il, *on vient prendre ta putain de soupe !* » Consternée, Arya lâcha sa cuillère. *Je n'avais pas dit de les amener.* Rorge arborait le heaume de fer dont le nasal dissimulait à demi le trou de sa trogne. Jaqen et Mordeur le suivaient.

« La putain de soupe est putain pas prête, riposta le chef. Faut qu'elle mijote. On vient juste d'y mettre les oignons, et...

— La ferme, ou c' ton cul qu' j'embroche, et on t'emmielle un tour ou deux, vu ? J' dit : la soupe, et j' dit : main'nant. »

Avec un de ses sales sifflements, Mordeur arracha directement de la broche une poignée de lapin saignant et, les doigts dégoulinants de miel, la déchiqueta de ses dents pointues.

Le chef s'avoua vaincu. « Prenez votre putain de soupe, alors, mais si ça bêle qu'elle est dégueulasse, démerdez-vous. »

Tandis que Mordeur se pourléchait le gluant des pattes, Jaqen H'ghar enfilait de grosses moufles matelassées puis en tendait une paire à Arya. « Une belette va aider. » La soupe était bouillante, lourdes les marmites. Ils en empoignèrent une à eux deux, Rorge en prit une autre, et Mordeur deux de plus, non sans siffler comme une brute au contact des anses brûlantes, mais sans les lâcher, pourtant. Ainsi vidèrent-ils les cuisines et, ployant sous leurs fardeaux, se dirigèrent vers la tour de la Veuve. Deux hommes en gardaient la porte. « C'est quoi ? demanda l'un à Rorge.

— Du bouillon d' pissat, t'en veux ? »

Jaqen eut un sourire désarmant. « Un prisonnier, ça mange aussi.

— Mais on nous a rien dit de...

— C'est pour *eux*, coupa Arya, pas pour vous. »

Le second garde acquiesça d'un geste. « Allez-y, alors. »

À l'intérieur, un colimaçon plongeait vers les entrailles de la tour. Rorge ouvrit la marche, Jaqen et Arya la fermaient. « Une petite s'en mêle pas », souffla-t-il.

L'escalier débouchait sur un long caveau voûté de pierre aveugle, humide et ténébreux. Quelques torches fichées dans des appliques éclairaient tant bien que mal au premier plan plusieurs des hommes de ser Amory qui, assis autour d'une table de bois grossière, bavardaient en tapant le carton. Une grille de fer massive les séparait des captifs qui grouillaient dans le noir, au fond. L'odeur de la soupe en agrippa des grappes aux barreaux.

Huit gardes, compta Arya. Leurs narines aussi s'étaient dilatées. « Jamais vu plus moche, comme serveuse... ! lança leur capitaine à l'intention de Rorge. Y a quoi, dans ton pot ?

— Tes couilles et ta queue. T'en veux ou pas ? »

Jusque-là, l'un des gardes avait fait les cent pas, un autre était resté planté non loin de la grille, un troisième, le cul par terre, adossé au mur, mais l'idée de bouffer les attira tous vers la table.

« Sacrément temps qu'y pensent à nous !

— D'z-oignons, que j' sens ?

— Où c'est qu'y a l' pain ?

— Et les bols, foutre ! les coupes, les cuillères... ?

— Pas b'soin. » Rorge leur projeta la soupe bouillante en pleine gueule à travers la table, Jaqen l'imita, Mordeur fit de même avec ses deux marmites, mais en les balançant à bout de bras de manière qu'elles virevoltent dans la cave en pleuvant la soupe. L'une d'elles atteignit à la tempe le capitaine alors qu'il essayait de se lever et l'affala comme un sac de sable, inanimé. Le reste gueulait de douleur, implorait pitié, tentait à quatre pattes de s'esbigner.

Arya se plaqua contre la paroi lorsque Rorge se mit à trancher les gorges. Mordeur, lui, préférait empoigner les têtes par l'occiput et le menton dans ses énormes battoirs blêmes et leur rompre l'échine d'une simple torsion. Un seul des gardes s'était débrouillé pour tirer l'épée. Jaqen esquiva sa taillade en dansant, dégaina lui-même, accula l'homme dans un coin grâce à une averse de coups et l'y tua d'une pointe au cœur. Puis il retourna sa lame toute rouge et dégoulinante vers Arya pour l'essuyer sur le devant de son sarrau. « Une petite aussi doit être ensanglantée. Ceci est son œuvre. »

La clef du cachot était accrochée au mur au-dessus de la table. Rorge s'en empara pour ouvrir la grille. Le premier à la franchir fut le seigneur à l'emblème du poing brandi. « De la belle ouvrage, dit-il. Je suis Robett Glover.

— Messire. » Jaqen s'inclina.

Aussitôt libres, certains captifs délestèrent les morts de leurs armes et, l'acier au poing, cavalèrent vers la surface. Nombre de leurs compagnons se pressaient derrière eux, mains nues. Tous grimpaient vivement, presque sans mot dire. Aucun ne semblait aussi mal en point qu'Arya se l'était figuré lors de leur arrivée. « Futé, le coup de la soupe, commentait en bas le dénommé Glover. J'étais loin de m'y attendre. Une idée de lord Hèvre ? »

Rorge se mit à rire. Et il riait si fort que le trou qu'il avait à la place du nez débordait de morve. Carrément assis sur l'un des cadavres dont il tenait la main molle en suspens, Mordeur lui rongeait les doigts. Les phalanges craquaient sous ses dents.

« Qui êtes-vous donc ? » Un sillon se creusa entre les sourcils de Robett Glover. « Vous n'escortiez pas Hèvre, lors de sa visite au camp de lord Bolton. Vous faites partie des Braves Compaings ? »

D'un revers de main, Rorge torcha son menton ruisselant de morve. « Main'nant, oui. »

— Un homme a l'honneur d'être Jaqen H'ghar, de la cité libre de Lorath, jadis. Les grossiers compagnons de cet homme s'appellent Rorge et Mordeur. Un seigneur se doutera lequel est Mordeur. » Il agita la main du côté d'Arya. « Et voici...

— Belette », lâcha-t-elle avant qu'il ne dévoilât sa *véritable* identité. Elle ne voulait pas laisser dire son nom ici, devant Rorge et Mordeur et tous ces gens qu'elle ne connaissait pas.

Elle ne fit manifestement qu'effleurer l'esprit de Glover. « Très bien, dit-il. Terminons à présent ce joli boulot. »

En haut de l'escalier, les gardes baignaient dans leur propre sang. Des gens du Nord couraient de tous côtés. On entendait des cris. La porte de la salle des Garnisaires s'ouvrit brutalement sur un blessé qui titubait en gémissant. Trois hommes se ruèrent à sa poursuite et l'achevèrent à coups de pique et d'épée. On se battait aussi dans les parages de la conciergerie. Rorge et Mordeur se précipitèrent avec Glover, mais Jaqen H'ghar s'agenouilla près d'Arya. « Une petite ne comprend pas ?

— Si fait », protesta-t-elle, bien que la réponse fût non, pas vraiment.

Le Lorathi dut le deviner à sa physionomie. « Une chèvre n'a pas de loyauté. Une bannière au loup ne tardera pas à flotter ici, je pense. Mais un homme voudrait d'abord entendre dédire certain nom.

— Je retire le nom. » Elle se mâchouilla la lèvre. « J'ai toujours une troisième mort ?

— Une petite est vorace. » Il toucha l'un des gardes qui gisaient là, brandit ses doigts ensanglantés. « Et ça fait trois et ça fait quatre et ça fait huit de plus en bas. La dette est payée.

— La dette est payée », convint-elle de mauvaise grâce. Elle se sentait un peu triste. Une souris de nouveau, pas plus.

« Un dieu a son dû. Et, maintenant, un homme doit mourir. » Un sourire étrange lui frôla les lèvres.

« *Mourir ?* » s'écria-t-elle, abasourdie. Que voulait-il dire ? « Mais j'ai dédit le nom ! Vous n'êtes pas obligé de mourir, à présent !

— Si. Mon temps est fini. » Il se passa la main sur la figure depuis le front jusqu'au menton et, lorsqu'il la retira, il se *métamorphosa*. Ses joues se firent plus pleines, ses yeux plus bridés ; son nez se recourba ; sa joue droite se marqua d'une cicatrice qui n'existait pas auparavant. Et lorsqu'il secoua la tête se dissipa sa longue chevelure raide, mi-partie rouge, mi-partie blanche, et il eut un casque de boucles noires.

Elle en demeura bouche bée. « Qui *êtes*-vous ? chuchota-t-elle, trop éberluée pour éprouver de l'effroi. Comment avez-vous *fait* ça ? C'était difficile ? »

Il eut un grand sourire où miroitait une dent d'or. « Pas plus que d'adopter un nouveau nom, si tu sais t'y prendre.

— Montrez-moi ! s'emballa-t-elle. Je veux le faire aussi !

— Pour apprendre, il te faudrait m'accompagner. »

Elle hésita. « Où ?

— Loin loin. De l'autre côté du détroit.

— Je ne peux pas. Je dois rentrer chez moi. À Winterfell.

— Nous devons donc nous séparer, dit-il, car j'ai des devoirs, moi aussi. » Il lui saisit la main et plaqua, au creux de la paume, une petite pièce. « Tiens.

— Qu'est-ce que c'est ?

— Une pièce inestimable. »

Elle y mordit et la trouva si dure que c'était forcément du fer. « Elle vaut assez pour acheter un cheval ?

— Elle n'est pas faite pour acheter des chevaux.

— Alors, elle sert à quoi ?

— Autant demander à quoi sert la vie, à quoi sert la mort. S'il arrive un jour que tu souhaites me retrouver, donne cette pièce à n'importe quel homme de Braavos en lui disant ces simples mots : *valar morghulis*.

— *Valar morghulis* », répéta-t-elle. Ce n'était pas difficile. Ses doigts se refermèrent étroitement sur la pièce. De l'autre côté de la cour s'entendaient des cris d'agonie. « Ne partez pas, je vous prie, Jaqen.

— Jaqen est aussi mort qu'Arry, dit-il tristement, et j'ai des promesses à tenir. *Valar morghulis*, Arya Stark. Redis-le.

— *Valar morghulis* », dit-elle une fois encore, et l'étranger qui portait les habits de Jaqen s'inclina devant elle avant d'aller, manteau flottant, se fondre à grands pas dans les ténèbres. Elle était seule avec les morts. *Ils méritaient de mourir*, songea-t-elle en se rappelant tous ceux qu'avait massacrés ser Amory Lorch dans le fort, là-bas, sur les bords du lac.

Au Bûcher-du-Roi, les caves étaient désertes lorsqu'elle y regagna sa litière. Après avoir soigneusement murmuré à l'oreiller sa litanie de noms, « *Valar morghulis* », ajouta-t-elle tout bas d'une voix radoucie – mais qu'est-ce que ça pouvait bien signifier ?

À l'aube avaient reparu Zyeux-roses et tous les autres, à l'exception d'un garçon, tué lors des combats sans que quiconque sût pourquoi. Tout en geignant à chaque pas que sa vieille carcasse en avait assez, de toutes ces marches, Zyeux-roses remonta voir ce que donnaient les choses à la lumière du jour et, à son retour, annonça la prise d'Harrenhal. « C'est leurs Pitres Sanglants qu'z-y ont zigouillé tout plein de monde, à ser Amory, dans leurs pieux, même, et ses autres à table, après que z-étaient fin soûls. Le nouveau lord sera là d'ici ce soir avec toute son armée. Y vient du nord, tout là-haut désert, où c'est qu'y a ce Mur, et paraît que c'est un coriace. Ce lord-ci ce lord-là, y a toujours du travail à faire. Un seul qui déconne, et le fouet, que j'y pèle la peau du cul. » Il fixait Arya, ce disant, mais ne lui demanda ni quoi ni où pour son absence durant la nuit.

Elle passa la matinée à regarder les Pitres dépouiller les cadavres de leur moindre effet de valeur avant de les traîner dans la cour aux Laves où les attendait un bûcher. Huppé le Louf trancha le chef à deux chevaliers puis, les empoignant aux cheveux, se pavana par tout le château en les branlant comme s'ils conversaient. « T'es mort de quoi ? » s'enquérait l'un. « Ébouillanté de soupe à la belette », répondait l'autre.

Arya finit par écoper de la corvée d'éponger les flaques de sang. On ne lui adressait pas plus la parole qu'à l'ordinaire, mais elle sentait constamment des regards louches posés sur elle. Robett Glover et ses compagnons de captivité devaient avoir jacassé pas mal sur ce qui s'était passé dans leur oubliette et, du coup, le Louf et ses foutues têtes colportaient la soupe à la belette. Elle l'aurait volontiers sommé de la boucler mais n'osait s'y risquer. Il était à demi dément, et il passait pour avoir trucidé un type que ses farces ne faisaient pas rire. *Il fera bien de la fermer, ou je l'ajoute sur ma liste*, se promit-elle tout en grattant frénétiquement une tache d'un brun rougeâtre.

C'est aux abords du crépuscule que survint le nouveau maître d'Harrenhal. Il avait des traits communs, pas de barbe et une laideur quelconque où seule vous frappait la pâleur bizarre du regard. Ni replet ni musculeux ni mince, il portait de la maille noire et un manteau rose crotté. L'emblème qui figurait sur sa bannière évoquait un homme immergé dans un bain de sang. « À genoux, marauds, pour le sire de Fort-Terreur ! » piaula son écuyer, un gamin de l'âge d'Arya, et Harrenhal s'agenouilla.

Varshé Hèvre s'avança. « Harrenhal est à fous, meffire. »

Messire répondit, mais si bas qu'Arya ne perçut pas une syllabe. Baignés de frais et proprement vêtus de pourpoints et de manteaux neufs arrivèrent à leur tour Robett Glover et ser Aenys Frey. Après un échange rapide, ce dernier se chargea de présenter Rorge et Mordeur. Elle fut suffoquée de les voir toujours là ; elle s'était attendue peu ou prou qu'ils s'évanouissent dans le sillage de Jaqen. Elle entendit le timbre rocailleux de Rorge mais tendait vainement l'oreille à ses propos quand Huppé le Louf fondit sur elle et se mit à la traîner de force à travers la cour. « Messire, messire, chantait-il en lui saccageant le poignet, voici la belette qui fit la soupe !

— *Lâchez-moi !* » dit-elle en se débattant.

Le lord la dévisagea. Seuls étaient mobiles ses yeux ; des yeux d'une pâleur extrême, des yeux de glace. « Quel âge as-tu, mon enfant ? »

Il lui fallut réfléchir un moment pour s'en souvenir. « Dix ans.

— Dix ans, *messire*, corrigea-t-il. Tu aimes les bêtes ?

— Certaines, Messire. »

Un maigre sourire crispa ses lèvres. « Mais pas les lions, à ce qu'il semblerait. Ni les manticores. »

Ne sachant que dire, elle ne dit rien.

« Il paraît qu'on t'appelle Belette. Terminé. Quel nom t'a donné ta mère ? »

Elle se mordit la lèvre. Lequel inventer ? Lommy l'avait surnommée Tête-à-cloques, Sansa Ganache, et les hommes de Père, autrefois, Arya-sous-mes-pieds, mais aucun de ces sobriquets ne correspondait au genre de nom qu'elle souhaitait adopter.

« Nyméria, dit-elle. Sauf qu'elle utilisait Nan comme diminutif.

— Tu voudras bien m'appeler *messire* lorsque tu t'adresses à moi, Nan, reprit-il d'un ton doux. Tu es trop jeune pour être un Brave Compaing, et pas du bon sexe. As-tu peur des sangsues, mon enfant ?

— Ce ne sont que des sangsues, Messire.

— Apparemment, mon écuyer pourrait prendre leçon sur toi. L'usage fréquent des sangsues est le secret de la longévité. Un homme doit se purger lui-même de son mauvais sang. Tu feras l'affaire, je crois. Tant que durera mon séjour à Harrenhal, Nan, tu seras mon page, et tu me serviras à table et dans mes appartements. »

Elle se garda cette fois de dire qu'elle aimerait mieux travailler dans les écuries. « Oui, votre sire. Je veux dire messire. »

Il fit un geste de la main. « Rendez-la présentable, lança-t-il à la cantonade, et assurez-vous qu'elle sache verser le vin sans mettre à côté. » Puis, se détournant, il pointa l'index vers les toits et dit : « Lord Hèvre, occupez-vous de ces bannières sur la conciergerie. »

Quatre Braves Compaings montèrent au rempart affaler le lion Lannister et la manticore noire personnelle de ser Amory puis hissèrent à la place l'écorché de Fort-Terreur et le loup-garou Stark. Et, ce soir-là, un page du nom de Nan tint lieu d'échanson à Roose Bolton et Varshé Hèvre qui, du haut de la galerie, regardaient les Pitres leur exhiber ser Amory Lorch, à poil, au milieu de la cour. Ser Amory qui supplia, sanglota, s'agrippa aux guibolles de ses captureurs jusqu'à ce que Rorge l'envoie valdinguer puis qu'en le bottant le Louf le précipite dans la fosse à l'ours.

L'ours est noir de pied en cap, songea Arya. *Comme était Yoren*. Et elle emplit la coupe de Roose Bolton sans mettre une seule goutte à côté.

DAENERYS

En cette cité des splendeurs, elle s'était attendue que l'hôtel des Nonmourants serait plus splendide qu'aucun palais. Son palanquin la déposa devant une antiquité de ruine grisâtre.

Bas et tout en longueur, dépourvu de tours comme d'ouvertures, cela se tortillait, tel un serpent de pierre, au travers d'un boqueteau d'arbres à l'écorce noire, et du feuillage bleu d'encre duquel se tirait le philtre sorcier que Qarth nommait *ombre-du-soir*. Point d'autre édifice alentour. Passablement décrochées ou brisées, des tuiles noires couvraient la toiture, le mortier des moellons se délitait, tombait en poussière. Elle comprit soudain pourquoi Xaro Xhoan Daxos qualifiait l'hôtel de « palais des Poussières ». Apparemment, l'aspect des lieux mettait le noir Drogon lui-même mal à l'aise. Ses dents aiguës nimbées de fumerolles, il n'arrêtait pas de siffler.

« Sang de mon sang, grinça Jhogo en dothraki, le mal plane sur ce repaire de fantômes et de *maegi*. Voyez-vous comme s'y absorbe le soleil montant ? Partons avant d'être absorbés nous-mêmes. »

Ser Jorah se porta près d'eux. « Quels pouvoirs posséderaient-ils, quand ils vivent *là-dedans* ?

— Suivez les conseils de ceux qui vous aiment le mieux, susurra languissamment Xaro du fond du palanquin. Aigres créatures que ces buveurs d'ombres et mangeurs de poussière. Les conjurateurs ne vous donneront rien. Ils n'ont rien à donner. »

La main d'Aggo se crispa sur l'*arakh*. « Il est dit, *Khaleesi*, que beaucoup pénètrent au palais des Poussières et peu en sortent.

— Il est dit, confirma Jhogo.

— Nous avons juré de vivre et de mourir comme vous, reprit Aggo. Laissez le sang de votre sang vous accompagner dans ce noir séjour pour vous préserver de toute aventure.

— Il est des lieux que même un *khal* doit aborder seul, dit-elle.

— Acceptez du moins que je vous escorte, moi, pria ser Jorah. Le risque...

— La reine Daenerys entrera seule ou n'entrera pas. » Le conjurateur Pyat Pree surgit de sous les arbres. *Nous épiait-il depuis le début ?* se demanda-t-elle. « Qu'elle s'en retourne à présent, pour jamais les portes de la science lui seront fermées.

— Mon bateau de plaisance est toujours prêt à appareiller, lança Xaro Xhoan Daxos. Détournez-vous de ces mascarades, ô reine des reines opiniâtres. J'ai des flûtistes dont les mélodies suaves sauront apaiser les turbulences de votre âme et une fillette qui, sous sa langue, vous fera fondre et soupirer. »

Ser Jorah Mormont fusilla le prince marchand d'un regard sinistre. « Daignez, Votre Grâce, vous souvenir de Mirri Maz Duur...

— Je m'en souviens, dit-elle d'un ton brusquement résolu. Je me souviens du savoir qu'elle détenait. Quoiqu'elle fût une simple *maegi*. »

Un mince sourire éclaira Pyat Pree. « L'enfant parle avec autant de sagesse qu'une doyenne. Prenez mon bras, permettez que je vous conduise.

— Je ne suis pas une enfant. » Elle n'en prit pas moins le bras qu'il offrait.

Il faisait plus sombre qu'elle ne l'eût cru, sous les arbres noirs, et le parcours se révéla plus long. Bien que, depuis la rue, la sente courût droit jusqu'à la porte du palais, Pyat Pree ne tarda pas à s'en écarter. Pressé de questions, il répondit simplement : « Le chemin frontal mène à l'intérieur mais ne laisse plus aucune issue. Prenez bien garde à mes propos, ma reine. L'hôtel des Non-mourants ne fut pas conçu pour des hommes mortels. Si vous prisez votre âme, ayez soin d'agir exactement selon mes prescriptions.

— Je n'y manquerai pas, promit-elle.

— À votre entrée, vous découvrirez une pièce où s'ouvrent quatre portes : celle que vous aurez franchie et trois autres. Empruntez la porte à main droite. Chaque fois, la porte à main droite. Si vous arrivez devant une cage d'escalier, montez. Ne descendez pour rien au monde, et, pour rien au monde, n'allez emprunter d'autre porte que la première porte à main droite.

— La porte à main droite, récita-t-elle. Entendu. Et à mon départ, le contraire ?

— Pour rien au monde, répondit Pyat Pree. Partir et arriver, les préceptes sont identiques. Toujours vers le haut. Toujours la porte à main droite. D'autres portes sont susceptibles de s'ouvrir à vous. Elles offriront à vos yeux maint et maint spectacle troublant. Visions de délices et visions d'horreur, merveilles et terreurs. Soupirs et sons de jours enfuis et de jours à venir et de jours qui jamais ne furent. Il se peut qu'habitants ou serviteurs vous adressent la parole en route. Libre à vous d'en tenir compte ou de les ignorer, mais *n'entrez dans aucune pièce* avant d'avoir atteint la salle d'audiences.

— Entendu.

— En atteignant la salle des Nonmourants, montrez-vous patiente. Nos petites vies ne leur sont ni plus ni moins qu'un battement d'ailes de mite. Écoutez attentivement, et gravez chaque terme dans votre cœur. »

Sur le seuil de la première porte qui, percée dans un mur à faciès humain, affectait l'ovale d'une vaste bouche, les attendait le plus petit nain que Daenerys eût jamais vu, puisqu'à peine lui arrivait-il au genou. Attifé, nonobstant son museau pointu, cave et bestial, d'une délicate livrée pourpre et bleu, il portait dans ses minuscules mains roses un plateau d'argent. Dessus s'effilait une fine flûte de cristal emplie d'un épais breuvage bleu : *ombre-du-soir*, le vin des conjurateurs. « Prenez et buvez, prescrivit Pyat Pree.

— Cela va-t-il me bleuir les lèvres ?

— Une flûte ne fera que vous désobstruer les oreilles et dissoudre la taie de vos yeux. Ainsi serez-vous à même de voir et d'entendre les vérités qui se présenteront à vous. »

Elle porta la flûte à ses lèvres. La première goutte avait sur les papilles un goût d'encre et de viande avariée, mais l'absorption en dissipa la fétidité, et Daenerys eut le sentiment que le liquide, en elle, venait à la vie, s'animait. Cela faisait comme des vrilles qui se développaient dans sa poitrine et qui, tels des doigts de feu, lui enserraient le cœur, elle avait sur la langue des saveurs qui évoquaient le miel, la crème et l'anis, le lait maternel et la semence de Drogo, le sang chaud, la viande rouge et l'or en fusion. À la fois toutes les saveurs qu'elle avait connues et aucune d'elles... – et la flûte se retrouva vide.

« À présent, vous pouvez entrer », déclara le conjurateur. Elle reposa la flûte sur le plateau du nain et s'aventura à l'intérieur.

Le vestibule de pierre qui l'accueillit comportait comme annoncé quatre portes, une par mur. Sans la moindre hésitation, elle emprunta celle de droite. Dans la deuxième pièce, jumelle exacte de la première, elle fit de même et, la porte poussée, découvrit encore un vestibule que quatre portes desservaient. *Me voici face à face avec la sorcellerie.*

Ovale au lieu d'être carrée, la quatrième pièce avait des murs non plus de pierre mais de bois vermoulu et non plus quatre mais six issues. En empruntant la plus à droite, on aboutissait dans un long corridor obscur et très haut de plafond. Sur le côté droit brûlaient de loin en loin des torches qui répandaient une lumière orange et fuligineuse, mais il n'y avait de portes que sur la gauche. Drogon déploya ses vastes ailes noires et, brassant l'air confiné, voleta sur une vingtaine de pieds avant de s'abattre piteusement. Elle pressa l'allure pour le relever.

De ses coloris somptueux de jadis, le tapis mité qu'elle foulait ne conservait qu'un vague souvenir. On y discernait encore le miroitement terne et intermittent d'un fil d'or parmi verts sales et gris délavés. Ces pauvres vestiges servaient tout au plus à étouffer les bruits de pas, mais ce n'était pas forcément un bien. Car le silence permettait d'entendre, émanant de l'intérieur des murs, des fuites furtives et des grattements qui suggéraient la présence de rats. Drogon les percevait aussi. Sa tête en suivait les déplacements, leur cessation lui arracha un hoquet rageur. De certaines des portes closes provenaient d'autres sons, bien plus inquiétants. Des coups ébranlaient l'une d'elles comme si quelqu'un cherchait à la fracasser. Une autre laissait filtrer des fifrements si discordants que la queue du dragon se mit à fouetter frénétiquement. Daenerys se dépêcha de passer outre.

Et toutes les portes n'étaient pas fermées. *Je ne regarderai pas*, se dit-elle, mais la tentation fut trop forte.

Dans une pièce se tordait à même le sol une beauté nue sur qui s'agitaient quatre petits hommes. Ils avaient, à l'instar du serviteur nain, des pattes roses minuscules et des museaux de rat pointus. L'un d'eux soubresautait entre les cuisses de la femme, un autre s'acharnait sur ses seins, lui ravageant les tétons dans ses mandibules écarlates, les déchiquetant et les mastiquant.

Elle tomba plus loin sur un banquet de cadavres. Abominablement massacrés, les convives gisaient pêle-mêle, recroquevillés parmi des sièges renversés, des tables à tréteaux démolies, dans des mares de sang mal coagulé. Certains n'avaient plus de membres ni même de tête. Des mains tranchées tenaient toujours qui coupe sanglante, qui cuillère de bois, pilon rôti, morceau de pain. De son trône les dominait un mort à face de loup. La tête couronnée de fer, il tenait en guise de sceptre un gigot d'agneau, et, lourd d'un appel muet, son regard suivait Daenerys.

Elle prit la fuite pour s'y dérober, mais ne dépassa pas la porte suivante. *Je connais cette pièce*, se dit-elle. Les énormes poutres lui en étaient familières, ainsi que leurs sculptures en masques animaliers. Et, par la fenêtre, s'apercevait un citronnier ! À cette vue, la nostalgie lui poignit le cœur. *La maison à la porte rouge, la maison de Braavos...* Cette pensée lui avait à peine traversé l'esprit qu'entra, pesamment appuyé sur sa canne, le vieux ser Willem. « Vous voici donc, petite princesse, dit-il, gentiment bourru. Venez venez, ma dame, pressa-t-il, vous êtes ici chez vous, ici, vous ne risquez rien. » Sa grosse main tordue se tendait vers elle, aussi parcheminée qu'affectueuse, et Daenerys n'éprouvait qu'un désir, un désir plus impérieux qu'aucun désir jamais, la saisir et l'étreindre et la baiser. Elle faillit avancer un pied, songea brusquement : *Il est mort, il est mort, le cher vieil ours, il est mort depuis une éternité*, se rejeta en arrière et se mit à courir.

L'interminable corridor se poursuivait interminablement, ponctué sans trêve de portes à main gauche et, à main droite, de torches exclusivement. Sa course lui fit dépasser plus de portes qu'il ne s'en pouvait dénombrer, portes ouvertes et closes, portes de fer et de bois, portes ordinaires et ciselées, portes munies de poignées, de loquets, de heurtoirs. Drogon lui fouettait le dos pour qu'elle se hâte, et elle courait, courait, courut jusqu'à ne plus pouvoir courir.

Enfin s'esquissèrent à gauche des vantaux de bronze massif et beaucoup plus grands que les précédents qui, à son approche, s'ouvrirent soudain, la forçant à s'arrêter et à regarder. Par-delà se devinait, ténébreuse, une salle de pierre, la plus vaste qu'elle eût jamais vue. Du haut de ses murs la dévisageaient des crânes de dragons défunts. Parmi les barbelures agressives d'un trône en surplomb se voyait un vieillard paré de robes somptueuses, un vieillard aux yeux sombres et à la longue chevelure argen-tée. « Laisse-le régner sur de la viande cuite et des os calcinés, disait-il à un homme debout à ses pieds. Laisse-le être le roi des cendres. » Labourant de ses griffes soieries et peau, Drogon cria sa terreur, mais le vieillard du trône ne l'entendit point, et Daenerys poursuivit sa route.

Viserys, songea-t-elle d'abord à l'étape suivante, mais un second coup d'œil la détrompa. S'il avait bien les cheveux de son frère, l'homme était de plus haute taille, et ses prunelles étaient non pas lilas mais d'un indigo prononcé. « Aegon, disait-il à une femme qui, couchée dans un grand lit de bois, donnait le sein à un nouveau-né. Se peut-il meilleur nom pour un roi ?

— Composeras-tu une chanson pour lui ? demanda la femme.

— Il en a déjà une, répliqua l'homme. Comme il est le prince qui fut promis, sienne est la chanson de la glace et du feu. » Il leva les yeux, ce disant, et, à la manière dont son regard croisa celui de Daenerys, elle eut l'impression qu'il la voyait, là, debout en deçà du seuil. « Il doit y en avoir cependant une autre, ajouta-t-il sans qu'elle parvînt à savoir s'il s'adressait à sa compagne ou à elle-même. Le dragon a trois têtes. » Il gagna la banquette de la fenêtre, prit une harpe et laissa ses doigts courir avec légèreté sur les cordes d'argent. Une douce tristesse envahit la chambre et, tandis que lui-même et l'épouse et le nourrisson s'évanouissaient comme brume à l'aube, seuls s'attardèrent des accords épars qui talonnaient la fuite de Daenerys.

Une heure de plus lui parut s'écouler avant que ne s'interrompe le corridor fantastique devant un escalier de pierre qui s'abîmait vertigineusement dans les ténèbres. Or elle n'avait eu jusque-là de porte, ouverte ou fermée, que sur sa gauche. Un regard en arrière déclencha sa peur. Une à une s'éteignaient les torches. Une vingtaine brûlaient encore. Trente au plus. Sous ses yeux en expira une nouvelle, et le noir en profita, là-bas, pour progresser comme en rampant vers elle. Et comme elle tendait l'oreille, elle eut l'impression que quelque chose d'autre approchait, poussif, qui se traînait par à-coups, peu à peu, mais inexorable, sur le tapis décoloré. La panique la submergea. Il lui était impossible de retourner sur ses pas, rester là l'effrayait, mais comment poursuivre, alors qu'il n'y avait pas de porte à droite et qu'au lieu de monter l'escalier descendait ?

Cependant qu'elle tâchait de se résoudre, une autre torche disparut, les frôlements sourds se firent plus audibles. Drogon dardait son long col ondulant, sa gueule s'ouvrit sur un cri barbouillé de vapeur. *Il les entend aussi.* Elle se tourna pour la centième fois vers le mur lisse, il demeura lisse. *Comporterait-il une porte secrète, une porte que je ne vois pas ?* Une autre torche s'évanouit. Et encore une autre. *La première porte sur la droite, m'a-t-il prescrit, toujours la première sur la droite. La première porte sur la droite...*

Ce fut une illumination. ... *est la dernière porte sur la gauche !*

Elle la franchit d'un bond. Au-delà, nouvelle pièce, petite, et quatre portes derechef. À droite elle prit, et à droite, et à droite, et à droite, et à droite, et à droite, et à droite, jusqu'à ce qu'à nouveau lui tourne la tête et lui manque le souffle.

La pause la trouva dans une pièce de pierre, une de plus, froide et humide... mais où la porte en face avait, pour changer, la forme d'une bouche ouverte ; à l'extérieur se tenait, dans l'herbe, sous les arbres, Pyat Pree. « Les Nonmourants en auraient-ils si tôt terminé avec vous ? demanda-t-il d'un ton incrédule.

— Si tôt ? dit-elle, suffoquée. Voilà des heures que je marche, et je ne les ai toujours pas trouvés.

— Vous avez dû commettre une erreur. Venez, je vais vous guider. » Il lui tendit la main.

Elle hésita. Il y avait encore une porte à droite, fermée...

« Ce n'est pas la bonne, affirma Pyat Pree d'un ton péremptoire et guindé, ses lèvres bleues ne marquant que réprobation. Les Nonmourants ne sauraient attendre éternellement.

— Nos petites vies ne leur sont ni plus ni moins qu'un battement d'ailes de mite, lui repartit-elle de mémoire.

— Enfant opiniâtre. Vous allez vous perdre et ne trouverez jamais. »

Elle ne s'en détourna pas moins de lui pour gagner la porte à main droite.

« Non ! s'exclama-t-il d'une voix de fausset. Non, venez à moi, à moi, venez à *moâââââââ* ! » Son visage s'éboula du dedans, devint quelque chose de pâle et de larvaire.

Le plantant là, Daenerys découvrit l'amorce d'un escalier. Elle entreprit de le gravir. Mais l'ascension, chose d'autant plus étrange qu'aucune tour ne surmontait l'hôtel des Nonmourants, ne tarda pas à lui couper les jambes.

Elle finit tout de même par aboutir sur un palier. À sa droite béait à deux battants une large porte de bois marquetée d'ébène et de barral dont les grains noir et blanc s'enlaçaient et s'enchevêtraient en rinceaux qui formaient des motifs d'une étrange complexité que leur magnificence n'empêchait pas d'être un peu angoissants. *Le sang du dragon ne doit pas avoir peur.* Après une brève prière au Guerrier pour qu'il lui donne du courage et au dieu cheval dothraki pour qu'il lui donne de l'énergie, elle se contraignit à franchir le seuil.

Dans une immense salle se tenait la fleur splendide des magiciens. Des robes somptueuses d'hermine, de velours rubis et de brocart d'or en paraient certains. D'autres privilégiaient le travail exquis d'armures cloutées de gemmes, des chapeaux coniques constellés d'étoiles en coiffaient plusieurs. Drapées dans des voiles d'une inconcevable beauté les côtoyaient des femmes. Par les vitraux des baies se déversaient des flots multicolores de soleil, et l'atmosphère palpitait d'une musique telle que Daenerys n'avait jamais rêvé pareil enchantement.

Un homme d'allure royale en ses riches atours se leva dès qu'il l'aperçut et sourit. « Soyez la bienvenue, Daenerys Targaryen. Venez et partagez les mets de l'à-jamais. Vous voyez en nous les Nonmourants de Qarth.

— Voici longtemps que nous vous attendions, dit sa voisine dont la tenue, rose et argent, laissait à découvert, selon les usages de Qarth, la gorge la plus parfaite qu'on pût désirer.

— Nous savions que vous deviez venir, reprit le magicien roi. Nous le savions depuis des millénaires et n'avons cessé d'attendre cet instant. Nous avons envoyé la comète vous montrer la voie.

— Nous devons vous faire part du savoir que nous détenons, dit un éblouissant guerrier en armure émeraude, et vous munir d'armes magiques. Vous avez surmonté chaque épreuve. À présent, venez vous asseoir parmi nous, nous ne laisserons sans réponse aucune de vos questions. »

Elle avança d'un pas, mais ce pas fit bondir Drogon de son épaule et, à tire-d'aile, il s'alla percher sur la porte d'ébène et de barral dont il se mit à mordre la marqueterie.

« Coriace, la bête ! s'esclaffa un beau jouvenceau. Vous enseignerons-nous le langage occulte de son espèce ? Venez, venez. »

Le doute la saisit. La grande porte était si pesante qu'elle eut besoin de toute son énergie pour l'ébranler, mais elle y parvint à force de s'arc-bouter. Derrière s'en dissimulait une seconde, des plus ordinaires, en vieux bois raboteux et gris... mais qui se trouvait à main droite de celle qu'elle avait empruntée pour entrer. Les magiciens la pressaient d'invites plus mélodieuses que des chansons, mais Daenerys prit la fuite pour s'y soustraire, et Drogon son essor pour la rejoindre et se cramponner. Elle enfila l'étroite issue, se retrouva dans une chambre des plus obscure.

Une longue table de pierre encombrait celle-ci. Au-dessus flottait un cœur humain, boursouflé, bleu par la pourriture et pourtant vivant. Il battait avec un boucan semblable à de lourds sanglots, et chacune de ses pulsations projetait un jet de lumière indigo. Quant aux figures qui entouraient la table, elles n'étaient que des ombres bleues. Et elles demeurèrent inertes et muettes et aveugles quand Daenerys se dirigea vers le siège vacant qui en occupait le bas bout. Seul, dans le silence, s'entendait le lent battement poignant du cœur en décomposition.

... *mère des dragons*... prononça une voix mi-geignarde mi-confidentielle, ...*dragons*... *dragons*... *dragons*... répondirent en écho, du fond des ténèbres, d'autres voix. Les unes mâles, les autres femelles. Et une avec un timbre puéril. Les battements du cœur flottant scandaient le passage des ténèbres à l'obscurité. Elle dut faire un effort terrible pour recouvrer la volonté de prendre la parole et rappeler à elle chacun des termes qu'elle avait rabâchés si assidûment. « Je suis Daenerys du Typhon, princesse

Targaryen, reine des Sept Couronnes de Westeros. » *M'entendent-ils ? Pourquoi cette immobilité ?* Elle s'assit, les mains jointes dans son giron. « Accordez-moi vos conseils, vous qui possédez le savoir imparti à qui a conquis la mort. »

Le ténébreux indigo lui permit d'entr'apercevoir, à sa droite, les traits du plus proche des Nonmourants, un vieillard desséché, chauve, cacochyme. Il avait le teint pis que violacé, les lèvres et les ongles plus bleus encore, et si sombres qu'on les eût dits noirs. Bleu était même le blanc de ses yeux qui fixaient aveuglément, vis-à-vis, une vieillarde à même la peau de laquelle s'étaient désagrégées de claires soieries. Dénudée dans le goût de Qarth, une mamelle décharnée s'achevait en pointe par une tétine bleue de cuir racorni.

Elle ne respire pas. Daenerys sonda le silence. *Aucun d'eux ne respire, aucun d'eux ne bouge, et leurs yeux ne voient rien. Les Nonmourants seraient-ils morts ?*

La réponse lui parvint en un murmure aussi ténu qu'une moustache de souris... *vivons... vivons... vivons...* frémit-ce. En écho frissonnèrent : *... et savons... savons... savons... savons...*, des myriades de chuchotements.

« Je suis venue me faire offrir la vérité, dit Daenerys. Les visions que j'ai eues dans le corridor... étaient-elles véridiques, ou mensongères ? S'agissait-il d'événements passés, ou d'événements à venir ? Quelle était leur signification ? »

... la forme des ombres... lendemains pas encore échus... boire à la coupe de la glace... boire à la coupe de la glace...

... mère des dragons... enfant de trois...

« Trois ? » Elle ne comprenait pas un traître mot.

... trois têtes a le dragon... lui psalmodia mentalement le chorus des spectres aux lèvres toujours pétrifiées dans le silence bleu que ne troublait aucune haleine... *mère des dragons... enfant du typhon...* Les chuchotements se firent chanson tournoyante... *trois feux te faut allumer... l'un pour la vie, l'un pour la mort, l'un pour l'amour...* Elle sentait son propre cœur battre à l'unisson de celui qui flottait sous ses yeux, bleu de putréfaction...

trois montures te faut chevaucher... l'une pour le lit, l'une pour l'horreur, l'une pour l'amour... Les voix devenaient plus fortes, s'aperçut-elle, tandis que son pouls lui faisait l'effet de se ralentir, et jusqu'à son souffle... *trois trahisons te faut vivre... l'une pour le sang, l'une pour l'or, l'une pour l'amour...*

« Je ne... » Sa voix n'était plus guère qu'un vague murmure, à l'instar presque de la leur. Que lui arrivait-il donc ? « Aidez-moi. Montrez-moi. »

... l'aider... ricanèrent les chuchotements, *... lui montrer...*

Alors émergèrent de l'obscurité, tels de gélatineux fantômes, des images indigo. Viserys hurla sous l'or en fusion qui roulait le long de ses joues et lui emplissait la bouche. Une ville embrasée derrière lui, se dressa sous une bannière à l'étalon piaffant un seigneur d'imposante stature et dont la toison d'argent doré rehaussait le teint cuivré. Des rubis ruisselèrent comme autant de gouttes de sang de la poitrine d'un prince qui s'effondra sur les genoux, mourant, dans l'eau vive et rendit son dernier soupir en soufflant le nom d'une femme... *mère des dragons, fille de la mort...* Aussi ardente que le crépuscule apparut, brandie par un roi aux prunelles bleues mais dépourvu d'ombre, une épée rouge. Un dragon de tissu fiché sur des mâts ondoya sur d'innombrables ovations. D'une tour fumante s'envola un colossal monstre de pierre qui exhalait des flammes d'ombre... *mère des dragons, mortelle aux mensonges...* Son argenté trottait à présent dans les prés vers une source ombreuse où se reflétait un océan d'astres. Campé à la proue d'un navire parut un cadavre aux yeux étincelants qui juraient dans sa face morte et dont les lèvres grises esquissaient un sourire navré. Une fleur bleue s'épanouit dans les lézardes d'un mur de glace, et l'atmosphère en fut embaumée... *mère des dragons, fiancée du feu...*

De plus en plus vite accouraient et se succédaient les apparitions, si grouillantes que l'air lui-même en devenait tumultueux. Des ombres s'enlacèrent sous une tente en un ballet d'effarants désossés. Une fillette s'élança nu-pieds vers la porte rouge d'une grosse maison. Un dragon lui fusant du front, Mirri Maz Duur hurla dans les flammes. Traîné par un cheval d'argent cahota comme un pantin nu le cadavre ensanglanté d'un homme. Un lion blanc de taille surhumaine effleura l'herbe de sa course. Au bas de la Mère des Montagnes émergèrent à la queue leu leu d'un immense lac des nudités antédiluviennes qui vinrent en grelottant prosterner devant elle leurs têtes chenues. Comme elle passait au galop de son argenté plus prompt que le vent, dix mille esclaves brandirent leurs mains sanglantes. « *Mère !* clamèrent-ils, *Mère, Mère !* » en se portant vers elle comme un seul être, agrippant son manteau, le bas de sa robe ou lui touchant le pied, la jambe, la poitrine. Ils la voulaient, ils avaient besoin d'elle, de la vie, du feu, et, suffocante, elle ouvrait les bras pour se donner à eux...

Mais, tout à coup, de noires ailes la soufflettèrent à qui mieux mieux, un cri de fureur perça l'ambiance indigo, balaya les visions comme par miracle, et la stupeur de Daenerys fit place à l'horreur. Les Nonmourants la cernaient de murmures et, bleuâtres et glacés, se portaient vers elle comme un seul être, agrippant ses vêtements, les tiraillant, la frappant, la tripotant de leurs mains froides et sèches, enlaçant leurs doigts dans sa chevelure. Et elle, vidée de toute énergie, demeurait inerte, ne pouvait bouger. Même son cœur avait cessé de battre. Elle sentit une main s'emparer de son sein, lui tordre le téton. Des dents trouvèrent sa gorge. Une bouche dégoulina sur l'un de ses yeux, lécheuse et suceuse et *mordante*...

Alors, l'indigo vira vers l'orange, et les murmures se changèrent en cris suraigus. Son cœur faisait des bonds désordonnés, bouches et mains l'avaient lâchée, la chaleur regagnait sa chair, une clarté soudaine l'éblouit. Perché au-dessus d'elle, ailes déployées, Drogon déchiquetait l'effroyable cœur de ténèbres, en lacérait l'infecte corruption, et, chaque fois qu'il y dardait ses crocs, un jet de feu jaillissait de sa gueule ouverte, torride, aveuglant. Tout aigus qu'ils étaient se percevaient aussi, tel un froissement de grimoires aux idiomes dès longtemps défunts, les piaillements des Nonmourants qui se consumaient. Leur chair n'était que parchemins rongés, leur ossature que sciure enduite de suif. Ils dansaient au rythme des flammes qui les réduisaient à néant ; ils titubaient et tournoyaient et se contordaient, bras en torche et griffes flamboyantes au ciel.

Debout d'un bond, Daenerys fondit au travers. Aussi légers que l'air et aussi consistants que des cosses vides, ils s'effondrèrent à son seul contact. Le temps d'atteindre la porte, et la pièce entière s'embrasait déjà. « *Drogon !* » appela-t-elle dans la fournaise, et il vola la rejoindre en dépit du feu.

Devant se discernait par intermittence, grâce au contre-jour orangé de l'incendie, un long boyau sombre et sinueux. Elle s'y engouffra, en quête d'une porte, d'une porte à droite, d'une porte à gauche, d'une porte, quelle qu'elle fût, mais il n'y avait rien de tel, hormis le louvoiement des parois de pierre et un dallage imperceptiblement mouvant dont les lentes ondulations semblaient lui tramer des faux pas. Tout en veillant à son équilibre, elle accéléra sa course et, soudain, la porte béa devant elle, une porte en forme de bouche ouverte.

Ses brusques retrouvailles avec l'éclat du soleil la firent chanceler. Pyat Pree sautillait d'un pied sur l'autre en baragouinant une espèce de langue inconnue. Jetant un coup d'œil en arrière, Daenerys distingua de minces volutes grises qui se frayaient passage par toutes les failles des pierres vétustes du palais des Poussières et s'élevaient d'entre les noires tuiles de ses toitures.

En vociférant des malédictions, Pyat Pree tira un poignard et dansa vers elle, mais Drogon lui vola au visage, et soudain *claqua*, telle une musique entre toutes agréable, le fouet de Jhogo. Le poignard prit l'air et, une seconde après, Pyat Pree tombait sous les coups de Rakharo. Alors, ser Jorah Mormont s'agenouilla dans l'herbe encore humide de rosée près de Daenerys et lui passa son bras autour des épaules.

TYRION

« Si vous mourez de façon stupide, vos corps me serviront à nourrir les chèvres, menaça-t-il, comme la première fournée de Freux se détachait du quai.

— Le Mi-homme a pas de chèvres ! rigola Shagga.

— Je m'en procurerai spécialement pour vous. »

À la faveur de l'aube miroitaient sur la Néra des flaques de lumière que dispersaient les perches et qui se reformaient sitôt refermé le sillage du bac. Timett avait emmené l'avant-veille ses Faces Brûlées vers le Bois-du-Roi, les Oreilles Noires et les Sélénites avaient suivi le lendemain, les Freux le faisaient ce jour-là.

« Quoi qu'il advienne, en aucun cas ne cherchez bataille, reprit-il. Frappez leur train de bagages et leurs campements. Tendez des embuscades à leurs éclaireurs et pendez-en les cadavres aux arbres qui vont jalonner leur marche, tournez leurs arrières et liquidez-moi les traînards. Je veux des incursions de nuit, si fréquentes et soudaines qu'ils n'osent plus seulement fermer l'œil, je... »

Shagga lui posa sa main sur la tête. « Tout ça, je l'ai appris de Dolf, fils d'Holger, avant que ma barbe pousse. On fait la guerre comme ça, dans les montagnes de la Lune.

— Le Bois-du-Roi n'est pas les montagnes de la Lune, et vous n'y aurez pour adversaires ni Chiens Peints ni Serpents de Lait. Et fais-moi le plaisir d'*écouter* les guides que j'expédie, ils connaissent aussi bien ce bois que toi tes montagnes. Suis leurs avis, tu ne t'en porteras que mieux.

— Shagga écoutera japper les toutous du Mihomme », promit le sauvage d'un ton solennel avant d'embarquer à son tour avec son cheval. Tyrion regarda le bac se détacher du bord à force de perches, gagner le milieu du courant, se perdre dans la brume et, lorsqu'eut disparu la silhouette de Shagga, éprouva au creux de l'estomac un pincement bizarre. Il allait désormais, dépouillé de ses clans, faire l'apprentissage de la nudité.

Lui demeuraient, certes, les mercenaires engagés par Bronn, près de huit cents hommes à ce jour, mais l'inconstance de pareille engeance était trop notoire pour l'abuser. Oh, il avait fait tout son possible pour s'acheter la loyauté sans faille du reître et de ses meilleures recrues – une bonne dizaine – en leur promettant terres et chevalerie, sitôt acquise la victoire, et tout ça avait bu son vin, savouré ses blagues, échangé du *ser* par-dessus la table avant de s'écrouler dessous, tout ça, sauf... – sauf le sieur Bronn, pardi, qui s'était contenté de sourire de ce sourire insolent et noir, sa spécialité, puis de proférer : « Ils ne manqueront pas de tuer pour obtenir cette chevalerie mais, n'allez pas vous méprendre, ils se garderont de mourir pour elle. »

Ce genre d'illusions, Tyrion n'en nourrissait point.

Les manteaux d'or ? une arme presque aussi douteuse. Des six mille hommes que, merci Cersei !, comprenait le Guet, seul un quart risquait de se montrer fidèle. « S'il n'y a guère de traîtres à tous crins, quand même y en a-t-il, et votre araignée ne les a pas tous repérés, avait averti Prédeaux. Mais il y a des centaines de bleus plus bleus que leur blouse et qui ne se sont engagés que pour le pain, la bière et la sécurité. Moyennant que personne n'aime se conduire en pleutre devant ses potes, ils se battront assez bravement tant que ça ne sera que son du cor et bannières au vent. Mais que la bagarre vire au vinaigre, ils rompront, et vilainement. Le premier à larguer sa pique et à prendre ses jambes à son cou, mille autres aussitôt lui cavalent aux fesses. »

Évidemment, le Guet comportait aussi des types chevronnés, la crème des deux mille qu'avait drapés d'or Robert et non pas Cersei. Mais même eux... Lord Tywin Lannister se plaisait à le souligner, « sergents et soldats font deux ». Et, en fait de chevaliers, d'écuyers et d'hommes d'armes, les effectifs dont disposait Tyrion n'excédaient pas trois cents. Bien assez tôt sonnerait l'heure où tester la véracité de cette autre assertion de Père : « Un homme au rempart en vaut dix dessous. »

Bronn et l'escorte attendaient au pied de l'embarcadère, parmi des essaims de mendiants, de putes en tapin, de poissardes vantant la prise. Les poissardes vous assourdissaient à elles seules plus que tous les autres ensemble. Les chalands s'agglutinaient autour des caques et des étals pour y chicaner bigorneaux, palourdes et brochets. Plus d'autres victuailles n'entrant en ville, le dernier des poissons coûtait dix fois plus cher qu'avant guerre, et les prix ne cessaient de monter. Les gens qui avaient de l'argent venaient matin et soir au bord de la rivière dans l'espoir de remporter chez eux quelque anguille ou du crabe rouge ; ceux qui n'en avaient pas se faufilaient entre les éventaires dans l'espoir d'un larcin ou bien, faméliques et au désespoir, s'amassaient au bas des murailles.

Les manteaux d'or lui ouvrirent un passage à travers la foule en écartant du bois de leurs piques qui lambinait trop. Il ignora vaille que vaille les murmures de malédiction. Un poisson pourri lancé du fond de la cohue vint atterrir à ses pieds et l'éclaboussa. Il l'enjamba d'un air alerte et se hissa en selle. Des gosses aux ventres ballonnés se bataillaient déjà pour les débris fétides.

Du haut de son cheval, il promena son regard le long de la rivière. Des coups de marteau ébranlaient le petit matin, ceux des nuées de charpentiers qui, sur la porte de la Gadoue, doublaient le créneau par des hourds de planches. Ç'avait bonne allure. Il fut infiniment moins satisfait du ramas minable de cahutes qu'on avait laissées se multiplier en deçà des quais, cramponnées aux murs de la ville comme des bernacles aux coques des bateaux : gargotes et cabanes à filets, échoppes, entrepôts, bistrots, bouges à gagneuses avariées... *Tout doit disparaître. Intégralement.* Dans l'état présent, Stannis aurait à peine besoin d'échelles pour submerger les fortifications.

Il appela Bronn. « Réunis une centaine d'hommes et brûlez-moi tout ce que vous verrez entre berge et murs. » D'un signe, ses doigts courtauds balayèrent la lèpre de bout en bout. « Je ne veux pas qu'il en reste rien, comprends-tu ? »

Après avoir considéré la tâche, le reître hocha sa toison de jais. « Tous leurs biens... Vont pas spécialement aimer.

— Le contraire m'eût étonné. N'importe ; ça leur fournira une raison supplémentaire de maudire le petit singe démoniaque.

— Certains se battront, peut-être.

— Débrouille-toi pour qu'ils soient battus.

— Et on fait quoi de ceux qui vivent là ?

— Laissez-leur un délai décent pour ramasser ce qu'ils possèdent, puis videz-les. Essayez de n'en tuer aucun, l'ennemi n'est pas eux. Et trêve de viols, morbleu ! Bride-moi tes hommes.

— C'est des bretteurs, pas des septons, riposta Bronn. Me faudra leur imposer la tempérance, après ?

— Je n'y vois pas d'inconvénient. »

Que n'était-il aussi facile de doubler la hauteur des murs et de tripler leur épaisseur, déplorait-il à part lui. Mais la ville y gagnerait-elle une quelconque sécurité ? Toute leur masse et toutes leurs tours n'avaient préservé ni Accalmie ni Harrenhal. Et Winterfell non plus.

La mémoire lui ressuscita l'aspect de Winterfell, lors de sa dernière visite. Sans être aussi monstrueusement gigantesque qu'Harrenhal ni paraître inexpugnable comme Accalmie, Winterfell donnait une telle impression de force et d'énergie que l'on pouvait s'y croire à l'abri de tout. Annoncée par Varys, la chute du château l'avait secoué comme un cataclysme. « Les dieux donnent d'une main tout en prenant de l'autre », avait-il marmonné dans sa barbe. Harrenhal contre Winterfell, quel troc lugubre pour les Stark...

Il aurait dû s'en réjouir, bien sûr. Robb Stark allait se voir contraint de regagner le Nord. S'il ne se montrait capable de défendre sa propre demeure, son propre foyer, sa royauté n'était qu'un vain mot. Autant de répit pour l'ouest et pour la maison Lannister, et néanmoins...

Pour l'avoir coudoyé durant son séjour chez les Stark, Tyrion ne conservait de Theon Greyjoy qu'un souvenir on ne peut plus flou. Un béjaune qui n'arrêtait pas de sourire, un archer doué. Sire de Winterfell ? L'imagination renâclait. Seul un Stark pouvait être sire de Winterfell.

Tyrion revit leur bois sacré : les grands vigiers dans leur armure d'aiguilles vert-de-gris ; les chênes colossaux ; les aubépines et les frênes et les pins plantons ; et, au centre, l'arbre-cœur, tel un géant pâle pétrifié par le gel des âges. Le parfum des lieux, ce parfum mêlé d'humus et de rumination, le parfum des siècles, lui remontait presque aux narines, et il demeurait ému par la profondeur de l'obscurité qui, même en plein jour, y régnait. *C'était Winterfell, ce bois. C'était le Nord. Jamais je ne me suis nulle part senti aussi déplacé que là, durant ma promenade, jamais nulle part si intrus ni si malvenu.* Cette impression, les Greyjoy l'éprouveraient-ils également ? Le château pouvait bien leur appartenir, jamais le bois sacré, lui, ne serait à eux. Ni dans un an, ni dans dix, ni dans cinquante ans.

Tyrion Lannister mena son cheval au pas vers la porte de la Gadoue. *Winterfell ne t'est rien*, se morigéna-t-il. *Sois content de sa chute, et surveille tes propres murs.* La porte était ouverte. Dans son enceinte se dressaient côte à côte, à même la place du marché, trois trébuchets qui, tels de monstrueux oiseaux, lorgnaient le vide par-dessus les fortifications ; des bardes de fer destinées à les empêcher d'éclater renforçaient les vieux troncs de chêne qui leur servaient de bras de lancement. L'accueil jouissif que réserveraient ces machines à Stannis leur avait valu chez les manteaux d'or le surnom des Trois Putes. *Espérons qu'elles le méritent.*

Des talons, Tyrion mit sa monture au petit trot pour traverser la place en fendant la marée humaine qui, passé les Trois Putes, se fit peu à peu plus fluide et finit par libérer totalement la rue.

Le trajet jusqu'au Donjon Rouge s'effectua sans incident mais, à la tour de la Main, Tyrion trouva dans sa salle d'audiences une douzaine de capitaines marchands, furieux que l'on eût saisi leurs navires. Il leur en présenta ses sincères excuses et promit des indemnités quand la guerre serait terminée, ce qui ne les apaisa guère. « Et si vous la perdez, messire ? lui lança un type de Braavos.

— Dans ce cas, présentez au roi Stannis votre supplique d'indemnisation. »

Quand il se fut enfin débarrassé d'eux, des volées de cloches lui révélèrent qu'il serait en retard pour l'investiture. C'est presque au pas de course qu'il traversa cahin-caha la cour, et déjà Joffrey fixait aux épaules des deux nouveaux membres de sa garde les manteaux de soie blanche quand il vint s'empiler au fond du septuaire. Où il ne vit strictement rien de la cérémonie, le rituel semblant exiger que chacun demeurât debout, rien d'autre qu'une muraille de culs courtisans. Ce toutefois compensé par le fait que, lorsque le nouveau Grand Septon en aurait fini de faire ânonner leurs vœux solennels aux chevaliers récipiendaires et de les oindre aux sept noms des Sept, il serait en bonne position pour sortir le premier.

Pour remplacer feu Preston Verchamps, Cersei avait choisi ser Balon Swann, et il approuvait. Seigneurs des Marches, les Swann se distinguaient par leur fierté, leur puissance et leur circonspection. Si lord Gulian avait invoqué des ennuis de santé pour demeurer dans son château sans aucunement se mêler au conflit, son fils aîné s'était prononcé pour Stannis après avoir suivi Renly, tandis que le cadet, Balon, servait à Port-Réal. S'en fût-il trouvé un troisième, soupçonnait Tyrion, que ce benjamin-là eût rejoint Robb Stark. Une politique qui, pour n'être pas forcément des plus honorable, indiquait du moins un fameux bon sens ; à quelque prétendant qu'échût finalement le trône de Fer, n'importe, les Swann entendaient survivre. En tout cas, outre qu'il était bien né, le jeune ser Balon se montrait vaillant, courtois et fin manieur d'armes ; bon à la lance, à la plommée meilleur et superbe à l'arc. Bref, tout pour faire un brave et loyal serviteur.

Du second élu de sa sœur, Tyrion ne pensait, hélas, pas autant de bien. Ser Osmund Potaunoir avait des *dehors* assez redoutables. Ses six pieds six pouces n'avouaient guère que muscles et nerfs. Nez crochu, sourcils touffus, barbe à la pelle lui composaient un faciès de brute, à condition qu'il ne sourît pas. D'aussi basse extrace qu'un quelconque chevalier du rang, Potaunoir ne pouvait attendre son avancement que d'une soumission totale à Cersei, et c'était sans doute pour cela qu'elle avait jeté son dévolu sur lui. « Sa loyauté n'a d'égale que sa bravoure », avait-elle dit à Joffrey en avançant le nom de ser Osmund. C'était vrai, malheureusement. Depuis le jour où elle l'avait engagé, les secrets qu'elle lui confiait, ce bon ser Osmund s'empressait de les vendre à Bronn, mais Tyrion ne pouvait tout de même pas la *dessiller* à cet égard.

Il avait bien tort, après tout, de s'en chagriner. Avec une prodigieuse candeur, sa sœur lui procurait de la sorte une oreille de plus dans l'entourage immédiat du roi. Et dût ser Osmund se révéler un pleutre accompli, jamais il ne serait pire que ser Boros Blount. Lequel passait incidemment pour villégiaturer dans un cachot de Rosby. La diligence de sa reddition, lorsque ser Jacelyn et ses manteaux d'or étaient tombés à l'improviste sur l'escorte de Tommen et lord Gyles, avait plongé Cersei dans une fureur que n'aurait pas désavouée le vieux ser Barristan Selmy : un chevalier de la Garde était-il pas censé mourir pour la famille royale comme pour le roi ? Joffrey s'était vu sommer par sa mère de le dépouiller de son manteau blanc sous le double chef de couardise et de félonie. *Et voilà qu'elle le remplace par un fantoche tout aussi creux.*

Les prières, la prestation des vœux, l'onction paraissaient devoir dévorer l'essentiel de la matinée. Ses jambes n'ayant pas tardé à le torturer, Tyrion n'arrêtait pas de soulager l'une en portant tout son poids sur l'autre et vice versa. Il distingua lady Tanda, plusieurs rangs devant, mais sans sa Lollys de fille. Ni Shae, dont il n'avait cependant point trop espéré l'entr'apercevoir. Elle allait bien, selon Varys, mais il eût préféré en juger par lui-même.

« Plutôt camériste d'une dame que fouille-au-pot, lui avait-elle dit en apprenant le projet de l'eunuque. Pourrai-je emporter ma ceinture de fleurs d'argent et mon collier d'or que m'sire a dit que ses diamants noirs ressemblaient à mes yeux ? Je les mettrai pas, s'il trouve ça pas convenable. »

Malgré sa répugnance à la dépiter, force lui fut de mettre les points sur les i. Sans être d'une intelligence ce qui s'appelle exceptionnelle, lady Tanda risquerait quand même de s'étonner si la femme de chambre de sa fille paraissait avoir plus de bijoux que celle-ci. « Choisis deux ou trois robes, pas davantage, commanda-t-il. De la bonne laine, mais pas de soie, pas de lamé, pas de fourrures. Le reste, je le garderai dans mes appartements pour quand tu viendras me voir. » Pas du tout la réponse qu'elle aurait souhaitée, mais du moins était-elle en sécurité.

La cérémonie finit enfin par s'achever. Et tandis que Joffrey gagnait la sortie, flanqué de ser Balon et de ser Osmund drapés dans leurs manteaux neufs, Tyrion s'attarda pour échanger trois mots avec le nouveau Grand Septon (qui était l'homme de *son* choix, et assez malin pour savoir à qui il devait le miel de ses tartines). « Je veux les dieux dans notre camp, lança-t-il sans ambages. Avisez vos fidèles que Stannis a juré de brûler le Grand Septuaire de Baelor.

— Est-ce vrai, messire ? » s'enquit le Grand Septon, trois pommes sagaces et ridées à barbe floconneuse.

Tyrion haussa les épaules. « Vraisemblable. Il a brûlé le bois sacré d'Accalmie en offrande à son Maître de la Lumière. S'il a décidé d'offenser les dieux anciens, pourquoi épargnerait-il les nouveaux ? Avisez-les-en. Avisez-les que quiconque envisage de seconder l'usurpateur trahit autant les dieux que son souverain légitime.

— Je le ferai, messire. Et je leur ordonnerai de prier pour la santé du roi – et celle de sa Main. »

En retrouvant sa loggia, Tyrion se vit remettre deux dépêches apportées par mestre Frenken et informer que l'attendait Hallyne le Pyromant. Comme celui-ci pouvait sans dommage patienter un instant de plus, il se plongea dans la lecture. Déjà ancienne, la première lettre émanait de Doran Martell et annonçait la chute d'Accalmie. Autrement curieuse était la seconde, où Balon Greyjoy, qui s'intitulait pompeusement *roi des Îles et du Nord*, invitait le roi Joffrey à expédier un plénipotentiaire aux îles de Fer définir les frontières des deux royaumes et discuter d'alliance éventuelle.

Après l'avoir lue trois fois, Tyrion la mit de côté. Assurément, les boutres de lord Balon auraient été des plus précieux pour affronter la flotte qui remontait à présent d'Accalmie, mais ils se trouvaient à des milliers de lieues sur la côte opposée. Tyrion n'était au surplus pas vraiment certain que l'hypothèse d'abandonner la moitié du royaume le satisfît. *Peut-être devrais-je refiler cette papillote à Cersei. Ou bien la soumettre au Conseil.*

Là-dessus, il fit introduire son visiteur qui lui exhiba la dernière facture des alchimistes. « Mais c'est de la dernière fantaisie... commenta-t-il en s'absorbant dans les comptes. Près de treize mille pots ? Me prenez-vous pour un idiot ? Je ne suis pas près de dilapider l'or du roi pour des pots vides et pour des potées d'eaux grasses scellées à la cire, je vous préviens.

— Non non ! couina le pyromant, les chiffres sont exacts, je vous jure. Nous avons été des plus, hmmm, chanceux, messire Main. Une nouvelle cache de lord Rossart, plus de trois cents pots. Sous Fossedragon ! Des catins se servaient des ruines pour négocier leurs charmes, et l'effondrement du dallage a précipité l'un des amateurs dans une cave. Lequel s'est dit, en tâtant les pots, qu'ils devaient contenir du vin. Et il était déjà si soûl qu'il en a décacheté un et s'est offert une lampée.

— Un prince s'y était déjà essayé jadis, dit sèchement Tyrion. Et comme je n'ai point vu de dragon survoler la ville, le truc n'a pas marché cette fois non plus. » Bâti tout en haut de la colline de Rhaenys et à l'abandon depuis un siècle et demi, Fossedragon n'était peut-être pas le pire endroit pour stocker le feu grégeois, il était même peut-être l'un des meilleurs, mais feu lord Rossart aurait pu quand même avoir la *délicatesse* d'en *informer* quelqu'un. « Trois cents pots, dites-vous ? Je n'aboutis toujours pas au même total que vous. La note de ce jour dépasse de plusieurs *milliers* le nombre de pots maximal que vous estimiez possible de fournir lors de notre dernière rencontre.

— Oui oui, en effet. » Hallyne épongea sa pâleur d'un revers de manche écarlate et noir. « Nous avons œuvré sans relâche, messire Main, hmmm.

— Ce qui suffirait, je suppose, à expliquer que vous produisiez tellement plus de substance qu'auparavant. » Avec un sourire, ses yeux vairons s'appesantirent sur le pyromant. « Mais qui justifie, je crains, que l'on se demande pourquoi vous n'avez pas œuvré sans relâche dès le début. »

Sa blafardise de champignon paraissait devoir interdire à l'alchimiste de blêmir si peu que ce fût, il en accomplit néanmoins l'exploit. « Nous le *faisions*, messire Main, mes frères et moi nous y sommes voués nuit et jour depuis le premier instant, je vous le proteste. Le fait est, hmmm, simplement qu'à force d'élaborer de telles quantités de substance nous sommes devenus plus, hmmm, *opératifs*, et aussi que d'aucunes... – l'embarras le rendait de plus en plus fébrile –, d'aucunes incantations, hmmm, primordiales dont notre ordre détient les arcanes, et infiniment délicates, infiniment pénibles et cependant indispensables pour que la substance acquière toutes ses, hmmm, vertus... »

La patience abandonnait Tyrion. Ser Jacelyn Prédeaux devait être arrivé, maintenant, et il détestait poireauter. « Oui oui, des incantations secrètes. Fantastique. Et alors ?

— Eh bien, on dirait qu'elles sont, hmmm, plus *efficientes* que précédemment. » Il délaya un pauvre sourire. « Vous excluez l'idée d'un rapport éventuel avec les dragons, n'est-ce pas ?

— À moins que vous n'en dénichiez un sous Fosse-dragon. Pourquoi ?

— Oh, pardon, juste un souvenir qui vient de me revenir de l'époque où je n'étais encore qu'un acolyte du vieux sage Pollitor. Un peu surpris que tant et tant de nos incantations parussent avoir, quoi, moins d'*efficace* que ne nous invitaient à le croire les grimoires, je lui en demandai raison. "C'est, me répondit-il, que la magie s'est progressivement retirée du monde à partir de la mort du dernier dragon."

— Navré de vous désappointer, mais je n'ai point vu de dragon. J'ai en revanche aperçu rôder comme une âme en peine la justice du Roi. Et qu'aucun des fruits que vous m'envoyez se révèle empli d'autre chose que de feu grégeois, la même vision vous visitera. »

Hallyne s'enfuit si précipitamment qu'il manqua culbuter ser Jacelyn – *lord* Jacelyn, se fourrer ça dans la mémoire une bonne fois. Lequel se montra comme à l'ordinaire impitoyablement direct. Il avait ramené de Rosby un nouveau contingent de piques levé sur les domaines de lord Gyles et venait reprendre le commandement du Guet. « Comment se porte mon neveu ? demanda Tyrion, une fois épuisé le chapitre des défenses de Port-Réal.

— Le prince Tommen est aussi gaillard qu'heureux, messire. Il a adopté un faon capturé à la chasse par certains de mes hommes. Il en avait déjà eu un, dit-il, mais que dépeça Joffrey pour s'en faire un justaucorps. Il réclame parfois sa mère, et il commence souvent des lettres pour la princesse Myrcella, mais sans en achever aucune, apparemment. Quant à son frère, il n'a pas l'air de lui manquer du tout.

— Vous avez pris à son endroit toutes les dispositions nécessaires, au cas où nous serions vaincus ?

— Mes hommes savent ce qu'ils ont à faire.

— C'est-à-dire ?

— Vous m'avez interdit d'en parler à personne, messire. »

La réplique le fit sourire. « Je suis charmé que vous vous souveniez. » Il risquait aussi bien, si Port-Réal tombait, d'être pris vivant. Mieux valait dès lors qu'il ignore où se cacherait l'héritier de Joffrey.

Prédeaux venait à peine de se retirer qu'apparut Varys. « Quelle créature sans foi que l'homme », dit-il en guise de salutations.

Tyrion soupira. « Qui est notre traître du jour ? »

L'eunuque lui tendit un rouleau. « Pareille vilenie, voilà qui chante une chanson lugubre de notre temps. L'honneur serait-il mort avec nos pères ?

— Mon père n'est toujours pas mort. » Il parcourut la liste. « Je connais certains de ces noms. Artisans, négociants, boutiquiers. Pourquoi donc comploteraient-ils à notre détriment ?

— Parce qu'ils misent apparemment sur la victoire de Stannis et convoitent leur part de gâteau. Ils ont choisi l'appellation d'Épois, par référence à la ramure du cerf couronné.

— Quelqu'un devrait leur signaler que Stannis a changé d'emblème. Et leur suggérer d'adopter plutôt Cœurs Bouillants. » Il n'y avait pas lieu de blaguer, toutefois ; lesdits Épois avaient armé plusieurs centaines de partisans qui devaient s'emparer de la Vieille Porte, une fois la bataille engagée, pour introduire l'ennemi. Parmi les conjurés figurait le maître armurier Salloreon. « Et voilà comment je vais me priver, j'ai peur, se désola Tyrion tout en griffonnant l'ordre d'arrestation, de cet effroyable heaume à cornes de démon. »

THEON

Il dormait. S'éveilla soudain.

Bras léger sur le sien, seins frôlant son dos, nichait contre lui Kyra. À peine en percevait-il le souffle, doux et régulier. Ils s'étaient entortillés dans le drap. Le plus noir de la nuit. La chambre n'était que ténèbres et silence.

Qu'y a-t-il ? Aurais-je entendu quelque chose ? Quel-qu'un ?

Le vent soupirait imperceptiblement aux volets. Quelque part, au loin, miaula une chatte en chaleur. Rien d'autre. *Dors, Greyjoy*, s'intima-t-il l'ordre. *Le château repose, et tes gardes sont à leur poste. Devant ton seuil, aux portes, au-dessus de l'armurerie.*

Fallait-il mettre son émoi sur le compte d'un mauvais rêve ? Il ne se souvenait pas d'avoir seulement rêvé. Kyra l'avait éreinté. Avant qu'il ne la mande, elle avait vécu ses dix-huit printemps dans la ville d'hiver sans jamais fiche ne fût-ce qu'un pied dans l'enceinte de Winterfell. Aussi n'était-elle, en vraie fouine, venue l'y rejoindre, onduleuse et moite, que plus ardemment. Et ç'avait indéniablement épicé les choses que de se farcir une vulgaire fille de taverne dans le propre lit de lord Eddard Stark.

Elle émit un vague marmonnement lorsqu'il se détacha d'elle pour se lever. Quelques braises rougeoyaient encore dans la cheminée. Emmitouflé dans son manteau, Wex roupillait au pied du lit, mort au monde, à même le sol. Rien ne bougea. Theon gagna la fenêtre et l'ouvrit. Sous les doigts glacés de la nuit, la chair de poule courut sa peau nue. Prenant appui sur l'entablement de pierre, il parcourut du regard le sombre des tours, les cours désertes, le ciel noir et cette multitude d'astres que, dût-il vivre centenaire, nul homme ne pourrait compter. Une demi-lune qui flottait au-dessus de la tour Beffroi mirait son reflet sur la toiture des jardins de verre. Et point d'alarme, pas une voix ni ne fût-ce qu'un bruit de pas.

Tout va bien, Greyjoy. Entends-tu ce calme ? Tu devrais être ivre de joie. Tu t'es emparé de Winterfell avec moins de trente hommes. Une geste digne de chanson. Il entreprit de retourner au lit. Il allait te rouler Kyra sur le dos et te la foutre encore un coup, ça chasserait bien les fantômes. Les hoquets de la garce et ses gloussements ne seraient pas du luxe contre ce silence.

Il s'immobilisa. Il s'était si fort accoutumé aux hurlements des loups qu'il ne les entendait quasiment plus... mais quelque chose en lui, quelque instinct fauve de chasseur, percevait leur absence.

Dos tendineux barré d'un écu rond, Urzen veillait sur le palier. « Les loups se sont tus, lui dit Theon. Va voir ce qu'ils fabriquent et reviens immédiatement. » La seule idée des loups-garous courant en liberté lui noua les tripes. Il revit en un éclair Été et Vent-Gris déchiqueter les sauvageons, le jour de l'agression de Bran.

Lorsque la pointe d'une botte lui chatouilla les côtes, Wex sauta sur son séant, se frotta les yeux. « Va t'assurer que Bran et son petit frère sont bien dans leur lit, vite, et magne-toi.

— M'sire ? appela Kyra d'une voix pâteuse.

— Rendors-toi, c'est pas tes oignons. » Il se versa une coupe de vin, l'avala cul sec. Il n'avait entre-temps cessé de tendre l'oreille dans l'espoir que retentisse un hurlement. *Trop peu d'hommes*, songea-t-il avec aigreur. *J'ai trop peu d'hommes. Si n'arrive Asha...*

Wex fut le plus prompt à reparaître, la tête agitée de non véhéments. Avec des bordées de jurons, Theon chercha sa tunique et ses braies que dans sa hâte à sauter Kyra il avait éparpillées par terre à travers la chambre. Par-dessus la tunique, il enfila un justaucorps de cuir clouté de fer puis se ceignit la taille d'un ceinturon muni d'un poignard et d'une longue épée. Il se sentait aussi hirsute que le Bois-aux-Loups, mais sa coiffure était bien son dernier souci.

Sur ce finit par revenir Urzen. « Envolés, les loups. »

Il fallait à présent, se dit Theon, faire preuve d'autant de sang-froid et de discernement que lord Eddard lui-même en telle occurrence. « Secoue le château, dit-il. Rassemble les gens dans la cour, tous, nous verrons qui manque. Et que Lorren fasse la tournée des portes. Toi, Wex, tu m'accompagnes. »

Une question le tracassait : Stygg avait-il atteint Motte-la-Forêt ? Sans être un aussi brillant cavalier qu'il le claironnait – aucun des Fer-nés ne montait très bien –, il en avait eu le temps. Asha risquait donc de se trouver en route. *Et si elle apprend que j'ai paumé les Stark...* Une pensée insupportable.

La chambre de Bran était vide, et vide celle de Rickon, une demi-volée plus bas. Theon se maudit de ne leur avoir pas affecté de garde, ayant jugé plus important de faire arpenter les murs et protéger les portes que dorloter deux mioches – dont un infirme.

Du dehors lui parvenaient des sanglots. Extirpés de leurs pieux, les gens du château convergeaient vers la cour. *Je vais te leur en donner, moi, des raisons de sangloter. Je les ai noblement traités, et voilà comment ils me récompensent.* Afin de leur montrer qu'il entendait être équitable, il était même allé jusqu'à faire fouetter deux de ses hommes pour le viol de cette fille de chenil. *Mais c'est quand même à moi qu'ils continuent de l'imputer. Avec tout le reste.* Il estimait inique leur rancune. Mikken s'était tué lui-même avec sa grande gueule, exactement comme Benfred Tallhart. S'agissant de Chayle, il fallait bien donner *quelqu'un* au dieu Noyé, les Fer-nés y comptaient. « Je n'ai personnellement rien contre vous, avait-il dit au septon avant qu'on ne le précipite dans le puits, mais ni vous ni vos dieux n'avez plus rien à faire ici. » Vous auriez pensé que les autres vous seraient reconnaissants de n'avoir pas choisi l'un d'entre eux, n'est-ce pas ? eh bien, non. Ce complot contre sa personne, là, combien d'entre eux y avaient-ils pris part ?

Urzen revint accompagné de Lorren le Noir. « La porte du Veneur, dit celui-ci. Autant voir vous-même. »

La porte en question se situait à proximité commode des chenils et non loin des cuisines. Ouvrant directement sur champs et forêts, elle épargnait aux cavaliers la traversée de la ville d'hiver et bénéficiait par là de la prédilection des parties de chasse. « Qui était chargé de la garder ? demanda Theon.

— Drennan et Loucheur. »

Drennan était l'un des violeurs de Palla. « S'ils ont laissé filer les gosses, c'est plus que la peau du dos que je leur prendrai, cette fois, je le jure.

— Inutile », dit sèchement Lorren le Noir.

Ce l'était effectivement. Loucheur flottait à plat ventre dans la douve, boyaux à la traîne comme une nichée livide de serpents. À demi nu, Drennan gisait, à l'intérieur de la porterie, dans le réduit douillet d'où s'actionnait le pont-levis. Il avait la gorge ouverte d'une oreille à l'autre. Sa tunique en loques laissait deviner les zébrures à demi cicatrisées de son dos, mais ses bottes traînaient séparément dans la jonchée, et ses braies lui empêtraient les pieds. Sur une petite table près de la porte se trouvaient du fromage et un flacon vide. Plus deux coupes.

Theon saisit l'une d'elles et flaira les traces de vin qui en maculaient le fond. « Loucheur était bien sur le chemin de ronde, non ?

— Ouais », confirma Lorren.

Theon balança la coupe dans l'âtre. « Je dirais que Drennan tombait ses chausses pour la mettre à la bonne femme quand c'est la bonne femme qui la lui a mise. Avec son propre couteau à fromage, d'après la plaie. Que quelqu'un prenne une pique pour me repêcher l'autre andouille. »

L'autre andouille était dans un état nettement plus affriolant que la précédente. Quand Lorren le Noir l'eut retiré de la douve, on constata que Loucheur avait un bras dévissé à hauteur du coude, qu'il lui manquait la moitié de l'échine, et que ricanait, depuis l'aine jusqu'au nombril, un trou déchiqueté. La pique de Lorren l'ayant perforée, la tripaille exhalait une odeur atroce.

« Les loups-garous, décréta Theon. Ensemble, gageons. »
Le dégoût le ramena vers le pont-levis. Enserrant de larges douves, une double enceinte massive de granit cernait Winterfell. L'extérieure avait quatre-vingts pieds de haut, plus de cent l'intérieure. Faute d'hommes, Theon s'était vu contraint de négliger la première et de garnir vaille que vaille exclusivement la seconde, car il n'osait courir le risque de se retrouver coupé des siens par le fossé si le château se soulevait.

Ils devaient être au moins deux, conclut-il. *Pendant que la femme amusait Drennan, le ou les autres libéraient les loups.*

Il précéda ses compagnons vers le chemin de ronde après s'être fait remettre une torche dont il balayait le sol devant lui, en quête de... là. Sur la face interne du rempart et dans l'embrasure d'un créneau flanqué de puissants merlons. « Du sang, annonça-t-il. Éponge grossièrement. À vue de nez, la femme égorge Drennan et abaisse le pont-levis ; Loucheur entend le grincement des chaînes, vient jeter un œil, pousse jusqu'ici ; puis on balance son cadavre par le créneau pour éviter qu'une autre sentinelle ne le découvre. »

Urzen parcourut le mur du regard. « Les autres échauguettes sont pas bien loin. On voit brûler...

— Des torches, coupa Theon avec humeur. Mais pas de gardes. Winterfell a plus d'échauguettes que moi d'hommes.

— Quatre à la porte principale, précisa Lorren le Noir, et cinq pour arpenter les murs. En plus de Loucheur.

— S'il aurait sonné son cor... » commença Urzen.

Je suis servi par des butors. « Essaie d'imaginer que c'était toi, ici, Urzen. Il fait noir et froid. Voilà des heures que tu bats la semelle à te dire : "Vivement qu'on vienne me relever." Alors, tu entends un bruit, tu te diriges vers la porte et, tout à coup, qu'est-ce que tu vois, en haut de l'escalier ? des *yeux*, des yeux que ta torche moire de vert et d'or. Déjà, deux ombres se ruent vers toi à une vitesse inimaginable. À peine as-tu le temps d'entrevoir l'éclat des crocs, de commencer à pointer ta pique et, *vlan* ! tu les encaisses, elles t'ouvrent le bide comme si tes cuirs n'étaient que de la mousseline. » Il lui administra une rude bourrade. « Et te voilà sur le dos, les tripes à l'air qui se débandent, et la nuque entre des mâchoires. » Il empoigna le gosier décharné, serra violemment, sourit. « À quel moment, dis, tu te démerdes, dans tout ça, pour *sonner* posément *de ton putain de cor* ? » D'une poussée brutale, il l'envoya baller, titubant, se massant la gorge, contre un merlon. *J'aurais dû faire abattre ces bêtes le jour même où nous avons pris le château !* rageait-il. *Je les avais vues tuer, je les savais dangereuses au possible...*

« Faut les poursuivre, dit Lorren le Noir.

— Pas tant qu'il fait nuit. » Traquer des loups-garous dans les ténèbres et à travers bois, l'idée ne l'alléchait pas ; les chasseurs risquaient par trop de s'y transformer en gibier. « Nous attendrons le jour. Autant, d'ici là, m'offrir un petit entretien avec mes loyaux sujets. »

En bas, dans la cour, se pressait, plaquée contre le mur, une cohue d'hommes, de femmes et de gosses angoissés. Faute d'obtenir quelques instants pour s'habiller, nombre d'entre eux s'étaient enveloppés tout nus dans des couvertures de laine, des manteaux, des robes de chambre. Un poing brandissant des torches et l'autre des armes, les encerclaient une douzaine de Fer-nés. Le vent qui soufflait par rafales couchait les flammes et orangeait de lueurs sinistres l'acier des heaumes, la poix des barbes et la dureté des regards.

Tout en faisant les cent pas devant les captifs, Theon scrutait les visages. À *tous* il trouva l'air coupable. « Il en manque combien ?

— Six », répondit Schlingue dans son dos avant de s'avancer. Il sentait le savon. Sa longue chevelure flottait au vent. « Les deux Stark, l' gars des marais 'vec sa frangine, l'idiot d's écuries, pis c'te grande bringue de sauvageonne à vous. »

Osha. Il l'avait soupçonnée dès l'instant où il avait vu la seconde coupe. *J'aurais dû me défier de celle-là. Elle est aussi monstrueuse qu'Asha. Même leurs noms sonnent pareil.*

« Quelqu'un est allé faire un tour aux écuries ?

« — Aggar dit qu'y manque pas un ch'val.

— Danseuse est toujours dans sa stalle ?

— Danseuse ? » Schlingue fronça les sourcils. « Aggar dit qu'y a tous les ch'vals. Y a d' disparu qu' l'idiot. »

Ils sont donc à pied. La meilleure nouvelle qu'il eût apprise depuis son réveil. Hodor charriait Bran dans sa hotte, forcément. Osha devrait trimballer Rickon, que ses petites jambes ne pourraient porter bien longtemps. Du coup, Theon se rassura. Il remettrait bientôt la main sur les fugitifs. « Bran et Rickon se sont échappés, dit-il aux gens du château sans lâcher du regard leurs physionomies. Qui sait où ils sont allés ? » Nul ne pipa mot. « Ils n'ont pu s'échapper sans aide, poursuivit-il. Sans provisions, sans vêtements, sans armes. » Il avait eu beau rafler toutes les haches et les épées de Winterfell, on lui en avait sûrement dissimulé quelqu'une. « Je veux les noms de tous leurs complices. Et de ceux qui ont fermé les yeux. » Seule répondit la rumeur du vent. « Dès le point du jour, j'entends aller les rattraper. » Il enfonça ses pouces dans son ceinturon. « J'ai besoin de chasseurs. Qui veut une jolie peau de loup bien chaude pour s'assurer un hiver douillet ? Gage ? » Le cuisinier l'avait toujours accueilli chaleureusement, retour de chasse : « Alors, vous nous rapportez quelque pièce de choix pour la table de lord Eddard ? », mais il demeura cette fois muet. À l'affût du moindre indice de connivence avec les fuyards, Theon reprit dans l'autre sens sa revue des visages. « La sauvagerie des parages est invivable pour un infirme. Et Rickon, jeune comme il est, combien de temps y survivra-t-il ? Songe, Nan, songe comme il doit être terrifié... » Après l'avoir assommé dix ans durant de ses contes interminables, la vieille badait maintenant devant lui comme devant un étranger. « Alors que j'aurais pu tuer tous les hommes ici présents et donner leurs femmes à mes soldats pour qu'ils en jouissent, qu'ai-je fait ? Je vous ai protégés. Est-ce ainsi que vous me remerciez ? » Aucun d'eux, ni Joseth qui avait pansé ses chevaux, ni Farlen, aux leçons duquel il devait tout ce qu'il savait des limiers, ni Bertha, la femme du brasseur, qui avait été sa première, ni... Aucun ne consentait à croiser son regard. *Ils me détestent*, comprit-il.

Schlingue se rapprocha. « Qu'à l's écorcher, pressa-t-il, la lippe allumée de bave. Lord Bolton, y disait qu'un type à poil ç'a peu d' secrets mais qu' sans peau c'en a pus du tout. »

L'écorché, la maison Bolton l'avait en effet pour emblème, savait Theon ; certains des seigneurs de ce nom étaient même allés, jadis, jusqu'à se tanner des manteaux en peau d'ennemi. De Stark notamment. Jusqu'à ce que la soumission de Fort-Terreur par Winterfell eût permis, quelque mille ans plus tôt, d'abolir ces pratiques. *Qu'on prétend, mais les coutumes invétérées ne crèvent pas si facilement, j'en sais quelque chose.*

« On n'écorchera personne dans le Nord tant que je gouvernerai Winterfell », déclara-t-il haut et fort. *Vous n'avez pas d'autre protecteur que moi contre les salopards de son espèce*, avait-il envie de gueuler. Il ne pouvait s'autoriser des manières aussi triviales, mais certains de ses auditeurs seraient peut-être assez finauds pour saisir le sous-entendu.

Le ciel grisaillait par-dessus les murs. L'aube ne tarderait guère. « Joseth, va seller Blagueur et une monture pour toi. Murch, Gariss, la Grêle, vous venez aussi. » Les deux premiers étaient les meilleurs chasseurs de Winterfell, Tym un excellent archer. « Nez-rouge, Aggar, Gelmarr, Schlingue, Wex. » Il avait besoin d'hommes à lui pour surveiller son dos. « Des limiers, Farlen, et toi pour les mener. »

Le maître-piqueux croisa les bras sur sa toison grise. « Et pourquoi je me mêlerais de traquer mes propres seigneurs légitimes, des bambins, en plus ? »

Theon s'avança sur lui. « C'est moi, maintenant, ton seigneur légitime, et moi qui assure la sécurité de Palla. »

Il vit s'éteindre le défi dans les yeux de Farlen. « Ouais, m'sire. »

Reculant d'un pas, Theon jeta un coup d'œil à la ronde. Qui d'autre emmener ? « Mestre Luwin, lâcha-t-il enfin.

— J'ignore tout de la chasse. »

*Oui, mais te laisser au château pendant mon absence,
pas si naïf.* « Eh bien, il n'est que temps de vous initier.

— Permettez-moi de venir aussi. Je veux la pelisse de
loup-garou. » Un gamin, pas plus vieux que Bran. Theon
mit un moment à le reconnaître. « J'ai déjà chassé des
tas de fois, reprit Walder Frey. Le daim rouge et l'orignac
et même le sanglier. »

Son cousin s'esclaffa : « Le sanglier... ! Il a suivi la
chasse avec son père, mais on l'en a toujours tenu au
diable, du sanglier ! »

Theon regarda le gosse d'un air perplexe. « Viens si tu
veux, mais si tu n'arrives pas à tenir le coup, ne compte
pas sur moi pour te donner le sein. » Il se tourna vers
Lorren le Noir. « À toi Winterfell pendant mon absence.
Si nous ne revenons pas, fais-en ce qu'il te plaira. » *Voilà
qui devrait bien, morbleu, les faire prier pour ma réus-
site !*

Les premiers rayons du soleil effleuraient le faîte de la
tour Beffroi quand il retrouva son monde assemblé près
de la porte du Veneur. Les haleines fumaient dans l'air
froid. Gelmarr s'était muni d'une hache à long manche
afin d'être en mesure de frapper les loups en les maintenant à distance. Le fer en était assez massif pour tuer
sur le coup. Aggar portait des jambières d'acier. Outre
une pique à sanglier, Schlingue charriait un sac de lavandière archibourré les dieux savaient de quoi. Theon
avait son arc, cela lui suffisait. Une seule flèche lui avait
naguère permis de sauver la vie de Bran. Il espérait
n'avoir pas besoin d'une seconde pour la lui prendre
mais, si nécessaire, la décocherait.

Onze hommes, deux gamins et une douzaine de
chiens franchirent la douve. Passé l'enceinte extérieure,
la piste était facile à relever dans la terre meuble : l'em-
preinte des pattes de loup, les traces pesantes d'Hodor,
les marques plus superficielles des deux légers Reed.
Une fois sous les arbres, le tapis de feuilles et le sol
rocheux réduisaient les indices, mais la lice rouge de Farlen n'en avait que faire. Le reste de la meute la talonnait
en reniflant et aboyant à qui mieux mieux, deux monstrueux molosses fermaient le ban ; leur taille et leur féro-

cité seraient des plus précieuses pour venir à bout d'un loup-garou acculé.

Theon s'était attendu qu'Osha filerait au sud rallier ser Rodrik ; or, la piste menait au nord par le nord-ouest, soit en plein cœur du Bois-aux-Loups. Il n'aimait pas ça, mais du tout du tout. La farce serait par trop saumâtre si les Stark, en se proposant d'atteindre Motte-la-Forêt, allaient justement se jeter dans les bras d'Asha. *Tout plutôt que ça ! même les reprendre morts*, songea-t-il aigrement. *Mieux vaut passer pour cruel que pour un cornard.*

Entre les arbres s'entremêlaient de pâles bouchons de brume. Vigiers et pins plantons se pressaient fort dru dans le coin, et rien de si sombre et lugubre que leur végétation persistante. Le tapis d'aiguilles qui camouflait sous des airs moelleux les mille accidents du terrain rendait si scabreux le pas des chevaux que force était d'aller très lentement. *Moins lentement toutefois qu'un balourd accablé d'un infirme ou qu'une rosse osseuse d'un moutard de quatre ans*, se ressassait Theon afin de réprimer son exaspération. Il remettrait la main sur eux avant la fin de la journée.

Mestre Luwin trottina le rejoindre comme on suivait une sente à gibier le long d'une ravine. « Jusqu'à présent, messire, je ne discerne aucune différence entre chasse et chevauchée sous bois. »

Theon sourit. « Il existe des similitudes. Mais, au terme de la chasse, il y a du sang.

— Est-ce absolument indispensable ? Telle extravagance qu'ait été leur fuite, ne sauriez-vous leur faire miséricorde ? Ce sont vos frères adoptifs que nous recherchons.

— À l'exception de Robb, aucun Stark ne m'a jamais traité en frère, mais Bran et Rickon valent plus cher vivants que morts.

— C'est également vrai pour les Reed. Moat Cailin se dresse à la lisière des paluds. Son occupation par votre oncle risque de se transformer en séjour aux enfers si lord Howland en décide ainsi. Il lui faudra toutefois s'abstenir aussi longtemps que vous tiendrez ses héritiers. »

Theon n'avait pas envisagé les choses sous cet angle.

Ni sous aucun autre, à vrai dire. Il avait superbement ignoré ces bourbeux, sauf à se demander, quand d'aventure, une ou deux fois, son œil s'était égaré sur elle, si Meera avait encore son pucelage. « Peut-être avez-vous raison. Nous les épargnerons dans la mesure du possible.

— Ainsi qu'Hodor, j'espère. Il est simplet, vous le savez. Il fait ce qu'on lui ordonne. Que de fois n'a-t-il pansé votre cheval, savonné votre selle, récuré votre maille... »

Hodor, il s'en fichait éperdument. « S'il ne nous combat, nous lui laisserons la vie. » Theon brandit l'index. « Mais prononcez un seul mot en faveur de la sauvageonne, et vous mourrez avec elle. Libre à vous. Elle ne m'a juré sa foi que pour pisser dessus. »

Le mestre baissa la tête. « Je ne plaide pas la cause des parjures. Faites ce que vous devez. Merci de votre miséricorde. »

Miséricorde, songea Theon pendant que Luwin se laissait à nouveau distancer. *Un satané piège. Soyez-en prodigue, et l'on vous taxe de pusillanimité ; avare, et vous voilà un monstre.* En tout cas, le mestre venait de lui donner un bon conseil, il le savait. Père ne raisonnait qu'en termes de conquête, mais à quoi rimait-il de vous emparer d'un royaume si vous ne pouviez le garder ? Violence et terreur ne servaient que les courtes vues. Dommage que Ned Stark eût emmené ses filles dans le sud ; en épousant l'une d'elles, Theon eût resserré sa prise sur Winterfell. En plus, joli bibelot que Sansa. Et même, désormais, probablement mûre pour baiser. Mais elle se trouvait à mille lieues d'ici, dans les griffes des Lannister. Pas de pot.

Le bois devenait de plus en plus sauvage. Aux pins et vigiers succédèrent de gigantesques chênes noirs. Des fouillis d'églantiers cachaient jusqu'au dernier moment fondrières et failles. Les collines rocheuses ne s'abaissaient que pour se redresser. On dépassa une métairie déserte et submergée par les herbes folles, et l'on contournait une carrière inondée dont les eaux stagnantes avaient l'éclat gris de l'acier quand la meute poussa des abois forcenés. Se figurant les fuyards à portée,

Theon mit Blagueur au trot mais, en fin de compte, ne découvrit que la dépouille d'un faon d'orignac... Ses reliefs du moins.

Il démonta pour l'examiner. La mise à mort, assez récente, était manifestement imputable à des loups. L'odeur surexcitait les chiens, tout autour, et l'un des molosses enfouit ses crocs dans une gigue avant qu'un cri de Farlen ne le rappelle à l'ordre. *On n'a pas débité le moindre morceau de la bête*, s'aperçut Theon. *Les loups ont mangé, mais pas les humains.* Quitte à refuser de prendre le risque d'allumer du feu, la logique eût voulu qu'Osha prélevât de cette bonne viande au lieu de la laisser stupidement pourrir. « Es-tu certain, Farlen, que nous suivons la bonne piste ? demanda-t-il. Se pourrait-il que tes chiens traquent d'autres loups ?

— Ma lice ne connaît que trop l'odeur de Broussaille et d'Été.

— Espérons. Pour ta propre peau. »

Moins d'une heure plus tard, la piste dévala un versant au bas duquel roulaient les flots boueux d'un ruisseau gonflé par les derniers orages. Et c'est là que les chiens la perdirent. Après les avoir emmenés sur l'autre rive en passant à gué, Farlen et Wex reparurent en secouant la tête négativement. « Ils sont bien entrés dans l'eau ici, messire, mais je n'arrive pas à voir où ils en sont sortis », dit le maître-piqueux, tandis que, nez à terre, ses limiers se démenaient en explorations vaines.

Theon descendit de cheval et, s'agenouillant près des flots, y trempa sa main, la retira glacée. « Ils n'auront pu supporter longuement ce froid, dit-il. Emmène la moitié des chiens vers l'aval, j'irai vers l'amont avec... »

Un bruyant claquement de mains l'interrompit.

« Qu'y a-t-il, Wex ? » s'étonna-t-il.

Le muet désigna le sol.

Les abords immédiats du ruisseau étaient détrempés et spongieux. Les empreintes des loups s'y voyaient nettement. « Traces de pattes, oui. Eh bien ? »

Wex enfonça son talon dans la boue puis fit pivoter son pied dans les deux sens. Ce qui creusait une marque profonde.

Joseth devina. « Un géant comme Hodor aurait dû laisser des traces énormes dans cette gadoue, dit-il. Et d'autant plus avec un gosse sur le dos. Or les seules visibles sont celles de nos propres bottes. Voyez vous-même. »

Non sans effarement, Theon constata le fait. Les loups étaient bien entrés dans les eaux brunâtres, mais seuls. « Osha doit avoir changé de direction quelque part derrière. Avant l'orignac, très probablement. Elle a lancé les loups de leur côté, dans l'espoir de nous faire prendre le change. » Il en retourna sa colère contre les chasseurs. « Si vous m'avez trompé, vous deux... »

— Y a jamais eu qu'une seule piste, messire, je vous jure ! se défendit Gariss. Puis jamais les loups-garous se seraient séparés des petits. Ou pas pour longtemps. »

En effet, convint à part lui Theon. Rien n'excluait qu'ils fussent partis chasser. Tôt ou tard, ils retourneraient auprès de Bran et Rickon. « Gariss, Murch, prenez quatre chiens, rebroussez chemin, et découvrez à quel endroit nous les avons perdus. Toi, Aggar, tu me les tiens à l'œil, qu'ils n'essaient pas de nous blouser. Farlen et moi suivrons les loups. Une sonnerie de cor pour m'annoncer que vous avez retrouvé la trace, deux si vous apercevez les bêtes. Une fois repérées, elles nous mèneront à leurs maîtres. »

Lui-même prit Wex, Ginyr Nez-rouge et le petit Frey pour ses recherches vers l'amont, Wex chevauchant avec lui sur une rive, Walder sur l'autre avec Nez-rouge, une double paire de chiens complétant ce dispositif. Comme les loups pouvaient être sortis du ruisseau par n'importe quel côté, Theon se fit attentif au moindre indice susceptible de les trahir, traces, foulées, rameaux brisés, mais identifia seulement des empreintes typiques de daim, d'orignac, de blaireau. Wex surprit une renarde en train de s'abreuver, Walder leva trois lapins tapis dans les fourrés et fut assez adroit pour placer une flèche au but. Ailleurs, un ours s'était fait les griffes sur l'écorce d'un grand bouleau. Mais des loups-garous, nul signe.

Un peu plus loin, s'exhortait Theon. *Après ce chêne, sur l'autre versant, passé le prochain coude du ruisseau,*

nous finirons bien par trouver. Tout en sachant qu'il aurait
dû depuis longtemps revenir en arrière, il s'opiniâtrait,
malgré l'anxiété qui lui tordait de plus en plus les tripes.
Midi flambait quand, le dépit le faisant enfin renoncer, il
violenta la bouche de Blagueur pour rebrousser chemin.

Quel qu'eût été leur stratagème, Osha et les maudits
gamins étaient en train de lui échapper. Une gageure
inconcevable, à pied, et avec un infirme et un bambin
qu'il fallait porter. Et chaque heure qui s'écoulait rendait
plus probable le succès de leur évasion. *S'ils atteignent
un village...* Jamais les gens du Nord ne renieraient les fils
de Ned Stark, les frères de Robb. Ils leur fourniraient des
montures pour aller plus vite, des provisions. Les hommes
mettraient leur point d'honneur à se battre pour les protéger. Et ce putain de Nord rallierait tout entier leur cause.

Les loups sont allés vers l'aval, voilà tout. Il se raccro-
cha à cette pensée. *Cette lice rouge saura nous flairer
l'endroit où ils sont sortis du ruisseau, et la traque recom-
mencera.*

Mais, dès qu'on eut rejoint le groupe de Farlen, un
simple coup d'œil à la physionomie du maître-piqueux
réduisit à néant les espoirs de Theon. « Ces chiens ne
sont bons que pour une battue à l'ours, déclara-t-il avec
colère. Que n'ai-je un ours à leur filer !

— Les chiens n'y sont pour rien. » Farlen s'accroupit
entre un molosse et son inestimable chienne rouge, une
main posée sur chacun. « L'eau qui court ne garde pas
d'odeurs, m'sire.

— Il a bien fallu que les loups en sortent *quelque part*.

— Et ils l'ont fait, sûr et certain. Aval ou amont. On
trouvera où, si on persévère, mais dans quel sens ?

— Jamais j'ai vu un loup r'monter un courant sur des
milles et des milles, intervint Schlingue. Un type pourrait.
S'y saurait qu'on l' traque, y pourrait. Mais un loup ? »

Theon demeura néanmoins sceptique. Ces fauves-là
n'étaient pas des loups ordinaires. *Maudits machins !
Mieux fait de m'offrir leurs peaux...*

La même rengaine lui fut à nouveau servie tout du long
quand on eut récupéré Gariss et consorts. Ils avaient eu
beau suivre leurs propres traces jusqu'à mi-chemin de
Winterfell, rien n'indiquait que les Stark et les loups-

garous se fussent nulle part faussé compagnie. Aussi contrariés que leurs maîtres semblaient les limiers, qui reniflaient désespérément arbres et rochers en échangeant des jappements grincheux.

Theon rechignait à s'avouer vaincu. « On retourne au torrent. Chercher de nouveau. En allant cette fois aussi loin qu'il faut.

— Nous ne les trouverons pas, dit brusquement le petit Frey. Pas tant que les bouffe-grenouilles sont avec eux. Des pleutres, ces bourbeux, qui n'acceptent pas de se battre comme les gens honnêtes, qui se planquent pour vous décocher des flèches empoisonnées. Vous ne les voyez jamais, mais ils vous voient, eux. Ceux qui les poursuivent dans les marais s'égarent et ne reparaissent jamais. Ils ont des maisons qui *bougent*, même les châteaux comme leur Griseaux. » Il promena un regard nerveux sur la noire verdure qui les pressait de toutes parts. « Ils sont peut-être là-dedans, en ce moment même, à écouter ce que nous disons. »

Farlen éclata de rire pour bien montrer ce qu'il pensait de telles assertions. « Mes chiens sentiraient n'importe quoi dans ce fouillis, mon gars. Leur seraient sur le râble avant que t'aies fait qu'ouf.

— Les bouffe-grenouilles ne sentent pas comme les humains, maintint Frey. Ils puent le marécage, comme les grenouilles et les arbres et les eaux croupies. De la mousse leur pousse aux aisselles en guise de poils, et ils peuvent vivre avec rien d'autre à manger que de la tourbe et respirer que de la vase. »

Theon se disposait à lui conseiller de balancer par-dessus bord ces contes de nourrice quand mestre Luwin prit la parole : « Les chroniques assurent qu'à l'époque où les vervoyants tentèrent d'abattre la masse des eaux sur le Neck, les paludiers vivaient dans l'intimité des enfants de la forêt. Il se peut qu'ils détiennent des savoirs secrets. »

Brusquement, le bois sembla bien plus sombre qu'auparavant, comme si un nuage venait d'intercepter les rayons du soleil. C'était une chose que d'entendre un petit crétin débiter des crétineries, mais les mestres étaient censés dispenser la sagesse. « Les seuls enfants qui m'intéressent sont Bran et Rickon, trancha Theon. Retour au ruisseau. Sur-le-champ. »

Une seconde, il crut qu'on n'allait pas lui obéir, mais la force séculaire de l'habitude finit par l'emporter, et, quitte à suivre d'un air maussade, du moins suivit-on. Ce froussard de Frey palpitait autant que ses lapins de la matinée. Après avoir réparti ses hommes sur les deux rives, Theon se mit à longer le courant. Ils chevauchèrent des milles et des milles, lentement, sans rien négliger, mettant pied à terre afin de précéder les chevaux dans les passages les plus scabreux, laissant les chiens tout-juste-bons-pour-une-battue-à-l'ours flairer la moindre touffe et le moindre buisson. Là où la chute d'un arbre l'avait barré, le torrent formait des lacs verts qu'il fallait contourner, mais, s'ils avaient fait de même, les loups n'avaient pas laissé de foulées ni d'empreintes. Ils s'étaient apparemment pris de passion pour la natation. *Quand je les attraperai, je te leur en ferai passer le goût, moi, de nager. Je les offrirai tous deux au dieu Noyé.*

Lorsque le sous-bois commença de se faire encore plus ténébreux, Theon Greyjoy comprit qu'il était battu. Soit que les paludiers connussent *véritablement* les sortilèges des enfants de la forêt, soit qu'Osha se fût servie de quelque ruse sauvageonne pour le posséder. Il ordonna de presser l'allure en dépit de l'obscurité, mais, comme s'éteignait la dernière lueur de jour, Joseth empoigna son courage pour grogner : « C'est peine perdue, messire. On va qu'écloper un cheval ou y casser la jambe.

— Joseth a raison, appuya mestre Luwin. Tâtonner de par les bois à la lumière des torches ne nous sera d'aucun profit. »

Un goût de bile ulcérait l'arrière-gorge de Theon, et son ventre grouillait de serpents qui s'enchevêtraient dans leurs morsures mutuelles. S'il regagnait Winterfell bredouille, tout aussi bien ferait-il dès lors d'endosser le bigarré des fols et d'en coiffer le chapeau pointu, car le Nord tout entier se gausserait de lui. *Et lorsque Père l'apprendra, de même qu'Asha...*

« M'sire prince. » Schlingue poussa son cheval pour se rapprocher. « S' pourrait qu'les Stark, z'ayent jamais pris par là. Que ch'rais eux, j'aurais parti nord et est, putôt.

Chez l's Omble. Des bons Stark c'est, ça. Quoique leurs terres sont loin. Vos gars, y vont s' réfugier quèqu' part plus près. S' pourrait qu' chais où. »

Theon lui jeta un regard soupçonneux. « Dis toujours.

— V' savez, c' vieux moulin qu'est tout seul au bord d' la Gland ? On y a fait halte, quand y m' traînaient à Winterfell. La femme au meunier n's a vendu du foin pour les ch'vals, et l' vieux ch'valier y p'lotait ses mioches. S' pourrait qu' les Stark, c'est là qu'y s' cachent. »

Le moulin, Theon le connaissait. Il avait même culbuté la meunière une fois ou deux. Les lieux n'avaient rien de remarquable. Elle non plus. « Pourquoi là ? Il y a une douzaine de villages et de fortins tout aussi près. »

Une lueur rigolarde éveilla l'œil pâle. « Pourquoi ? Ben, chais pas trop, mais chais qu'y-z-y sont, je l' sens. »

Theon commençait à en avoir marre, de ces réponses en biais. *Ses lèvres ont l'air de larves en train de s'enculer.* « Ça veut dire quoi ? Si tu m'as caché quelque chose...

— M'sire prince ? » Schlingue avait déjà sauté de selle et l'invitait à l'imiter. Puis, quand ils furent debout côte à côte, il ouvrit le sac de toile qui ne le quittait pas depuis le départ. « Visez-moi ça. »

On n'y voyait plus guère. Theon plongea une main dans le sac et farfouilla fébrilement parmi douces fourrures et lainages rugueux. Une pointe effilée le piqua tout à coup, ses doigts se refermèrent sur quelque chose de dur et froid, que l'examen révéla être une broche en tête de loup, jais et argent. Il comprit en un éclair. Son poing se serra sur elle. « Gelmarr », dit-il, tout en se demandant en qui se fier. *En aucun d'eux.* « Aggar. Nez-rouge. Avec nous. Quant à vous autres, vous pouvez regagner Winterfell et prendre les limiers. Je n'en aurai plus besoin. Je sais maintenant où se cachent Bran et Rickon.

— Prince Theon... intervint mestre Luwin d'un ton suppliant, vous voudrez bien vous rappeler votre promesse ? Miséricorde, avez-vous dit.

— Miséricorde était bonne pour ce matin », rétorqua Theon. *Il vaut mieux être redouté que gaussé.* « Avant qu'ils n'aient déchaîné ma colère. »

JON

La nuit donnait au feu l'éclat d'une étoile tombée contre le flanc de la montagne. Un éclat plus rouge que celui des étoiles du firmament et qui ne scintillait pas, encore qu'il se fît plus brillant parfois, parfois se réduisît à la grosseur d'une vague étincelle se mourant au loin.

À un demi-mille de distance et deux mille pieds d'altitude, évalua Jon, *et admirablement situé pour repérer tout ce qui bouge dans la passe, en bas.*

« Des guetteurs au col Museux ? s'étonna le plus âgé de ses compagnons qui, pour avoir été l'écuyer d'un roi dans son vert printemps, se voyait encore appeler *Sieur* Dalpont par les frères noirs. Que peut bien craindre Mance Rayder ?

— S'il savait qu'ils ont allumé du feu, ces pauvres bâtards, il les ferait écorcher vifs, dit Ebben, un chauve trapu bosselé de muscles comme un sac bourré de cailloux.

— Le feu, c'est la vie, là-haut, mais ça peut être aussi la mort », déclara Qhorin Mimain. Sur son ordre, on s'était prudemment abstenu d'en faire depuis l'entrée dans les montagnes. On mangeait du bœuf salé froid, du pain dur, du fromage plus dur encore, et l'on dormait tout habillé, blotti sous des amoncellements de fourrures et de manteaux, du reste fort aise d'y bénéficier de la chaleur de ses voisins. Ce qui n'allait pas sans rappeler à Jon les nuits froides de Winterfell et l'époque tellement lointaine où il partageait le lit de ses frères. Les hommes avec lesquels il vivait maintenant l'étaient aussi, ses frères, mais le plumard commun se rembourrait de terre et de cailloux.

« Vont avoir un cor, dit Vipre.

— Un cor dont ils ne devront pas sonner, riposta Mimain.

— De nuit, fait une vache de grimpette », reprit Ebben, tout en épiant par un interstice des rochers qui les abritaient l'infime étincelle, là-bas. Pas un nuage ne voilait le ciel, les montagnes dressaient noir sur noir leurs silhouettes déchiquetées dont la cime extrême, couronnée de neige et de glace, brillait sourdement dans la pâleur lunaire.

« Et une plus vache de dégringolade, acheva Qhorin. Faut deux hommes, je pense. Y en a probablement deux, là-haut, montant tour à tour la garde.

— Moi. » Le patrouilleur qu'on surnommait Vipre en raison de son aisance dans la caillasse avait amplement prouvé qu'il était aussi le meilleur grimpeur de la bande. La priorité lui revenait forcément. « Et moi », dit Jon.

Le regard de Qhorin Mimain se posa sur lui. Snow entendait le vent s'affûter en grelottant dans le défilé de la passe qui les dominait. L'un des canassons s'ébroua, gratta du sabot le maigre sol cailouteux de l'anfractuosité où l'on se tenait tapi. « Nous garderons le loup, décida Qhorin. Au clair de lune, c'est trop visible, une fourrure blanche. » Il se tourna vers Vipre. « Le boulot fini, balance un brandon dans le précipice. On viendra quand on l'aura vu tomber.

— Pour y aller, y a pas mieux comme heure que main'nant », dit Vipre.

Ils emportèrent tous deux un rouleau de corde, et Vipre se munit en sus d'une sacoche de pitons en fer et d'un petit marteau dont la tête était sérieusement emmitouflée de feutre. Leurs montures, ils les abandonnèrent là, tout comme leurs heaumes et leur maille – et Fantôme. Avant de s'éloigner, Jon s'agenouilla et laissa le loup-garou le taquiner du mufle puis : « Reste, commanda-t-il. Je vais revenir te chercher. »

Vipre passa le premier. C'était un homme bref et sec, à barbe grise, et qui approchait de la cinquantaine, mais plus fort qu'il n'en avait l'air et mieux doué pour voir de nuit que personne, à la connaissance de Jon, qualité qui n'allait pas être en l'occurrence un luxe. De jour, les montagnes étaient d'un gris-bleu estompé de givre mais, sitôt le soleil tombé derrière leurs pics hirsutes, elles viraient au noir. Pour l'instant, la lune qui se levait les nimbait d'argent et de blanc.

Environnés d'ombres noires et de rochers noirs, les deux frères noirs s'échinèrent à escalader une sente abrupte et tortueuse où l'air noir gelait au fur et à mesure leur haleine. Jon se sentait presque nu sans sa maille, mais il n'en regrettait pas la pesanteur. Dure était la marche, et lente. Se hâter, là, c'était s'exposer à la fracture d'une cheville, ou pire. Si Vipre semblait savoir comme d'instinct où poser ses pieds, lui-même devait constamment surveiller le sol raboteux et pourri.

Le col Museux était en fait un long défilé parsemé de cols successifs et qui ne s'élevait en tournicotant parmi des aiguilles de glace érodées par la bise que pour plonger dans des vallées secrètes où ne pénétrait jamais le soleil. En dehors de ses compagnons, Jon n'avait pas entrevu homme qui vive depuis qu'au sortir des bois avait débuté l'ascension. Les Crocgivre étaient aussi cruels que les pires lieux sortis des mains des dieux, et d'une hostilité formidable à l'endroit des créatures humaines. Le vent coupait comme un rasoir, dans ces parages, et il y poussait des cris aussi perçants, la nuit, que ceux d'une mère endeuillée par l'assassinat de tous ses enfants. Le peu d'arbres qui s'y voyaient prenaient des poses grotesques de contorsionnistes en poussant de travers au hasard d'une faille ou d'une fissure. Des chaos de rocs en suspens menaçaient un peu partout la sente, et les stalactites de glace qui les frangeaient ressemblaient, de loin, à de féroces canines blanches.

Jon n'en regrettait pas pour autant d'être venu. Il y avait aussi des merveilles, ici. Il avait vu les rayons du soleil iriser les glaçons d'exquises cascades ruisselant aux lèvres de falaises à pic, et une prairie d'alpage constellée de corolles automnales sauvages, froilaps azur et feugivres écarlates et foisons de flûte-gramines en leur parure brun et or. Il s'était penché sur des gouffres tellement noirs et si insondables qu'ils devaient pour sûr ouvrir sur quelque enfer et, cinglé de rafales, avait à cheval franchi un pont jeté par la nature au travers du ciel. Des aigles nichés dans les nues fondaient chasser dans les vallées ou traçaient des cercles aériens, planant sur leurs immenses ailes d'un bleu si pâle qu'à peine les distinguait-on quelquefois du ciel. Une fois même il avait observé se couler le long d'un versant rocheux, telle une ombre fluide, un lynx-de-fumée puis, ramassé, bondir sur un mouflon.

À nous de bondir, à présent. Il aurait souhaité pouvoir se mouvoir d'une manière aussi silencieuse et sûre que ce chat sauvage, et pouvoir tuer aussi promptement. Dans son fourreau, Grand-Griffe lui battait le dos, mais peut-être n'aurait-il pas le loisir de l'utiliser. Dague et poignard seraient plus pratiques, en cas de corps à corps. *Ils vont être armés, eux aussi, et je ne porte pas d'armure.* La question s'imposa : qui serait le lynx, et qui le mouflon, tout à l'heure ?

Ils suivirent un bon bout de temps la sente, dont les lacets ne cessaient de monter, monter, monter toujours en serpentant contre le flanc de la montagne. Parfois, la montagne se reployait sur elle-même, et ils perdaient de vue le feu qui, tôt ou tard, finissait quand même par reparaître. L'itinéraire choisi par Vipre, les chevaux n'auraient en aucune manière pu l'emprunter. À certains endroits, Jon devait se plaquer le dos contre la pierre froide et n'avancer que latéralement, pouce après pouce, en crabe. Et, lors même qu'il s'élargissait, le passage était parsemé d'embûches ; il comportait des crevasses assez larges pour engouffrer une jambe d'homme, des cailloux traîtres à trébucher, des creux que les eaux transformaient le jour en mares et en patinoires la nuit. *Un pas, et puis un autre*, s'exhortait Jon. *Un pas, et puis un autre, et ça ira, je ne tomberai pas.*

Il ne s'était pas rasé, depuis son départ du Poing des Premiers Hommes, et le gel eut tôt fait de roidir le poil qui lui hérissait la lèvre. Pendant l'escalade, la bise lui décocha deux heures durant des ruades si virulentes qu'il ne pouvait guère faire que le dos rond et, collé à la roche, prier qu'une rafale ne l'emporte pas. *Un pas, et puis un autre*, reprit-il quand elle se fut calmée. *Un pas, et puis un autre, et ça ira, je ne tomberai pas.*

Ils n'avaient pas tardé à se trouver suffisamment haut pour que mieux valût s'abstenir de jauger le vide. Rien d'autre à voir, en bas, que le bâillement des ténèbres, et, en haut, que la lune et les étoiles. « La montagne est ta mère, avait dit Vipre quelques jours plus tôt, lors d'une ascension plus peinarde. Colle-toi à elle, enfouis ta bouille entre ses nichons, et elle ne te lâchera pas. » À quoi Jon avait répliqué d'un ton badin que s'il s'était toujours demandé qui était sa mère, jamais il n'avait songé la découvrir dans les Crocgivre. À présent, la blague lui semblait bien moins rigolote. *Un pas, et puis un autre*, se rabâchait-il, de plus en plus collé.

Brusquement, la sente s'acheva devant un énorme épaulement noir de granit jailli des entrailles mêmes de la montagne. Et il sécrétait une ombre si noire qu'elle vous faisait, au sortir de la clarté lunaire, l'effet que vous tâtonniez dans une caverne. « Par ici, tout droit, l'orienta la voix calme du patrouilleur. Nous faut les avoir par en haut. » Il se défit de ses gants, les fourra dans son ceinturon, se noua une extrémité de sa corde à la taille, arrima l'autre autour de Jon. « Tu me suis dès qu'elle se tend. » Sans attendre de réponse, il se mit à grimper tout de suite en jouant des pieds et des doigts, et ce à une vitesse inimaginable. Tandis que la longue corde se déroulait régulièrement, Jon ne le lâchait pas des yeux, pour enregistrer de son mieux comment il s'y prenait, où diable il découvrait ses prises ; enfin, lorsque le dernier tour du rouleau vint à se dérouler, il se déganta à son tour et, bien plus lentement... suivit.

En l'attendant, Vipre avait enroulé la corde autour du rocher lisse qui lui servait de perchoir mais, sitôt rejoint, la libéra et repartit. Ne trouvant pas d'entablement propice, au terme de cette deuxième cordée, il saisit son marteau capitonné de feutre, et une série de tapotements délicats lui servit à planter un piton dans une crevasse. Tout étouffé qu'était chacun des martèlements, la pierre

le répercutait en échos si tonitruants que Jon s'en ratati-
nait, persuadé que les sauvageons l'entendaient aussi,
forcément. Une fois le piton solidement fiché, Vipre y fixa
la corde, et Jon reprit son ascension. *Tête la montagne*,
se récita-t-il. *Ne regarde pas vers le bas. Tout ton poids
sur tes pieds. Ne regarde pas vers le bas. Regarde la paroi
devant toi. Ça, oui, c'est une bonne prise. Ne regarde pas
vers le bas. Je peux reprendre haleine sur cette saillie, là,
le tout est d'y parvenir. Ne pas regarder vers le bas,
jamais.*

Comme il y prenait appui de tout son poids, son pied
glissa, une fois, le cœur lui manqua, pétrifié, mais les dieux
eurent la bonté de lui épargner la fameuse dégringolade.
Malgré le contact glacé de la roche qui engourdissait ses
doigts, il n'osait renfiler ses gants ; si parfaitement ajusté
qu'il parût, leur drap fourré risquait par trop de jouer entre
pierre et peau, risque mortel à des hauteurs pareilles.
Cependant, l'ankylose n'en menaçait que mieux sa main
brûlée, qui bientôt se mit à le lanciner. Du coup, l'ongle
du pouce écopa si vilainement qu'il barbouilla tout ce
qu'il éraflait de traînées sanglantes. *Me restera-t-il un seul
doigt quand nous en aurons terminé ?*

Plus haut, plus haut, toujours plus haut..., noires
ombres reptant sur l'à-pic blanchi par la lune. Du bas de
la passe, ils devaient être on ne peut plus visibles, mais
un pan de montagne les dérobait aux sauvageons blottis
auprès du feu. On n'en était plus très loin, pourtant, Jon
le sentait. Et, néanmoins, ce n'est pas vers les adversaires
qui l'attendaient à leur insu que dériva son esprit, mais
vers le petit frère de Winterfell. *Bran adorait grimper.
Trop heureux, si j'avais le dixième de son courage.*

Aux deux tiers de sa hauteur, la paroi s'écartelait en une
crevasse biscornue d'éboulis givrés. Vipre tendit la main
pour aider Jon à se hisser. Voyant qu'il s'était reganté, Jon
s'empressa de l'imiter. D'un signe de tête, le patrouilleur
indiqua la gauche, et cent toises au moins de marche en
crabe sur la corniche leur permirent enfin de revoir, par la
commissure de la falaise, le halo dont s'orangeait pauvre-
ment la nuit.

Les sauvageons avaient dressé leur feu de veille au

creux d'une maigre dépression qui surplombait le point le plus resserré de la passe. Devant eux, la pente, abrupte. Derrière, des rochers qui les abritaient des pires morsures du vent. Ce même écran permettait aux deux frères noirs de s'approcher en tapinois. Et ils finirent, à plat ventre, par découvrir, un peu plus bas, les hommes qu'ils devaient tuer.

L'un dormait, roulé en boule sous un amoncellement de fourrures. Jon n'en voyait que les cheveux, d'un rouge ardent à la lueur du feu. Assis au plus près des flammes, le deuxième les alimentait de branches et de brindilles et ronchonnait contre la bise d'une voix dolente. Le troisième surveillait le col, en fait trois fois rien à voir, hormis une vaste bolée de ténèbres d'où émergeait le torse enneigé des montagnes. C'était ce dernier qui portait le cor.

Trois. Il en fut d'abord décontenancé. *Ils ne devaient être que deux.* Mais l'un d'eux dormait. Puis deux, trois, vingt, quelle importance ? Il fallait accomplir la tâche pour laquelle il était venu. Vipre lui toucha le bras, pointa l'index vers le type au cor. Jon acquiesça d'un hochement vers celui du feu. Ça faisait un drôle d'effet, choisir sa victime. Même quand on avait passé la moitié de ses jours à s'entraîner, muni d'une épée et d'un bouclier, précisément en vue de cet instant-là. *Robb a-t-il éprouvé ce trouble, avant sa première bataille ?* se demanda-t-il, mais ce n'étaient ni le lieu ni l'heure d'en ergoter. Avec une célérité digne de son sobriquet, Vipre fondait déjà sur les sauvageons, talonné par une averse de gravillons. Jon dégaina Grand-Griffe et fonça.

Il eut l'impression que l'affaire se réglait en un clin d'œil. Il n'eut qu'après coup le loisir d'admirer la bravoure du sauvageon qui, au lieu de brandir sa lame, voulait d'abord donner l'alarme et portait bien le cor à ses lèvres mais n'en pouvait sonner, car le branc de Vipre venait de l'en déposséder. Au même instant, son adversaire personnel bondissait sur ses pieds et lui dardait à la figure un brandon dont il percevait nettement la cuisante flamme, alors même qu'il l'esquivait par un mouvement de recul et, du coin de l'œil, voyant s'agiter le dormeur, comprenait qu'il fallait en finir au plus vite avec le premier. Comme le brandon balayait derechef l'espace, il se ruait carrément dessus, faisant à deux mains tournoyer son épée bâtarde, l'acier valyrien se frayait passage à travers cuirs, fourrures, lainages et chair, mais la chute en vrille du sauvageon le lui arrachait des mains. Sans quitter son tas de fourrures, le dormeur était sur son séant. Jon dégainait son poignard, empoignait l'homme aux cheveux, lui pointait la lame sous le menton pour le – *la*... – non – sa main se paralysa. « Une fille.

— Un guetteur, rectifia Vipre. Du sauvageon. Achève-moi ça. »

La peur et le feu luisaient dans les yeux de la fille. Du point de sa gorge blanche que piquait le poignard s'écoulait un mince filet de sang. *Une simple poussée*, se dit-il, *et c'est terminé.* Il était si près d'elle qu'il discernait dans son haleine des relents d'oignon. *Mon âge, pas plus.* Sans qu'il existât la moindre ressemblance, quelque chose en elle évoqua tout à coup l'image d'Arya. « Veux-tu te rendre ? » demanda-t-il en imprimant un demi-tour au poignard. *Et si elle refuse ?*

« Je me rends. » Une bouffée de vapeur dans l'air froid.

« Alors, te voici notre prisonnière. » Son poignard s'écarta de la chair fragile.

« Qhorin a jamais dit de faire des prisonniers, protesta Vipre.

— Ni l'inverse. » Sa main lâcha les cheveux de la fille qui se recula précipitamment.

« C'est une guerrière. » Vipre indiqua d'un geste une longue hache à proximité des fourrures. « Elle allait s'emparer de ça quand tu l'as immobilisée. Ne lui donne qu'une demi-chance, et elle te la plante entre les deux yeux.

— Je me garderai de la lui donner. » Un coup de pied propulsa la hache hors de portée de la captive. « Tu as un nom ?

— Ygrid. » Elle se palpa la gorge et contempla d'un air stupide ses doigts rougis.

Après avoir rengainé son poignard, Jon extirpa Grand-Griffe de sous le cadavre. « Tu es ma prisonnière, Ygrid.

— Je vous ai dit comment je m'appelle.

— Moi, c'est Jon Snow. »

Elle sursauta. « Nom de malheur.

— Nom de bâtardise, dit-il. Mon père était lord Eddard Stark de Winterfell. »

Comme elle dévisageait Jon avec méfiance, Vipre, lui, se mit à ricaner, vachard. « Dis, c'est pas les prisonniers qui seraient censés bavarder, des fois ? » Il jeta une longue branche dans le feu. « Pas qu'elle acceptera. J'en ai connu, des sauvageons, qui se rongeaient plutôt la langue que de te répondre. » Quand il vit la branche flamber gaiement, il la balança vers le précipice. Elle y tomba en tournoyant, et la nuit l'engouffra.

« Devriez brûler ces deux que vous avez tués, dit Ygrid.

— Faudrait un feu plus gros pour ça, et un gros feu, ça fait des flammes un peu trop jolies. » Vipre se détourna et se mit à scruter les horizons noirs en quête de quelque lueur. « Y a plein d'autres sauvageons dans le coin, c'est ça ?

— Brûlez-les, répéta-t-elle d'un ton buté, ou ça se pourrait qu'il vous faudra vos épées de nouveau. »

À ces mots, Jon revit les mains noires et glacées d'Othor. « Peut-être que nous ferions bien de suivre son conseil.

— Y a d'autres moyens. » Vipre s'agenouilla près du type au cor et, après l'avoir dépouillé de ses manteau, bottes, lainages et ceinturon, le chargea sur son épaule maigre, le porta jusqu'au bord du vide et, d'un grognement, l'y jeta. Un moment après leur parvint, de beaucoup plus bas, le bruit flasque de l'écrasement. Une fois le second cadavre dénudé, le patrouilleur se mit à le traîner par les bras. Jon le prit par les pieds et, à eux deux, ils le larguèrent à son tour dans le gouffre noir.

Ygrid avait regardé sans piper. Beaucoup plus vieille que Jon n'avait cru d'abord, elle pouvait bien avoir pas loin de vingt ans, mais elle était petite pour son âge, avec une frimousse ronde, des jambes arquées, des mains menues, le nez camus. Sa tignasse rouge s'ébouriffait en tous sens. La posture à croupetons lui donnait un air grassouillet, mais qui tenait pour l'essentiel à tous les lainages.

ges, fourrures et cuirs qui l'empaquetaient. Elle devait être aussi maigrichonne, là-dessous, qu'Arya.

« C'est nous que tu étais chargée de guetter ? demanda Jon.

— Vous et d'autres. »

Vipre se réchauffait les pattes au-dessus du feu. « Y a quoi, derrière le col ?

— Le peuple libre.

— Ça fait combien de monde ?

— Des cents et des mille. Plus que t'as jamais vu, corbac. » Son sourire révéla des dents crochues mais d'une blancheur éclatante.

Elle ignore leur nombre. « Qu'êtes-vous venus faire par ici ? »

Elle demeura muette.

« Qu'est-ce qui attire votre roi dans les Crocgivre ? Vous ne pouvez pas vous y installer. On n'y trouve rien à manger. »

Elle détourna son visage.

« Vous comptez marcher contre le Mur ? Quand ? »

Elle fixait les flammes, comme frappée de surdité.

« Sais-tu quelque chose à propos de mon oncle, Benjen Stark ? »

Elle persista à l'ignorer. Vipre se mit à rire. « Si ça finit par cracher sa langue, dis pas que je t'avais pas prévenu. »

Un grondement sourd se répercuta de rocher en rocher. *Lynx*, identifia Jon instantanément. Un second retentit, plus proche, comme il se levait. L'épée au clair, il tourna sur lui-même, l'oreille aux aguets.

« Pas à nous qu'ils en veulent, dit Ygrid. C'est les morts qui les attirent. L'odeur du sang, ils sentent d'une lieue. Vont se tenir près des cadavres jusqu'à ce qu'ils aient bouffé toute la bidoche et croqué les os. Pour la moelle. »

Multiplié par les échos, le boucan du festin rendit Jon patraque. La chaleur du feu lui révélait déjà qu'il n'en pouvait plus, mais le moyen de dormir ? Il avait fait un prisonnier, la garde lui en incombait. « C'étaient des parents à toi ? reprit-il à voix basse. Les deux que nous avons tués ?

— Pas plus que vous.

— Moi ? » Il fronça le sourcil. « Que veux-tu dire ?

— Vous avez dit que vous êtes le bâtard à Winterfell.

— Je le suis.

— C'était qui, votre mère ?

— Une femme. Il n'y a guère d'exceptions. » Quelqu'un lui avait dit ça, un jour. Il ne se rappelait plus qui.

Elle sourit à nouveau, ses dents étincelèrent. « Et elle vous a jamais chanté la chanson de la rose d'hiver ?

— Je n'ai pas connu ma mère. Et jamais entendu parler de cette chanson.

— Une chanson de Baël le Barde, précisa-t-elle. Qu'était roi-d'au-delà-du-Mur voilà très très longtemps. Tout le peuple libre connaît ses chansons, mais vous les chantez pas, peut-être, dans le sud.

— Winterfell n'est pas dans le sud, objecta-t-il.

— Si fait. C'est le sud, pour nous, tout ce qu'y a de l'autre côté du Mur. »

Il n'avait jamais envisagé les choses de ce point de vue. « Tout dépend de l'endroit où on se trouve, hein ?

— Ouais, convint-elle. Toujours.

— Dis-moi... » commença-t-il d'un ton pressant. Des heures et des heures s'écouleraient avant que n'arrive Qhorin, et une histoire l'aiderait à lutter contre le sommeil. « J'entendrais volontiers le conte dont tu parlais.

— Il risque de pas vous plaire.

— Je l'écouterai tout de même.

— Lala, courageux, le corbac ! ironisa-t-elle. Eh bien, des années et des années avant de régner sur le peuple libre, Baël était un fameux guerrier. »

Vipre émit un reniflement de mépris. « Tu veux dire pillard, tueur et violeur, quoi.

— Ça aussi, ça dépend de l'endroit qu'on se trouve, rétorqua-t-elle. Le Stark de Winterfell voulait la tête de Baël, mais il pouvait jamais l'attraper, et ça lui mettait la bile au gosier. Un jour, l'amertume le fit traiter Baël de lâche qui s'attaquait qu'aux faibles. En apprenant ça, Baël jura de donner une leçon au lord. Alors, il escalada le Mur, dévala la route Royale et fit son entrée à Winterfell, un soir d'hiver, la harpe à la main, sous le nom de Sygerrik de Skagos. Or *sygerrik* signifie "fourbe", dans la langue que les Premiers Hommes parlaient, celle que parlent toujours les géants.

« Nord ou sud, les chanteurs sont bienvenus partout. Aussi, Baël mangea à la propre table de lord Stark et joua pour le lord installé dans son grand fauteuil jusqu'à la mi-nuit. Les vieilles chansons, il jouait, et des nouvelles faites par lui-même, et il jouait et chantait si bien qu'à la fin le lord lui offrit de choisir lui-même sa récompense. "Une fleur est tout ce que je demande, répondit Baël, la plus belle fleur qui fleurit dans les jardins de Winterfell."

« Or il se trouva que les roses d'hiver commençaient tout juste à fleurir, et qu'y a pas de fleur si rare et si précieuse. Aussi, le Stark envoya dans ses jardins de verre et commanda qu'on coupe la plus belle des roses d'hiver pour payer le chanteur. Et ainsi fut fait. Mais, le matin venu, le chanteur s'était envolé... et aussi la fille vierge de lord Brandon. Son lit, on le trouva vide, à part que, sur l'oreiller où sa tête avait reposé, reposait désormais la rose bleu pâle gagnée par Baël. »

Ce conte, Jon l'entendait pour la première fois. « De quel Brandon s'agirait-il ? Brandon le Bâtisseur vivait à l'âge des Héros, des milliers d'années avant ton Baël. Il y a bien eu Brandon l'Incendiaire et son père, Brandon le Caréneur, mais...

— Celui-là était Brandon le Sans-fille, coupa-t-elle sèchement. Vous voulez entendre le conte, ou pas ? »

Il se rembrunit. « Vas-y.

— Lord Brandon n'avait pas d'autre enfant. À sa prière, les corbeaux noirs s'envolèrent par centaines de leurs châteaux, mais nulle part ils ne trouvèrent la moindre trace de Baël ou de cette fille. Ils cherchèrent pendant près d'un an mais, là, le lord perdit courage et s'alita. Tout semblait présager que la lignée des Stark était sur le point de s'éteindre quand, une nuit où il gisait, attendant la mort, lord Brandon entendit des vagissements. Guidé par eux, il découvrit sa fille qui, de retour dans sa chambre, dormait, un nouveau-né contre son sein.

— Baël l'avait ramenée ?

— Non. De tout ce temps, ni lui ni elle n'avaient quitté

Winterfell mais vécu cachés sous le château avec les morts. La fille aimait Baël si passionnément qu'elle lui donna un fils, dit la chanson... mais, à la vérité, toutes les filles aiment Baël dans les chansons qu'il composa. Quoi qu'il en soit, ce qui est sûr, c'est que Baël laissa l'enfant pour payer la rose qu'il avait cueillie de son propre chef, et que le garçon devint le lord Stark suivant. Et voilà comment vous avez dans vos veines du sang de Baël, comme moi.

— Pure affabulation », dit Jon.

Elle haussa les épaules. « Peut-être, et peut-être pas. Une belle chanson, de toute manière. Ma mère me la chantait. Elle aussi était une femme, Jon Snow. Comme la vôtre. » Elle se frotta la gorge, là où le poignard l'avait entamée. « La chanson s'achève sur la découverte du nouveau-né, mais la fin de l'histoire est plus sombre. Quand, devenu roi-d'au-delà-du-Mur, Baël, trente ans plus tard, mena le peuple libre au sud, c'est le jeune lord Stark qui l'affronta au Gué Gelé... et qui le tua, parce que, quand ils en vinrent à croiser le fer, Baël ne voulut pas verser le sang de son propre fils.

— De sorte qu'il périt à sa place ?

— Oui. Mais les dieux haïssent ceux qui, même à leur insu, tuent leurs propres parents. Quand lord Stark revint de la bataille avec la tête de Baël fichée sur sa pique, ce spectacle affligea sa mère si fort qu'elle se précipita du haut d'une tour. Lui-même ne lui survécut guère. L'un de ses vassaux le dépeça pour s'en faire un manteau.

— Ton Baël n'était qu'un menteur, affirma-t-il, désormais certain de son fait.

— Non, dit-elle, simplement, la vérité d'un barde et la vôtre ou la mienne sont différentes. En tout cas, vous vouliez le conte, je vous l'ai conté. » Elle se détourna de lui, ferma les paupières et eut tout l'air de s'endormir.

L'aube et Qhorin survinrent de conserve. La roche noire était devenue grise et le ciel indigo, à l'est, quand Vipre repéra l'ascension sinueuse des patrouilleurs. Jon réveilla sa prisonnière et la prit par le bras pour s'avancer à leur rencontre. Au nord et à l'ouest existaient heureusement des moyens d'accéder au col beaucoup plus affables que l'itinéraire emprunté la veille. Tous trois se tenaient dans une passe étroite lorsque apparurent les frères noirs, menant les chevaux par la bride. Alerté par son flair, Fantôme se précipita. Jon s'accroupit et laissa les mâchoires du loup se refermer autour de son poignet et lui secouer voracement la main. Cela n'était qu'un jeu, pour eux, mais, lorsqu'il releva la tête, il vit Ygrid écarquiller des yeux aussi gros et blancs que des œufs de poule.

En apercevant la prisonnière, Qhorin Mimain s'abstint de tout commentaire. « Ils étaient trois », l'informa Vipre. Sans plus.

« On en a croisé deux, dit Ebben. Enfin, ce qu'en avaient laissé les chats. » Il posa sur Ygrid un regard hostile, et chacun de ses traits clamait la méfiance.

« Elle s'est rendue », se sentit tenu de déclarer Jon.

Qhorin demeura impassible. « Tu sais qui je suis ?

— Qhorin Mimain. » Elle avait presque l'air d'un gosse, à côté de lui, mais lui faisait face, hardiment.

« Parle vrai. Si je tombais aux mains des tiens et me rendais, j'y gagnerais quoi ?

— Une mort plus lente. »

Le colosse se tourna vers Jon. « Nous n'avons pas de nourriture à lui donner, et nous ne pouvons pas non plus gaspiller un homme pour la garder.

— Y a déjà que trop de dangers devant nous, mon gars, grogna Sieur Dalpont. Un cri quand faut du silence, et on est foutus, nous chaque. »

Ebben tira son couteau. « Un baiser d'acier la rendra tranquille. »

Jon, la gorge sèche, les conjura tous d'un regard muet. « Elle s'est rendue à moi...

— Alors, à toi de faire le nécessaire, répliqua Mimain. Tu es le sang de Winterfell et membre de la Garde de Nuit. » Et, s'adressant aux autres : « Venez, frères. Laissons-le s'en occuper. Il l'aura plus facile, sans nous pour lorgner. » À sa suite, les autres entreprirent de gravir le sentier abrupt et sinueux. Tout là-haut, dans une échancrure de la montagne, le soleil levant s'annonçait par des lueurs roses. Au bout d'un moment, Jon et Fantôme se retrouvèrent tête à tête avec la sauvageonne.

Il pensait qu'Ygrid tenterait de fuir, mais elle restait là, debout devant lui, à attendre et le dévisager. « Vous n'avez jamais tué une femme, avant, hein ? » Il fit un signe de dénégation, et elle reprit : « Nous mourons pareil que les hommes. Mais vous pouvez vous dispenser. Mance vous prendrait volontiers, je le sais. Y a des chemins secrets. Vos corbacs nous rattraperaient pas.

— Je suis un corbeau moi-même. Autant qu'eux. »

Elle eut un hochement de résignation. « Vous me brûlerez, après ?

— Je ne peux pas. La fumée risquerait de se voir.

— Ah oui. » Elle haussa les épaules. « Bah. Y a pire où aboutir que le ventre des chats. »

Il dégaina Grand-Griffe par-dessus l'épaule. « Tu n'as pas peur ?

— La nuit dernière, j'avais peur, avoua-t-elle. Mais le soleil est levé, maintenant. » Elle écarta ses cheveux afin de découvrir sa nuque et s'agenouilla devant lui. « Frappe fort et vrai, corbac, ou je reviendrai te hanter. »

Grand-Griffe n'était ni si longue ni si pesante que Glace, l'épée de Père, mais elle était aussi d'acier valyrien. Il effleura du fil de la lame l'endroit précis où il fallait trancher. Ygrid frissonna. « C'est froid, dit-elle. Allez, faites vite. »

Il brandit Grand-Griffe par-dessus sa tête, les deux mains bien serrées sur la poignée. *Un seul coup, porté de tout mon poids.* Au moins pouvait-il lui offrir une mort prompte et propre. Il était bien le fils de Père. *Vraiment ? Vraiment ?*

« Mais faites donc ! s'exaspéra-t-elle au bout d'un moment. Bâtard ! *Faites-le !* Je peux pas toujours rester brave... ! » Le coup n'arrivant pas, elle se retourna.

Il abaissa l'épée. « File », marmonna-t-il.

Ygrid ouvrit de grands yeux.

« *Maintenant !* insista-t-il, avant que je reprenne mes esprits. *File !* »

Et elle fila.

SANSA

Le ciel, vers le sud, en était tout noir. Les doigts de suie de la fumée qui s'élevait en tourbillonnant de cent foyers lointains barbouillaient les étoiles. Sur la rive opposée de la Néra, l'horizon n'était de part en part qu'un trait de flammes dans la nuit, tandis que, sur l'autre, l'incendie commandé par Tyrion Lannister avait anéanti tous les bâtiments situés en dehors des murs : entrepôts et cales, bordels et habitations.

Même au Donjon Rouge, l'air avait un goût de cendres. En retrouvant Sansa dans le silence du bois sacré, ser Dontos s'inquiéta : « Vous avez pleuré...

— La faute en est uniquement à la fumée, mentit-elle. On jurerait que brûle une moitié du Bois-du-Roi.

— Lord Stannis cherche à enfumer les sauvages du Lutin. » Il avait beau se raccrocher d'une main au tronc d'un châtaignier, il tanguait passablement. Une tache de vin violaçait le bariolage rouge et jaune de sa tunique. « Ils lui tuent ses éclaireurs et razzient son train. Eux aussi d'ailleurs ont allumé des feux. Le Lutin a dit à la reine que Stannis ferait bien d'entraîner ses chevaux à brouter la cendre, vu qu'ils n'auraient pas une pousse d'herbe. Je l'ai entendu de mes propres oreilles. J'entends des tas de choses, en tant que fou, que jamais je n'avais entendues du temps où j'étais chevalier. On parle comme si je n'étais pas là, et... – il se pencha pour lui souffler la suite et la suffoqua de relents vineux – l'Araignée paie à prix d'or la moindre broutille. Ça fait des années, je crois, que Lunarion est un homme à lui. »

Il est ivre, à nouveau. Il se nomme lui-même mon pauvre Florian, et mon pauvre il est. Mais je n'ai que lui. « Est-il vrai que lord Stannis ait incendié le bois sacré d'Accalmie ? »

Il acquiesça d'un signe. « Il a fait des arbres un énorme bûcher, en offrande à son nouveau dieu. La prêtresse rouge l'y a obligé. On dit qu'elle le gouverne corps et âme. Il a fait serment de brûler aussi le Grand Septuaire de Baelor, s'il s'empare de Port-Réal.

— À son aise. » De prime abord, ses murs de marbre et ses sept tours de cristal lui avaient fait considérer le Grand Septuaire comme le plus beau monument du monde, mais c'était avant que Joffrey ne commande d'exécuter Père sur son parvis. « Puisse-t-il brûler.

— Chut, enfant, les dieux vont vous entendre...

— Pourquoi le feraient-ils ? Ils n'entendent jamais mes prières.

— Mais si. Ne m'ont-ils pas envoyé à vous ? »

Elle se mit à éplucher l'écorce d'un arbre. Elle se sentait presque fiévreuse, avait l'impression qu'elle délirait. « Ils vous ont envoyé, oui, mais à quoi bon ? Avez-vous agi ? Vous m'aviez promis de me ramener chez moi, et je me trouve encore ici. »

Dontos lui tapota la main. « J'ai parlé à un homme de ma connaissance, un bon ami à moi... et à vous, madame. Il louera un vaisseau rapide pour nous conduire en lieu sûr, le moment venu.

— C'est tout de suite, le moment, répliqua-t-elle avec force, avant que ne débutent les combats. On a fini par m'oublier. Nous réussirions à nous esquiver, je le sais, si nous le tentions.

— Enfant, enfant... ! » Il secoua la tête. « Sortir du château, oui, nous le pourrions, mais les portes de la ville sont gardées plus sévèrement que jamais, et le Lutin a même bouclé la rivière. »

C'était vrai. La Néra toujours si active était devenue un désert. On avait retiré tous les bacs vers la rive gauche, et les galères marchandes qui n'avaient pu fuir, le Lutin s'en était saisi pour les armer en guerre. Les seuls bâtiments encore visibles étaient les galères de guerre du roi. Elles ramaient sans trêve en eau profonde, aval et amont, au milieu du courant, tout en échangeant des volées de flèches avec les archers de Stannis postés sur la rive droite.

Lord Stannis lui-même était encore en route, mais une nuit sans lune avait permis à son avant-garde de s'installer en catimini. Et c'est à son réveil que Port-Réal, la veille, avait découvert tentes et bannières de l'ennemi. Cinq mille hommes, à ce qu'on disait, soit presque autant que de manteaux d'or. Ils arboraient les pommes respectivement verte et rouge des Fossovoie, la palombe Estremont, le renard-aux-guirlandes Florent, sous le commandement de ser Guyard Morrigen, célèbre chevalier du sud que l'on appelait à présent Guyard le Vert. Sur son étendard volait un corbeau dont les noires ailes s'éployaient contre un ciel d'un vert orageux. Mais ce qui alarmait plus que tout la ville, c'étaient les pavois jaune pâle. Ils comportaient de longues basques aiguës qui flottaient avec des intermittences de flammes, et ils portaient l'emblème non pas d'un seigneur mais d'un dieu : le cœur ardent du Maître de la Lumière.

« À son arrivée, Stannis aura, de l'avis général, dix fois plus d'hommes que Joffrey. »

Dontos lui pressa l'épaule. « L'importance de son armée ne compte pas, ma bien-aimée, tant qu'il se trouve du mauvais côté de la rivière. Il ne peut traverser sans bateaux.

— Mais il en a. Plus que Joffrey.

— C'est une longue course, d'Accalmie jusqu'ici. Sa flotte doit contourner le Bec de Massey, franchir le Gosier puis enfiler la baie de la Néra. Sait-on jamais si, dans leur bonté, les dieux ne vont pas déchaîner contre elle une tempête afin d'en purifier les mers ? » Il eut un sourire encourageant. « Je sais, ce n'est pas facile, pour vous, mais patience, mon enfant, patience. Au retour de mon ami, nous l'aurons, notre bateau. Ayez foi en votre Florian, et tâchez de vous apaiser. »

Elle s'enfonça les ongles dans la main. La peur lui nouait, triturait le ventre et empirait de jour en jour. Depuis le départ de la princesse Myrcella, des cauchemars d'émeute la hantaient, la nuit ; des visions sinistres, oppressantes qui la réveillaient en sursaut, le souffle coupé, dans le noir. C'était à elle que s'adressaient les cris de la foule, des cris inarticulés, des cris de fauve. Elle qu'on avait cernée, lapidée d'ordures et tenté d'arracher de selle, à elle qu'il serait arrivé bien pire si le Limier n'était venu, d'estoc et de taille, la secourir, alors qu'on mettait en pièces le Grand Septon, et qu'une pierre écrabouillait le crâne de ser Aron. *Tâchez de vous apaiser*, disait-il !

Mais la ville entière mourait de peur. Même des remparts du château, ça crevait les yeux. Les petites gens se terraient, comme si volets clos et portes barricadées devaient suffire à les préserver. Comme si, la dernière fois, les Lannister n'avaient à leur guise pillé, violé, massacré des centaines d'habitants, bien que Port-Réal eût ouvert ses portes. Or, cette fois-ci, le Lutin entendait se battre, et quelle espèce de miséricorde pouvait espérer, je vous prie, une ville qui s'était battue ? Aucune.

Dontos babillait toujours. « Si j'étais encore chevalier, je serais tenu d'endosser l'armure et d'aller comme les autres garnir les murs. Pour m'avoir épargné cela, je devrais baiser les pieds du roi Joffrey et lui charmer l'oreille de ma gratitude.

— Remerciez-le donc de vous avoir fait fol, il vous refera chevalier ! » dit-elle vertement.

Il se mit à glousser. « Quelle fine mouche, oh..., que ma Jonquil !

— Joffrey et sa mère me disent idiote.

— Tant mieux. Vous n'en êtes que davantage en sécurité, ma bien-aimée. La reine Cersei et le Lutin et lord Varys et leurs pareils, tous s'épient mutuellement comme des gerfauts, chacun paie tel et tel pour espionner ce que font les autres, mais aucun ne s'embarrasse de la fille de lady Tanda, si ? » Il se couvrit le bec pour étouffer un rot. « Les dieux vous gardent, ma Jonquillette. » Il devenait pleurnichard. Sa manière à lui de cuver. « Un petit baiser, maintenant, pour votre Florian. Un baiser de chance. » Il chaloupa vers elle.

Esquivant les lèvres humides qui tâtonnaient, Sansa effleura une joue hirsute et souhaita bonne nuit. Il lui fallut toute son énergie pour ne pas éclater en pleurs. Elle n'avait que trop pleuré, ces derniers temps. Une inconvenance qu'elle déplorait, mais elle n'arrivait pas à s'en empêcher ; les larmes surgissaient, parfois pour une bagatelle, et rien, comment qu'elle s'y prît, rien ne réussissait à les refouler.

On ne gardait plus le pont-levis d'accès à la Citadelle de Maegor. Le Lutin avait déménagé la plupart des manteaux d'or vers les murs de la ville, et les blancs chevaliers de la Garde étaient sollicités par des tâches autrement cruciales que de japper aux talons d'une Sansa Stark. Libre à elle, pourvu qu'elle n'essayât pas de quitter le château, de se rendre où elle en avait envie, mais il n'était nulle part où elle eût envie de se rendre.

Après avoir franchi la douve sèche hérissée de ses abominables piques en fer, elle grimpa l'étroit escalier qui menait chez elle mais, arrivée devant sa porte, la seule idée de se renfermer lui fut insupportable. Elle se sentait prise au piège, entre ces quatre murs-là ; et elle avait le sentiment, lors même que la fenêtre était grande ouverte, d'y manquer d'air pour respirer.

Elle se détourna donc du vantail et poursuivit son ascension. La fumée barbouillait si bien les étoiles et le maigre croissant de lune que la terrasse de la tour n'était qu'ombres poisseuses et ténèbres. De là du moins Sansa pouvait-elle tout voir : les hautes tours du Donjon Rouge et la puissance des bastions d'angle, le fouillis des rues, dessous, la course noire de la rivière, au sud et à l'ouest, à l'est, la baie, et, de toutes parts, des gerbes d'escarbilles et des colonnes de fumée, des feux, des feux, des feux. Telles des fourmis équipées de torches, des soldats grouillaient sur les murs de la ville et dans les hourds qui doublaient désormais le chemin de ronde. À la porte de la Gadoue se discernait vaguement, parmi les tourbillons de fumée et dominant le rempart d'une bonne vingtaine de pieds, la silhouette géante des trois catapultes, les plus grosses qu'on eût jamais vues. Mais rien là n'était de nature à rassurer un peu Sansa. Une douleur fulgurante la traversa, qui lui arracha un sanglot et la plia en deux. Elle aurait pu tomber si, les ténèbres s'animant soudain, des doigts de fer ne l'avaient saisie par le bras et rétablie sur pied.

Elle agrippa un merlon pour se soutenir, ses ongles griffèrent la pierre rugueuse. « Laissez-moi ! s'écria-t-elle, allez-vous-en !

— Le petit oiseau croit avoir des ailes, oui ? Ou désires-tu finir estropiée comme certain frère à toi ? » Elle gigotait pour se libérer. « Je n'allais pas tomber. J'ai seulement eu... Vous m'avez surprise, voilà tout.

— Tu veux dire terrifiée. Et je te terrifie encore. »

Elle inspira un grand bol d'air pour recouvrer son calme. « Je me croyais seule, je... » Elle détourna son regard.

« Le petit oiseau ne peut toujours pas supporter ma vue, n'est-ce pas ? » Il la relâcha. « Tu as été quand même assez contente de la voir, ma tête, quand la populace allait t'avoir. Te rappelles ? »

Elle se rappelait trop bien. Tous les détails. La manière dont les gens hurlaient. La sensation du sang qui dégoulinait le long de sa joue, après qu'une pierre l'avait atteinte. L'haleine à l'ail de l'homme qui essayait de l'attirer à terre. Elle sentait encore le cruel étau des doigts sur son poignet tandis que, perdant l'équilibre, elle commençait à tomber.

Et elle se voyait perdue quand les doigts s'étaient convulsés, les cinq, tout d'un coup, sur un hurlement de l'homme, aussi strident qu'un hennissement, puis ouverts, et une poigne autrement plus forte l'avait raffermie en selle. Le puant l'ail gisait au sol, inondé par le sang qui giclait de son moignon de bras, mais cent trognes la cernaient toujours, hérissées de bâtons. Le Limier fonçait là-dedans, l'acier fulgurait parmi son propre sillage de vapeur pourpre, et la débandade des agresseurs était saluée par un rire énorme qui, l'espace de quelques secondes, transfigurait l'épouvantable visage carbonisé.

Sansa se contraignit à le regarder en face, vraiment en face. Par courtoisie pure, mais une dame se doit de ne jamais oublier ses bonnes manières. *Les cicatrices ne sont pas ce qu'il a de pire, ni même la façon dont se tord sa bouche. Mais ces yeux...* Jamais elle n'avait vu d'yeux si fous de fureur. « Je... j'aurais dû venir vous rendre visite, après, dit-elle d'une voix mal assurée. Pour vous remercier de... – de m'avoir sauvée... – de vous être montré si brave...

— Brave ? s'esclaffa-t-il, mais comme en grondant. Un chien n'a que faire de bravoure contre des rats. Ils étaient à trente contre un, et il ne s'en est pas trouvé un seul pour oser m'affronter. »

Elle détestait sa façon d'en parler, ce ton âpre et rageur. « Vous jubilez donc de terrifier les gens ?

— Non. Je jubile de les tuer. » Sa bouche se tordit. « Plisse ton minois tant que tu voudras, mais épargne-moi tes simagrées de compassion. Tu es issue de la portée d'un grand seigneur. Auras-tu le front de me soutenir que lord Eddard Stark de Winterfell n'a jamais tué ?

— Il accomplissait son devoir. Mais sans y prendre aucun plaisir.

— C'est ce qu'il t'a raconté ? » Il se remit à rire. « Ton père mentait. Il n'est rien de plus agréable au monde que de tuer. » Il tira sa longue épée. « *La voici*, tiens, ta vérité. Ton inestimable père en a eu la révélation sur le parvis de Baelor. Sire de Winterfell, Main du roi, gouverneur du Nord, le puissant Eddard Stark, noble rejeton d'une lignée vieille de huit mille ans... ? L'acier d'Ilyn Payne ne lui en a pas moins tranché le cou, non ? Te souviens, la gigue qu'il a dansée quand sa tête a quitté ses épaules ? »

Elle s'étreignit à deux bras, brusquement glacée. « Pourquoi tant de haine, toujours ? J'étais en train de vous *remercier*...

— Exactement comme si j'étais l'un de ces *véritables* chevaliers que tu aimes tant, oui. À quoi crois-tu que ça *sert*, un chevalier, fillette ? Uniquement à prendre les couleurs des dames et à faire joli dans la plate d'or, tu crois ? Les chevaliers servent à *tuer*. » Il lui appuya juste sous l'oreille, en travers du cou, le fil de l'épée. Elle percevait nettement le tranchant de l'acier. « J'avais douze ans quand j'ai tué mon premier homme. Combien j'en ai tué depuis, j'ai perdu le compte. De grands seigneurs à patronymes antiques, des richards gras à lard accoutrés de velours, des chevaliers bouffis comme des outres de leur honneur, oh oui, et des femmes et des enfants aussi – barbaque que tout ça, et je suis le boucher. Grand bien leur fasse d'avoir leur or et leurs terres et leurs dieux. Grand bien leur fasse d'avoir leurs *sers*. » Sandor Clegane lui cracha aux pieds pour bien montrer quel cas il faisait de tels brimborions. « Moi, tant que j'ai ceci, reprit-il en délaissant sa gorge pour faire miroiter la lame, il n'est pas homme au monde dont j'aie à trembler. »

Sauf de votre frère, songea Sansa, mais trop avisée pour le lui lancer. *Un chien, comme il le proclame lui-même. Un chien à demi sauvage, pétri d'abjection, un chien prêt à mordre la moindre main qui cherche à l'apprivoiser, mais un chien prêt aussi à déchiqueter quiconque se mêlerait de toucher à ses maîtres.* « Même pas de ceux qui campent sur l'autre berge ? »

Les yeux de Clegane se portèrent vers les feux lointains. « Tous ces incendies... » Il remit l'épée au fourreau. « Que les pleutres pour se faire du feu une arme.

— Lord Stannis n'est pas un pleutre.

— Ni non plus l'homme qu'était son frère. Jamais Robert ne se serait laissé arrêter par un obstacle aussi minable qu'une rivière.

— Que comptez-vous faire lorsqu'il la traversera ?

— Me battre. Tuer. Mourir, éventuellement.

— N'avez-vous pas peur ? Les dieux risquent fort de vous précipiter dans quelque enfer épouvantable, pour châtier tous vos forfaits.

— Quels forfaits ? » Il éclata de rire. « Quels dieux ?

— Les dieux dont nous sommes les créatures, tous.

— Tous ? railla-t-il. Dis-moi donc, oiselet, quel genre de dieu peut bien bricoler un monstre comme le Lutin, ou une crétine comme la fille de lady Tanda ? Les dieux, s'il en existe, créent les brebis pour que les loups mangent du mouton, et ils créent les faibles pour que s'en amusent les forts.

— Les véritables chevaliers protègent les faibles. »

Il renifla. « Il n'y a pas de véritables chevaliers, pas plus qu'il n'y a de dieux. Si tu n'es pas capable de te protéger toi-même, crève et cesse d'encombrer le passage à ceux qui le sont. L'acier qui coupe et les bras costauds gouvernent ce monde : hors de cela, tu te goberges d'illusions. »

Elle s'écarta vivement. « Vous êtes ignoble.

— Je suis honnête. C'est le monde qui est ignoble. À présent, petit oiseau, renvole-toi vite, j'en ai jusque-là de tes pépiements. »

Elle déguerpit sans un mot. Sandor Clegane lui faisait une peur affreuse... et, pourtant, quelque chose en elle aurait bien souhaité trouver chez ser Dontos une once de l'effarante férocité du Limier. *Il y a des dieux*, se dit-elle, *et il y a aussi de véritables chevaliers. Il ne se peut pas que les contes soient tous mensongers.*

Elle rêva de nouveau de l'émeute, cette nuit-là. La foule démontée l'assaillait, telle une bête à mille mufles, de ses vociférations. De quelque côté qu'elle se tournât, elle ne voyait que trognes convulsives, masques inhumains, monstruosités. Elle essayait bien, tout en larmes, de leur dire son innocence et qu'elle ne leur avait jamais fait de mal, ils cherchaient tout de même à l'arracher de selle. « Non, criait-elle en pleurant, non, par pitié, non, *non !* » Mais ils n'en tenaient aucun compte. Elle appelait à pleine gorge et ser Dontos et ses frères et son père mort et sa louve morte et le vaillant ser Loras qui lui avait, jadis, offert une rose rouge, mais aucun d'entre eux ne venait. Elle appelait à son secours les héros des chansons, les Florian, ser Ryam Redwyne et le prince Aemon Chevalier-Dragon, mais tous demeuraient sourds. Des femmes grouillaient autour d'elle comme des fouines, lui pinçaient les jambes et lui bourraient le ventre de coups de pied, quelqu'un la frappait en pleine figure, et elle sentait ses dents se briser, quand elle vit luire l'éclat de l'acier. Le couteau plongea dans ses entrailles et les lacéra lacéra lacéra, lacéra jusqu'à ce que d'elle, à terre, ne subsistât rien, plus rien d'autre que des lanières éparses à reflets gluants.

À son réveil, le petit matin pâlissait sa fenêtre, mais elle se sentit aussi nauséeuse et rossée que si elle n'avait pas fermé l'œil un instant. Ses cuisses étaient comme visqueuses. Elle repoussa la couverture, et la seule idée qu'au vu du sang lui dicta son marasme fut qu'elle n'avait qu'à demi rêvé. Le couteau de ses souvenirs l'avait bel et bien fouaillée, labourée. Prise de panique, elle se débattit, rua dans ses draps, tomba au pied du lit, suffocante et nue, sanglante, horrifiée.

À quatre pattes elle était là, recroquevillée, quand la cingla l'illumination. « Non, par pitié, pleurnicha-t-elle, par pitié, non. » Elle ne voulait pas que ça lui arrive, pas maintenant, pas ici, pas maintenant, pas maintenant, pas maintenant, pas maintenant.

Une démence prit possession d'elle. Se hissant debout contre le chevet, elle se traîna jusqu'à la cuvette et se lava furieusement pour éliminer tout ce sang poisseux. La vue de l'eau rose l'affola, quand elle eut fini. Au premier regard, les servantes *sauraient*. Et le linge de lit ? se souvint-elle alors en se précipitant. Rouge sombre s'y étalait une tache qui racontait tout. Perdant la tête, elle n'eut plus qu'une hantise, l'éliminer, coûte que coûte, qu'on ne voie pas, et elle ne pouvait se permettre de laisser voir, ou on la marierait avec Joffrey, on la forcerait à coucher avec lui.

Saisissant en toute hâte son couteau, elle se mit à taillader le drap pour découper la tache. *Et si l'on m'interroge pour le trou, que dire ?* Les larmes l'inondèrent. Elle arracha du lit le drap saccagé, puis la couverture, maculée aussi. Mais que faire de ces pièces à conviction ? *Les brûler.* Elle les mit en boule, les fourra dans la cheminée, les imbiba d'huile avec sa lampe de chevet et y mit le feu. S'apercevant alors que le sang avait traversé le drap et trempé le matelas de plume, elle roula celui-ci à son tour, mais il était volumineux, encombrant, difficile à déplacer. Elle ne parvint à l'insérer qu'à demi dans les flammes. À deux genoux, elle s'efforçait de l'y pousser tout entier, sans souci des gros nuages de fumée grise qui s'amoncelaient dans la chambre et l'environnaient quand elle entendit la porte s'ouvrir brusquement sur une servante qui poussa un cri étranglé.

Ils durent finalement s'y mettre à trois pour l'extirper de là. Et tout ça pour rien. Sa literie avait bien brûlé mais, lorsqu'ils furent parvenus à l'emporter dehors elle-même, elle avait à nouveau du sang sur les cuisses. Comme si son propre corps l'avait trahie au profit de Joffrey en déployant l'écarlate d'une bannière Lannister au vu de l'univers entier.

Une fois le feu éteint, ils évacuèrent les vestiges noirâtres du matelas, chassèrent le plus gros de la fumée et apportèrent un baquet. Des femmes allaient et venaient, qui grommelaient en lorgnant Sansa d'une manière des plus bizarre. Elles emplirent le baquet d'eau bouillante et l'y plongèrent et la baignèrent et lui lavèrent les cheveux puis lui remirent une serviette pour étancher ses hémorragies. Elle avait entre-temps recouvré son calme et rougissait de sa folie. La fumée avait abîmé la plus grande partie de sa garde-robe. L'une des femmes s'en fut lui quérir un sarrau de laine verte à peu près à sa taille. « Il est pas tant joli que vos affaires à vous, mais c'est toujours ça, dit-elle en le lui enfilant par-dessus la tête. Et comme vos chaussures ont pas brûlé, au moins vous serez pas forcée de vous rendre pieds nus chez la reine. »

Cersei Lannister était en train de déjeuner dans sa loggia quand on introduisit Sansa. « Prenez donc un siège, dit-elle gracieusement. Avez-vous faim ? » Sa main désigna la table, chargée de gruau, de lait, de miel, d'œufs durs et de poisson frit croustillant.

La vue des mets souleva l'estomac de Sansa. Elle eût été fort en peine de rien avaler. « Non, Votre Grâce, je vous remercie.

— Je ne vous en fais pas grief. Entre Tyrion et lord Stannis, tout ce que je mange a un goût de cendre. Et voilà que vous allumez des feux, vous aussi. Quel exploit vous flattiez-vous d'accomplir là ? »

Sansa baissa la tête. « La vue du sang m'a affolée.

— Le sang est le sceau de votre féminité. Lady Catelyn aurait pu vous préparer. Vous venez d'avoir votre première floraison, sans plus. »

Jamais Sansa ne s'était sentie moins florissante. « Madame ma mère m'avait prévenue, mais je... je m'attendais à quelque chose d'autre – différent.

— Différent comment ?

— Je ne sais. Moins... moins sale – et plus féerique. »

Cersei se mit à rire. « Attendez donc d'avoir un enfant, Sansa. La vie d'une femme comporte neuf dixièmes de saletés contre un de féerie, vous l'apprendrez bien assez tôt... et ce qui paraît féerique finit souvent par se révéler plus sale que tout. » Elle sirota une goutte de lait. « Ainsi, vous voici femme. Avez-vous la plus petite idée de ce que cela signifie ?

— Cela signifie que me voici désormais propre à être mariée, besognée, répondit-elle, et à porter les enfants du roi. »

La reine grimaça un sourire. « Une perspective qui ne vous séduit plus aussi fort qu'autrefois, à ce que je vois. Je ne vais pas vous le reprocher. Joffrey a toujours été difficile. Même pour naître... J'ai été en travail un jour et demi avant de le mettre au monde. Vous ne pouvez imaginer les douleurs, Sansa. Je criais si fort que je me figurais que Robert m'entendrait peut-être, dans le Bois-du-Roi.

— Sa Majesté n'était pas à votre chevet ?

— Robert ? Robert chassait. Sa coutume à lui. Chaque fois qu'approchait l'heure de ma délivrance, mon royal époux détalait se perdre dans les fourrés avec ses veneurs et ses chiens. À son retour, il m'offrait un massacre de cerf ou des pelleteries, et moi, je lui offrais un nouveau-né.

« Je ne *désirais* nullement le voir rester, note bien. J'avais à mes côtés le Grand Mestre Pycelle, ainsi qu'un bataillon de sages-femmes, et j'avais mon frère. Lorsqu'on prétendit lui interdire la chambre d'accouchement, Jaime sourit et demanda : "Qui compte me jeter dehors ?"

« Joffrey ne te montrera pas tant de dévotion, je crains. Tu en aurais pu rendre grâces à ta sœur, n'eût-elle péri. Jamais il n'est parvenu à oublier ce fameux jour où, dans le Trident, elle l'a mortifié sous tes yeux. Il se revanche en te mortifiant, toi. Tu es cependant plus forte qu'il n'y paraît. Je compte bien te voir survivre à quelques humiliations. Je l'ai fait. Il se peut que tu n'aimes jamais le roi, mais tu aimeras ses enfants.

— J'aime Sa Majesté de tout mon cœur. »

La reine soupira. « Tu ferais bien d'apprendre un petit lot de mensonges neufs, et vite. Lord Stannis n'appréciera pas celui-là, je te le garantis.

— Le nouveau Grand Septon l'a dit : les dieux ne permettront jamais à lord Stannis de l'emporter, puisque Joffrey est le roi légitime. »

Un demi-sourire effleura les traits de Cersei. « Le fils légitime de Robert et son héritier. Encore que Joffrey se mît à pleurer pour peu que Robert le prît dans ses bras. Sa Majesté n'aimait pas cela. Ses bâtards lui avaient toujours gargouillé des risettes et sucé le doigt, lorsqu'il le fourrait dans leurs petits becs vils. Robert voulait des sourires et des ovations, toujours. Aussi courait-il où il en trouvait, chez ses amis et chez ses putes. Robert voulait être aimé. Tyrion, mon frère, est atteint du même mal. Veux-tu être aimée, Sansa ?

— Tout le monde veut être aimé.

— Je vois que la floraison ne t'a pas rendue plus brillante, lâcha Cersei. Permets-moi, Sansa, de partager avec toi un rien de science féminine, en ce jour très particulier. L'amour est un poison. Un poison certes délicieux, mais qui n'en est pas moins mortel. »

JON

Il faisait sombre, dans le col Museux. Les flancs escarpés des montagnes qui le dominaient n'y laissant guère pénétrer le soleil, on chevauchait dans l'ombre presque tout le jour, souffle du cheval et du cavalier fumant au contact du froid. Des congères au-dessus s'effilaient de longs doigts de glace qui, goutte à goutte, alimentaient des flaques gelées qui se craquelaient en crissant sous la corne des sabots. De-ci de-là s'apercevaient de maigres touffes de chiendent cramponnées dans une anfractuosité de la roche ou des plaques de lichen pâle, mais d'herbe point, et l'on avait dès longtemps dépassé la lisière des arbres.

Aussi raide qu'exigu, le chemin serpentait toujours sans cesser de monter. Lorsque se resserrait par trop la passe, les patrouilleurs allaient à la queue leu leu, Sieur Dalpont en tête, l'œil scrutant constamment les hauts, son grand arc toujours à portée de main. Il passait pour avoir les yeux les plus perçants de la Garde de Nuit.

Aux côtés de Jon trottinait fébrilement Fantôme. De temps à autre, il s'immobilisait, se retournait, l'oreille dressée comme s'il entendait quelque chose à l'arrière. Tout en doutant qu'à moins de crever de faim les lynx ne s'attaquent à des hommes en vie, Jon libéra néanmoins la garde de Grand-Griffe dans son fourreau.

Érodée par le vent se dressait au sommet du col une arche de pierre grise. La route, au-delà, s'élargissait pour amorcer sa longue descente vers la vallée de la Laiteuse.

Qhorin décida d'y faire halte jusqu'à la recrue des ombres. « Des amies pour les hommes en noir », dit-il.

Remarque judicieuse, estima Jon. S'il eût été plaisant de chevaucher un peu au grand jour et de laisser l'éclatant soleil des montagnes vous déglacer la carcasse à travers le manteau, la prudence devait prévaloir. Où s'étaient trouvés trois guetteurs s'en pouvaient dissimuler d'autres, prêts à sonner l'alarme.

À peine lové sous sa pelisse élimée, Vipre s'endormit. Jon partagea avec Fantôme son bœuf salé, pendant qu'Ebben et Sieur Dalpont donnaient aux chevaux leur picotin. Qhorin Mimain s'assit contre un rocher pour affûter tout du long, à longs et lents gestes, sa longue épée. Jon le regarda faire un moment puis, prenant son courage à deux mains, s'en fut le trouver. « Messire, dit-il, vous ne m'avez pas demandé comment ça s'était passé. Avec la fille.

— Pas de "messire" avec moi, Jon Snow, je ne suis pas noble. » Coincée entre les deux doigts épargnés par la mutilation, la pierre glissait tendrement sur l'acier.

« Elle affirmait que Mance me prendrait volontiers, si j'acceptais de fuir avec elle.

— Elle disait vrai.

— Elle prétendait même que nous étions parents. Elle m'a conté une histoire...

— ... à propos de Baël le Barde et de la rose de Winterfell. Vipre m'en a parlé. Il se trouve que je connais la chanson. Mance la chantait, autrefois, retour de patrouille. La musique sauvageonne, il en raffolait. Ouais, comme de leurs femmes.

— Vous l'avez connu ?

— Nous l'avons tous connu. » Il y avait de la tristesse, dans sa voix.

Ils étaient amis tout autant que frères, comprit soudain Jon, *et, maintenant, ils sont ennemis jurés*. « Pourquoi a-t-il déserté ?

— Pour une fille, selon certains. Pour une couronne, selon d'autres. » Le gras de son pouce éprouva le fil de l'épée. « Du goût pour les femmes, il en avait, Mance, et il n'était pas homme à ployer les genoux sans mal, c'est exact. Mais il y avait plus. Il aimait mieux la sauvagerie que le Mur. Né sauvageon, il avait été capturé, tout gosse, lors d'une expédition contre les meurtriers de quelques patrouilleurs. En quittant Tour Ombreuse, il ne faisait que rentrer chez lui.

— C'était un bon patrouilleur ?

— Le meilleur de nous, dit Qhorin, et le pire aussi. Il faut être imbécile comme Petibois pour mépriser les sauvageons. Ils sont aussi braves que nous, Jon. Aussi forts, aussi prompts, aussi intelligents. Mais ils n'ont pas de discipline. Ils s'appellent eux-mêmes le peuple libre, et chacun s'estime aussi digne qu'un roi et plus savant qu'un mestre. Mance était pareil. Il n'a jamais pu apprendre à obéir.

— Moi non plus », souffla Jon.

Qhorin le vrilla de ses prunelles grises avec une redoutable sagacité. « Ainsi, tu l'as laissée filer ? » Le ton ne marquait aucune espèce d'étonnement.

« Vous savez ?

— À l'instant. Dis-moi pourquoi tu l'as épargnée. »

Il était difficile de le formuler. « Mon père n'a jamais recouru aux services d'un bourreau. Il disait devoir à ceux qu'il allait tuer de les regarder dans les yeux et d'écouter leurs derniers mots. Et quand j'ai regardé dans les yeux d'Ygrid, je... » Il fixa ses mains d'un air désespéré. « Elle était une ennemie, je sais, mais l'esprit du mal ne l'habitait pas.

— Pas plus que les deux autres.

— C'était leur vie ou la nôtre, dit Jon. S'ils nous avaient repérés, s'ils avaient sonné de ce cor...

— Les sauvageons nous prenaient en chasse et nous tuaient, affaire entendue.

— Tandis que le cor se trouve, maintenant, entre les mains de Vipre, et que nous avons pris la hache et le poignard d'Ygrid. Elle est derrière nous, désarmée, à pied...

— Bref, peu à même de constituer une menace, accorda Mimain. S'il m'avait absolument fallu sa tête, c'est à Ebben que j'aurais confié la besogne. À moins de m'en charger moi-même.

— Mais alors, pourquoi me l'avoir commandée ?

— Je ne l'ai pas commandée. Je t'ai simplement dit de faire le nécessaire, te laissant seul juge de ce qu'il serait. » Il se leva pour glisser l'épée dans son fourreau. « Lorsque je veux l'escalade d'une falaise, c'est à Vipre que je fais appel. S'il me fallait ficher une flèche, par grand vent, dans l'œil de quelque adversaire au cours d'une bataille, je convoquerais Sieur Dalpont. Ebben saurait faire cracher ses secrets à n'importe qui. Pour mener des hommes, on doit les connaître, Jon Snow. Je te connais mieux à présent que je ne faisais ce matin.

— Et si je l'avais tuée ? demanda Jon.

— Elle serait morte, et je te connaîtrais aussi mieux qu'auparavant. Mais assez causé. Tu devrais déjà dormir. Nous avons maintes lieues à faire et maints dangers à affronter. Tu auras besoin de toute ton endurance. »

Sans doute le sommeil se laisserait-il désirer, mais l'avis de Qhorin était à l'évidence pertinent. Jon se trouva une place à l'abri du vent, sous un surplomb rocheux, et retira son manteau pour l'utiliser comme couverture. « Fantôme, appela-t-il, ici. Viens. » Il dormait toujours mieux, lorsque le grand loup blanc s'allongeait à son côté ; il puisait comme un réconfort dans son odeur fauve, et la chaleur de sa bonne fourrure n'était pas à dédaigner non plus. Mais Fantôme, cette fois, se contenta de répondre par un bref coup d'œil avant de se détourner puis, passant au large des chevaux, de s'évanouir. *Il souhaite chasser*, se dit Jon. Peut-être y avait-il des chèvres, dans ces montagnes. Les lynx devaient bien vivre de quelque chose. « Ne va pas te frotter à l'un d'eux, au moins », marmonna-t-il. Des adversaires dangereux, même pour un loup-garou. Après avoir tiré le manteau sur lui, il s'étendit de tout son long, ferma les yeux...

... et se mit à rêver de loups-garous.

Il n'y en avait que cinq, alors qu'ils auraient dû être six, et ils se trouvaient disséminés au lieu d'être ensemble. Il en éprouva une douleur profonde. Il se sentait incomplet, vacant. La forêt s'étendait à l'infini, glacée, et ils étaient si petits, là-dedans, tellement perdus ! Ses frères erraient dehors, quelque part, et sa sœur, mais même leur odeur s'était égarée. Il se cala sur son séant, leva le museau vers le ciel qui se rembrunissait, et son hurlement se répercuta par toute la forêt, en une longue plainte solitaire et noire. Lorsque l'écho s'en fut éteint, il pointa les oreilles en quête de réponse, mais seul lui parvint le soupir du vent sur la neige.

Jon ?

L'appel venait de derrière, plus bas qu'un murmure, mais non dépourvu de force. Un cri peut-il se faire silencieux ? Il tourna la tête, cherchant son frère, cherchant sous les arbres le frisson furtif d'une mince silhouette grise, mais il n'y avait rien, sauf...

Un barral.

Qui semblait surgir de la roche même, ses pâles racines s'extirpant avec force contorsions d'innombrables fissures, d'un écheveau de crevasses infimes. Il était grêle, comparé à ses congénères connus, guère plus qu'un arbuste, et, cependant, croissait à vue d'œil, étoffait ses branches au fur et à mesure qu'elles se tendaient plus haut vers le ciel. D'un pas circonspect, il fit le tour du tronc lisse et blanc jusqu'au face-à-face. Des yeux rouges le dévisageaient. Des yeux qui, tout farouches qu'ils étaient, exprimaient la joie de le voir. Le barral avait le visage de son frère. Son frère avait-il toujours eu trois yeux ?

Pas toujours, cria le silence. *Pas avant la corneille.*

Il flaira l'écorce, elle exhalait une odeur de loup, d'arbre et de garçon, mais aussi des senteurs plus sourdes, la riche senteur brune de l'humus chaud, la rude senteur grise de la pierre et de quelque chose d'autre, de quelque chose d'effroyable. La mort, comprit-il. Il respirait l'arôme de la mort. Il battit en retraite et, le poil hérissé, découvrit ses crocs.

N'aie pas peur, je me plais dans le noir. Personne ne peut t'y voir, mais tu peux voir tout le monde, toi. Tu dois seulement d'abord ouvrir les yeux. Regarde. Comme ça. Et l'arbre se baissa, le toucha.

Et, brusquement, il se retrouva debout dans les montagnes, les pattes enfoncées dans une profonde couche de neige, au bord d'un précipice vertigineux. Devant s'ouvrait, suspendu dans le vide, le col Museux, et une longue vallée en forme de V s'étendait dessous, telle une tapisserie qu'eussent émaillée tous les coloris d'un après-midi automnal.

Un gigantesque mur blanc bleuté s'encastrait si étroitement entre les montagnes pour bloquer une extrémité de la vallée qu'il semblait avoir joué des épaules pour les écarter – mais il ne pouvait s'agir là que d'une vision, songea-t-il une seconde, il s'était, voilà tout, rêvé de retour à Châteaunoir..., avant de comprendre qu'en fait il contemplait un fleuve de glace haut de plusieurs milliers de pieds. Au bas de cette falaise à reflets translucides s'étalait un immense lac dont le sombre miroir cobalt reflétait les cimes neigeuses des pics environnants. Dans la vallée s'affairaient des hommes, il les distinguait à présent ; beaucoup, des milliers, une armée formidable. Certains creusaient de grandes fosses dans le sol à demi gelé, d'autres manœuvraient. Monté sur des destriers pas plus gros que des fourmis, tout un essaim de cavaliers chargea sous ses yeux un rempart d'écus. Du vacarme de ces combats simulés, le vent n'apportait jusqu'à lui qu'une rumeur vague comme un léger bruissement de feuilles d'acier. Aucun plan n'avait présidé à l'établissement du camp proprement dit ; ne se discernaient ni fossés, ni palissades acérées de pieux, ni rigoureux alignements de chevaux ; en tous sens et au petit bonheur avaient poussé sur le terrain, telles des pustules sur un visage, abris de boue sèche et tentes de cuir. Il repéra de grossières meules de foin, flaira des chèvres et des brebis, des porcs et des chevaux, des chiens à profusion. De milliers de foyers s'élevaient des volutes de fumée sombre.

Ceci n'est pas une armée, pas plus que ce n'est une ville. C'est un peuple entier qui s'est rassemblé.

Sur la rive opposée du lac, un monticule se mit à bouger. Non pas la matière inerte, constata-t-il après avoir aiguisé son regard, mais quelque chose de vivant, une bête balourde, hirsute, avec un serpent pour nez et des boutoirs infiniment plus longs que ceux du sanglier le plus colossal que la terre eût jamais porté. Et la chose qui la montait n'était pas moins démesurée, de forme incongrue, trop épaisse de pattes et de hanches pour être un homme.

Alors, une bouffée de froid subite lui hérissa la fourrure, l'air frémit d'un froissement d'ailes, et, comme il levait les yeux vers les sommets blanchis de givre, une ombre fondit des nues, un cri strident déchira l'atmosphère, il entr'aperçut, largement éployées, des pennes gris-bleu qui interceptèrent le soleil, et...

« *Fantôme !* » cria Jon en se mettant sur son séant. Il sentait encore les serres acérées, la *douleur*. « *Fantôme, ici !* »

Ebben surgit, qui l'empoigna, le secoua. « La ferme ! Tu veux nous foutre les sauvageons sur le râble ? Ça va pas, mon gars ?

— Un rêve, bafouilla Jon d'une voix faible. J'étais Fantôme, je me tenais au bord d'un précipice à regarder, en bas, un fleuve gelé, et quelque chose m'a attaqué. Un oiseau... Un aigle, je crois... »

Sieur Dalpont sourit. « C'est toujours des mignonnes, moi, en rêve. Que rêver plus souvent, ça me plairait bien. »

Qhorin s'approcha à son tour. « Un fleuve gelé, tu dis ?

— La Laiteuse prend sa source dans un grand lac, au pied d'un glacier, précisa Vipre.

— Il y avait un arbre avec la face de mon frère. Les sauvageons... Il y en avait des *milliers*, bien plus nombreux que je n'avais jamais imaginé. Et des géants montés sur des mammouths. » À en juger d'après le déclin de la lumière, il avait dû dormir quatre ou cinq heures. La tête lui faisait mal, et le point précis de sa nuque où s'était enfoncé le fer rouge des serres. *Mais c'était en rêve.*

« Raconte-moi, du début à la fin. Tout ce que tu te rappelles », dit Qhorin Mimain.

L'embarras paralysait Jon. « Ce n'était qu'un rêve.

— Un rêve de loup, insista Mimain. À en croire Craster, les sauvageons se regroupaient aux sources de la Laiteuse. Ou bien ton rêve en découle, ou bien tu as vraiment vu ce qui nous attend, d'ici quelques heures. Raconte. »

Quoique débiter de pareilles choses à Qhorin et aux autres lui donnât l'impression d'être un demi-demeuré, il s'exécuta ponctuellement. Aucun des frères noirs ne se gaussa de lui, du reste, et, lorsqu'il en eut terminé, Sieur Dalpont lui-même ne souriait plus.

« Mutant ? » lança Ebben d'un air sombre en consultant Mimain du regard. *Qui veut-il dire ?* se demanda Jon. *L'aigle, ou moi ?* Zomans et mutants ressortissaient aux contes de Vieille Nan, pas au monde où il avait toujours vécu. Mais l'invraisemblable, ici, dans ce bizarre univers lugubre et sauvage de glace et de roc, n'était-on pas plus enclin à y croire ?

« Les vents froids se lèvent. Mormont le redoutait assez. Benjen Stark le pressentait aussi. Les morts marchent, et les arbres ont à nouveau des yeux. Pourquoi récuserions-nous zomans et géants ?

— Ça signifie-t-y que mes rêves aussi sont vrais ? questionna Sieur Dalpont. Que lord Snow garde ses mammouths, à moi mes mignonnes.

— Dès gamin puis homme, j'ai servi dans la Garde de Nuit, et j'ai patrouillé aussi loin qu'aucun, dit Ebben. J'ai vu des os de géants, j'ai entendu conter plein de trucs loufoques, ça s'arrête là. Je veux les voir de mes propres yeux.

— Gaffe, Ebben, qu'y te voyent pas », dit Vipre.

Lorsqu'ils se remirent en route, Fantôme ne reparut pas. Les ombres couvraient désormais le fond de la passe, et le soleil sombrait rapidement vers les pics jumeaux dont la silhouette déchiquetée dominait l'énorme massif, et que les patrouilles appelaient la Fourche. *Si le rêve était vrai...* Rien que d'y penser l'affolait. Se pouvait-il que l'aigle eût blessé, voire poussé Fantôme dans le précipice ? Et le barral qui avait les traits de son frère et qui sentait la mort et les ténèbres ?

Le dernier rayon du soleil s'évanouit derrière la Fourche. Le crépuscule envahit le col Museux. Il semblait que le froid s'aggravait d'une seconde à l'autre. On ne grimpait plus. En fait, on avait même commencé à descendre, mais la déclivité demeurait encore presque insensible. Le sol était crevassé, jonché de monceaux de rochers, d'éboulis. *Bientôt la nuit, et toujours pas trace de Fantôme.* C'était un déchirement que de ne pouvoir l'appeler. La prudence imposait le silence. Des tas de choses pouvaient être à l'écoute.

« Qhorin ? » Sieur Dalpont le héla tout bas. « Là. Regarde. »

Perché sur un piton rocheux bien au-dessus d'eux, l'aigle se détachait en noir contre l'obscurité grandissante du ciel. *Nous en avons déjà vu d'autres*, songea Jon. *Ce n'est pas forcément celui dont j'ai rêvé.*

Ebben esquissant néanmoins un geste pour le tirer, Sieur Dalpont lui retint la main. « Il est pas à portée, tant s'en faut.

— J'aime pas sa façon de nous reluquer. »

Un haussement d'épaules lui répondit. « Moi non plus. Mais tu l'empêcheras pas. Feras que gâcher une bonne flèche. »

Sans bouger de selle, Qhorin considéra longuement l'oiseau. « Dépêchons », dit-il enfin. Et ils reprirent la descente.

Fantôme ! avait envie de gueuler Jon, *Fantôme, où es-tu ?*

Il s'apprêtait à suivre les autres quand il entrevit une lueur blanchâtre entre deux rochers. *Une vieille flaque de neige*, se dit-il, mais cela remua. Il mit pied à terre instantanément. S'agenouilla. Fantôme releva la tête. Sa nuque était noire de reflets visqueux, mais il n'émit pas un son lorsque Jon se déganta pour le palper. À travers la fourrure, les serres avaient labouré des sillons sanglants jusque dans la chair, mais l'oiseau n'était pas parvenu à briser l'échine du loup.

Qhorin Mimain se dressa au-dessus d'eux. « C'est grave ? »

Comme en guise de réponse, Fantôme se remit gauchement sur pied.

« Il est costaud, commenta-t-il. Ebben, de l'eau. Vipre, ta gourde de vin. Tiens-le tranquille, Jon. »

À eux deux, ils nettoyèrent la fourrure du sang qui l'encroûtait. Le loup se débattit en retroussant les babines lorsque Qhorin versa du vin dans ses vilaines balafres rouges, mais Jon l'enveloppa dans ses bras en lui chuchotant des mots tendres, et il ne tarda guère à s'apaiser. Le temps de déchirer un lé du manteau de Jon pour bander les plaies, close était la nuit. Seul un saupoudrage d'étoiles distinguait de la roche noire le firmament noir. « On démarre ? » s'impatienta Vipre.

Qhorin rejoignit son cheval. « On démarre, mais à rebours.

— On s'en retourne ? » Jon n'en croyait pas ses oreilles.

« Les aigles ont des yeux plus perçants que les hommes. On est repérés. Nous reste plus qu'à déguerpir. » Mimain s'enroula le visage à plusieurs tours dans une longue écharpe noire et sauta en selle.

Les patrouilleurs échangèrent un regard stupide, mais aucun n'envisagea de discuter. Ils enfourchèrent un à un leurs montures et les firent pivoter pour rebrousser chemin. « Viens, Fantôme. » Telle une ombre blafarde au cœur de la nuit, le loup-garou leur emboîta le pas.

Ils chevauchèrent à tâtons toute la nuit pour remonter la passe sinueuse en dépit des mille accidents du terrain. Le vent forcissait. Il faisait si noir, à certains endroits, qu'il fallait démonter et mener son cheval par la bride. Ebben s'aventura bien jusqu'à suggérer que des torches, peut-être, ne gâteraient rien, non ? « Pas de feu », trancha Qhorin, et il n'en fut plus question. On atteignit l'arche de pierre du sommet, la dépassa, amorça la descente. Du fond des ténèbres monta le miaulement furibond d'un lynx qui, répercuté d'écho en écho, vous donnait l'impression que, de toutes parts, lui répondaient des congénères. Une fois, Jon crut apercevoir, sur une corniche en surplomb, la phosphorescence de prunelles aussi vastes que lunes en moisson.

Dans la poix de l'heure qui précède l'aube, ils firent halte pour permettre aux chevaux de s'abreuver, grignoter une poignée d'avoine et un ou deux bouchons de foin. « On n'est plus loin du coin où vous avez tué les sauvageons, dit Qhorin. De là, il suffirait d'un seul homme pour en retenir cent. Si c'est le bon. » Il fixa Sieur Dalpont.

Celui-ci s'inclina. « Laissez-moi seulement autant de flèches que vous pourrez, frères. » Il agita son arc. « Et, à l'arrivée, veillez qu'on donne une pomme à mon canasson. L'aura pas volée, pauv' bétail. »

Il reste mourir, comprit Jon, soudain.

Qhorin referma sa main gantée sur l'avant-bras de l'ancien écuyer royal. « Si l'aigle s'amuse à descendre te reluquer...

— ... j'y fais pousser des nouvelles plumes. »

Et Sieur Dalpont tourna les talons pour gravir l'étroit sentier qui menait vers les hauts. La dernière image que Jon emporta de lui.

Au point du jour, il distingua dans l'azur limpide un flocon noir en mouvement. Ebben le vit aussi et se mit à jurer, mais Qhorin lui imposa silence. « Écoutez. »

Jon retint son souffle et entendit à son tour. Loin loin derrière, l'écho des montagnes propageait un appel, l'appel d'un cor de chasse.

« Les voilà, dit Qhorin, ça y est. »

TYRION

Après l'avoir, pour son supplice, affublé d'une tunique à l'écarlate Lannister en velours peluche, Pod lui apporta la chaîne de son office, mais Tyrion la laissa sur sa table de chevet. Sa sœur détestait se voir rappeler qu'il était la Main du roi, et il n'avait aucune envie d'envenimer davantage leurs relations.

Varys le prit au vol comme il traversait la cour. « Messire, dit-il d'une voix quelque peu essoufflée, tant vaudrait lire ceci tout de suite. » Un parchemin dépassait de sa douce main blanche. « Un message en provenance du Nord.

— Bonnes ou mauvaises nouvelles ?

— Il ne m'appartient pas d'en juger. »

Tyrion déroula la chose. À la lueur louche des torches qui éclairaient la cour, il eut du mal à déchiffrer le texte. « Bonté divine ! s'exclama-t-il sourdement. Tous les deux ?

— Je le crains, messire. C'est si triste. D'une tristesse si désolante. Et eux, si jeunes et innocents. »

Tyrion avait encore l'oreille lancinée par l'insistance avec laquelle hurlaient les loups, après la chute du petit Stark. *Sont-ils en train de hurler, maintenant ?* « En avez-vous informé quiconque d'autre ?

— Pas encore, mais je vais devoir, naturellement. »

Il roula la lettre. « J'aviserai moi-même ma sœur. » Il désirait voir comment elle prendrait la nouvelle. Le désirait passionnément.

La reine était très en beauté, ce soir-là. Extrêmement décolletée, sa robe de velours vert sombre rehaussait la couleur de ses yeux. Sa chevelure d'or cascadait sur ses épaules nues, et une écharpe cloutée d'émeraudes lui ceignait la taille. Tyrion ne lui tendit la lettre – mais sans un mot – qu'une fois assis et gratifié d'une coupe de vin. Cersei lui papillota sa mine la plus ingénue avant de saisir la lettre.

« J'espère que tu es satisfaite, dit-il tandis qu'elle lisait. Tu l'as suffisamment souhaitée, je crois, la mort du petit Stark. »

Elle se rechigna. « C'est Jaime qui l'a précipité dans le vide, pas moi. Par amour, a-t-il dit, comme si son geste était fait pour me plaire. Un geste absurde, et dangereux, de surcroît, mais notre cher frère s'est-il jamais soucié de réfléchir avant d'agir ?

— Le petit vous avait surpris, souligna Tyrion.

— Ce n'était qu'un bambin. Il m'aurait suffi de l'apeurer pour le réduire au silence. » Elle regarda la lettre d'un air pensif. « Pourquoi faut-il que l'on m'incrimine, chaque fois qu'un Stark s'écorche un orteil ? Ce crime est l'œuvre de Greyjoy, je n'y suis absolument pour rien.

— Espérons que lady Catelyn le croie. »

Ses yeux s'agrandirent. « Elle n'irait pas...

— ...tuer Jaime ? Pourquoi non ? Comment réagirais-tu si l'on t'assassinait Joffrey et Tommen ?

— Je tiens toujours sa Sansa ! objecta-t-elle avec emportement.

— *Nous* tenons toujours sa Sansa, rectifia-t-il, et nous aurions tout intérêt à la dorloter. Maintenant, chère sœur, où donc est le souper que tu m'avais promis ? »

Elle le régala de mets exquis. Indiscutablement. Ils dégustèrent en entrée une soupe de marrons crémeuse avec des croûtons chauds, et des petits légumes aux pommes et aux pignons. Suivirent une tourte de lamproie, du jambon au miel, des carottes au beurre, des flageolets aux lardons, du cygne rôti farci d'huîtres et de champignons. Tyrion se ruina pour sa part en prévenances du dernier courtois vis-à-vis de Cersei ; il lui offrit le plus friand de chaque plat, se garda de rien engloutir qu'elle n'en eût d'abord tâté. Non qu'il la suspectât vraiment de chercher à l'empoisonner, mais un rien de prudence était-il jamais dommageable ?

Cette histoire des Stark tourmentait Cersei, manifestement. « Toujours rien de Pont-l'Amer ? s'enquit-elle fiévreusement tout en piquant à la pointe de son couteau un quartier de pomme qu'elle se mit à grignoter à menus coups de dents gourmets.

— Rien.

— Je me suis toujours défiée de Littlefinger. Pourvu que la somme soit rondelette, il passerait à Stannis en moins d'un clin d'œil.

— Stannis Baratheon est diablement trop vertueux pour acheter les gens. Et il ne serait pas non plus un maître des plus coulant pour l'engeance Petyr. Cette guerre a eu beau susciter, je te l'accorde, des concubinages assez extravagants, ces deux-là ? non. »

Tandis qu'il détachait des tranches de jambon, elle glissa : « C'est à lady Tanda que nous sommes redevables de ce cochon.

— Un gage de son affection ?

— Un pourboire. Contre la permission expresse de se retirer dans ses terres. La tienne comme la mienne. Elle redoute, m'est avis, que tu ne la fasses arrêter en route, à l'instar de lord Gyles.

— Projette-t-elle aussi d'enlever l'héritier du trône ? » Il la servit de jambon puis en prit lui-même. « Je préférerais qu'elle reste. Si c'est sa sécurité qui l'inquiète, dis-lui de faire venir sa garnison de Castelfoyer. Tous les hommes dont elle dispose.

— Si nous manquons si cruellement d'hommes, pourquoi avoir éloigné tes sauvages ? » Dans sa voix perçait une pointe d'irritation.

« Je ne pouvais mieux les utiliser, répondit-il franchement. Ils sont des guerriers redoutables mais pas des soldats. Dans une bataille rangée, la discipline est plus importante que le courage. Ils se sont déjà montrés plus efficaces dans le Bois-du-Roi qu'ils ne l'auraient jamais fait au rempart. »

Pendant qu'on servait le cygne, la reine le pressa de questions sur la conspiration des Épois. Elle en paraissait d'ailleurs plus contrariée qu'anxieuse. « Pourquoi sommes-nous affligés de tant de trahisons ? De quel tort la maison Lannister s'est-elle jamais rendue coupable envers ces scélérats ?

— D'aucun, concéda-t-il, mais ils spéculent se retrouver du côté du vainqueur... en quoi la bêtise se conjugue à la félonie.

— Es-tu certain de les avoir tous démasqués ?

— Varys l'affirme. » À son goût, le cygne était trop gras.

Un sillon creusa le front d'albâtre de Cersei, juste entre ses adorables prunelles. « Cet eunuque... tu lui accordes trop de crédit.

— Il me sert bien.

— Du moins s'arrange-t-il pour te le faire croire. Tu te figures être le seul à qui il susurre de petits secrets ? Il n'en administre à chacun de nous que la dose idéale pour nous persuader que, sans lui, nous serions perdus. Il a joué le même jeu avec moi, lorsque j'eus épousé Robert. Des années durant, je fus convaincue de ne pas posséder d'ami plus véritable à la Cour, mais, à présent... » Elle le dévisagea un moment. « Il prétend que tu comptes éloigner le Limier de Joffrey. »

Le maudit ! « J'ai besoin de Clegane pour des tâches plus essentielles.

— Rien n'est plus essentiel que la vie du roi.

— La vie du roi ne court aucun danger. Joff conservera le brave ser Osmund pour le garder, ainsi que Meryn Trant. » *Ils ne sont bons à rien d'autre.* « J'ai besoin de Balon Swann et du Limier pour mener des sorties qui nous garantissent que Stannis ne posera pas un orteil sur cette rive-ci de la Néra.

— Ces sorties, Jaime les mènerait en personne.

— De Vivesaigues ? Ça fait une fichue sortie.

— Joff n'est qu'un gamin.

— Un gamin qui souhaite prendre part à cette bataille, et c'est pour une fois faire preuve d'un grain de bon sens. Je n'entends pas le mettre au plus épais de la mêlée, mais il y va de son intérêt qu'on le voie. Les hommes se battent avec plus d'ardeur pour un roi qui partage avec eux le danger que pour un roi qui se camoufle sous les jupes de sa maman.

— Il a treize ans, Tyrion...

— Tu te rappelles Jaime, à treize ans ? Si tu veux que Joffrey soit le fils de son père, permets-lui d'assumer son rôle. Il arbore l'armure la plus somptueuse qu'on puisse s'offrir à prix d'or, et il aura en permanence autour de lui une douzaine de manteaux d'or. Au moindre indice que la ville risque de tomber, je le fais sur-le-champ reconduire au Donjon Rouge par son escorte. »

Il avait espéré que cette promesse la rassurerait, mais il ne lut que de l'angoisse dans ses yeux verts. « Port-Réal va tomber ?

— Non. » *Mais, dans le cas contraire, prie les dieux que nous puissions tenir le Donjon Rouge assez long-temps pour permettre à notre seigneur père de survenir et de nous dégager.*

« Tu m'as déjà menti par le passé, Tyrion.

— Toujours pour le bon motif, chère sœur. Je souhaite autant que toi notre connivence. J'ai décidé de relâcher lord Gyles. » Il n'avait épargné celui-ci qu'en vue de ce beau geste. « Je te rends volontiers ser Boros Blount aussi. »

Ses lèvres se crispèrent. « Que ser Boros continue de croupir à Rosby, dit-elle, mais Tommen...

— ... reste où il se trouve. Il est plus en sécurité sous la protection de lord Jacelyn qu'il ne l'aurait jamais été sous celle de lord Gyles. »

Les serviteurs emportèrent le cygne quasiment intact. Cersei réclama le dessert. « Tu ne détestes pas la tarte aux myrtilles, j'espère ?

— J'aime les tartes à tout.

— Oh, je le sais depuis belle lurette. Sais-tu ce qui rend Varys si dangereux ?

— Allons-nous jouer aux devinettes, maintenant ? Non.

— C'est qu'il n'a pas de queue.

— Toi non plus. » *Et c'est bien ce qui t'enrage, n'est-ce pas, Cersei ?*

« Peut-être suis-je dangereuse aussi. Quant à toi, tu es un aussi gros benêt que les autres hommes. Le vermis-

seau qui vous pendouille entre les jambes est pour moitié l'agent de votre pensée. »

Tyrion pourlécha ses doigts jusqu'à la dernière miette.
Le sourire qu'affichait sa sœur le charmait fort peu. « Oui,
même qu'à l'instant mon vermisseau pense qu'il serait
peut-être temps que je me retire.

— Serais-tu souffrant, frérot ? » Elle s'inclina vers lui,
lui offrant par là une vue plongeante dans son corsage.
« Voilà que tu m'as l'air, subitement, comme... démonté.

— Démonté ? » Il jeta un coup d'œil furtif vers la porte.
Il lui semblait avoir entendu quelque chose, dehors. Il
commençait à regretter d'être venu seul. « Ma queue ne
t'avait guère intéressée jusqu'ici.

— Ce n'est pas ta queue qui m'intéresse, mais ce dans
quoi tu la plantes. Je ne dépends pas de l'eunuque en
tout, contrairement à toi. J'ai des moyens à moi pour
découvrir les choses... notamment les choses que les
gens veulent me voir ignorer.

— Ce qui veut dire, en clair ?

— Simplement ceci : *Je tiens ta petite pute.* »

Tyrion saisit posément sa coupe de vin, manière de
gagner une seconde et de rassembler ses esprits. « Je
croyais les mâles plus à ton goût.

— Quel petit farceur tu fais. Dis-moi, tu ne l'as pas
encore épousée, celle-ci ? » Voyant qu'il ne répondait
pas, elle se mit à rire et gloussa : « Père en sera tellement soulagé ! »

Il se sentait les tripes grouiller d'anguilles. Comment
avait-elle déniché Shae ? Varys, qui l'avait trahi ? Ou lui-
même qui, par son impatience, avait démoli d'un seul
coup son minutieux échafaudage de précautions, la nuit
où il s'était rendu d'une traite au manoir ? « Que te
chaut qui je choisis pour bassiner mon lit ?

— Un Lannister paie toujours ses dettes, dit-elle. C'est
contre moi que tu t'es mis, dès le jour de ton arrivée à
Port-Réal, à ourdir tes machinations. Tu m'as vendu Myrcella, dérobé Tommen, et voici que tu me mijotes la mort
de Joffrey. Lui disparu, tu t'adjugerais le pouvoir au
nom de Tommen. »

Ma foi, l'idée ne laisse pas que d'être tentante, en effet.
« Folie que cela, Cersei, folie pure. Stannis sera là d'un jour à l'autre. Je te suis indispensable.

— En quoi ? Par tes mérites inouïs au combat ?

— Sans moi, jamais Bronn et ses mercenaires ne se battront, mentit-il.

— Oh, je pense que si. C'est ton or qu'ils aiment, pas tes malices de diablotin. N'aie crainte, d'ailleurs, ils te conserveront. Je n'affirmerai pas que l'envie de t'égorger ne m'ait, de temps à autre, taraudée, mais Jaime ne me pardonnerait jamais, si j'y succombais.

— Et la pute ? » Il préférait éviter de prononcer son nom. *Si j'arrive à lui persuader que Shae, je m'en moque éperdument, peut-être... ?*

« Aussi longtemps que je verrai mes fils indemnes, on la traitera correctement. Mais que Joff périsse, ou que Tommen tombe aux mains de nos ennemis, alors, ta petite cramouille mourra, et dans des supplices dont tu ne saurais te figurer les raffinements. »

Elle croit vraiment que je projette d'assassiner mon propre neveu. « Tes fils ne courent aucun risque, protesta-t-il d'un ton las. Bonté divine ! ils sont de mon sang, Cersei ! Pour qui me prends-tu ?

— Pour un bout d'homme contrefait. »

Il s'abîma dans la contemplation de la lie demeurée au fond de sa coupe. *Que ferait Jaime, à ma place ?* Il pourfendrait probablement la garce, et ne s'inquiéterait des conséquences qu'après coup. Mais Tyrion ne possédait pas d'épée d'or, et il n'aurait su comment la manier, de toute façon. S'il chérissait son frère et ses rages inconsidérées, c'était plutôt sur leur seigneur père qu'il devait essayer de prendre modèle. *De pierre, je dois être de pierre, je dois être Castral Roc, dur et inébranlable. Si je rate cette épreuve, du diable si je ne cours me terrer dans le premier trou de bouffon !* « À ce que je comprends, tu l'as déjà tuée, dit-il.

— Te plairait-il de la voir ? Je m'y attendais. » Elle traversa la pièce, ouvrit la lourde porte de chêne. « Introduisez la putain de mon frère. »

En pois sortis d'une même cosse, les frères de ser Osmund, Osney et Osfryd, étaient de grands diables à bec de vautour, poil noir et sourire féroce. Elle pendait entre eux, l'œil agrandi, tout blanc dans sa face sombre. Du sang suintait de sa lèvre fendue, les déchirures de sa robe la révélaient couverte d'ecchymoses. Une corde lui liait les mains, un bâillon lui interdisait de parler.

« On ne la maltraiterait pas, disais-tu.

— 'l'a résisté. » Contrairement à ses frères, Osney Potaunoir était proprement rasé. Grâce à quoi les égratignures visibles sur ses joues glabres confirmaient pleinement ses dires. « Sorti ses griffes comme un chat sauvage, cel'-là.

— Simples contusions, dit Cersei d'un air excédé. Il n'y paraîtra bientôt plus. Ta putain vivra. Tant que Joffrey vit. »

Tyrion lui aurait volontiers ri au nez. Avec quelles délices, hélas, mais quelles délices... indicibles ! À ce détail près que, terminée, la partie, dès lors. *Tu viens de la perdre, Cersei, et tes Potaunoir sont encore plus nuls que ne le clamait Bronn.* Il n'aurait qu'un mot à dire.

Il se contenta de scruter le visage de la petite avant de lâcher : « Tu me jures de la libérer après la bataille ?

— Si tu libères Tommen, oui. »

Il se mit sur pied. « Garde-la, dans ce cas, mais garde-la en sécurité. Si ces bestiaux-là comptent impunément jouir d'elle..., eh bien, chère sœur, permets-moi de te signaler que toute balance oscille en deux sens. » Il parlait d'un ton calme et monocorde, sans s'apercevoir qu'il avait cherché à prendre celui de Père et parfaitement réussi. « Quoi qu'elle subisse, Tommen le subira aussi, sévices et viols inclus. » *Puisqu'elle se fait de moi une image si monstrueuse, autant que je joue son jeu.*

Elle tomba de son haut. « Tu n'aurais pas le front... ! »

Il se contraignit à sourire d'un sourire lent et glacé. Vert et noir, ses yeux se firent goguenards. « Le front ? Je m'y emploierai personnellement. »

La main de sa sœur lui vola au visage, mais il lui saisit le poignet et le tordit de vive force jusqu'à ce qu'elle poussât un cri. Osfryd s'avança pour la secourir. « Un pas de plus, et je le lui casse », prévint le nain. L'homme s'immobilisa. « Je t'avais avertie, Cersei. Plus jamais tu ne me frapperas. » D'une saccade, il la jeta à terre et se tourna vers les Potaunoir. « Détachez-la, et retirez-lui ce bâillon. »

Ils avaient tellement serré la corde que le sang n'irriguait plus les mains de leur prisonnière. Elle ne put réprimer un cri de douleur quand la circulation s'y rétablit. Tyrion lui massa doucement les doigts jusqu'à ce qu'ils aient recouvré toute leur souplesse. « Courage, ma douce, dit-il, je suis navré qu'ils t'aient meurtrie.

— Je sais que vous me libérerez, messire.

— Oui », promit-il, et Alayaya se pencha sur lui pour le baiser au front. Sa lèvre crevassée y laissa une marque rouge. *Un baiser sanglant*, songea-t-il, *je n'en méritais pas tant. Sans moi, jamais on ne l'aurait battue.*

Le front toujours maculé de sang, il toisa la reine demeurée à terre. « Je ne t'ai jamais aimée, Cersei, mais, comme tu n'en étais pas moins ma propre sœur, jamais je ne t'ai fait de mal. Tu viens de clore ce chapitre. Le mal que tu as fait ce soir, je te le revaudrai. J'ignore encore comment, mais laisse-moi le temps. Un jour viendra où, te croyant heureuse et en sûreté, tu sentiras brusquement ta joie prendre un goût de cendre, et tu sauras alors que la dette est payée. »

« À la guerre, lui avait dit Père un jour, la bataille est finie dès lors que l'un des deux osts se débande et fuit. Peu importe si ses effectifs sont les mêmes que l'instant d'avant, s'ils demeurent armés, couverts de leurs armures ; une fois qu'ils ont détalé, vous ne les verrez pas retourner au combat. » Tel était le cas de Cersei. « Dehors ! fut sa seule riposte. Hors de ma vue ! »

Tyrion s'inclina bien bas. « Bonne nuit, alors. Et rêves agréables. »

Il regagna la tour de la Main le crâne martelé par le piétinement de mille poulaines d'acier. *J'aurais dû voir venir cela dès la première fois où je me suis glissé dans l'armoire de Chataya.* Peut-être s'était-il *gardé* de le voir ? Il souffrait abominablement des jambes quand il atteignit enfin son étage, expédia Pod chercher un flacon de vin et se traîna jusqu'à sa chambre.

Assise en tailleur sur le lit à dais, Shae l'attendait, toute nue, sauf qu'elle arborait au col une lourde chaîne d'or qui reposait sur ses seins dodus : une chaîne dont chaque maillon représentait une main refermée sur la main suivante.

Sa présence était inopinée. « Toi ? ici ? » s'étonna-t-il.

Elle secoua la chaîne en riant. « Je désirais des mains sur mes tétons... mais ces petites mains d'or sont bien froides. »

Pendant un moment, il ne sut que dire. Pouvait-il lui apprendre qu'une autre femme s'était fait rosser à sa place ? qu'elle risquait aussi de mourir à sa place si, par malheur, Joffrey tombait au cours de la bataille ? Du talon de la main, il frotta son front taché du sang d'Alayaya. « Ta lady Lollys...

— Roupille. Son truc favori, roupiller, à cette grosse vache. Roupiller et bouffer. Y arrive de se mettre à roupiller pendant qu'elle bouffe. La bouffe tombe sur les couvertures, et elle s'y *roule*, et faut que je la débarbouille. » Elle fit une grimace de dégoût. « Z'y ont pourtant rien fait que la *foutre* !

— Sa mère la dit malade.

— Y a qu'elle est pleine, et puis c'est tout. »

Tyrion jeta un regard circulaire. Apparemment, rien, dans la pièce, n'avait été dérangé. « Comment es-tu entrée ? Montre-moi la porte secrète. »

Elle haussa les épaules. « Lord Varys m'a mis une cagoule. Je pouvais rien voir, sauf... Y a eu un endroit, j'ai vu le sol, une seconde, par le bas de la cagoule. C'était que des petits carreaux, tu sais, le genre qui fait des tableaux ?

— Une mosaïque ? »

Elle acquiesça d'un hochement. « Des rouges et des noirs. Ça faisait un tableau de dragon, je crois. Autrement, c'était sombre partout. On a descendu une échelle, on s'est tapé toute une trotte, que j'en étais complètement tourneboulée. Une fois, on s'est arrêtés pour qu'il déverrouille une porte en fer. Je l'ai frôlée quand on l'a passée. Le dragon était après. Puis on a monté une autre échelle, et y avait un tunnel, en haut. M'a fallu me baisser, et je pense que lord Varys marchait à quatre pattes. »

Tyrion fit le tour de la chambre. L'une des appliques lui parut branler. Dressé sur ses orteils, il tenta de la faire pivoter. Elle tourna lentement, crissa sur le mur de pierre. Une fois à l'envers, la souche de la chandelle en tomba. Quant aux joncs éparpillés sur les dalles de pierre froide, ils ne révélaient aucune espèce de déplacement. « M'sire a pas envie de me baiser ? demanda Shae.

— Dans un instant. » Il ouvrit son armoire, écarta les vêtements, et appuya sur le panneau du fond. Ce qui marchait pour un bordel marcherait peut-être aussi pour un château... mais non, le bois était massif et ne cédait pas. Non loin de la banquette de fenêtre, une pierre lui attira l'œil, mais il eut beau tirer, presser dessus, rien ne l'ébranla. Il revint vers le lit déçu, contrarié.

Shae le délaça puis lui jeta les bras autour du cou. « Tes épaules sont aussi dures que des rochers, murmura-t-elle. Hâte-toi, il me tarde de t'avoir en moi. » Mais quand elle noua ses jambes autour de sa taille, il eut une panne de virilité. En s'apercevant qu'il mollissait, Shae se glissa sous les draps et le prit dans sa bouche, mais même cela faillit à l'ériger.

Très vite, il l'arrêta. « Qu'est-ce qui t'arrive ? » demanda-t-elle. Toute la tendresse et toute l'innocence du monde se lisaient, là, sur chacun des traits de son visage juvénile.

Innocence ? Crétin ! ce n'est qu'une pute. Cersei avait raison, tu penses avec ta queue, crétin ! crétin !

« Contente-toi de dormir, ma douce », intima-t-il en l'ébouriffant. Mais après, bien bien après qu'elle eut suivi le conseil, Tyrion, lui, les doigts reployés sur l'orbe d'un sein menu, demeura éveillé, allongé près d'elle, à l'écouter respirer tout bas.

CATELYN

La grande salle de Vivesaigues était un désert, lors-qu'on n'y dînait qu'à deux. Des ombres insondables en drapaient les murs, et l'une des quatre torches initiales s'était consumée. Catelyn contemplait fixement le vin dans son gobelet. Il vous laissait dans la bouche comme une âpreté. Brienne lui faisait face. Entre elles se dressait le haut fauteuil de Père, aussi vacant qu'était vide l'immense vaisseau. Les serviteurs eux-mêmes s'étaient retirés. Elle les avait congédiés pour ne pas les priver des festivités.

Malgré l'épaisseur des murs filtrait de la cour jusqu'à elle, étouffé, le bruit de la beuverie. Ser Desmond avait fait monter des caves vingt barils de brune, et les bonnes gens célébraient corne au poing le retour incessant d'Edmure et la conquête par Robb de Falaise.

Je ne vais quand même pas leur en tenir rigueur ! se gourmanda-t-elle. Ils ne sont pas au courant. Et le sau-raient-ils, que leur importerait ? *Ils ne les ont pas connus. Ils n'ont jamais regardé, le cœur en travers du gosier, Bran grimper, jamais goûté cette mixture inextricable de panique et d'orgueil dont il m'abreuvait, jamais entendu son rire, et jamais ils n'ont souri de voir Rickon s'évertuer si farouchement à singer ses aînés.* Elle consi-déra les mets déposés devant elle : truite au lard, salade aux fanes de turneps, fenouil rouge et doucette, pois et oignons, pain chaud. Brienne mastiquait méthodique-ment, comme si dîner figurait au nombre des corvées qu'elle se devait d'accomplir. *Quelle femme acariâtre je suis devenue*, songea Catelyn. *Boire ou manger, rien ne m'est joie, rires et chansons me sont aussi suspects que des inconnus. Je ne suis que deuil et poussière et regrets amers. Je porte désormais un gouffre à la place du cœur.*

Le bruit que faisaient les mâchoires de la chevalière finit par lui être intolérable. « Je ne suis pas une compagnie, Brienne. Allez donc vous joindre aux réjouissances, si vous le souhaitez, lamper une pinte de bière et danser, lorsque Rymond prendra sa harpe.

— Les réjouissances ne sont pas mon fait, madame. » Ses grandes pattes écartelaient une rouelle de pain noir. Elle en contempla les morceaux d'un air aussi buté que si elle cherchait à se rappeler de quoi diable il pouvait s'agir. « Si vous me l'ordonnez, je... »

Catelyn fut sensible à son désarroi. « Je pensais seulement qu'une compagnie plus heureuse que la mienne vous ferait plaisir.

— Je suis parfaitement contente. » Elle utilisa le pain pour saucer le lard fondu dans lequel avait frit sa truite.

« Il est arrivé un autre oiseau, ce matin, reprit Catelyn sans savoir pourquoi elle le disait. Le mestre m'a réveillée immédiatement. C'était son devoir, mais vraiment pas gentil. Pas gentil du tout. » Elle n'avait pas eu l'intention d'en parler à Brienne. Personne d'autre qu'elle et mestre Vyman ne savait, et elle s'était promis de s'en tenir là jusqu'à... – jusqu'à ce que...

Jusqu'à ce que quoi ? Folle que tu es ! le renfermer dans le secret de ton cœur le rend-il moins vrai ? À n'en rien dire, n'en pas parler, deviendra-t-il un simple rêve, moins qu'un rêve, le souvenir d'un cauchemar à demi estompé ? Oh, si seulement les dieux voulaient avoir tant de bonté... !

« C'étaient des nouvelles de Port-Réal ? demanda Brienne.

— Plût au ciel. L'oiseau venait de Castel-Cerwyn, avec un message de ser Rodrik, le gouverneur de Winterfell. » *Noires ailes, noires nouvelles.* « Il a rassemblé le plus d'hommes possible et s'est mis en marche afin de reprendre le château. » Comme tout cela sonnait dérisoire, à présent. « Mais il disait aussi... – écrivait... – m'informait – que...

— Qu'y a-t-il, madame ? Il s'agit de vos fils ? »

Une question si facile à poser ; que n'était-il aussi facile d'y répondre. Catelyn essaya, les mots s'étranglaient dans sa gorge. « Je n'ai plus d'autre fils que Robb. » Elle proféra ces mots terribles sans un sanglot – et cela du moins lui procura une espèce de satisfaction.

Brienne ouvrit des yeux horrifiés. « Madame ?

— Bran et Rickon ont tenté de s'enfuir, mais on les a rattrapés dans un moulin sur la Gland. Theon Greyjoy a fiché leurs têtes sur les remparts de Winterfell. Theon Greyjoy, qui mangeait à ma table depuis l'époque où il avait dix ans. » *Je l'ai dit, les dieux me pardonnent, je l'ai dit et l'ai rendu vrai.*

Un masque fluide avait supplanté les traits de Brienne. Sa main se tendit par-dessus la table et, à deux doigts de Catelyn, se pétrifia, comme par scrupule d'être importune. « Je... Il n'y a pas de mots, madame. Ma bonne dame. Vos fils, ils... ils sont avec les dieux, à présent.

— Ah oui ? riposta Catelyn d'un ton cinglant. Quel dieu laisserait perpétrer cela ? Rickon n'était qu'un bambin. En quoi a-t-il pu mériter une mort pareille ? Et Bran... Il n'avait toujours pas rouvert les yeux depuis sa chute, lorsque j'ai quitté le Nord. Force m'a été de partir avant qu'il ne reprenne connaissance. Et, maintenant, je ne puis plus le rejoindre ni l'entendre rire à nouveau. » Elle exhiba ses paumes et ses doigts. « Ces cicatrices... Ils avaient dépêché un sbire poignarder Bran pendant qu'il gisait dans le coma. Et il nous aurait tués, lui et moi, si le loup de Bran ne l'avait égorgé. » Ce souvenir la rendit un moment pensive. « Les loups, Theon les aura tués aussi. Il a dû le faire, sans quoi... je suis convaincue qu'eux vivants et à leurs côtés, les petits n'auraient rien risqué. Comme Robb avec son Vent-Gris. Mes filles n'ont plus les leurs, hélas. »

Ce brusque changement de sujet stupéfia Brienne. « Vos filles...

— Dès l'âge de trois ans, Sansa était une dame, toujours si polie, tellement désireuse de plaire. Elle n'aimait rien tant que les contes de bravoure chevaleresque. On

152

disait qu'elle me ressemblait, mais elle sera bien plus belle que je n'étais, vous verrez un peu. Je renvoyais souvent sa cámeriste pour m'offrir le bonheur de la coiffer moi-même. Elle avait des cheveux auburn, plus clairs que les miens et si épais, soyeux... Leur nuance rouge réverbérait la lumière des torches et miroitait comme du cuivre.

« Quant à Arya, bon..., les visiteurs de Ned la prenaient souvent pour un palefrenier quand ils pénétraient à l'improviste dans la cour. C'était une calamité, Arya, je dois l'avouer. Mi-garçon mi-chiot de loup. Vous lui interdisiez n'importe quoi, cela devenait le plus cher désir de son cœur. Elle avait la longue figure de Ned et des cheveux bruns où paraissait toujours nicher quelque oiseau. Je désespérais d'en faire jamais une dame. Elle collectionnait les plaies et les bosses comme les autres filles les poupées, et ne disait jamais un mot de ce qu'elle avait dans la tête. Elle doit être morte aussi, je pense. » En prononçant ces mots, elle eut l'impression qu'une main gigantesque lui broyait la poitrine. « Je veux qu'ils meurent tous, Brienne. D'abord Theon Greyjoy, puis Jaime Lannister et Cersei et le Lutin, chacun d'eux, chacun. Mais mes filles... mes filles vont...

— La reine... – la reine en a une – une à elle, bafouilla Brienne. Et des fils aussi, de l'âge des vôtres. En apprenant que... Peut-être qu'elle – qu'elle s'apitoiera et...

— Renverra mes filles indemnes ? » Catelyn sourit tristement. « Que de candeur en vous, petite... Hélas, je désirerais... mais non. Robb vengera ses frères. La glace est une tueuse aussi mortelle que le feu. L'épée de Ned s'appelait *Glace*. De l'acier valyrien, comme moiré par son feuilletage, pli selon pli, mille et une fois, et si tranchant que je redoutais d'y toucher. À côté de Glace, l'épée de Robb n'est qu'une trique mal dégrossie. Elle aura de la peine à décoller Theon Greyjoy, je crains. Les Stark n'utilisent pas de bourreau. Ned se plaisait à répéter que l'on doit soi-même exécuter la sentence que l'on prononce, et pourtant cette tâche lui répugnait. *Moi*, elle m'enchanterait, oh oui. » Elle examina ses mains massacrées, les ouvrit, les referma, releva lentement les yeux. « Je lui ai envoyé du vin.

— Du vin ? » Brienne s'y perdait. « À Robb ? Ou à... Theon Greyjoy ?

— Au Régicide. » Avec Cleos Frey, cette rouerie lui avait bien réussi. *Puisses-tu avoir soif, Jaime. Puisses-tu avoir la gorge sèche et serrée.* « Puis-je vous prier de m'accompagner ?

— Vôtre et à vos ordres, madame.

— Bien. » Elle se leva brusquement. « Demeurez. Achevez de dîner en paix. Je vous manderai ultérieurement. À minuit.

— Si tard, madame ?

— Les oubliettes sont aveugles. Rien n'y distingue une heure d'une autre et, pour moi, toutes sont minuit. » Sur ce, elle quitta la salle, où ses pas rendaient un son creux. Tandis qu'elle montait vers la loggia de lord Hoster, les ovations de la cour : « Tully ! », la poursuivaient, les toasts : « Une coupe ! À la santé du jeune lord ! Une coupe pour sa bravoure ! » *Mon père n'est pas mort !* brûlait-elle de leur crier. *Mes fils sont morts, mais pas mon père, maudits soyez-vous ! Et votre seigneur, c'est encore lui.*

Il dormait profondément. « Je lui ai donné tout à l'heure du vinsonge, madame, dit mestre Vyman. Contre la douleur. Il ne sera pas conscient de votre présence.

— C'est égal », répondit-elle. *Il est plus mort que vif, mais plus vif que mes pauvres fils bien-aimés.*

« Est-il rien que je puisse pour vous, madame ? Préparer un somnifère, peut-être ?

— Je vous remercie, mestre, non. Je ne veux pas endormir ma peine. Bran et Rickon méritent mieux de moi. Allez prendre part à la fête, je vais tenir un moment compagnie à mon père.

— Bien, madame. » Il s'inclina et se retira.

Lord Hoster gisait sur le dos, bouche ouverte, et son souffle n'était plus guère qu'un soupir imperceptiblement sifflant. L'une de ses mains pendait au bord du lit, pâle chose frêle et décharnée, mais chaude lorsque Catelyn y enlaça ses doigts et l'étreignit. *Si étroitement que tu le tiennes, il va t'échapper de toute façon*, songea-t-elle, navrée. *Laisse-le partir.* Mais ses doigts refusaient de se dénouer.

« Je n'ai personne à qui parler, Père, lui confia-t-elle. Je prie, mais les dieux ne répondent pas. » Elle lui effleura la main d'un baiser. La peau en était chaude, et sous sa pâleur translucide courait un réseau de veines bleues qui confluaient comme des rivières. Au-dehors coulaient aussi les rivières, autrement plus larges, de Vivesaigues, Ruffurque et Culbute, mais elles couleraient à jamais, contrairement aux rivières de la main de Père. Tôt ou tard, trop tôt s'interromprait le flux de celle-ci. « La nuit dernière, j'ai rêvé de la fois où Lysa et moi nous nous égarâmes en revenant de Salvemer. Vous rappelez-vous ce brouillard bizarre qui se leva, nous faisant toutes deux distancer par nos compagnons ? Tout était gris, et je n'y voyais goutte au-delà du chanfrein de mon cheval. Nous quittâmes la route à notre insu. Les branches avaient l'air de longs bras maigres tendus sur notre passage pour nous agripper. Lysa se mit à pleurer, et j'avais beau appeler, moi, le brouillard s'amusait à gober mes appels. Mais Petyr revint en arrière et nous retrouva...

« Mais je n'ai plus personne pour me retrouver, n'est-ce pas ? Il me faut, cette fois, retrouver seule notre chemin, et c'est pénible, tellement pénible.

« Je suis hantée par la devise des Stark. L'hiver est venu, Père. Pour moi. Robb doit maintenant combattre les Greyjoy, en plus des Lannister, et pour quoi ? Pour un couvre-chef d'or et un fauteuil de fer ? Le pays n'a que trop saigné. Je veux récupérer mes filles, je veux voir Robb mettre bas l'épée, je veux le voir cueillir dans le parterre de Walder Frey quelque laideronne qui le rende heureux et lui donne des fils. Je veux que me reviennent Bran et Rickon, je veux... » Elle baissa la tête. « Je *veux* », répéta-t-elle, mais sans plus ajouter un mot.

La chandelle finit par grésiller, s'éteindre. Les rayons de la lune s'insinuèrent entre les lattes des persiennes, zébrant le visage de Père de pâles traînées d'argent. Par-dessus le laborieux murmure de sa respiration se percevait le ruissellement continu des eaux, ponctué, du côté de la cour, par les vagues accords, si doux, si mélancoliques, d'une chanson d'amour. « *J'aimais une fille aussi empourprée que l'automne*, chantait Rymond, *avec du crépuscule dans ses cheveux.* »

Le chant s'acheva sans qu'elle y prît garde. Des heures s'étaient écoulées en une seconde, lui parut-il, lorsque Brienne se présenta sur le seuil et souffla : « Il est minuit, madame. »

Il est minuit, Père, songea-t-elle, *et je dois accomplir mon devoir.* Elle lui libéra la main.

Le geôlier était un petit homme aux allures furtives et au nez violacé par la couperose. Elles le surprirent, passablement ivre, en pleine conversation avec une chope de bière et des reliefs de tourte au pigeon. Il loucha vers elles d'un air défiant. « Sauf vot' respect, m'dame, mais lord Edmure a dit pas de visite sans un billet d'écrit par lui, et 'vec son sceau d'sus.

— *Lord* Edmure ? Mon père est-il mort, sans que personne m'ait avertie ? »

L'homme se lécha la lippe. « Non, m'dame, pas que j' sais.

— Alors, tu vas m'ouvrir, ou bien je t'emmène à la loggia de lord Hoster, et tu lui expliqueras pourquoi tu crois bon de braver mes ordres. »

Ses yeux tombèrent à terre. « Vot' serviteur, m'dame. » À sa ceinture de cuir clouté pendait au bout d'une chaîne son trousseau de clefs. Tout en marmottant dans sa barbe, il y farfouilla jusqu'à ce qu'il trouve celle de la cellule du Régicide.

« Retourne à ta bière, maintenant », commanda-t-elle. Suspendue à la voûte clignotait une lampe à huile. Elle la décrocha, remonta la flamme. « Assurez-vous qu'on ne me dérange pas, Brienne. »

Avec un hochement, la jeune femme se campa devant l'entrée de la cellule, la main posée sur le pommeau de son épée. « Que ma dame appelle, en cas de besoin. »

Catelyn poussa de l'épaule le lourd vantail bardé de fer, et des ténèbres infectes l'environnèrent. Elle se trouvait dans les entrailles de Vivesaigues, et l'arôme coïncidait. La litière pourrie jutait sous le pied. Des plaques de salpêtre maculaient les murs. À travers la pierre se percevait la rumeur sourde de la Culbute. La lumière de la lampe finit par révéler, dans un angle, un seau débordant d'excréments, dans un autre, une forme recroquevillée. Près de la porte, le flacon de vin, intact. *Tant pis pour la roublardise. Peut-être devrais-je en tout cas savoir gré au geôlier de ne pas l'avoir bu lui-même.*

En levant les mains pour se protéger le visage, Jaime fit quincailler les fers qui lui entravaient les poignets. « Lady Stark, dit-il d'une voix éraillée par un long mutisme. Je crains de n'être pas en état de vous recevoir.

— Regardez-moi, ser.

— La lumière me blesse les yeux. Un moment, je vous prie. » Depuis la nuit de sa capture, au Bois-aux-Murmures, on l'avait privé de rasoir, et une barbe hirsute avait envahi son visage, jadis si semblable à celui de Cersei. Avec les reflets d'or que la lampe y faisait mouvoir, tout ce poil lui donnait l'air d'un grand fauve jaune, un air superbe, en dépit des chaînes. Sa crinière crasseuse lui retombait jusqu'aux épaules, emmêlée, collée, ses vêtements se gangrenaient sur lui, il était blafard, ravagé... et pourtant irradiaient encore de sa personne vigueur et beauté.

« Je vois que vous avez dédaigné mon vin.

— Une générosité si subite avait quelque chose d'un peu suspect.

— Je puis avoir votre tête à la seconde où il me plairait. Que me servirait de vous empoisonner ?

— La mort par le poison peut sembler naturelle. Il serait plus difficile de protester que ma tête est tombée d'elle-même. » Il cessa de fixer le sol quand ses prunelles d'un vert félin se furent enfin réaccommodées à la lumière. « Je vous inviterais volontiers à vous asseoir, mais votre frère a négligé de me procurer un fauteuil.

— Je tiens à peu près debout.

— Vraiment ? À parler franc, vous avez pourtant une mine épouvantable. Mais peut-être est-ce simplement la faute de cet éclairage. » Il portait aux chevilles comme aux poignets des bracelets si bien reliés entre eux par des chaînes qu'il ne pouvait ni se lever ni s'allonger confortablement. Ses chaînes de chevilles étaient scellées dans le mur. « Trouvez-vous mes fers assez lourds, ou êtes-vous venue m'offrir un petit supplément ? Je les ferai joliment tintinnabuler, si tel est votre bon plaisir.

— Vous vous les êtes attirés vous-même, rappela-t-elle. Eu égard à votre naissance et à votre rang, nous vous avions affecté une cellule confortable dans une tour. Vous nous en avez remerciés par une tentative d'évasion.

— Une cellule est une cellule. Il s'en trouve, sous Castral Roc, qui apparentent celle-ci à un jardin ensoleillé. Un jour, peut-être, vous les montrerai-je. »

S'il a la frousse, il la cache bien, songea-t-elle. « Un homme pieds et poings liés devrait tenir un langage moins discourtois, ser. Je ne suis pas venue entendre des menaces.

— Non ? Alors, ce doit être pour jouir de moi. Les veuves se lassent vite, à ce qu'on prétend, de leur couche vide. Nous autres, de la Garde, jurons de ne jamais nous marier, mais je présume que je pourrais tout de même vous faire ce ramonage, si telle est votre nécessité. Versez-nous donc un doigt de ce vin, puis retirez-moi cette robe, que nous voyions si je suis d'attaque. »

Elle abaissa sur lui un regard révulsé. *Y a-t-il jamais eu au monde d'homme plus beau et plus ignoble que celui-ci ?* « Si vous disiez cela en présence de mon fils, il vous tuerait.

— Sous réserve que je porte encore tous ces trucs-là. » Il lui fit cliqueter les chaînes sous le nez. « Vous savez aussi bien que moi que le mioche a la trouille de m'affronter en combat singulier.

— Tout jeune qu'il est, vous vous êtes lourdement trompé, si vous le preniez pour un imbécile... et vous n'étiez pas si prompt à lancer des défis, ce me semble, lorsque vous aviez une armée à vos trousses.

— Les anciens rois du Nord se cachaient-ils aussi sous les jupes de leur maman ?

— Brisons là, ser. Il est des choses que je dois savoir.

— Et pourquoi devrais-je rien vous dire ?

— Pour sauver votre vie.

158

— Parce que vous pensez que j'ai peur de la mort ? »
Cela parut le divertir.

« Vous devriez. Vos crimes vous auront valu des tourments de choix dans le plus bas des sept enfers, si les
dieux sont justes.

— De quels diables de dieux parlez-vous, lady Catelyn ? Des arbres à qui s'adressaient les prières de votre
mari ? Lui furent-ils d'un si grand secours, lorsque ma
sœur ordonna de le raccourcir ? » Il émit un glousse-
ment. « S'il existe vraiment des dieux, pourquoi donc ce
monde est-il saturé de douleur et d'iniquité ?

— Grâce aux êtres de votre espèce.

— Il n'y a pas d'êtres de mon espèce. Je suis unique. »
Une baudruche, rien de plus. Boursouflé d'orgueil,
d'arrogance et de son courage creux de dément. Je
m'évertue dans le vide avec lui. S'il a jamais contenu la
moindre étincelle d'honneur, il l'a depuis longtemps mou-
chée. « Puisque vous refusez de parler avec moi, tant pis.
Buvez le vin, pissez dedans, ser, je m'en moque. »

Elle atteignait la porte et allait poser la main sur la poignée quand il dit : « Lady Stark ? » Elle se retourna, attendit. « Tout se rouille, dans cette atmosphère humide
et glacée, reprit-il. Même les bonnes manières. Restez, et
vous obtiendrez vos réponses... à leur juste prix. »

Il est sans vergogne. « Les prisonniers n'imposent pas
leurs prix.

— Oh, vous trouverez les miens plutôt modestes.
Votre porte-clefs ne me dit rien que des mensonges
abjects, et qu'il n'est même pas capable de soutenir. Un
jour, c'est Cersei qu'on a écorchée, et, le lendemain, c'est
mon père. Répondez-moi, et je vous répondrai.

— Sans tricher ?

— Oh, c'est *la vérité* que vous voulez ? Attention,
madame. Selon Tyrion, les gens se prétendent volontiers
affamés de vérité, mais ils la trouvent rarement à leur
goût lorsqu'on la leur sert.

— Je suis assez forte pour entendre tout ce qu'il vous
plaira de dire.

— À votre aise, alors. Mais, d'abord, si ce n'est abuser
de vos bontés... le vin. J'ai la gorge en feu. »

— Tyrion est aussi innocent que votre Bran. À ce détail près que lui n'escaladait aucune façade et n'espionnait par la fenêtre de personne.

— Dans ce cas, pourquoi son poignard se trouvait-il en possession de l'assassin ?

— Quel genre de poignard ?

— De cette longueur, dit-elle en écartant les mains, tout simple d'aspect mais d'un beau travail, avec une lame d'acier valyrien et un manche en os de dragon. Votre frère l'avait gagné sur lord Baelish, lors du tournoi donné pour l'anniversaire du prince Joffrey. »

Jaime se servit, but, se resservit, contempla le vin dans sa coupe. « On dirait que ce vin s'améliore au fur et à mesure que je le bois. Il me semble me rappeler ce poignard, maintenant que vous le décrivez. Gagné, disiez-vous. Comment ?

— En pariant sur vous quand vous joutiez contre le chevalier des Fleurs. » Mais, en s'entendant affirmer cela, elle s'aperçut de son erreur. « Non... l'inverse ?

— Tyrion a toujours misé sur moi, en tournoi, dit-il, mais, ce jour-là, je fus démonté par ser Loras. Le guignon, j'avais sous-estimé ce garçon, mais n'importe. Quel que fût l'enjeu, Tyrion perdit... mais ce poignard changea *effectivement* de mains, je me le rappelle, à présent. Robert me le montra le soir même, durant le banquet. Sa Majesté adorait me mettre du sel sur les plaies, surtout quand Elle était ivre. Et quand ne l'était-Elle pas ? »

Tyrion lui avait dit exactement la même chose durant leur équipée dans les montagnes de la Lune, se souvint-elle. Elle avait refusé de le croire. Petyr en avait juré autrement, Petyr, le presque frère de jadis, Petyr qui l'aimait alors si passionnément qu'il s'était battu en duel pour obtenir sa main... mais si les versions de Jaime et Tyrion concordaient à ce point, qu'en déduire ? D'autant que les deux frères ne s'étaient pas revus depuis leur séparation, à Winterfell, plus d'un an auparavant. « Essaieriez-vous de m'abuser ? » Elle flairait du louche, quelque part.

« Que gagnerais-je à biaiser sur cette histoire de poignard, quand j'ai reconnu ma tentative pour supprimer votre fils ? » Il s'envoya une nouvelle coupe. « Libre à vous de me croire ou non, voilà longtemps que l'opinion des gens quant à ma personne, je m'en contrefiche. À mon tour. Les frères de Robert sont entrés en campagne ?

— Oui.

— Voilà qui s'appelle de la pingrerie. Donnez davantage, ou vous me trouverez avare.

— Stannis marche sur Port-Réal, compléta-t-elle à contrecœur. Renly est mort, assassiné par lui devant Accalmie, grâce à des maléfices auxquels je ne comprends rien.

— Dommage, dit-il, j'aimais bien Renly. Stannis, c'est une autre histoire. Quel parti les Tyrell ont-ils adopté ?

— D'abord celui de Renly. Depuis, j'ignore.

— Votre petit gars doit se sentir bien seul.

— Robb a eu seize ans voilà peu de jours..., il est adulte – et roi. Il a remporté chacune des batailles qu'il a livrées. Aux dernières nouvelles, il avait pris Falaise aux Ouestrelin.

— Il n'a toujours pas affronté mon père, n'est-ce pas ?

— Il le battra. Comme il vous a battu.

— Il m'a eu par surprise. Triche de couard.

— Est-ce à vous de parler de triche ? Votre cher Tyrion nous a dépêché des coupe-jarrets masqués en émissaires sous pavillon blanc.

— Si l'un de vos fils se trouvait à ma place, dans cette cellule, ses frères n'en feraient-ils pas autant pour lui ? »

Mon fils n'a pas de frères, songea-t-elle, peu tentée d'ailleurs de confier sa peine à un individu pareil.

Jaime reprit du vin. « Que pèse la vie d'un frère, quand l'honneur est en jeu, hein ? » Nouvelle gorgée. « Tyrion est assez futé pour comprendre que jamais votre fils ne consentira à me libérer sous rançon. »

Elle se garda de le nier. « Les bannerets de Robb préféreraient votre mort à cela. Rickard Karstark en particulier. Vous lui avez tué deux fils au Bois-aux-Murmures.

— Les deux blasonnés à l'échappée blanche, n'est-ce pas ? » Il haussa les épaules. « Pour ne rien celer, c'est à votre fils que j'en avais. Ils se sont mis en travers de ma route. Je les ai abattus en combat loyal, dans la fournaise de la bataille. N'importe quel autre chevalier eût agi de même.

— Comment pouvez-vous encore vous considérer comme un chevalier, quand vous n'avez cessé de vous parjurer ? »

Il empoigna le flacon pour se resservir. « Ces flopées de serments... On vous fait jurer, jurer, jurer. De défendre le roi. D'obéir au roi. De taire ses secrets. D'exécuter ses ordres. De lui consacrer exclusivement votre vie. Mais d'obéir à votre père. D'aimer votre sœur. De protéger l'innocent. De défendre le faible. De respecter les dieux. D'obéir aux lois. Trop, c'est trop. Quoi que vous fassiez, vous êtes toujours en train de violer tel ou tel serment. » Il s'envoya une lampée robuste, ferma un instant les yeux, la tête appuyée contre la paroi souillée de salpêtre. « Je fus le plus jeune de toute l'histoire à revêtir le manteau blanc.

— Et le plus jeune à trahir tout ce qu'il impliquait, Régicide.

— *Régicide*, articula-t-il posément. Et de quel roi, bons dieux ! » Il brandit la coupe. « À Aerys Targaryen, second du nom, suzerain des Sept Couronnes et *Protecteur* du royaume. Et à l'épée qui lui trancha le gosier. Une épée *d'or*, savez-vous. Tout bonnement. Jusqu'à ce que son sang dégouline le long de la lame, vermeil. Les couleurs Lannister, écarlate et or. »

À ses éclats de rire, Catelyn comprit que le vin avait fait son œuvre. Jaime avait descendu les deux tiers du flacon, et il était ivre. « Il faut être un homme de votre espèce pour se vanter d'un tel forfait.

— Je vous le répète, il n'y a pas d'hommes de mon espèce. Dites-moi, lady Stark... Votre Ned vous a-t-il jamais conté comment était mort son père ? Ou son frère ?

— On étrangla Brandon sous les yeux de lord Rickard avant d'exécuter celui-ci à son tour. » Une saleté vieille de seize ans. À quoi rimait d'aborder ce sujet ?

« De l'exécuter, oui, mais *comment* ?

— Le garrot, je suppose, ou la hache. »

Jaime sirota une gorgée, se torcha la bouche. « Sans doute Ned désirait-il vous épargner. Sa fiancée, si jeune et si tendre, sinon tout à fait vierge. Eh bien, vous vouliez la vérité ? questionnez... Nous avons conclu un marché, je ne puis rien vous refuser. Questionnez.

— La mort est la mort. » *Je ne veux pas savoir cela.*

« Brandon était différent de son frère, n'est-ce pas ? Il avait du sang dans les veines, et non de l'eau glacée. Tout à fait comme moi.

— Brandon n'était nullement comme vous.

— Si vous le dites... Vous deviez vous épouser.

— Il était en route pour Vivesaigues quand... » Bizarre, comme évoquer cela lui serrait encore la gorge, tant d'années après. « ... quand il apprit, pour Lyanna, et se dérouta sur Port-Réal. La dernière des choses à faire. » Elle se rappelait la fureur de Père lorsque la nouvelle leur en était parvenue. Qualifiant Brandon de *vaillant crétin*.

Jaime se versa le fond du flacon. Une demi-coupe. « Il pénétra au Donjon Rouge à cheval, escorté d'une poignée d'amis et beuglant au prince Rhaegar de se montrer, s'il n'avait pas peur de mourir. Mais Rhaegar n'était pas là. Aerys expédia ses gardes les arrêter tous en tant que conspirateurs du meurtre de son fils. Les autres étaient également, si je ne me trompe, des rejetons nobles.

— Ethan Glover était l'écuyer de Brandon, précisa-t-elle. Lui seul survécut. Avec lui se trouvaient Jeffroy Mallister, Kyle Royce et Elbert Arryn, neveu de lord Jon et son héritier. » Cela semblait extravagant, de se rappeler encore leurs noms, tant d'années après. « Aerys les inculpa de forfaiture et, les retenant en otages, convoqua leurs pères à la Cour pour répondre de l'accusation. À leur arrivée, il les fit assassiner sans autre forme de procès. Les uns et les autres.

— Il y eut des procès. Une espèce. Lord Rickard réclama un duel judiciaire, et le roi le lui accorda. Stark revêtit son armure de bataille, persuadé qu'il affronterait un membre de la Garde. Peut-être moi. Au lieu de quoi il fut emmené dans la salle du Trône et suspendu à ses poutres pendant que deux des pyromants royaux allumaient un brasier sous lui. Lors, Aerys l'avisa que, le *feu* étant le champion de la maison Targaryen, la seule chose qu'il eût à faire pour prouver son innocence était de... ne point griller.

« Une fois prête la fournaise, on introduisit Brandon. Il avait les mains enchaînées derrière le dos et, autour du cou, une lanière de cuir humide nouée selon une recette rapportée de Tyrosh par le roi. Il avait les jambes libres, toutefois, et l'on avait placé son épée juste hors de sa portée.

« Les pyromants rôtirent lord Rickard tout doucement, couvrant tantôt, tantôt attisant les flammes avec le plus grand soin pour lui mignoter une chaleur égale. Son manteau s'embrasa d'abord, puis son surcot, si bien qu'il finit par ne plus porter que métal et cendres. L'étape suivante verrait sa cuisson, lui promit Aerys, à moins que... – que son fils ne réussît à le délivrer. Brandon essaya mais, plus il se débattait, plus son garrot se resserrait, et il finit par s'étrangler lui-même.

« Quant à lord Rickard, l'acier de son corselet de plates vira au rouge cerise, et l'or de ses éperons fondait goutte à goutte qu'il vivait encore. Je me tenais au pied du trône de fer, dans mon armure blanche et mon manteau blanc, me farcissant le crâne de songeries relatives à Cersei. Ensuite, Gerold Hightower en personne me prit à part et me dit ceci : "Tu as prêté serment de garder le roi, pas de le juger." Tel était le Taureau Blanc, loyal jusqu'au bout et, cela fait l'unanimité, bien plus homme de cœur que moi.

— Aerys... » La bile emplissait sa gorge d'amertume. Le récit devait être véridique, tant s'y déployait de hideur. « Aerys était dément, le royaume entier le savait, mais si vous comptez me faire avaler que vous l'avez tué pour venger Brandon Stark...

— M'en suis-je targué ? Les Stark ne m'étaient de rien. Le dirai-je ? je trouve on ne peut plus loufoque que l'une soit toute prête à m'idolâtrer pour un bienfait sorti de sa seule imagination, alors que tant d'autres vilipendent mon plus bel exploit. Lors du couronnement de Robert, je fus contraint de m'agenouiller à ses royaux pieds, flanqué du Grand Mestre Pycelle et de Varys l'eunuque, afin qu'il pût nous *pardonner* nos crimes avant d'agréer nos services. Quant à votre Ned, qui aurait dû baiser la main qui venait de tuer Aerys, il préféra mépriser le cul qu'il avait surpris posé sur le trône de son ami. Ned Stark aimait Robert bien plus qu'il n'avait jamais fait son frère ou son père... ou n'aima même vous, madame. Il demeura toujours fidèle à Robert, non ? » Il eut un rire de poivrot. « Allons, lady Stark, ne trouvez-vous pas tout cela terriblement drôle ?

— Je ne vous trouve pas drôle du tout, Régicide.

— Encore cette appellation. Je ne crois pas que je vais vous baiser, après tout, Littlefinger a bien eu la primeur, non ? Je ne mange jamais dans le tranchoir d'un autre. En plus, vous n'êtes pas aussi friande que ma sœur, et de loin. » Son sourire s'acéra. « Je n'ai jamais couché avec une autre que Cersei. Plus loyal, à ma manière à moi, que votre Ned ne le fut oncques. Pauvre vieux feu Ned. À qui la merde pour honneur, en définitive, je vous prie ? C'était quoi, déjà, le nom de son bâtard ? »

Catelyn recula d'un pas. « *Brienne !*

— Non, ce n'était pas ça. » Jaime Lannister retourna le flacon. Un filet de vin lui dégoulina le long du visage, écarlate comme du sang. « Snow, c'était. Un nom si *blanc*... du même blanc que les jolis manteaux que l'on nous donnait, dans la Garde, en nous faisant prêter nos jolis serments. »

La porte s'ouvrit, Brienne entra dans la cellule. « Vous avez appelé, madame ?

— Votre épée, s'il vous plaît », dit Catelyn en tendant la main.

THEON

Un fatras de nuages étouffait le ciel, les bois étaient morts et gelés. Des racines entravaient la course de Theon, les branches nues le cinglaient au visage, marbrant ses joues d'égratignures sanguinolentes. Il fonçait au travers, aveuglément, fonçait, hors d'haleine, et le givre volait en éclats devant lui. *Miséricorde !* sanglotait-il. De derrière lui parvenait un hurlement fiévreux qui lui caillait les sangs. *Miséricorde ! miséricorde !* Un coup d'œil par-dessus l'épaule, il les vit surgir, des loups énormes, gros comme des chevaux, des loups à têtes d'enfançons. *Oh, miséricorde ! miséricorde !* Du sang dégouttait de leurs babines d'un noir de poix, trouant tout du long la neige comme au fer rouge. Chaque foulée les rapprochait. Il essayait de courir plus vite, mais ses jambes n'obéissaient pas. Les arbres avaient tous des faces, et ils se riaient de lui, s'esclaffaient, tandis qu'à nouveau retentissait le hurlement. Le souffle brûlant des monstres, il en percevait les remugles, une puanteur de soufre et de putréfaction. *Ils sont morts, morts, je les ai vu tuer !* voulut-il gueuler, *j'ai vu plonger leurs têtes dans le goudron !* mais, si grand qu'il ouvrît la bouche, il ne s'en extirpa qu'un gémissement, et puis quelque chose le *toucha*, et il pirouetta, piaillant...

... cherchant à tâtons la dague toujours proche de son chevet, ne réussissant qu'à la faire tomber à terre. Wex s'écarta d'un bond. Schlingue se dressait derrière lui, mâchoire éclairée d'en bas par la chandelle qu'il tenait.

« Quoi ? » s'écria Theon. *Miséricorde !* « Que me voulez-vous ? Pourquoi êtes-vous dans ma chambre ? *Pourquoi ?*

— M'sire prince, expliqua Schlingue, vot' sœur est là. Z'aviez demandé à êt' averti dès son arrivée.

— Pas trop tôt », grommela Theon en se passant les doigts dans les cheveux. Il en était venu à redouter qu'Asha ne méditât de l'abandonner à son sort. *Miséricorde !* Il loucha vers l'extérieur, les premières lueurs de l'aube commençaient à peine à frôler vaguement les tours de Winterfell. « Où se trouve-t-elle ?

— Lorren l'a m'née déj'ner avec ses hommes dans la grande salle. V'lez la voir tout d' suite ?

— Oui. » Il repoussa ses couvertures. Du feu ne subsistaient que de maigres braises. « De l'eau, Wex, bouillante. » Il n'allait pas s'offrir aux yeux d'Asha trempé de sueur et échevelé. *Des loups à têtes d'enfançons...* Un frisson le prit. « Ferme-moi ces volets. » La chambre lui semblait aussi glaciale que son cauchemar de forêt.

Il n'avait eu ces derniers temps que des rêves de ce genre, des rêves froids, et chacun plus atroce que le précédent. La nuit d'avant, il s'était retrouvé au moulin, agenouillé pour habiller les morts. Déjà leurs membres se roidissaient, de sorte qu'ils avaient l'air de résister vilainement, pendant que ses doigts à demi gelés s'échinaient à les accoutrer, remonter leurs braies, lacer leurs aiguillettes, enfiler de force à leurs pieds rigides les bottes fourrées, boucler autour d'une taille tellement étroite qu'elle tenait entre ses deux mains une ceinture de cuir clouté. « Jamais je n'avais voulu ça, leur disait-il en les malmenant. C'est eux qui ne m'ont pas laissé le choix. » Les cadavres ne répondaient pas, ils se contentaient de devenir plus lourds et plus froids.

La nuit d'avant, ç'avait été la femme du meunier. Son nom, Theon ne s'en souvenait plus, mais il se rappelait son corps, le mol oreiller des nichons, les vergetures sur le bide et la manière dont elle lui griffait le dos pendant qu'il la baisait. Dans son rêve, il était au pieu avec elle, une fois de plus, mais elle avait, cette fois, des dents en haut *et* en bas, et elle lui déchirait la gorge tout en rongeant sa virilité. De la démence. Il l'avait pourtant vue mourir, elle aussi. Gelmarr l'avait étendue d'un seul coup de hache alors qu'elle chialait pour obtenir de lui-même miséricorde. *Fous-moi la paix, pétasse. C'est lui qui t'a tuée, pas moi. Et il a crevé, lui aussi.* Au moins Gelmarr avait-il la décence de ne point venir le hanter.

Theon ne pensait plus trop à son rêve quand Wex lui rapporta l'eau. Une fois épongée sa peau de la sueur et du sommeil, il s'attifa comme au bon vieux temps. Il se choisit une tunique de satin rayé noir et or, un ravissant justaucorps de cuir clouté d'argent... puis se souvint subitement que sa sacrée sœur faisait plus grand cas des lames que des élégances. Avec un juron, il arracha ses beaux atours et s'empaqueta de laine matelassée noire et de maille. Puis il ceignit dague et braquemart, tout en remâchant le soir où elle l'avait humilié à la table de son propre père. *Son cher nourrisson, oui. Eh bien, je possède un couteau, moi aussi, et je sais comment m'en servir.*

Pour finir, il coiffa sa couronne, un bandeau de fer froid pas plus large qu'un travers de doigt et serti de gros éclats de diamant noir et de pépites d'or. C'était moche et biscornu, mais que faire là contre ? Mikken gisait au cimetière, et les talents de son successeur n'excédaient guère les fers à cheval et les clous. Theon se consola par la pensée que ce n'était là qu'une couronne princière. Après son accession au trône, il mettrait quelque chose de beaucoup plus beau.

Sur le palier l'attendaient Schlingue, Urzen et Kromm. Il s'entourait désormais de gardes en tous lieux, même aux chiottes. Winterfell désirait sa mort. Le soir même de leur retour de la Gland, Gelmarr le Hargneux s'était rompu le col en trébuchant dans un escalier ; Aggar retrouvé, le lendemain, la gorge ouverte d'une oreille à l'autre. Aussi Gynir Nez-rouge, non content de s'astreindre au régime sec et de ne dormir que casqué, colleté, maillé, avait-il adopté le roquet le plus tapageur des chenils afin d'être bien réveillé si quiconque essayait de se faufiler jusqu'à sa paillasse. Quelque temps après, le château n'en fut pas moins tiré du lit par les aboiements furibonds de la bestiole que l'on découvrit galopant tout autour du puits où flottait, dûment noyé, son maître.

Laisser ces meurtres impunis ne se pouvait pas. Farlen faisant un suspect hautement plausible, Theon l'inculpa, le déclara coupable et le condamna à mort, mais même cela tourna au vinaigre. En s'agenouillant devant le billot, le maître-piqueux déclara : « M'sire Eddard exécutait ses sentences en personne. » De sorte qu'à moins de manier la hache, Theon passerait pour une mauviette. Au premier coup, ses mains moites laissèrent pivoter le manche, et le fer atteignit Farlen entre les épaules. Et il lui fallut s'y reprendre à trois fois pour entamer les os et les muscles avant que la tête ne finisse par consentir à se détacher du tronc. De quoi dégueuler tripes et boyaux quand, la chose achevée, lui remontèrent en mémoire cent bonnes causeries de chasse et de chiens, coupe en main. *Je n'avais pas le choix !* aurait-il volontiers glapi au cadavre. *Les Fer-nés sont incapables de garder un secret, il fallait qu'ils meurent, et il fallait un responsable.* Il déplorait seulement de n'avoir pas tué plus proprement. Jamais lord Eddard n'avait eu besoin de deux coups pour décoller son homme.

Si la mort de Farlen mit un terme aux meurtres, de funestes pressentiments tenaillaient néanmoins les hommes de Theon. « Ils ne craignent personne au combat, lui dit Lorren le Noir, mais c'est une autre paire de manches que de vivre au milieu de vos ennemis, sans jamais savoir si la lavandière veut vous baisouiller ou vous zigouiller, si le serviteur vous verse bière ou poison. On ferait bien de quitter la place.

— Je suis le prince de Winterfell ! avait vociféré Theon. Ici est ma résidence, et aucun homme au monde ne m'en chassera. Ni aucune femme ! »

Asha. Son œuvre à elle que ce gâchis. Ma sœur bien-aimée. Puissent les Autres l'enculer avec une épée ! Elle n'aspirait qu'à le voir crever, pour le supplanter comme héritier de Père. Et c'est dans ce seul but qu'elle l'avait laissé se morfondre ici, malgré les ordres urgents de le seconder.

Il la trouva vautrée dans le trône des Stark, les doigts plantés dans un chapon. Attablés pour boire et blaguer avec ses gens à lui, ses gens à elle faisaient dans la salle un boucan d'enfer. Si bien que son entrée passa totalement inaperçue. « Où sont les autres ? » s'inquiéta-t-il auprès de Schlingue. Autour des tréteaux ne se trouvaient guère qu'une cinquantaine d'hommes, à lui pour la plupart. La grande salle de Winterfell en aurait sans peine accueilli dix fois plus.

« C' tout c' qu'y a, m'sire prince.

— *Tout ?*... mais elle en a amené combien ?

— Vingt, j'ai compté. »

Theon Greyjoy se rua vers la place où se prélassait sa sœur. Elle était en train de rire d'un mot de sa clique mais s'interrompit brusquement comme il approchait. « Hé, v'là l' prince d' Winterfell ! » Elle jeta un os à l'un des chiens qui erraient par là, truffe au sol. Sous le bec de faucon qui tenait lieu de nez, la lippe élargit un sourire narquois. « Ou le prince des Fols ?

— Vierge et envie font vilain ménage. »

Asha suça ses doigts graisseux. Une mèche noire lui tombait en travers des yeux. Ses hommes réclamaient à grands cris du pain et du lard. Ils vous assourdissaient, malgré leur petit nombre. « Envie, Theon ?

— Tu vois un autre mot ? Trente hommes et une nuit m'ont suffi pour prendre Winterfell. Il t'en a fallu mille et une lune entière pour prendre Motte-la-Forêt.

— C'est que je ne suis pas un grand guerrier comme toi, frérot. » Elle engloutit une demi-corne de bière et se torcha la bouche d'un revers de main. « J'ai vu les têtes, en haut de tes portes. Franchement, lequel t'a donné le plus de fil à retordre, l'infirme ou le bambin ? »

Il sentit le sang l'empourprer. Il ne tirait de ces têtes aucune jouissance, pas plus que d'avoir exposé les corps mutilés des enfants devant le château. En présence de Vieille Nan dont la bouche édentée s'ouvrait et se fermait, toute molle, sans émettre un son. Et de Farlen qui, grondant comme ses limiers, s'était jeté sur lui, et qu'Urzen et Cadwyl avaient dû rosser à coups de hampe jusqu'à ce qu'il s'effondre, inanimé. *Comment en suis-je arrivé là ?* se souvint-il d'avoir pensé, tandis qu'à ses pieds des nuées de mouches bourdonnaient sur les deux cadavres.

Seul mestre Luwin avait eu le cran de s'en approcher, visage de pierre, et de demander la permission de recoudre les têtes sur les épaules avant de déposer les enfants dans les cryptes avec les défunts de leur maisonnée.

« Non, avait riposté Theon. Pas les cryptes.

— Mais pourquoi, messire ? Ils ne risquent certes plus de vous menacer. Elles ont toujours été destinées à les recevoir. Tous les os des Stark...

— J'ai dit *non*. » Les têtes, il en avait besoin pour orner les créneaux. Quant aux corps, il les avait fait brûler le jour même, parés de leurs plus beaux atours, puis, s'agenouillant parmi les esquilles et les cendres, y avait récupéré une babiole informe de jais craquelé et d'argent fondu. Tout ce qui subsistait de la broche tête-de-loup naguère en possession de Bran. Il l'avait conservée.

« J'avais traité Bran et Rickon généreusement, dit-il à sa sœur. Ils se sont eux-mêmes attiré leur sort.

— Comme nous tous, frérot. »

Sa patience était à bout. « Tu comptes me voir tenir Winterfell avec tes vingt types ?

— Dix, rectifia-t-elle. Les autres repartent avec moi. Tu ne voudrais tout de même pas que ta sœur bien-aimée brave sans escorte les périls des bois, si ? Dans le noir rôdent des loups-garous. » Elle se délova du grand fauteuil de pierre et se leva. « Viens, allons quelque part où l'on puisse causer plus intimement. »

Quitte à reconnaître la pertinence de la suggestion, il fut ulcéré qu'Asha s'arrogeât la conduite des opérations. *Jamais je n'aurais dû venir la rejoindre ici*, s'aperçut-il enfin, *il me fallait la convoquer auprès de ma personne*.

Mais il était décidément trop tard pour corriger le tir. Force lui fut donc d'emmener Asha dans la loggia de Ned Stark. Où, face aux cendres du foyer mort, il lâcha : « Dagmer s'est fait battre à Quart Torrhen...

— Le vieux gouverneur a disloqué son mur de boucliers, dit-elle sans s'émouvoir, oui. Tu escomptais quoi ? Ce ser Rodrik connaît la région comme sa poche, Gueule-en-deux non, et les gens du Nord avaient pas mal de cavaliers. Les Fer-nés manquent de discipline pour soutenir une charge de chevaux caparaçonnés. Dagmer est

173

vivant, rends-en grâces, à défaut de mieux. Il est en train de ramener les rescapés vers les Roches. »

Elle en sait plus que moi, constata Theon. Cela ne fit qu'aggraver sa colère. « La victoire a donné à Leobald Tallhart le courage de quitter sa tanière et d'aller rejoindre ser Rodrik. En outre, on m'a signalé que lord Manderly fait remonter la rivière à une douzaine de barges bondées de chevaliers, de destriers et d'engins de siège. Les Omble se concentrent aussi sur l'autre rive de l'Ultime. J'aurai une *armée* à mes portes avant la prochaine lune, et tu ne m'amènes, toi, que *dix* hommes ?

— J'aurais aussi bien pu n'en amener aucun.

— Je t'ai ordonné...

— *Père* m'a ordonné de prendre Motte-la-Forêt ! jappa-t-elle. Pas d'avoir à voler à la rescousse de mon petit frère.

— Encule Motte ! râla-t-il. C'est un pot de pisse en bois sur une colline. Winterfell est le cœur du pays, mais comment le tiendrais-je sans garnison ?

— Que n'y as-tu réfléchi avant de t'en emparer. Oh, c'était une idée magistrale, ma foi. Mais si seulement tu avais eu le bon sens de raser le château et d'emmener les deux petits princes en otages à Pyk, tu gagnais la guerre d'un coup.

— Te ferait plaisir, hein, de voir ma prise réduite en ruine et en cendres ?

— Ta prise sera ta perte. Les seiches surgissent de la *mer*, Theon, l'aurais-tu oublié durant ton séjour chez les loups ? Notre force, ce sont nos boutres. Mon pot de pisse en bois se trouve assez près de la mer pour que m'y parviennent dès que de besoin troupes fraîches et ravitaillement. Winterfell, lui, se situe à des centaines de lieues de la côte, entouré de bois, de collines, de forts et de châteaux amis. À présent, tu t'es fait un ennemi de chaque homme, et sur mille lieues, ne t'y méprends pas. Tu l'as rendu irrémédiable quand tu as fiché ces deux têtes sur ta porterie. » Elle secoua la tête. « Mais comment as-tu pu commettre une aussi sanglante bévue ? Des *gosses*...

— Ils m'avaient *outragé* ! lui cria-t-il à la figure. Et c'était sang pour sang, en plus, deux fils d'Eddard Stark pour Rodrik et Moron. » Les mots lui sortaient de la bouche au hasard, mais il sut d'emblée que Père approuverait. « J'ai apaisé les mânes de mes frères.

— *Nos* frères », rappela-t-elle, avec un demi-sourire qui sous-entendait qu'elle trouvait un rien salé ce joli couplet de vengeance. « Avais-tu emporté leurs mânes de Pyk, frérot ? Je pensais jusqu'ici qu'ils ne hantaient que Père.

— Une vierge a-t-elle jamais compris la soif de vengeance d'un homme ? » Même si Père n'appréciait pas le cadeau de Winterfell, il était *tenu* d'approuver Theon pour sa vindicte fraternelle.

Asha répondit par un rire de nez. « Ce ser Rodrik pourrait bien éprouver la même soif virile, y as-tu songé ? Tu es le sang de mon sang, Theon, quoi que tu puisses être d'autre par ailleurs. Pour l'amour de la mère qui nous a portés, retournons ensemble à Motte-la-Forêt. Incendie Winterfell, et rebrousse chemin tant qu'il en est temps.

— Non. » Il rajusta sa couronne. « J'ai pris ce château, j'entends le tenir. »

Sa sœur le dévisagea longuement. « Eh bien, tu le tiendras, dit-elle, autant de jours qu'il te reste à vivre. » Elle soupira. « Ç'a un goût d'idiotie, je maintiens, mais, des sujets pareils, qu'y pourrait bien comprendre une timide vierge ? » Arrivée à la porte, elle lui dédia un dernier sourire narquois. « Autant que tu le saches, au fait... Jamais je n'ai posé les yeux sur une couronne si moche. Tu l'as bricolée toi-même ? »

Elle le laissa fou de rage et s'attarda juste le temps nécessaire pour nourrir ses chevaux et les abreuver. Elle emmena, comme annoncé, la moitié de ses hommes et emprunta pour quitter Winterfell la porte du Veneur par où s'étaient enfuis Bran et Rickon.

Theon la regarda partir du haut du rempart et se surprit à se demander, comme elle s'évanouissait dans les brumes du Bois-aux-Loups, pourquoi il ne l'avait pas écoutée et accompagnée.

« Partie, ça y est ? » Schlingue le coudoyait.

Theon ne l'avait pas entendu approcher, senti non plus d'ailleurs. Aucune présence ne pouvait lui être plus importune. Voir déambuler, respirer ce type qui en savait trop lui était pénible. *J'aurais dû le faire liquider, dès qu'il a eu liquidé les trois autres*, réfléchit-il, mais l'idée le rendit nerveux. Si invraisemblable qu'il y parût, Schlingue savait lire et écrire, et il était suffisamment vil et retors pour avoir planqué un exposé circonstancié de leurs exploits communs.

« 'vec vot' permission, m'sire prince, c' pas bien à elle, v's abandonner. Et dix hommes, c' pas trop guère assez.

— J'en suis bien conscient », dit Theon. *Pas moins qu'Asha.*

« Ben, j' pourrais v's aider, 't-êt' ben, reprit Schlingue. 'vec un ch'val et des picaillons, j' pourrais v' trouver quèqu' bons gars. »

Theon plissa les yeux. « Combien ?

— Un cent, 't-êt', ou deux. 't-êt' pus. » Il sourit, une lueur passa dans ses prunelles pâles. « Chuis né pus au nord d'ici. J' connais du monde, et du monde qui connaît Schlingue. »

Si deux cents hommes ne faisaient pas une armée, il n'en fallait pas des milliers non plus pour tenir une place aussi forte que Winterfell. Dans la mesure où ceux-là sauraient apprendre par quel bout d'une pique on tue, ils pourraient donner l'avantage. « Fais comme tu dis, et tu ne me trouveras pas ingrat. Choisis toi-même ta récompense.

— Eh ben, m'sire, y a qu'j' pas eu d' femme d'puis tant qu' j'étais 'vec lord Ramsay, répondit-il. C'te Palla m'a tapé dans l'œil, et comm' al' s'est déjà fait eu, paraît, ben... »

Il s'était déjà trop avancé avec Schlingue pour faire machine arrière, à présent. « Deux cents hommes, et tu l'as. Mais un de moins, et tu retournes baiser tes porcs. »

Le soleil n'était pas couché que s'en allait Schlingue, avec un sac d'argent conquis sur les Stark, et les derniers espoirs de Theon Greyjoy. *Plus que probable que je ne le reverrai jamais, ce salaud...* songea-t-il avec amertume, mais tant pis, il fallait en courir le risque.

Il rêva, cette nuit-là, du banquet donné par Ned Stark en l'honneur du roi Robert. En dépit des vents froids qui se levaient au-dehors, la grande salle croulait sous les rires et les flonflons. Il n'était d'abord question que de viandes rôties et de vin, Theon blaguait et lançait des œillades aux servantes et prenait du bon temps... quand il s'aperçut que les ténèbres envahissaient les lieux, que la musique cessait d'être si pimpante, avec des silences bizarres et des dissonances, des notes sanguinolentes en suspens. Soudain, le vin prit une saveur amère, et, relevant les yeux, Theon vit qu'il avait les morts pour convives.

Le roi Robert, le ventre ouvert d'une ignoble plaie, déballait ses tripes sur la table, et lord Eddard, à son côté, n'avait plus de tête. Des cadavres, au bas de l'estrade, occupaient les rangées de bancs, chacun des toasts qu'ils portaient détachait de leurs carcasses un pan de bidoche gris-brun, des asticots leur grouillaient aux orbites. Et il les connaissait, tous. Jory Cassel comme Gros Tom, et Porther et Cayn, Hullen, le maître d'écurie, et tous ceux qui étaient partis vers Port-Réal pour n'en pas revenir. Mikken et septon Chayle se trouvaient côte à côte, l'un pissant l'eau, l'autre le sang. Benfred Tallhart et ses Bouquins sauvages encombraient presque une table entière. La meunière aussi était là, et Farlen, et même le sauvageon tué d'une flèche pour sauver Bran, dans le Bois-aux-Loups.

Et d'autres, une multitude d'autres qu'il n'avait pas connus de leur vivant, dont il avait seulement vu les effigies en pierre. La fille svelte et triste qui portait une couronne de roses bleu pâle et une robe blanche éclaboussée de caillots ne pouvait être que Lyanna. Près d'elle se tenait son frère, Brandon, et, juste derrière eux, lord Rickard, leur père. Le long des murs se glissaient, à demi visibles dans l'ombre, des silhouettes blêmes aux longues et austères physionomies. Leur vue lancinait Theon de frissons affreux comme autant de coups de couteau. Là-dessus s'ouvrirent à grand fracas les hautes portes, une bise glaciale balaya la salle, et Robb émergea de la nuit. Vent-Gris trottait à son côté, l'œil flamboyant.

Et, constellés de plaies monstrueuses, l'un comme l'autre ruisselaient de sang.

Theon s'éveilla sur un cri tellement strident que, pris de panique, Wex détala de la chambre nu comme un ver, tandis que les gardes y faisaient irruption, l'épée au clair. Il ordonna d'aller quérir le mestre. Le temps que survienne celui-ci, chiffonné, pâteux, une coupe de vin lui avait raffermi les mains, et il rougissait de son affolement. « Un rêve, maugréa-t-il, ce n'était qu'un rêve. D'une absurdité totale.

— Totale », acquiesça Luwin, avant de lui laisser un somnifère que Theon s'empressa de flanquer aux tinettes après son départ. Tout mestre qu'il était, Luwin n'en était pas moins homme et, en tant qu'homme, ne le portait pas dans son cœur. *Il souhaite me voir dormir, oui oui... dormir pour toujours. Il en serait aussi ravi qu'Asha.*

Il manda Kyra et, après avoir refermé la porte d'un coup de pied, grimpa sur elle et se mit à la foutre avec une brutalité qu'il ne se connaissait pas jusqu'alors et qui, quand il eut joui, s'exaspéra de voir la gueuse en larmes, les seins et le cou meurtris de morsures et marbrés de gnons. Il l'expulsa du pieu, lui balança une couverture « Dehors ! »

Malgré quoi il lui fut ensuite impossible de fermer l'œil.

À l'aube, il s'habilla et sortit arpenter l'enceinte extérieure. Un vent d'automne frisquet mugissait aux créneaux, qui lui rougit les joues, lui brûla les paupières. En contrebas, le petit jour qui s'infiltrait parmi les arbres muets fit peu à peu passer la forêt du grisâtre au vert. À gauche pointait, par-dessus l'enceinte intérieure, le faîte des tours doré par le soleil levant. Parmi la verdure du bois sacré flamboyaient les frondaisons rouges du barral. *L'arbre de Ned Stark*, songea-t-il, *et le bois des Stark, le château des Stark, l'épée des Stark, les dieux des Stark. Ces lieux sont à eux, pas à moi. Je suis un Greyjoy de Pyk, appelé par ma naissance à peindre une seiche sur mon bouclier et à faire voile sur l'immensité de la mer salée. J'aurais dû partir avec Asha.*

Fichées sur leurs piques de fer en haut de la porterie, les têtes attendaient.

Theon les contempla silencieusement, tandis que les menottes fantomatiques du vent tiraillaient en tous sens son manteau. Du même âge à peu près que Bran et Rickon, les gamins du meunier en avaient eu la taille et la carnation. Une fois leurs bouilles écorchées par Schlingue et marinées dans le goudron, rien n'empêchait de trouver un air familier à ces masses informes de barbaque en décomposition. Les gens étaient tellement cons. *Nous aurions dit : « Voilà des têtes de bélier », sûr et certain qu'ils leur auraient vu des cornes.*

SANSA

Il avait suffi qu'on annonce l'apparition des voiles ennemies pour que le septuaire s'emplît de chants. Durant toute la matinée, piaffements de chevaux, cliquetis d'acier, fracas des énormes portes de bronze couinant sur leurs gonds s'étaient enchevêtrés au concert des voix pour composer une musique aussi bizarre qu'effrayante. *Pendant qu'on chante au septuaire afin d'obtenir de la Mère miséricorde, c'est vers le Guerrier que, sur les remparts, montent les prières, et toutes en silence.* Des leçons de septa Mordane ressortait que Mère et Guerrier n'étaient rien d'autre que deux des facettes d'un même et unique dieu tout-puissant. *Mais s'il n'y en a qu'un, de qui seront exaucées les suppliques ?*

Ser Meryn Trant maintenait le bai sang qu'allait enfourcher Joffrey. Pareillement revêtus de plate émaillée d'écarlate et de maille dorée, cheval et cavalier étaient tous deux coiffés d'un lion d'or. Au moindre mouvement de Joff, le pâle soleil faisait étinceler ses rouges et ses ors. *Brillant, rutilant et vide*, songea Sansa.

Le Lutin montait un étalon pourpre ; en dépit d'une armure beaucoup plus simple que celle du roi, cet accoutrement de bataille lui donnait l'air d'un garçonnet flottant dans les affiquets de papa. À ceci près que la hache de guerre qui pendouillait sous son écu n'avait, elle, rien de puéril. Miroitant d'acier blanc glacé, ser Mandon Moore caracolait à son côté. En l'apercevant, Tyrion fit volter son cheval vers elle. « Lady Sansa, l'interpella-t-il

180

de sa selle, ma sœur vous a bien priée de rejoindre les autres dames de haut parage à la citadelle de Maegor, n'est-ce pas ?

— Oui, messire, mais Sa Majesté m'a mandée pour assister à son départ. Je compte aussi me rendre au septuaire pour y prier.

— Je m'abstiendrai de vous demander pour qui. » Sa bouche se tordit en une vilaine grimace. S'il s'agissait là d'un sourire, c'était alors le plus singulier qu'elle eût jamais vu. « Ce jour peut tout bouleverser. Pour vous-même aussi bien que pour la maison Lannister. J'aurais dû vous faire partir avec Tommen, maintenant que j'y pense. Encore devriez-vous être à peu près en sécurité, à Maegor, tant que...

— *Sansa !* » Cet appel de moutard grincheux fit résonner toute la cour. « Ici, Sansa ! » Joffrey l'avait repérée.

Il me siffle comme il sifflerait un chien.

« Sa Majesté vous réclame, observa Tyrion Lannister. Nous reprendrons cet entretien après la bataille, avec la permission des dieux. »

Elle se faufila parmi les rangs de piques en manteaux d'or pour se rapprocher de Joffrey comme il l'en sommait. « La bataille aura lieu sous peu, nul n'en disconvient, lâcha-t-il.

— Puissent les dieux nous faire grâce à tous.

— Mon oncle Stannis est le seul qui en aura besoin, mais je me garderai de la lui accorder si peu que ce soit. » Il brandit son épée. Le pommeau était un rubis taillé en forme de cœur pris dans les mâchoires d'un lion. Trois onglets profonds échancraient la lame. « Ma nouvelle épée, Mangecœur. »

La précédente, se souvint-elle, s'appelait Dent-de-Lion. Il s'en était fait délester par Arya, qui l'avait balancée dans la rivière. *J'espère que Stannis en fera autant de celle-ci.* « Elle est d'un travail magnifique, Sire.

— Bénissez mon acier d'un baiser. » Il lui abaissa la lame sous le nez. « Allez, baisez-le ! »

Jamais ses intonations n'avaient avec autant d'éclat proclamé sa stupidité de marmot. Du bout des lèvres, Sansa fit mine d'effleurer le métal, tout en se jurant de baiser plutôt mille millions d'épées que celle de Joffrey. Il parut néanmoins trouver le simulacre à son gré, et rengaina pompeusement. « À mon retour, vous la baiserez derechef et y goûterez le sang de mon oncle. »

Uniquement si l'un des membres de ta Garde le tue à ta place. Trois d'entre eux l'accompagnaient : ser Meryn, ser Mandon et ce Potaunoir de ser Osmund. « Conduirez-vous en personne vos chevaliers au sein de la mêlée ? s'enquit-elle, éperdue d'espoir.

— Je le voudrais, mais mon Lutin d'oncle dit que mon Stannis d'oncle ne traversera jamais la Néra. Je commanderai toutefois les Trois Putes. Je veillerai à me charger personnellement des félons. » La perspective le fit sourire. Sa lippe rose et grassouillette n'aboutissait jamais qu'à une moue boudeuse. Le temps était loin où Sansa s'en montrait charmée. Elle en avait à présent des nausées.

« On prétend que mon frère, Robb, se jette toujours au plus épais de la bataille, décocha-t-elle imprudemment. Il est vrai qu'il est plus vieux que Votre Majesté. C'est un homme. »

La remarque le renfrogna. « Je réglerai son compte à votre frère quand j'en aurai fini avec mon traître d'oncle. Vous verrez comme Mangecœur saura l'étriper. » Il fit pivoter son cheval et l'éperonna pour gagner la porte. Ser Meryn et ser Osmund vinrent le flanquer à gauche et à droite, les manteaux d'or suivirent, quatre par quatre, ser Mandon Moore et le Lutin fermaient le ban. Les gardes saluèrent leur sortie d'ovations bruyantes. Après quoi s'abattit brusquement sur la cour un silence aussi impressionnant que celui qu'observe la nature à l'approche d'une tornade.

Du fond de cette accalmie monta l'appel des chants. Y cédant, Sansa se dirigea vers le septuaire. Deux garçons d'écurie suivirent, puis l'un des gardes, dont s'achevait la faction. D'autres leur emboîtèrent le pas.

Jamais Sansa n'avait vu le sanctuaire bondé à ce point ni si brillamment éclairé ; du haut des verrières se déversaient des échappées d'irisations, de tous côtés scintillaient des constellations de cierges. Si l'autel de la Mère et celui du Guerrier nageaient dans des flots de lumière, le Ferrant, le Père, l'Aïeule et la Jouvencelle étaient également fort sollicités, et quelques flammes vacillaient même sous la figure à moitié humaine de l'Étranger... car qu'était Stannis Baratheon, sinon l'Étranger venu juger les gens de Port-Réal ? Sansa visita les Sept à tour de rôle, allumant un cierge devant chacun, puis se dénicha une place assise entre une antique lavandière toute rabougrie et un garçonnet pas plus vieux que Rickon et que sa tunique de toile fine attestait fils de chevalier. La main de la vieille était un paquet d'os calleux, celle de l'enfant menue, potelée, mais quel bien cela faisait, que de se cramponner à quelqu'un. À respirer cette atmosphère lourde et surchauffée, saturée de sueur et d'encens, de caresses arc-en-ciel et d'éblouissements, la tête vous tournait pas mal aussi.

Sansa connaissait l'hymne. Mère le lui avait enseigné, voilà bien bien longtemps, à Winterfell. Sa voix se joignit à celles de l'assistance.

Gente Mère, ô fontaine de miséricorde,
Préserve nos fils de la guerre, nous t'en conjurons,
Suspends les épées et suspends les flèches,
Permets qu'ils connaissent un jour meilleur.
Gente Mère, ô force des femmes,
Soutiens nos filles dans ce combat,
Daigne apaiser la rage et calmer la furie,
Enseigne-nous les voies de la bonté.

Des quatre coins de Port-Réal avaient afflué dans le Grand Septuaire de Baelor, sur la colline de Visenya, des milliers de gens, et ils chantaient de même, et, de là, leurs voix s'épanchaient par toute la ville et vers l'autre berge de la rivière et fusaient vers le ciel. *Les dieux ne peuvent pas ne pas nous entendre*, songea-t-elle.

La plupart des hymnes lui étaient familiers, elle suivait de son mieux ceux qui le lui étaient moins, mêlant sa voix aux voix de serviteurs chenus, de jeunes femmes angoissées pour leurs maris, de filles de service et de soldats, de cuisiniers et de fauconniers, de fripons et de chevaliers, d'écuyers, de tournebroches et de mères allaitant. Elle chantait avec les gens renfermés dans l'enceinte du château comme avec ceux qui se trouvaient à l'extérieur, elle chantait avec la ville entière. Elle chantait pour obtenir miséricorde en faveur des vivants comme des défunts, de Bran, de Rickon et de Robb, de sa sœur Arya comme de son frère bâtard Jon Snow, là-bas, sur le Mur. Elle chantait pour Mère et pour Père, pour son grand-père, lord Hoster, et pour Oncle Edmure, pour son amie Jeyne Poole et pour ce vieil ivrogne de roi Robert, pour septa Mordane et ser Dontos et Jory Cassel et mestre Luwin, pour tous les braves chevaliers et soldats qui allaient mourir en ce jour, pour ceux, enfants, épouses, qui les pleureraient, se décida même à chanter, finalement, pour Tyrion le Lutin et pour le Limier. *Il a beau ne pas être chevalier*, dit-elle à la Mère, *il ne m'en a pas moins préservée. Épargnez-le, s'il vous est possible, et amendez la rage qui le possède.*

Toutefois, lorsque le septon gravit la chaire et supplia les dieux de défendre et protéger Sa noble et légitime Majesté le roi, Sansa se leva. La foule obstruant les allées, elle s'y fraya malaisément passage tandis qu'il demandait au Ferrant d'insuffler sa force à l'épée et au bouclier de Joffrey, au Guerrier de l'animer de sa bravoure, au Père de l'assister en toute circonstance. *Faites que se brise sa lame et que vole en éclats son écu*, souhaita-t-elle froidement tout en se propulsant vers la sortie, *faites que tout courage l'abandonne et que chacun déserte son parti.*

Exception faite des quelques gardes qui arpentaient le créneau de la conciergerie, le château paraissait évacué. Elle s'immobilisa pour tendre l'oreille. Au loin se percevait le tapage des combats. Les chants le noyaient presque entièrement, mais la rumeur en était bel et bien sensible, si vous aviez l'ouïe un peu fine : vous parvenaient la plainte lugubre des cors de guerre, le grincement des catapultes et le bruit mat du départ de leurs projectiles, suivis d'éclaboussures ou d'impacts ravageurs, le pétillement de la poix bouillante, la détente des scorpions, *vvvrrr !* larguant leurs deux coudées acérées de fer et... là-dessous, des râles d'agonie.

Un chant d'une autre espèce, en somme, un terrible chant. Sansa s'enfouit jusqu'aux oreilles dans la capuche de son manteau et pressa le pas vers la citadelle de Maegor, château-dans-le-château où la reine affirmait que chacun serait en sécurité. Aux abords du pont-levis, elle tomba sur lady Tanda et ses deux filles. Arrivée la veille de Castelfoyer avec un petit contingent de soldats, Falyse s'efforçait d'entraîner sa sœur, mais Lollys s'agrippait à sa camériste en sanglotant : « Je ne veux pas je ne veux pas je ne veux pas.

— La bataille a *débuté*, dit la mère d'un ton cassant.

— Je ne veux pas je ne veux pas. »

Faute de pouvoir les éviter, Sansa les salua gracieusement. « Puis-je vous être utile en rien ? »

La vergogne empourpra lady Tanda. « Non, madame, mais mille grâces de votre amabilité. Veuillez pardonner à ma fille, elle est souffrante.

— Je ne veux pas. » Lollys se cramponnait plus que jamais à sa camériste, une jolie fille mince et brune coiffée court qui brûlait manifestement de s'en décharger dans la douve au profit des affreuses piques de fer. « Pitié pitié je ne veux pas. »

Sansa prit sa plus douce voix : « Nous serons trois fois mieux abritées, dedans, et nous y aurons à boire comme à manger, ainsi que de la musique. »

Lollys la regarda d'un air hébété, bouche bée. Ses yeux marron sombre semblaient en permanence humectés de pleurs. « Je ne veux pas.

— Il le *faut* ! trancha vertement sa sœur, assez de ces comédies ! Aide-moi, Shae. » Elles la saisirent chacune par un coude et, d'un même élan, lui firent, mi-traînée mi-portée, franchir enfin le pont. « Elle n'est toujours pas remise de son mal », dit lady Tanda. *Si l'on peut qualifier de mal sa grossesse*, songea Sansa. L'état de Lollys défrayait les cancans.

Devant le guichet, les deux factionnaires avaient beau porter le manteau écarlate et le heaume à mufle léonin, ils n'étaient, sous la défroque Lannister, au su de Sansa, que de vulgaires reîtres. Hallebarde en travers des genoux s'en trouvait un troisième qui, vautré au bas de l'escalier

– un garde authentique eût été debout –, daigna quand même se lever en les apercevant pour leur ouvrir la porte et les introduire dans la tour.

Quoique dix fois moins vaste que la grande salle du Donjon Rouge et deux fois plus modeste que la petite galerie de la tour de la Main, le Bal de la Reine pouvait encore accueillir une centaine de sièges et gagnait en charme ce que ses dimensions lui faisaient perdre de majesté. Y tenaient lieu d'appliques des miroirs d'argent martelé qui redoublaient l'éclat des torches ; des lambris richement ciselés tapissaient les murs, des jonchées au parfum suave le sol. De la tribune en surplomb se déversaient les accords joyeux des cordes et des vents. Des baies en plein cintre s'évasaient tout du long de la paroi sud, mais de lourds rideaux de velours les masquaient pour l'heure, ne laissant filtrer le moindre rai de jour ni la moindre oraison du monde extérieur ni le moindre son belliqueux. *N'empêche*, songea Sansa, *la guerre est néanmoins sur nous*.

Presque toutes les dames de haut parage présentes à Port-Réal bordaient les longues tables volantes, en compagnie d'une poignée de vieillards et de gamins. Épouses, mères, filles ou sœurs d'hommes partis combattre lord Stannis et dont nombre ne reviendraient pas, leur angoisse empoissait l'ambiance. En sa qualité de fiancée de Joffrey, Sansa occupait la place d'honneur, à la droite de la reine. Elle gravissait l'estrade quand elle discerna l'homme rencogné dans l'ombre, au fond. Revêtu jusqu'aux genoux d'un haubert de maille noire huilée, il tenait devant lui, la pointe reposant au sol, une épée presque de sa taille – l'épée de Père, Glace – et sur la garde de laquelle s'enroulaient ses durs doigts osseux. Le souffle de Sansa s'étrangla. Ser Ilyn Payne se devina peut-être en butte à son regard, car il tourna vers elle son faciès émacié, ravagé de vérole.

« Que fait-il ici, lui ? » demanda-t-elle à Osfryd Potaunoir, promu capitaine de la nouvelle garde rouge de Cersei.

Il s'épanouit. « Sa Grâce s'attend à en avoir besoin avant la fin de la nuit. »

En tant que justice du roi, ser Ilyn ne pouvait être requis que pour un seul et unique service. *De qui veut-elle donc la tête ?*

« Que chacun se lève en l'honneur de Sa Grâce, Cersei Lannister, reine régente et Protecteur du royaume ! » proclama l'intendant royal.

Aussi neigeuse que les manteaux de la Garde était la robe immaculée dans laquelle celle-ci fit son entrée. Les crevés de ses longues manches étaient doublés de satin d'or. Du même ton cascadaient jusqu'à ses épaules nues ses magnifiques cheveux bouclés. Un collier d'émeraudes et de diamants ceignait sa gorge délicate. Le blanc lui conférait un merveilleux air d'innocence, un air presque virginal, mais ses joues étaient comme piquetées d'infimes rougeurs.

« Veuillez vous asseoir, dit-elle après avoir gagné sa place sur l'estrade, et soyez les bienvenus. » Osfryd Potaunoir lui tint son fauteuil pendant qu'un page faisait de même pour Sansa. « Vous êtes pâlotte, Sansa, observa-t-elle. C'est votre floraison qui se poursuit ?

— Oui.

— Tellement congru... Les hommes vont saigner, là-bas dehors, et vous ici dedans. » Elle ordonna d'un signe le début du service.

« Pourquoi ser Ilyn se trouve-t-il là ? » hasarda Sansa.

La reine jeta un coup d'œil vers le bourreau muet. « Pour couper court à la forfaiture et nous défendre, si nécessaire. Avant d'occuper son office actuel, il était chevalier. » Elle pointa sa cuillère vers les hautes portes de bois désormais verrouillées et barrées, au bas bout de la salle. « Qu'on les défonce à coups de hache, et vous n'aurez qu'à vous louer de lui. »

Je me louerais davantage de voir le Limier à sa place, songea Sansa. Elle était convaincue qu'en dépit de son agressivité Sandor Clegane ne tolérerait pas que l'on touche à elle. « Vos gardes ne nous protégeront-ils pas ?

— Et qui nous protégera de mes gardes ? » La reine loucha vers Osfryd. « Les reîtres loyaux sont aussi rares que les putains vierges. Si nous perdons la bataille, mes gardes ne s'empêtreront dans ces manteaux rouges que par leur hâte à s'en dépêtrer. Ils pilleront tout leur possible avant de déguerpir, et ce de conserve avec les serviteurs, blanchisseuses et palefreniers, dare-dare, afin de sauver, chacun pour soi, sa propre inestimable peau. N'avez-vous aucune idée de ce qui se passe lors du sac d'une ville, Sansa ? Non, vous n'auriez garde, n'est-ce pas ? Tout ce que vous savez de la vie, vous l'avez appris des chanteurs, et les bonnes chansons de saccage, il y a disette.

— De véritables chevaliers ne s'en prendraient jamais à des femmes et à des enfants. » Des mots, du vent, s'aperçut-elle au fur et à mesure qu'elle l'énonçait.

« Véritables chevaliers... » La reine trouvait manifestement la formule d'une irrésistible cocasserie. « Sans doute avez-vous raison. Mais, dans ce cas, pourquoi ne pas manger tout bonnement votre potage comme une bonne petite fille en attendant que Symeon Prunelles d'Étoiles et le prince Aemon Chevalier-Dragon accourent à votre rescousse, ma mignonne ? Ils ne tarderont plus guère, à présent, m'est avis. »

DAVOS

De méchantes lames sèches hachaient la baie de la Néra blanchie de moutons. Cravachée par les rafales qui faisaient rugir et claquer sa voile, *La Botha noire* chevauchait le galop de la marée montante, quasiment coque à coque avec *Le Spectre* et la *Lady Maria*. L'intervalle n'excédait pas trente-cinq coudées. Ce de front, s'il vous plaît, constamment. Ser Davos était fier de ses fils.

Sur les flots tonnaient, d'un navire à l'autre, les appels de cor, aussi rauques et ténébreux que des mugissements d'hydres monstrueuses. « Amenez la toile, commanda Davos. » Son cadet, Matthos, relayait les ordres au fur et à mesure. « Abaissez le mât. Rameurs, à vos rames. » Ainsi en avait décidé ser Imry : on ne pénétrerait dans la rivière qu'à la rame, afin de ne pas exposer les voiles aux scorpions et aux bouches à feu des remparts. Le pont de *La Botha noire* se mit à grouiller d'hommes d'équipage qui couraient à leur poste en bousculant la soldatesque qui leur obstruait toujours le passage, en quelque coin qu'elle se réfugiât.

Fort en arrière, au sud-est, se distinguait *La Fureur*, avec ses voiles d'or frappées du cerf couronné qui miroitaient en s'affalant. C'est de son gaillard que, seize ans plus tôt, Stannis Baratheon avait lancé l'assaut contre Peyredragon, mais il avait cette fois-ci choisi de prendre la route avec son armée, confiant le navire et le commandement de la flotte à son beau-frère, ser Imry, qui ne s'était rallié à lui, tout comme lord Alester et les autres Florent, qu'au pied d'Accalmie.

La Fureur, Davos la connaissait aussi intimement que ses propres bateaux. Elle comportait, au-dessus de ses trois cents rameurs, un pont exclusivement dévolu aux scorpions ; quant à ses accastillages de poupe et de proue, des catapultes les occupaient, suffisamment massives pour projeter des barils de poix enflammée. Tout cela faisait d'elle un bâtiment des plus formidable et néanmoins très vif, encore que, bourrée jusqu'à la gueule de chevaliers, d'armures et d'hommes d'armes, elle eût un peu perdu de sa rapidité.

À nouveau sonnèrent les cors de guerre, transmettant les ordres de *La Fureur*. Davos sentit un fourmillement taquiner ses phalanges absentes. « Rames hors ! » cria-t-il, puis : « En ligne ! » Cent pales plongèrent au moment même où commençait à retentir, tel le lent battement d'un énorme cœur, le tambour du maître de nage, et chacune de ses pulsations mit dès lors en mouvement cent hommes comme un être unique.

Simultanément s'étaient déployées les ailes de bois du *Spectre* et de la *Lady Maria*. Au rythme des pales qui barattaient l'eau, les trois galères avançaient toujours impeccablement de front. « Croisière ! » ordonna Davos. *Le Glorieux* à coque argentée de lord Velaryon s'était bien porté comme convenu à bâbord du *Spectre*, *L'Insolent* survenait bon train, mais *La Chipie* sortait à peine ses rames, et *L'Hippocampe* en était encore à coucher son mât. Et derrière, grimaça Davos, oui, là-bas, tout au sud, au diable, cela ne pouvait être que *L'Espadon*, à la traîne, comme toujours. Deux cents rames et le plus gros bélier de la flotte, mais un capitaine... des moins sûr, pour ne dire pis.

Les soldats s'interpellaient d'un bord à l'autre, au comble de l'excitation. N'ayant guère été que du fret depuis Accalmie, ils bouillaient d'affronter l'adversaire et ne doutaient pas de vaincre. En cela parfaitement d'accord avec Sa Seigneurie le Grand Amiral ser Imry Florent.

Lequel avait, trois jours auparavant – la flotte mouillait pour lors à l'embouchure de la Wend –, convoqué un conseil de guerre sur *La Fureur*, afin d'informer ses subordonnés de ses plans. Davos et ses fils s'y étaient vu assigner, dans la seconde vague d'attaque, des postes extrêmement exposés à tribord. « Un honneur », déclara Blurd, emballé par la chance qu'il aurait là d'exhiber ses mérites. « Périlleux », signala Davos, ce qui lui valut les regards apitoyés de sa progéniture, le jeune Maric inclus. *Le Chevalier Oignon n'est plus qu'une vieille femme*, les entendit-il penser, *tout en demeurant foncièrement un contrebandier.*

Eh bien, soit, le second point n'était pas faux, et Davos ne comptait nullement s'en défendre. Tout seigneurial que sonnaillait *Mervault*, le Culpucier des origines le fondait toujours, et en profondeur. C'était rentrer chez lui que de retrouver Port-Réal et ses trois collines. En fait de bateaux, de voiles et de côtes, il en savait plus que quiconque dans les Sept Couronnes, et personne n'avait davantage mené de combats désespérés, fer contre fer, sur un pont humide. Mais le genre de bataille qui s'annonçait le rendait froussard et nerveux comme une pucelle. Les contrebandiers ne s'amusent pas à sonner du cor et à déployer des bannières. Flairent-ils un danger, ils s'empressent de hisser la voile, et adieu, bon vent.

À la place de l'amiral, il eût agi de manière toute différente. Expédié d'abord quelques-uns de ses navires les plus rapides tâter l'amont, voir à quoi l'on devait s'attendre, au lieu de foncer en masse tête baissée. Or, en s'entendant suggérer pareille tactique, Sa Seigneurie s'était certes répandue en remerciements polis mais bien gardée de policer ses yeux. *Quel vil pleutre est-ce là ?* fulminaient ceux-ci. *Le rustre qui s'est payé un ser de pacotille avec un oignon ?*

Assuré de posséder quatre fois plus de bateaux que son roitelet d'adversaire, ser Imry croyait inutiles et ruse et prudence. Il avait organisé ses forces en dix vagues successives, chacune de vingt bâtiments. Les deux premières étaient censées balayer la Néra, fondre sur la flottille de Joffrey, ses « joujoux », comme les daubait l'amiral, pour la plus grande joie de la fine noblaille, et l'anéantir. Les suivantes ne rejoindraient la lutte sur la rivière qu'après avoir débarqué des compagnies de piques et d'archers sous les murs de la ville. Quant aux bateaux plus petits ou plus lents de l'arrière-garde, ils serviraient à transférer la majeure partie de l'armée de Stannis vers la rive gauche, la rive droite étant protégée par les Lysiens de Sladhor Saan, qui patrouilleraient dans la baie, au cas où les Lannister auraient dissimulé des navires le long de la côte pour prendre la flotte à revers et la harceler.

En toute équité, la hâte de ser Imry n'était pas sans motif. Depuis le départ d'Accalmie, les vents ne l'avaient guère favorisé. Début pitoyable, on avait perdu deux cotres sur les écueils de la baie des Naufrageurs, le jour même de l'appareillage. L'une des galères de Myr avait ensuite sombré dans le pas de Torth, puis une tempête avait, comme on abordait le Gosier, éparpillé la plupart des unités jusque vers le milieu du détroit. Il n'avait pu finalement s'en regrouper, non sans délais considérables, que douze derrière l'écran du Bec de Massey, dans les eaux moins tumultueuses de la baie.

Stannis devait cependant se trouver à pied d'œuvre, lui, depuis des jours et des jours. Comme, d'Accalmie, la route royale filait tout droit sur Port-Réal, la distance à parcourir était nettement moindre que par mer et, au surplus, l'ost royal était en grande partie monté ; près de vingt mille chevaliers, de la cavalerie légère et des francs-coureurs, legs involontaire de Renly à son frère, cela va bon train, mais que leur servaient à présent, contre la profondeur de la rivière et la hauteur des remparts de la ville, les douze pieds de leurs lances et leurs destriers caparaçonnés ? Coincé sur la rive droite avec ses vassaux, Stannis rongeait sûrement son frein en se demandant ce qu'avait bien pu devenir sa flotte et ce que fichait ser Imry.

On avait, l'avant-veille, au large de la roche aux Merles, repéré puis pris en chasse, rattrapé une à une et arraisonné cinq ou six barques de pêcheurs. « Rien de tel qu'une cuillerée de victoire avant la bataille pour creuser l'appétit ! s'était gargarisée Sa Seigneurie. Ça vous met d'attaque pour plus copieux. » Davos s'était montré pour sa part plus avide de renseignements sur les défenses de Port-Réal. À en croire les prisonniers, le nain avait fait construire d'arrache-pied une espèce de barrage en travers de l'embouchure de la Néra, mais certains prétendaient l'ouvrage achevé, d'autres non. Il se surprit à désirer qu'il le fût. Dans ce cas, ser Imry se verrait en effet contraint de marquer une pause et de réviser ses belles conceptions.

Le vacarme était assourdissant sur la mer : cris, appels, sonneries de cors et martèlements de tambours, trilles de sifflets, clapotis des flots sur les coques se mêlaient au tapage des milliers de rames qui s'abaissaient et se relevaient. « *En ligne !* » rappela Davos. Une rafale tourmenta son vieux manteau verdâtre. Pour toute armure, il avait un justaucorps de cuir bouilli et le bassinet qui traînait à ses pieds. En mer, la pesanteur de l'acier pouvait vous coûter la vie, croyait-il, au moins autant que vous préserver. Un avis que ne partageaient ni Sa Seigneurie ni le gratin des capitaines qui arpentaient, rutilants, leurs ponts respectifs.

L'Hippocampe et *La Chipie* s'étaient enfin glissés à leur poste, en deçà de *La Pince rouge* de lord Celtigar. À tribord de la *Lady Maria* de Blurd marchaient les trois galères enlevées par Stannis au pauvre lord Solverre, *La Piété*, *La Prière* et *La Dévotion*, toutes trois surchargées d'archers. *L'Espadon* lui-même se rapprochait, tant à la voile qu'à la rame, cahin-caha, durement ballotté par une houle de plus en plus grosse. *Avec un pareil banc de nage, il devrait aller bien plus vite*, remarqua Davos avec réprobation. *La faute à ce bélier démesuré qui le déséquilibre.*

Le vent soufflait du sud, mais cela ne présentait pas d'inconvénient, puisqu'on naviguait à la rame. On aurait beau être porté par le flux, les Lannister bénéficieraient néanmoins du courant contraire, vu le débit et l'impétuosité de la rivière à son débouché sur la mer. Le premier choc allait donc forcément leur profiter. *Les affronter sur la Néra est une idiotie.* Au large, il aurait été enfantin de les envelopper pour les détruire. Dans le lit de la rivière, en revanche, le nombre et le tonnage des navires de ser

Imry deviendraient plutôt un désavantage. On n'en pourrait aligner plus de vingt de front sans courir le risque d'embrouiller leurs rames et d'entraîner des collisions.

Par-delà les bateaux de guerre qui cinglaient en tête se discernait, sombre sur le ciel citron, la silhouette du Donjon Rouge, au sommet de la colline d'Aegon, et, tout en bas, la bouche béante de la Néra. Noire était la rive opposée, noire d'hommes et de chevaux qui, guettant l'approche des vaisseaux, grouillaient comme des fourmis furibondes. Même occupés par Stannis à empenner des flèches et construire des radeaux, l'attente avait dû leur paraître un supplice. De leur cohue montèrent, crânes et ténues, des sonneries de trompettes qu'engloutirent presque aussitôt les rugissements de milliers de gorges. Davos referma ses doigts estropiés sur la bourse qui recelait les reliques de ses phalanges et mâchonna une prière muette pour se porter chance.

La Fureur occupait le centre de la première ligne, entre le *Lord Steffon* et *Le Cerf des mers*, deux cents rames chacun. À tribord et bâbord se trouvaient les cent-rames, la *Lady Harra*, *Le Congre*, *L'Espiègle*, *Le Démon marin*, *Le Massacre*, la *Jenna*, *Le Trident Trois*, *Le Fleuret*, la *Princesse Rhaenys*, *La Truffe*, *Le Sceptre*, *Le Loyal*, *Le Choucas rouge*, la *Reine Alysanne*, *Le Chat*, *Le Vaillant* et *Le Vainc-dragons*. À la poupe de chacun flottait le cœur ardent, rouge, jaune et orange, du Maître de la Lumière. Derrière Davos et ses fils venait une autre ligne de cent-rames commandés par des chevaliers et des capitaines nobles, puis le contingent de Myr, composé de bateaux moins grands, moins rapides et munis tout au plus de quatre-vingts rames. Suivaient les navires à voiles, caraques et cotres lourdauds, et, bon dernier sur son *Valyrien*, fier géant de trois cents rameurs, Sladhor Saan à la tête de ses galères à coques zébrées. L'éblouissant principicule de Lys avait été fort peu charmé de se voir reléguer à l'arrière-garde, mais ser Imry n'avait manifestement pas plus confiance en lui que Stannis. *Trop de doléances et trop de caquets sur l'or qui lui était dû.* Davos déplorait quand même cette disgrâce. Le vieux pirate était un homme de ressources, et il avait pour équipages des marins nés, intrépides au combat. Un gâchis que de leur affecter la queue.

Ahoooooooooooooooooooooooo. Émanant du gaillard d'avant de *La Fureur*, le signal de l'assaut roula sur les lames écumantes et le battement régulier des rames. *Ahoooooooooooooooooo, ahoooooooooooooooooooooo.*

L'Espadon venait tout juste d'intégrer la ligne, mais il avait encore toute sa toile. « Souquez ! » aboya Davos, et le tambour se mit à rouler plus vite, et la cadence des rames, levé, baissé, levé, baissé, s'accéléra, *plouf-plof*, *plouf-plof*, *plouf-plof*. Sur le pont, les soldats entrechoquaient épées et boucliers, tandis que les archers cordaient tranquillement leur arc et prélevaient une première flèche dans le carquois suspendu à leur ceinturon. Comme les galères du premier rang obstruaient son champ, Davos se chercha un poste d'observation moins piètre et ne distingua pas trace du moindre barrage à l'embouchure de la Néra qui béait tout grand, comme pour les avaler tous, apparemment libre, hormis...

Du temps de la contrebande, il s'était volontiers vanté en blaguant de connaître infiniment mieux le front de mer de Port-Réal que le dos de sa propre main, car le dos de sa propre main, il n'avait pas passé l'essentiel de sa vie à le franchir dans les deux sens à la dérobée. Or, si les tours trapues de pierre neuve face à face à l'entrée de la Néra ne disaient rien, peut-être, à ser Imry Florent, elles lui faisaient, à lui, Davos, le même effet que si deux doigts supplémentaires avaient surgi de ses moignons.

Protégeant ses yeux du soleil couchant, il examina les tours sous toutes les coutures. Elles étaient trop petites pour contenir une garnison conséquente. Celle de la rive gauche se dressait tout contre l'à-pic au-dessus duquel se renfrognait le Donjon Rouge ; son pendant de la rive droite barbotait en revanche dans l'eau. *Ils ont pratiqué une saignée dans la berge*, comprit-il d'emblée. La tour devenait dès lors très difficile à prendre ; les assaillants devraient pour ce faire de deux choses l'une, ou se tremper pour l'atteindre ou lancer une passerelle sur le chenal. Quitte à poster des archers prêts à tirer si l'un des défenseurs était assez téméraire pour risquer le bout de son nez au créneau, Stannis ne s'en était pas autrement soucié.

Une brusque lueur arrachée par le crépuscule au bas de la tour parmi les tourbillons d'eau noire apprit à Davos ce qu'il désirait savoir. *Une chaîne... Mais alors, pourquoi ne pas nous avoir interdit l'accès de la rivière ? Pourquoi ?*

Il avait bien sa petite idée là-dessus encore, mais n'eut pas le loisir de s'appesantir. Une clameur des navires de tête suivie de nouvelles sonneries de cor, l'ennemi venait d'apparaître.

Dans l'intervalle éblouissant des rames du *Sceptre* et du *Loyal*, guère plus, en travers de la rivière, qu'un maigre chapelet de galères dont le soleil couchant faisait miroiter les coques dorées, mais Davos avait de longue date appris à déchiffrer les indices dont dépendait sa sécurité. Une simple voile sur l'horizon, et il savait non seulement les capacités de course du navire auquel il avait affaire mais si le capitaine en était un jeune homme avide de gloire ou un vétéran dont la carrière s'achevait.

Ahoooooooooooooooooooooooo, beuglèrent les cors guerriers. « Allure de combat ! » cria-t-il, et, au même instant, Dale à bâbord, Blurd à tribord lançaient le même ordre. Les tambours se mirent à battre un rythme déchaîné qu'adoptèrent instantanément, levé baissé, les rames, et *La Botha noire* ne fit qu'un bond. Un coup d'œil du côté du *Spectre*, salut de Dale. *L'Espadon* lambinait une fois de plus, titubant déjà dans les eaux des bateaux plus petits présumés le flanquer. Hormis cela, ligne aussi impeccable qu'un mur de boucliers.

Alors qu'elle ne semblait, de loin, qu'un piètre goulet, la rivière, à présent, s'élargissait telle une mer, mais la ville avait également pris des proportions gigantesques. Masse de plus en plus sombre au sommet de la colline d'Aegon, le Donjon Rouge en commandait l'approche. Ses créneaux hérissés de fer, ses tours massives et ses puissantes murailles rouges lui donnaient l'aspect d'un monstre abominable vautré en surplomb des rues et de la Néra. Seuls éraillaient les hauteurs abruptes et rocheuses qu'il écrabouillait des plaques de lichen et des épineux rabougris. Voilà sous quoi devait passer la flotte avant d'atteindre le port et, au-delà, la ville.

La première ligne se trouvait désormais dans la rivière, mais les galères ennemies ramaient à rebours devant elle. *Ils veulent nous attirer plus avant. Ils veulent nous y voir en masse, et si bien serrés qu'il nous soit impossible de les déborder... jusqu'à ce que la chaîne referme la nasse derrière nous.* Tout en arpentant le pont, il se démanchait le col pour mieux scruter la flotte de Joffrey. Les joujoux du mioche incluaient la pesante *Grâce divine*, nota-t-il, ce vieux traînard de *Prince Aemon*, *La Pudique* et sa jumelle, *La Soyeuse*, *La Bourrasque*, *Le Havre-du-Roi*, *Le Cerf blanc*, *La Pertuisane* et *L'Anémone de mer*. Mais où donc se trouvait *Le Lion* ? Où la superbe *Lady Lyanna*, hommage de feu Robert à sa bien-aimée disparue ? Et où, surtout, le *Roi Robert*, le plus gros bâtiment de la flotte royale, quatre cents rameurs, et le seul susceptible de l'emporter sur *La Fureur* ? La logique aurait voulu qu'il constituât le cœur même de la défense.

Cela puait le coup fourré. Et pourtant, Davos ne repérait rien qui, sur ses arrières, trahît la moindre présence ennemie. Seule s'avançait en bon ordre, ligne après ligne et jusqu'aux confins de la mer et du ciel, la formidable flotte de Stannis Baratheon. *Relèveront-ils la chaîne afin de nous couper en deux ?* L'intérêt d'une manœuvre de ce genre lui échappait, car elle n'empêcherait pas les bateaux demeurés libres dans la rade de débarquer des troupes – solution moins expéditive mais plus sûre – au nord de la ville.

Une volée clignotante d'oiseaux orange, vingt ou trente, prit l'air du haut du rempart : des pots de poix brûlante qui décrivirent sur la rivière des paraboles enflammées. Les eaux engloutirent la plupart d'entre eux, mais quelques-uns touchèrent la première ligne et, en s'écrasant sur les ponts, y propagèrent le feu. À bord de la *Reine Alysanne*, des hommes d'armes se mirent à trépigner, tandis que du *Vainc-dragons*, qui rasait la berge, s'élevaient trois fumées distinctes. Mais déjà s'éparpillait une deuxième volée, et des nuées de flèches s'abattaient aussi des archères nichées au sommet des tours. Un soldat du *Chat* bascula par-dessus le plat-bord, s'écrasa sur les rames et sombra. *Le premier mort de la journée*, pensa Davos, *mais pas le dernier.*

Sur les murs du Donjon Rouge flottaient les bannières du roitelet : cerf couronné Baratheon sur champ d'or et lion Lannister sur champ d'écarlate. Les volées de poix se succédaient, et ça gueulait ferme sur *Le Vaillant* où se propageait l'incendie. Si les rameurs, à l'entrepont, se trouvaient à l'abri des projectiles, il en allait tout autrement pour les hommes d'armes entassés à l'extérieur. Conformément aux appréhensions de Davos, l'aile de tribord épongeait les plâtres. *Et bientôt notre tour*, songea-t-il avec un malaise accru. En sixième position par rapport à la rive gauche, *La Botha noire* se trouvait en plein sous la trajectoire des pots-à-feu. À tribord nageaient seulement la *Lady Maria* de Blurd, ce pataud d'*Espadon* – si loin derrière, maintenant, que la troisième vague ne tarderait guère à le talonner –, et les malheureuses *Piété*, *Prière* et *Dévotion* pour qui, placées comme elles l'étaient, ne seraient pas de trop les sept sollicitudes divines.

Comme on dépassait les tours jumelées, Davos en profita pour un examen plus approfondi. D'un trou pas plus grand qu'une tête humaine sortaient trois maillons d'une énorme chaîne que noyaient les flots. Les tours ne possédaient chacune qu'une porte, percée à une bonne vingtaine de pieds au-dessus du sol. Des arbalétriers juchés sur la terrasse de celle du nord concentraient leur tir sur *La Prière* et *La Dévotion*. Les archers de la seconde ripostèrent, non sans succès, apparemment, car un cri d'agonie suivit de près leurs flèches.

« Ser commandant ? » Matthos se tenait à son côté. « Votre bassinet. » Davos le prit à deux mains et se l'enfonça sur le crâne. Pas de visière, avec ce type de heaume-là. Davos détestait tout ce qui réduisait son champ de vision.

Entre-temps s'étaient mis à pleuvoir, tout autour, les pots de poix. Il en vit un se briser sur le pont de la *Lady Maria*, mais l'équipage de Blurd eut tôt fait d'étouffer le feu. À bâbord sonnaient les cors du *Glorieux*. Les rames ne cessaient de s'activer parmi des gerbes d'éclaboussures. Haut de deux coudées, le dard d'un scorpion manqua de peu Matthos et alla se ficher en vibrant dans le plancher. Devant, la première ligne se trouvait à une portée d'arbalète de l'ennemi, et les navires échangeaient des bordées de flèches qui sifflaient comme des serpents à sonnettes.

Sur la rive droite, où l'on traînait vers l'eau des radeaux rudimentaires, rangs et colonnes se formaient sous une marée de bannières. Le cœur ardent s'affichait de tous côtés, mais le cerf noir qu'il emprisonnait dans ses flammes était trop minuscule pour s'y discerner. *Nous ferions infiniment mieux d'arborer le cerf couronné... Il était l'emblème du roi Robert, la ville se réjouirait de le voir. Cet étendard étranger ne sert qu'à dresser les gens contre nous.*

Le seul aperçu du cœur ardent lui remémorait l'ombre enfantée par Mélisandre dans les entrailles d'Accalmie. *Au moins livrons-nous cette bataille-ci*, se consola-t-il, *au grand jour, avec des armes d'honnêtes gens.* La femme rouge et sa ténébreuse progéniture n'y prendraient point part. Stannis l'avait rembarquée pour Peyredragon avec son neveu bâtard Edric Storm, capitaines et bannerets s'étant élevés contre la présence incongrue d'une femme au sein des combats. Le clan de la reine avait seul exprimé son désaccord, mais du bout des lèvres. Stannis serait néanmoins passé outre sans l'intervention de lord Bryce Caron : « Si la sorcière se trouve à nos côtés, Sire, que dira-t-on par la suite ? Que le vainqueur, c'est elle et non vous. Que vous ne devez la couronne qu'à ses sortilèges. » Cet argument avait suffi à retourner la situation. Si Davos lui-même s'était gardé d'intervenir dans la discussion, le renvoi final de Mélisandre ne l'avait pas spécialement fâché. Il préférait les voir, elle et son dieu, ne jouer aucun rôle.

À tribord, *La Dévotion* poussa vers la berge en déployant une passerelle. Des archers s'en élancèrent et, brandissant leurs arcs par-dessus leurs têtes afin de n'en pas tremper les cordes, finirent, à force de barboter, par aborder le bout de plage qui s'étirait au bas de l'escarpement. Nonobstant une grêle de traits et de flèches, des rochers dégringolèrent en bondissant sur eux, mais apparemment sans leur causer grand dommage, en raison même de l'à-pic.

Après que *La Prière* eut accosté quelque cinquante coudées plus haut, *La Piété* obliquait à son tour vers la terre ferme quand des destriers surgirent en amont de la rive au triple galop, faisant gicler les flaques sous leurs sabots. Les chevaliers fondirent sur les archers comme des loups sur des volailles et les refoulèrent vers les bateaux et dans la rivière avant que la plupart d'entre eux puissent encocher ne fût-ce qu'une flèche. Des hommes d'armes se précipitèrent pour les défendre à la pique et à la hache et, en trois clins d'œil, l'échauffourée tourna au chaos sanglant. Davos y reconnut le heaume canin du Limier qui, les épaules auréolées d'un manteau blanc, poussait déjà son cheval sur la passerelle de *La Prière* et, parvenu à bord, y massacrait quiconque commettait la gaffe de trop s'approcher.

Passé le château, Port-Réal se dressait sur ses collines, à l'abri des remparts. Désert noirci que l'esplanade qui bordait ceux-ci ; avant de se replier par la porte de la Gadoue, les Lannister l'avaient incendiée tout du long. La mâture calcinée de bateaux coulés barbelait les hauts-fonds, prohibant tout accès aux longs quais de pierre. *Il nous sera impossible de débarquer là.* Derrière la porte de la Gadoue s'apercevait le faîte de trois trébuchets colossaux. Sur la colline de Visenya scintillaient au soleil les sept tours de cristal du Grand Septuaire de Baelor.

Davos ne vit pas débuter la bataille navale, mais la rencontre retentissante de deux galères, lesquelles ? mystère, l'alerta. Les flots répercutèrent un instant plus tard un deuxième impact, un troisième. Sous le fracas déchirant du bois supplicié se percevait le *vrrrr pouf !* lancinant de la catapulte avant de *La Fureur. Le Cerf des mers* coupa net en deux l'une des galères de Joffrey, mais *La Truffe* était la proie des flammes, et l'équipage de la *Reine Alysanne*, coincée bastingage contre bastingage entre *La Soyeuse* et *La Pudique*, se battait simultanément sur deux fronts.

Droit devant, Davos vit *Le Havre-du-Roi* ennemi se faufiler entre *Le Loyal* et *Le Sceptre*. Le premier coucha ses rames de tribord à temps pour éviter le choc, mais les rames de bâbord du second se rompirent une à une comme autant d'allumettes, au fur et à mesure que l'adversaire éraflait son flanc. « Tir ! » commanda Davos à ses arbalètes, et une grêle de carreaux fulgura par-dessus les flots. En voyant tomber le capitaine Lannister, Davos tenta vainement de s'en rappeler le nom.

À terre, les bras énormes des trébuchets se dressèrent, un, deux, trois, et des centaines de pierres montèrent à l'assaut du ciel jaune. Chacune étant aussi grosse qu'un crâne d'homme, leur chute souleva des geysers, creva les planchers de chêne et réduisit tel être vif en une charpie cartilagineuse de chair et d'os. Sur toute la largeur de la rivière, la première ligne donnait. Des grappins volaient s'agripper, des béliers de fer éventraient des coques, des essaims montaient à l'abordage, des volées de flèches entrecroisaient leurs chuchotements dans des tourbillons de fumée, et des hommes périssaient... *mais pas un seul des miens, jusqu'ici.*

La Botha noire poursuivait cependant sa route, et, tout en cherchant de l'œil quelque bonne victime à éperonner, son capitaine avait la cervelle farcie par les roulements de tambour démoniaques du maître de nage. La *Reine Alysanne* se trouvait plus que jamais prisonnière de ses deux agresseurs Lannister, les trois navires n'en formant plus qu'un, tant s'enchevêtraient cordages et grappins.

« *Sus !* » cria Davos.

Et les battements du tambour se changèrent en une succession continue de martèlements fiévreux, *La Botha noire* prit son vol, sa proue fendit des flots blancs comme lait, côte à côte avec la *Lady Maria* qui s'était vu simultanément assigner le même objectif par Blurd. En amont, le front s'était disloqué en masses confuses d'affrontements distincts. La silhouette inextricable des trois navires aux prises tournoyait, droit devant, rouge magma de ponts où se démenaient haches et rapières. *Un tout petit peu plus*, adjura le Guerrier ser Davos Mervault, *fais-la tourner un tout petit peu plus, qu'elle se présente à moi de plein flanc.*

Le Guerrier devait prêter l'oreille, car *La Botha noire* et la *Lady Maria* prirent de plein fouet presque au même instant *La Pudique* par le travers et en défoncèrent les extrémités avec tant de force que des hommes de *La Soyeuse*, trois ponts plus loin, firent la culbute dans la Néra. En claquant des dents sous le choc, Davos, quant à lui, manqua se trancher la langue. Un crachat sanglant, puis, *la prochaine fois, boucle-la, bougre de crétin !* En quarante ans de mer, c'était à vrai dire la première fois qu'il éperonnait l'adversaire. Ses archers, eux, tiraient à qui mieux mieux.

« Machine arrière », ordonna-t-il. Aussitôt que *La Botha noire* eut renversé la nage, les flots s'engouffrèrent dans la sale brèche qu'elle avait ouverte, et il vit s'engloutir des pans entiers de *La Pudique* avec des dizaines d'hommes. Certains de ceux-ci s'efforçaient de nager ; d'autres flottaient, morts ; quant à ceux, vifs ou non, qui étaient revêtus de maille ou de plate, ils coulèrent à pic. Les cris de ceux qui se noyaient vous perçaient les tympans.

L'œil de Davos surprit un éclair vert, tant devant qu'à bâbord, plus loin, puis une nichée d'aspics émeraude s'éleva en se tortillant et sifflant de la poupe de la *Reine Alysanne*. Encore une seconde, et l'effroyable alerte retentit : « *Grégeois !* »

Il grimaça. La poix brûlante était une chose, une tout autre le feu grégeois. La dernière des saloperies, et quasiment inextinguible. Vous l'étouffiez sous un manteau, le manteau s'embrasait ; une gouttelette que vous tapotiez de la paume, et les flammes vous rongeaient la main. « Pisse-z-y dessus, se plaisaient à dire les vieux loups-de-mer, il te carbonise la queue. » L'ignoble *substance* des alchimistes. Il fallait s'attendre à en tâter, les avait d'ailleurs avertis ser Imry, non sans se flatter que des pyromants authentiques, il n'en restait guère. Et d'affirmer : *Ils auront tôt fait d'épuiser les stocks.*

Sur un moulinet de Davos, un banc de nage se mit à

pousser pendant que tirait l'autre, et la galère vira de bord. La *Lady Maria* s'était elle aussi dégagée à temps, par bonheur, car le feu se propageait à une vitesse inimaginable sur la *Reine Alysanne* et ses adversaires. Des hommes empanachés de flammèches vertes se jetaient à la rivière en poussant des cris qui n'avaient rien d'humain. Et, cependant, les murs de Port-Réal vomissaient la mort comme des enragés, les trébuchets de la Gadoue larguaient sans trêve leurs avalanches de pierre. En s'abîmant entre *Le Spectre* et *La Botha noire*, un bloc aussi gros qu'un bœuf les fit sévèrement tanguer et inonda ceux qui se tenaient sur leurs ponts. À peine moindre, un autre écrasa *L'Insolent* qui, tel un jouet lâché du sommet d'une tour, explosa en échardes longues comme le bras.

Au travers des nuages de fumée noire où virevoltaient les flammeroles vertes, Davos discerna des tas de menus esquifs qu'apportait le courant : bacs et bachots, barges, barques et youyous, coquilles à l'air si délabré qu'on s'étonnait de les voir flotter. Le recours à pareils rafiots fleurait le désespoir de cause ; ce train de bois-là ne pouvait en aucun cas modifier l'issue, tout au plus encombrer la lutte. Du reste, la percée définitive avait déjà eu lieu. À bâbord, le *Lord Steffon*, la *Jenna* et *Le Fleuret* balayaient librement l'amont. Ce qui n'empêchait pas l'aile droite de se faire encore malmener pas mal et le centre d'avoir éclaté pour se soustraire coûte que coûte aux maudites pierres des trébuchets, certains capitaines ayant préféré tourner bride, d'autres obliquer vers la rive sud, enfin n'importe quoi. *La Fureur* avait bien mis en branle sa catapulte arrière afin de riposter, mais elle manquait de portée, et ses barils de poix s'écrasaient en deçà des murs. *Le Sceptre* avait perdu la plupart de ses rames, et *Le Loyal*, éperonné, commençait à donner de la bande. Davos guida *La Botha noire* entre eux pour estoquer de biais la barge de plaisance ciselée dorée tarabiscotée de la reine Cersei qui croulait non plus sous les bonbonnailles mais les soldats. La collision en éparpilla une douzaine dans la rivière où les coulèrent quelques bonnes flèches alors qu'ils se débattaient pour rester à flot.

Un rugissement de Matthos l'alerta du danger : de bâbord surgissait une galère dont le bélier menaçait d'écharper *La Botha noire*. « Barre à tribord ! » cria-t-il, et certains de ses hommes utilisèrent leurs rames pour se dégager de la barge pendant que d'autres manœuvraient les leurs de manière à se retrouver face à l'irruption du *Cerf blanc*. Un instant, il craignit de s'être montré trop lent, de finir coulé, mais le courant seconda son virage de bord et, lorsqu'elle survint, la collision se réduisit à un choc en biais des deux coques qui s'éraflèrent tout du long, chacun des navires y brisant ses rames. Aussi acéré qu'une pique, un bout de bois déchiqueté lui frôla le crâne et le fit broncher. « À l'abordage ! » cria-t-il. Des grappins volèrent, il tira l'épée et franchit le premier le plat-bord.

L'équipage du *Cerf blanc* les reçut de pied ferme, mais les hommes d'armes de *La Botha noire* se déversèrent sur lui comme un raz d'acier vociférant. Davos se jeta au plus fort de la mêlée dans l'espoir d'affronter l'autre capitaine, mais il n'en eut que le cadavre. Comme il considérait celui-ci, quelqu'un lui assena un coup de hache par-derrière, mais son heaume dévia la lame, et, au lieu d'avoir la cervelle fendue, il en fut quitte pour trente-six chandelles. Abasourdi, il ne trouva rien de mieux à faire que de se laisser rouler à terre. Son agresseur revint à la charge en gueulant. Davos empoigna son épée à deux mains et la lui enfonça en pleines tripes.

L'un de ses hommes l'attira sur pied. « Ser capitaine, *Le Cerf* est à nous. » Un coup d'œil confirma. La plupart des ennemis gisaient, morts ou mourants, les autres s'étaient rendus. Il retira son bassinet, torcha le sang qui lui barbouillait le visage et, prenant bien garde à ne pas glisser sur les planches empoissées d'entrailles, retourna sur son bord personnel, d'où Matthos lui tendit la main pour l'aider à repasser la lisse.

Durant de brefs instants, *Botha noire* et *Cerf blanc* firent l'effet d'un fétu paisible au cœur du cyclone. Toujours cramponnées l'une à l'autre comme une fournaise verte, *Soyeuse* et *Reine Alysanne* dérivaient avec les vestiges de *La Pudique*. Pour les avoir heurtées brûlait également l'une des galères de Myr. *Le Chat* s'activait à sauver du naufrage imminent les hommes du *Vaillant*. En s'insérant vaille que vaille entre deux môles, *Le Vainc-dragons* s'était échoué ; pêle-mêle s'en dégorgeaient hommes d'armes, archers, matelots qui couraient grossir les troupes au bas des remparts. *Le Choucas rouge*, avarié par un bélier, sombrait peu à peu. *Le Cerf des mers* se démenait tout à la fois contre les flammes et contre ses assaillants, mais le cœur ardent flottait désormais sur *Le Fidèle* Lannister. Sa fière étrave ravagée par un bloc de pierre, *La Fureur* se trouvait aux prises avec *La Grâce divine*. Se forçant passage entre deux pirates d'eau douce, *Le Glorieux* de lord Velaryon en chavira un tandis que ses flèches embrasaient le second. Sur la rive sud, des chevaliers embarquaient leurs montures sur les cotres, et quelques-unes des petites galères tâchaient déjà de transférer des hommes d'armes vers la rive nord. Traversée des plus malaisées, car il leur fallait négocier parmi les épaves en train de couler tout en évitant les nappes mobiles de feu grégeois. Exception faite des Lysiens de Sladhor Saan, la flotte entière de Stannis se trouvait désormais massée dans la rivière et en aurait sous peu la maîtrise absolue. *Ser Imry va l'avoir, sa victoire*, songea Davos, *et Stannis pouvoir transborder toute son armée mais, bonté divine !, à quel prix...*

« Ser commandant ! » Matthos lui toucha l'épaule.

L'Espadon survenait, au rythme régulier, levé baissé, de ses deux bancs de rames. Il n'avait toujours pas affalé ses voiles, et de la poix brûlante attaquait son gréement. Le feu gagnait peu à peu, rampait de cordage en cordage, atteignit la toile et finit par faire au navire un sillage aérien d'un jaune flamboyant. Forgé à l'effigie du poisson dont il usurpait le nom, son éperon de fer caricatural fendait la surface de la Néra. Droit dessus un rafiot Lannister qui, à demi immergé, dérivait en pivotant comme pour le séduire et lui offrir son flanc le plus replet, tout suintant de sanie verte.

À cette vue, le cœur de Davos Mervault s'arrêta de battre.

« Non, balbutia-t-il, non... *Nooooon !* » Mais son cri, le fracas rugissant des combats le couvrit, seul l'entendit Matthos, sûrement pas le capitaine de *L'Espadon*, résolu qu'il était à finalement embrocher quelque chose avec son gros machin pointu. Et comme déjà *L'Espadon* prenait son allure de course, la main mutilée de Davos se leva instinctivement pour étreindre la bourse de cuir où gisaient les restes de ses phalanges.

Avec un vacarme infernal, *L'Espadon* déchira, broya, déchiqueta, sectionna la pitoyable épave qui explosa comme un fruit blet, à ceci près qu'aucun fruit jamais n'avait poussé de hurlement semblable à ce hurlement de bois torturé. Et Davos eut le temps d'entr'apercevoir, tapissant le fond du rafiot, des centaines de pots brisés d'où jaillissait du vert, du vert, tel du venin vomi par les viscères d'une bête à l'agonie, du vert chatoyant, brillant, qui montait se répandre à fleur d'eau...

« Arrière toute ! s'époumona-t-il. Du large ! Vite ! Arrière ! arrière ! » Le temps de trancher les filins et Davos sentit le pont frémir sous ses pieds, *La Botha noire* repoussait *Le Cerf blanc* et se dégageait, plongeait ses rames dans les flots.

Alors lui parvint une espèce de *wouf !* sec comme si quelqu'un lui avait soufflé dans l'oreille, aussitôt suivi d'un rugissement. Le pont s'évanouit sous lui, l'eau noire le cingla, lui emplit le nez, la bouche. Il suffoquait, sombrait. Sans plus savoir où se situait la surface, où le fond, il empoigna la rivière à bras le corps, en proie à une panique aveugle, et, subitement, émergea, crachant l'eau, cherchant l'air, agrippa les premiers débris que trouva sa main, s'y cramponna.

Disparus, l'épave et *L'Espadon*. Des cadavres noircis descendaient le courant tout autour de lui, des hommes qui hoquetaient, accrochés à des bouts de planches fumants. Haut de cinquante pieds tourbillonnait sur la rivière un frénétique démon vert. Il avait une bonne douzaine de mains, chacune armée d'un fouet, et tout ce qu'elles fustigeaient s'enflammait instantanément. Brûlaient ainsi *La Botha noire* et *Le Fidèle* et *Le Cerf blanc*, ses voisins immédiats. Brasiers que *La Piété*, *Le Chat*,

Le Sceptre et *Le Choucas rouge* et *La Chipie*, *Le Loyal*, *La Fureur*, tous, ainsi que *La Grâce divine* et *Le Havre-du-Roi*, le démon dévorait aussi bien les siens. L'étincelant *Glorieux* de lord Velaryon tâchait, lui, de virer de bord quand le démon vert coula un doigt désinvolte en travers de ses rames argent, et elles flambèrent une à une comme autant de mèches, si bien que, quelques secondes, le navire eut l'air de battre la rivière avec deux longs bancs de torches étincelantes.

Le courant tenait désormais Davos entre ses mâchoires et le triturait de tous ses remous. Une ruade permit au vieux contrebandier d'esquiver une nappe errante de grégeois. *Mes fils*, songea-t-il, mais le moyen d'aller les chercher au sein de ce chaos dément ? Une autre épave alourdie de fournaise verte surgit derrière lui. La Néra semblait elle-même en ébullition, et l'atmosphère puait le cordage carbonisé, la chair carbonisée, le bois carbonisé.

Je vais être emporté dans la baie. Un moindre mal. Rude nageur comme il l'était, sans doute réussirait-il à regagner la terre ferme. Au surplus, les galères de Sladhor Saan seraient mouillées dans la rade ou y louvoieraient, conformément aux ordres de ser Imry...

Un nouveau remous le fit toupiller, et il découvrit alors ce qui l'attendait vers l'aval.

La chaîne. Ils ont relevé la chaîne, les dieux nous préservent !

Au débouché de la rivière sur la baie, les maillons de fer bloquaient fermement l'issue, à deux ou trois pieds tout au plus au-dessus de l'eau. Une dizaine de galères s'y étaient déjà heurtées, et le courant ne cessait d'en entraîner de supplémentaires. Presque toutes flambaient déjà, les autres ne tarderaient guère. Au-delà se discernaient les coques zébrées de Sladhor Saan, mais Davos comprit qu'il ne les rejoindrait jamais. Un mur d'acier rougi, de bois embrasé, de flammes vertes virevoltantes se dressait entre elles et lui. L'enfer ouvrait sa gueule où naguère encore s'ouvrait la bouche de la Néra.

TYRION

Sans plus bouger sur son genou qu'une gargouille, Tyrion Lannister était à demi accroupi au sommet d'un merlon. Par-delà la porte de la Gadoue et les décombres informes de ce qui avait été les docks et le marché au poisson, la rivière semblait elle-même la proie des flammes. La moitié de la flotte de Stannis brûlait, l'essentiel aussi de celle de Joffrey. Le moindre baiser du grégeois métamorphosait les superbes navires en bûchers funèbres, et en torches vivantes les êtres humains. L'air foisonnait de fumée, de flèches et d'agonies.

En aval, pauvres bougres et capitaines de haut parage pouvaient, massés sur leurs radeaux, bacs et caraques, contempler de pair l'ardente et papillonnante mort verte qu'écoulait vers eux le cours impitoyable de la Néra. Les galères de Myr avaient beau, tels d'étincelants mille-pattes affolés, démener leurs longues rames blanches pour se tirer de là, peine perdue. Point d'issue pour les mille-pattes.

En dépit de leur énormité, la dizaine de foyers qui faisaient rage, au bas des remparts, là où s'étaient fracassés les barils de poix brûlante, paraissaient aussi dérisoires, avec leurs flottoiements de fanions écarlates, orange, que des bougeoirs dans une demeure embrasée, tant prévalaient la virulence et les folies jade du grégeois. Les nuages bas reflétaient la rivière en flammes et plafonnaient le ciel d'ombres vertes et mouvantes, belles à transir. *Une épouvantable splendeur. Digne des dragons.* Aegon le

Conquérant avait-il éprouvé ce genre d'impression, se demanda Tyrion, tandis qu'il survolait le Champ de Feu ?

Malgré le souffle de la fournaise qui secouait son manteau rouge et le flagellait au visage, il ne parvenait pas à se détourner. Sa conscience enregistrait confusément les clameurs joyeuses des manteaux d'or perchés dans les hourds, mais sa voix renâclait à se joindre aux leurs. Ce n'était là qu'une demi-victoire. *Rien n'est réglé.*

Sous ses yeux, le feu engloutit voracement l'un des rafiots qu'il avait fait farcir avec les fruits frivoles d'Aerys le Fol. Un geyser de jade en fusion jaillit de la rivière, éblouissant au point qu'il dut se couvrir la face. Des plumets de flammes hauts de trente et quarante pieds voltigèrent en sifflant, crépitant si fort sur les flots qu'ils couvrirent jusqu'aux cris, momentanément, de ceux qui, par centaines, se noyaient, brûlaient vifs ou combinaient les deux.

Les entends-tu gueuler, Stannis ? Les vois-tu crever ? Ton œuvre autant que la mienne... Oui, quelque part, là-bas, mêlé sur la rive sud à la cohue grouillante des spectateurs, Stannis aussi se gorgeait de cela, Tyrion n'en doutait pas. Jamais ne l'avait altéré comme Robert, son frère, la soif de se battre. Le commandement, c'est de l'arrière qu'il se plaisait à l'exercer, de la réserve, exactement comme le faisait lord Tywin Lannister. Et il y avait fort à parier que ce moment même le voyait en selle, étincelant d'acier et couronne en tête. *Une couronne d'or rouge, à ce que dit Varys, avec des fleurons en forme de flammes.*

« Mes bateaux ! » Fissurée d'un fausset, la voix de Joffrey glapissait du haut du chemin de ronde où, cerné de ses gardes, il se blottissait derrière le parapet. Le diadème d'or de la royauté cerclait son heaume belliqueux. « Mon *Havre-du-Roi* qui brûle ! Et la *Reine Cersei*, et *Le Fidèle* ! Et *L'Anémone-de-mer*, là, voyez ! » De la pointe de son épée neuve, il désigna l'endroit où les flammes vertes lapaient la coque dorée de son *Anémone*, en rongeaient les rames une à une. Le capitaine avait eu beau la faire tourner vers l'amont, le grégeois s'était montré plus rapide qu'elle.

Elle était condamnée par avance, et Tyrion l'avait toujours su. *C'était le seul moyen. Si nous n'avions eu l'air de chercher la bataille, Stannis aurait flairé l'embuscade.* On pouvait viser sa cible avec une flèche ou une pique, voire même avec la pierre d'une catapulte, mais le grégeois n'en faisait qu'à sa guise. Une fois lâché, il échappait au contrôle de ceux-là mêmes qui le débridaient. « Il était impossible d'éviter cela, dit-il à son neveu. Notre flotte était perdue, de toute façon. »

Même du sommet du merlon sur lequel il avait dû se faire hisser, car sa taille ne lui permettait même pas de jeter un œil par-dessus le rempart, les flammes, la fumée, le chaos des combats lui avaient dérobé ce qui se passait au juste sur la rivière, en dessous du château, mais il en avait mentalement vécu les mille épisodes. Bronn aurait mis en branle à coups de fouet les bœufs dès le passage sous le Donjon Rouge du navire amiral de Stannis ; la chaîne étant d'une pesanteur inouïe, les énormes treuils ne l'enroulaient qu'avec une extrême lenteur et quel tapage, quel fracas d'enfer. La flotte de l'usurpateur aurait défilé tout entière avant que ne s'entrevoie le premier miroitement du métal sous l'eau. Les chaînons n'allaient émerger, ruisselants, certains vaseux, qu'un par un, avant de se tendre et de se roidir comme il convenait. Les navires du roi Stannis avaient bel et bien pénétré dans la Néra, mais pour n'en plus ressortir.

Le hic était que certains se tiraient néanmoins d'affaire. Grâce aux malignités imprévisibles du courant, le grégeois ne s'étalait pas aussi uniformément qu'espéré. Le flux principal avait beau flamber à merveille, bon nombre des gens de Myr avaient réussi à gagner la rive méridionale et à y trouver des refuges apparemment sûrs, et huit autres bateaux au moins à toucher terre au pied des murs. *Intacts ou déglingués, n'importe, même résultat, ils ont débarqué leurs troupes.* Pis encore, une bonne partie de l'aile gauche des deux premières lignes ennemies se trouvait déjà fort amont de la fournaise quand étaient survenus les rafiots de mort. Ainsi restait-il à Stannis quelque trente ou quarante galères, à vue de nez ; plus qu'assez pour transborder toute son armée, dès lors qu'elle aurait surmonté son abattement.

Pas de sitôt, peut-être ; même les plus braves y éprouveraient quelque répugnance, après avoir vu consumer par le feu grégeois un gentil millier de leurs compagnons. La substance, à en croire Hallyne, ardait parfois si fort que la chair fondait comme cire. En dépit de quoi...

Tyrion ne nourrissait pas d'illusions sur la valeur de ses propres hommes. *Au premier signe que la bataille tourne mal pour nous, ils se débanderont, et ils se débanderont vilainement*, l'avait prévenu Jacelyn Prédeaux. Aussi la seule manière de vaincre consistait-elle à obtenir que la bataille se déroule en douceur du début à la fin.

En distinguant des formes sombres qui se déplaçaient parmi les ruines calcinées des anciens docks, *Bon moment pour une nouvelle sortie*, songea-t-il. Jamais les hommes n'étaient si vulnérables que lorsqu'ils reprenaient terre d'un pied chancelant. Il ne fallait pas laisser à l'adversaire le loisir de s'organiser sur la rive gauche.

Il dégringola du merlon. « Avertis lord Jacelyn que nous avons des ennemis de ce côté-ci », dit-il à l'une des estafettes que lui avait affectées Prédeaux. Puis, à une seconde : « Transmets à ser Arneld mes félicitations et demande-lui de faire pivoter ses Putes de trente degrés vers l'ouest. » Elles bénéficieraient sous cet angle d'une portée plus longue, sauf en direction de l'eau.

« Mère avait dit que je pourrais utiliser les Putes ! » râla Joffrey. Il avait à nouveau relevé sa visière, s'irrita Tyrion. Assurément, le marmot cuisait dans sa lourde coquille d'acier... mais c'est à lui-même qu'il en cuirait si quelque flèche bien ajustée crevait l'œil de son royal neveu.

D'une taloche, il la rabaissa. « Veuillez la garder fermée, Sire, votre chère personne nous est trop précieuse à tous. » *Et tu serais également fâché qu'on t'abîme ta jolie gueule.* « À vous les Putes. » C'était le moment ou jamais ; balancer davantage de pots-à-feu sur des bateaux en flammes ne s'imposait pas vraiment. Troussés nus comme des volailles et le crâne encloué d'andouillers, les Épois n'attendaient, sur la place, en bas, que le bon plaisir de Joffrey. Lors de leur comparution devant le trône de fer, il leur avait en effet promis de les expédier à Stannis. Un homme pesant autrement moins qu'un bloc de pierre ou qu'un fût de poix, il devait être possible de le lancer autrement plus loin. La question de savoir si les traîtres voleraient jusqu'à la rive opposée suscitait des paris passionnés parmi les manteaux d'or. « Seulement, faites vite, Sire, ajouta-t-il. Il nous tarde à tous que les trébuchets recommencent à larguer des pierres. Le grégeois lui-même ne brûle pas éternellement. »

Fou de joie, Joffrey se précipita, suivi de ser Meryn, et ser Osmund allait leur emboîter le pas quand Tyrion le retint par le poignet. « Quoi qu'il advienne, vous garantissez sa sécurité, et *vous le gardez là*, compris ?

— À vos ordres. » Ser Osmund sourit avec affabilité.

Le sort qu'il leur réserverait à la moindre anicroche, Tyrion en avait prévenu Trant comme Potaunoir. Du reste, une douzaine de manteaux d'or chevronnés campait au bas des marches pour compléter l'escorte de Joffrey. *Je fais l'impossible pour protéger ton damné bâtard*, Cersei, songea-t-il âprement. *Veille à te comporter de même envers Alayaya.*

Il en était là de ses réflexions quand survint, hors d'haleine, une estafette. « Vite, messire ! » L'homme mit un genou en terre. « Ils ont débarqué des hommes, des centaines ! du côté des lices, et ils sont en train d'amener un bélier devant la porte du Roi ! »

Tout en sacrant, Tyrion se mit à dévaler les marches en canard et, sitôt en selle, piqua des deux pour enfiler au triple galop la Promenade de la Rivière, talonné par Pod et ser Mandon Moore. Tous volets clos, les façades macéraient dans une ombre verte, et la voie était libre, ainsi qu'il l'avait exigé pour permettre aux défenseurs de voler sans encombre à toute heure d'une porte à l'autre, mais il eut beau faire, le fracas retentissant, bois sur bois, qui l'accueillit aux abords de celle du Roi lui apprit que le bélier était déjà entré en jeu. Les protestations lugubres des gonds sous les heurts successifs évoquaient les plaintes d'un géant mourant. La place de la conciergerie était jonchée de blessés, mais on y voyait aussi, parmi les rangées d'éclopés, un certain nombre de chevaux valides, et suffisamment de reîtres et de manteaux d'or pour constituer une colonne vigoureuse. « En formation ! vociféra-t-il en sautant à terre, comme un nouvel impact ébranlait la porte. Qui commande, ici ? Vous allez faire une sortie.

— Non. » Une ombre se détacha de l'ombre du mur et se matérialisa sous les espèces d'une grande armure gris sombre. À deux mains, Clegane arracha son heaume et le laissa choir dans la poussière. L'acier en était cabossé, défoncé, roussi, cisaillée l'une des oreilles du cimier au limier grondant. Entamé au-dessus d'un œil, le mufle calciné de Sandor était à demi masqué par un rideau sanglant.

« Si. » Tyrion lui fit face.

Clegane riposta, haletant : « M'en fous. Et de toi. »

Un reître vint se placer à son côté. « 'n est déjà. Trois fois. 'n a perdu la moitié de nos hommes, tués ou blessés. 'vec du grégeois qu'explosait tout autour, et que les chevaux beuglaient comme des hommes et les hommes comme des chevaux...

— Tu te figurais quoi ? Qu'on te soldait pour un tournoi ? Que je vais t'offrir une jatte de framboises et une coupe de lait glacé ? Non ? Alors, enfourche-moi ton putain de bourrin. Toi aussi, Chien. »

Toute rutilante de sang qu'était la gueule de Clegane, il avait l'œil blanc. Il dégaina sa longue épée.

La trouille, comprit tout à coup Tyrion, suffoqué. *Le Limier a la trouille !* Il tenta d'expliquer l'urgence. « Ils ont amené un bélier, vous l'entendez, non ? Faut à tout prix les disperser...

— Ouvrez-leur les battants. Lorsqu'ils y feront irruption, cernez-les et massacrez-les. » Le Limier planta son épée en terre et, appuyé sur le pommeau, se mit à tanguer. « J'ai perdu la moitié de mes gens. Mes chevaux, pareil. Je vais pas en jeter davantage dans ce brasier. »

Immaculé dans sa plate d'émail neigeux, ser Mandon Moore vint flanquer Tyrion. « La Main du roi vous en donne l'ordre.

— Me fous de la Main du roi. » Livides étaient ceux de ses traits que n'empoissait l'hémorragie. « À boire, quelqu'un. » L'un des officiers du Guet lui tendit une timbale. Clegane prit une gorgée, la recracha, jeta violemment la timbale. « De l'eau ? Peux te la mettre ! Du vin. »

Un cadavre debout. Tyrion le voyait, à présent. *Sa blessure, le feu... Bon pour le rancart. Lui trouver vite un remplaçant, mais qui ? Ser Mandon ?* Un regard à l'entour lui apprit que ça n'irait pas. La peur de Clegane avait secoué tous les hommes. À moins d'un chef qui les entraîne, ils refuseraient d'une seule voix, et ser Mandon... – un type dangereux, certes, selon Jaime, mais sûrement pas le genre que la troupe suit aveuglément.

Nouveau fracas, là-bas, plus alarmant que jamais. Au-dessus du rempart s'obscurcissait le ciel, drapé de flamboiements orange et verts. Combien de temps encore tiendrait la porte ?

C'est de la folie, se dit-il, *de la folie pure, mais plutôt la folie que la défaite. La défaite, c'est la mort, la mort et l'opprobre.* « Fort bien. C'est moi qui conduirai la sortie. »

S'il s'était attendu que la honte requinquerait Clegane, il en fut pour ses frais. Le Limier se contenta de ricaner : « *Toi ?* »

L'incrédulité se lisait sur tous les visages. « Moi. Ser Mandon, vous porterez l'étendard du roi. Mon heaume, Pod. » Le gamin s'empressa d'obéir. Toujours appuyé sur sa lame ébréchée que maculaient des ruisseaux de sang, le Limier s'inclina sur Tyrion, prunelles blanches écarquillées. Celui-ci se remit en selle avec l'aide de ser Mandon. « *En formation !* » hurla-t-il.

Équipé d'une barde de crinière et d'un chanfrein, son gros étalon rouge couvert de maille était juponné de soie écarlate, en arrière de la haute selle dorée. Après le heaume, Podrik Payne tendit à son maître un bouclier de chêne massif armorié d'une main d'or sur champ de gueules qu'entouraient de petits lions d'or. Tyrion passa la revue de sa troupe en faisant lentement tourner son cheval. Seule une poignée d'hommes, vingt tout au plus, avaient répondu à l'appel et enfourché leurs montures. Mais ils avaient l'œil aussi blanc que le Limier. Son regard s'attarda, méprisant, sur les autres, tant chevaliers que reîtres, qui avaient auparavant chevauché aux côtés du Limier. « Je ne suis qu'un demi-homme, à ce qu'il paraît, lâcha-t-il. Vous êtes quoi, dans ce cas, vous tous ? »

La réflexion ne manqua pas de les mortifier sévèrement. Un chevalier se mit en selle et, sans casque, alla se joindre aux précédents. Deux reîtres suivirent. Puis un plus grand nombre. La porte du Roi s'ébranla de nouveau. En un rien de temps, Tyrion commandait deux fois plus de gens. Il les avait piégés. *Si je me bats, ils doivent agir de même ou passer pour des moins que nains.*

« Vous ne m'entendrez pas crier le nom de Joffrey, prévint-il. Vous ne m'entendrez pas non plus crier celui de Castral Roc. C'est votre ville que Stannis entend saccager, c'est votre porte qu'il est en train de défoncer. Venez donc avec moi tuer ce fils de chienne ! » Il dégaina sa hache et, faisant volter l'étalon, partit au trot vers la sortie. Mais il préféra, tout en se *supposant* suivi, ne pas s'en assurer par un seul coup d'œil en arrière.

SANSA

Le métal martelé des appliques réverbérait avec tant d'éclat la flamme des torches que le Bal de la Reine baignait dans des flots de lumière argentée. Des noirceurs n'en persistaient pas moins dans la salle. Sansa les discernait au fond des prunelles blêmes de ser Ilyn Payne qui, toujours d'une immobilité de pierre auprès de la porte arrière, ne mangeait ni ne buvait. Elle les percevait au fond des quintes de toux qui secouaient lord Gyles comme au fond des chuchotements d'Osney Potaunoir chaque fois qu'il entrait à la dérobée transmettre à Cersei les dernières nouvelles.

Elle achevait son potage, la première fois qu'empruntant la porte de derrière il se présenta. Elle le surprit d'abord en train de palabrer avec son Osfryd de frère. Puis il escalada l'estrade et s'agenouilla près du grand fauteuil de la reine. Il puait le cheval, quatre fines égratignures déjà encroûtées lui sillonnaient la joue, la tignasse qui lui barbouillait les yeux recouvrait entièrement son col. Mais toutes ses façons confidentielles n'empêchèrent pas Sansa d'entendre. « Les flottes s't aux prises, Vot' Grâce. Quèques archers ont pris pied à terre, mais le Limier l's a taillés en pièces. Vot' frère fait l'ver sa chaîne, j'ai entendu l' signal. Quèques saoulots d'scendus à Culpucier s't en train d' défoncer des portes et d' grimper par les f'nêt', mais lord Prédeaux a envoyé les manteaux d'or s'n occuper. Le septuaire de Baelor est bourré à craquer, tout ça prie.

— Et mon fils ?

— Le roi 't allé à Baelor pour la bénédiction du Grand Septon. Y parcourt main'nant le ch'min de ronde avec la Main pour dire aux hommes d'êt' braves et y r'monter comme y faut l' moral. »

Cersei réclama de son page une nouvelle coupe de vin – un cru doré de La Treille, fort et fruité. Elle buvait sec, mais la boisson n'avait apparemment d'autre effet sur elle que de rehausser sa beauté ; ses joues s'étaient empourprées, et ses yeux étincelaient de paillettes fiévreuses quand d'aventure elle les promenait sur l'assistance en contrebas. *Des yeux de grégeois*, songea Sansa.

Les musiciens jouèrent. Les jongleurs jonglèrent. Juché sur des échasses, Lunarion arpenta la salle en brocardant un chacun, tandis que, monté sur son balai, ser Dontos poursuivait les servantes. Les convives riaient, mais d'un rire qui n'avait rien de gai, du genre de rire qui ne demanderait pas même un clin d'œil pour se transformer en sanglots. *Leur corps est bien là, mais leur esprit se traîne en haut des remparts, et leur cœur aussi.*

Au potage succéda une salade de pommes, noix et raisins secs. Un délice, en d'autres temps, mais tout exhalait, ce soir-là, des relents de peur. À l'instar de Sansa, nombre de dîneurs ne se sentaient aucun appétit. Lord Gyles toussait plus qu'il ne mangeait, Lollys Castelfoyer frissonnait, recroquevillée sur son siège, et la jeune épouse d'un chevalier de ser Lancel fondit en larmes, éperdument. La reine chargea mestre Frenken d'aller coucher cette dernière en lui administrant du vinsonge. « Les pleurs ! dit-elle à Sansa d'un air dégoûté tandis qu'on emmenait la coupable. L'arme de la femme, disait dame ma mère. Celle de l'homme étant l'épée. Cela résume tout ce qu'on a besoin de savoir, non ?

— Il faut aussi beaucoup de courage aux hommes, cependant, répondit Sansa. Pour courir sus, affronter les épées, les haches, et puis tous ces gens qui n'aspirent qu'à vous tuer...

— Jaime m'a dit un jour ne se sentir vraiment en vie que dans la bataille et au lit. » Elle leva sa coupe et prit une longue gorgée. Elle n'avait pas touché sa salade.

« J'aimerais mieux affronter toutes les épées du monde que de rester ainsi, sans recours, à feindre savourer la compagnie de ce ramassis de volailles affolées.

— C'est à la prière de Votre Grâce qu'elles sont ici.

— Il est des corvées qui passent pour incomber aux reines. Elles passeront pour vous incomber, si jamais vous épousez Joffrey. Autant le savoir. » Elle considéra les mères, filles, épouses qui peuplaient les bancs. « Les poules ne sont rien par elles-mêmes, mais leurs coqs importent pour une raison ou une autre, et certains réchapperont peut-être de cette bataille. Aussi suis-je tenue d'accorder à leurs femelles ma protection. Que mon maudit nabot de frère se débrouille à force de stratagèmes pour l'emporter, et elles régaleront leurs maris, pères et frères de sornettes sur mon incomparable bravoure, ma manière inouïe de leur insuffler du courage et de les réconforter, ma confiance absolue, jamais démentie, fût-ce une seconde, dans notre triomphe.

— Et si le château tombait ?

— Vous en seriez fort aise, n'est-ce pas ? » Elle n'attendit pas de dénégation. « Si je ne suis trahie par mes propres gardes, je devrais être à même de le tenir un certain temps. Après quoi il me sera toujours possible de monter au rempart et d'en offrir la reddition à Stannis en personne. Cette solution nous épargnera le pire. Mais si la Citadelle de Maegor succombe avant qu'il n'ait pu arriver, la plupart de mes invitées sont bonnes, je présume, pour un tantinet de viol. Sans compter qu'il serait vain d'exclure, par les temps qui courent, les menus sévices, mutilation, torture et meurtre. »

L'horreur submergea Sansa. « Mais ce sont des femmes ! des femmes désarmées... de noble naissance !

— Leur lignée les protège, en effet, convint Cersei, mais moins que vous ne pensez. Chacune d'elles a beau valoir une jolie rançon, tout semble indiquer qu'au sortir du carnage souvent le soudard convoite plus follement la chair que l'argent. Un bouclier d'or vaut néanmoins mieux, n'empêche, qu'aucun. On ne traitera pas aussi délicatement, loin de là, les femmes de la rue. Ni nos servantes. Si les morceaux friands comme cette camériste de lady Tanda peuvent s'attendre à une nuit mouvementée, n'allez pas vous imaginer qu'on épargnera pour si peu les laiderons, les vieilles ou les infirmes. Pourvu que l'on ait bien bu, la blanchisseuse aveugle et la gueuse puant ses gorets semblent aussi avenantes que vous, ma chérie.

— *Moi ?*

— *Tâchez* de moins couiner comme une souris, Sansa. Vous êtes une femme, à présent, oui ? Et la fiancée de mon premier-né. » Elle sirota son vin. « Si n'importe qui d'autre assiégeait nos portes, je pourrais me bercer de l'amadouer. Mais c'est à Stannis Baratheon que j'ai affaire. Je séduirais plus facilement son cheval que lui. » La mine effarée de Sansa la fit éclater de rire. « Vous aurais-je choquée, madame ? » Elle s'inclina vers elle. « Petite gourde que tu es. Les pleurs ne sont pas *la seule* arme de la femme. Tu en as une autre entre les jambes, et tu ferais mieux d'apprendre à l'utiliser. Tu t'apercevras que les hommes usent assez libéralement de leurs épées. Leurs deux sortes d'épées. »

La réapparition des deux Potaunoir dispensa Sansa du soin de répondre rien. Ser Osmund et ses frères étaient devenus les grands chouchous du château ; jamais à court de vannes et de risettes, ils bottaient autant veneurs et palefreniers qu'écuyers et chevaliers. Mais c'est à l'office, se cancanait-il, qu'ils exerçaient leurs plus beaux ravages. En tout cas, les plongeuses ne tarissaient pas sur ser Osmund, qui remplaçait depuis peu Sandor Clegane auprès de Joffrey : à les ouïr, il était de même force que le Limier, plus la jeunesse et la rapidité. D'où venait dès lors, s'étonnait Sansa, qu'on n'eût découvert le brio de ces Potaunoir qu'après la nomination de l'un d'eux dans la Garde ?

C'est tout sourires que l'Osney s'agenouilla cette fois aux côtés de la reine. « Les rafiots s'ont embrasé, Vot' Grâce. Le grégeois tient toute la Néra. Y a bien cent bateaux qui brûlent, 't-êt' plus.

— Et mon fils ?

— 'l est à la Gadoue, 'vec la Main et la Garde, Vot' Grâce. 'l a parlé avant aux archers des-z-hourds, et leur a filé des tuyaux pour utiliser l'arbalète, oui oui. Qu' c'est qu'un cri qu' c'est un brave 'tit gars.

— Il ferait mieux de rester *en vie*. » Cersei se tourna vers Osfryd qui, plus grand, moins jovial, avait de noires bacchantes tombantes. « Oui ? »

De son demi-heaume d'acier s'échappaient de longs cheveux de jais, et sa physionomie gardait une expression sinistre. « Vot' Grâce, dit-il d'une voix atone, les gars ont attrapé deux filles de service et un valet d'écurie qu'essayaient de filer par une poterne avec trois chevaux du roi.

— Les premiers traîtres de la nuit, commenta la reine, mais pas les derniers, je crains. Confiez-les à ser Ilyn et placez leurs têtes sur des piques devant l'écurie, en guise d'avertissement. » Pendant que se retiraient les deux hommes, elle ajouta pour Sansa : « Encore une leçon à retenir, si vous espérez toujours prendre place aux côtés de mon fils. Montrez-vous magnanime, une nuit comme celle-ci, et les trahisons pousseront tout autour de vous comme les champignons après une forte averse. Pour contenir vos gens dans les bornes de la loyauté, la seule méthode consiste à vous assurer qu'ils vous redoutent encore plus que leurs ennemis.

— Je m'en souviendrai, Votre Grâce », acquiesça Sansa, bien qu'elle eût toujours entendu affirmer que l'amour valait mieux que la crainte pour s'attacher la loyauté de ses sujets. *Si je suis jamais reine, je les forcerai à m'aimer.*

Après la salade, tourtes au crabe. Puis rôti de mouton, carottes et poireaux servis sur tranchoirs de miche évidée. À bâfrer à toute vitesse, Lollys se rendit malade et vomit autant sur sa sœur que sur elle-même. Lord Gyles, qui toussait, buvait, toussait, buvait, finit par tomber en syncope. À lui voir mariner la face dans son tranchoir et la main dans une flaque de vin, Cersei grimaça, révulsée. « Quelle folie aux dieux que de gaspiller la virilité sur un individu de cet acabit... et quelle folie à moi que d'avoir exigé sa relaxe ! »

Osfryd Potaunoir reparut dans une envolée d'écarlate. « Y a du monde qui s' rassemble à la porte, Vot' Grâce, y d'mandent à s' réfugier dans l' château. Et pas d' la canaille, des riches marchands et du tout pareil.

— Ordonnez-leur de rentrer chez eux, dit la reine. S'ils refusent de s'en aller, faites-en tuer quelques-uns par les arbalétriers. Mais pas de sorties. Je ne veux voir à aucun prix s'ouvrir les portes.

— Serviteur. » Il s'inclina et s'en fut.

La colère durcissait les traits de Cersei. « Que ne puis-je en personne leur trancher l'échine ! » Elle commençait à bafouiller. « Quand nous étions petits, Jaime et moi nous ressemblions si fort que même notre seigneur père n'arrivait pas à nous distinguer. Il nous arrivait d'échanger nos vêtements pour rire et de passer l'un pour l'autre toute une journée. Eh bien, malgré cela, quand on donna à Jaime sa première épée, il n'y eut pas d'épée pour moi. "Et j'ai quoi, *moi* ?" je me rappelle que j'ai demandé. Nous étions tellement pareils, je n'arrivais pas à comprendre pourquoi on nous traitait si *différemment*. Jaime apprenait à se battre à l'épée, la lance et la masse, et moi, on m'enseignait à sourire, à chanter et à plaire. Il était l'héritier de Castral Roc, alors que mon destin à moi serait d'être vendue à quelque étranger comme un cheval, chevauchée chaque fois que mon nouveau propriétaire en aurait la fantaisie, battue chaque fois qu'il en aurait la fantaisie, mise au rancart en faveur, le moment venu, d'une pouliche plus piaffante. À Jaime étaient échus pour lot la gloire et le pouvoir, à moi les chaleurs et le poulinage.

— Mais vous étiez reine de chacune des Sept Couronnes, objecta Sansa.

— Quand les épées entrent dans la danse, une reine n'est jamais qu'une femme, en définitive. » Sa coupe était vide. Le page esquissa le geste de la lui remplir, mais elle la retourna, secoua sa crinière. « Assez. Je dois garder la tête claire. »

Le dernier plat était du fromage de chèvre aux pommes braisées. La salle entière embaumait la cannelle quand une fois de plus se faufila aux pieds de la reine Osney Potaunoir. « Stannis a débarqué d's hommes aux lices, Vot' Grâce, susurra-t-il, et plein d'aut' s't en train

221

d' traverser. Y-z-attaquent la porte d' la Gadoue, et z-ont un bélier à la porte du Roi. Le Lutin est sorti les r'pousser.

— Voilà qui va les épouvanter, lâcha la reine d'un ton sec. Il n'a pas emmené Joff, j'espère ?

— Non, Vot' Grâce, le roi s' trouve avec mon frère aux Putes, à balancer dans la rivière l's Épois.

— Pendant qu'on assaille la Gadoue ? dément ! Dites à ser Osmund de le tirer de là immédiatement, c'est trop dangereux. Ramenez-le au château.

— Le Lutin n's a dit...

— Vous devriez tenir compte uniquement de ce que *je* dis. » Ses yeux s'étrécirent. « Votre frère va obéir, ou je veillerai personnellement à lui faire assumer la prochaine sortie, et vous l'accompagnerez. »

Après que l'on eut desservi, nombre des convives demandèrent la permission de se retirer pour se rendre au septuaire, et Cersei ne la leur accorda que trop volontiers. Entre autres s'esquivèrent ainsi lady Tanda et ses filles. À l'intention de ceux qui restaient fut introduit un rhapsode qui, aux mélodieux accords de sa harpe, chanta tour à tour Jonquil et Florian, les amours d'Aemon Chevalier-Dragon et de sa belle-sœur la reine, les dix mille navires de Nyméria. Des chansons magnifiques, mais d'une si effroyable tristesse que bien des femmes se mirent à larmoyer. Sansa elle-même sentit s'humecter ses yeux.

« Bravo, ma chère. » La reine se pencha vers elle. « Autant vous entraîner tout de suite. Vos pleurs ne seront pas du luxe avec le roi Stannis. »

Sansa se trémoussa nerveusement. « Pardon, Votre Grâce ?

— Oh, épargne-moi ces politesses creuses ! La situation doit être bien désespérée pour qu'il faille un nabot afin de mener nos gens. Aussi pourrais-tu retirer ton masque, une bonne fois. Tes petites manigances contre nous, dans le bois sacré, je suis au courant.

— Dans le bois sacré ? » *Ne regarde pas ser Dontos, non, non !* s'enjoignit Sansa. *Elle ne sait pas, ni elle ni personne. Dontos m'a juré sa foi, mon Florian ne saurait me tromper.* « Je ne suis coupable de rien. Je ne me rends dans le bois sacré qu'afin de prier.

— Pour Stannis. Ou pour ton frère, ce qui revient au même. Sinon, pourquoi recourir aux dieux de ton père ? Tu pries pour notre défaite. Comment nommes-tu cela, sinon félonie ?

— Je prie pour Joffrey, maintint-elle, éperdue.

— Tiens donc ! À cause des cajoleries, peut-être, dont il t'abreuve ? » Elle prit des mains d'une servante qui passait un flacon de vin de prune liquoreux et emplit la coupe de Sansa. « Bois, ordonna-t-elle d'un ton glacial. Peut-être puiseras-tu là, pour changer, le courage d'affronter la vérité. »

Sansa éleva la coupe jusqu'à ses lèvres et les y trempa. Le breuvage était d'une écœurante douceur mais très fort.

« Tu es capable de faire mieux que cela, reprit Cersei. D'un seul trait, Sansa. Ta reine te le commande. »

Au bord de la nausée, Sansa vida néanmoins la coupe et déglutit l'épais liquide sirupeux. Sa tête se mit à tourner.

« Davantage ? demanda Cersei.

— Non. S'il vous plaît. »

La reine ne déguisa pas son déplaisir. « Quand tu m'as interrogée sur ser Ilyn, tout à l'heure, je t'ai menti. Souhaiterais-tu connaître la vérité, Sansa ? Souhaiterais-tu savoir la véritable raison de sa présence ici ? »

Sansa n'osa répondre, mais quelle importance ? Sans lui en laisser seulement le loisir, la reine leva la main, fit signe d'approcher. Sans que Sansa se fût aperçue de son retour, brusquement ser Ilyn parut, se détachant des ombres amassées derrière l'estrade à longues foulées muettes de félin. Il portait Glace, dégainée. Père, se souvint-elle, en nettoyait toujours la lame dans le bois sacré, quand il venait de trancher le chef de quelqu'un, mais ser Ilyn ne se donnait pas tant de peine. Du sang séchait sur l'acier moiré, du sang dont le rouge virait au brun. « Dis à lady Sansa pourquoi je te garde auprès de nous », lui lança Cersei.

Il ouvrit la bouche, émit un gargouillis râpeux, sa trogne vérolée demeurant parfaitement inexpressive.

« Il est ici pour nous, traduisit la reine. Stannis peut bien s'emparer de la ville, il peut bien s'emparer du trône, mais je ne souffrirai pas, moi, de me laisser juger par lui. Je refuse qu'il nous ait vivantes.

— *Nous ?*

— Tu as bien entendu. Aussi serait-il peut-être mieux avisé à toi de prier de nouveau, Sansa, et pour une tout autre issue. Les Stark n'auront aucun lieu, je te le garantis, aucun, de fêter la chute de la maison Lannister. » Ses doigts se portèrent vers la nuque de Sansa et, d'une caresse impalpable, en rebroussèrent les petits cheveux.

TYRION

Bien que le ventail du heaume limitât quasiment son champ de vision aux objets situés juste devant lui, Tyrion n'eut guère à tourner la tête pour apercevoir trois galères échouées près des lices et une quatrième, plus grosse, qui, croisant assez loin de la berge, catapultait des barils de poix brûlante.

« En coin ! » commanda-t-il comme la poterne utilisée pour la sortie déversait ses hommes au-dehors. Ils se formèrent en fer de pique derrière lui, et ser Mandon prit place à sa droite. Armure neigeuse en miroir des flammes, œil mort luisant d'indifférence sous la visière, ce dernier montait un cheval d'un noir charbonneux tout caparaçonné de blanc et portait, enfilé au bras, l'écu de neige de la Garde. À sa gauche, Tyrion s'ébahit de voir, lame au poing, Podrick Payne. « Tu es trop jeune, dit-il aussitôt. Rentre.

— Je suis votre écuyer, messire. »

Le temps manquait pour en disputer. « Avec moi, alors. Ne t'écarte pas. » Il poussa sa monture en avant.

Chevauchant étrier contre étrier, ils suivirent la ligne du rempart qui les écrasait de sa masse. À la hampe de ser Mandon flottait l'étendard écarlate et or de Joffrey, cerf et lion dansant le sabot dans la griffe. Après le pas, on adopta le trot pour contourner d'assez loin la base de la tour. Du haut des murs pleuvaient les flèches et s'éparpillaient des volées de pierres qui retombaient au petit bonheur amocher la terre, l'eau, la chair ou l'acier. Droit devant se profila l'énorme silhouette de la porte du Roi au pied de laquelle ondulait la houle des soldats qui manipulaient le bélier. Une colossale poutre de chêne noir équipée d'une tête en fer. Entourant les premiers, des archers débarqués harcelaient de traits quiconque se montrait aux créneaux de la conciergerie. « Lances ! » commanda Tyrion tout en prenant le petit galop.

Le terrain glissait, détrempé, par la faute du sang autant que de la glaise. En sentant son étalon buter sur un cadavre puis chasser, baratter la boue, Tyrion craignit un instant que là ne s'achevât sa charge, par une culbute, avant même d'avoir atteint l'ennemi, mais sa monture et lui se débrouillèrent finalement pour conserver leur équilibre. Sous la porte, des hommes pivotaient précipitamment, afin d'amortir vaille que vaille le choc en retour. Tyrion brandit sa hache et beugla : « *Port-Réal !* », beuglement que reprirent d'autres voix, et le fer de pique s'envola, tel un long cri perçant d'acier, de soie, de sabots fous, de lames acérées par des baisers de feu.

Ser Mandon n'abaissa sa lance qu'à la toute dernière seconde, et la bannière de Joffrey s'engouffra dans la poitrine d'un homme à justaucorps clouté qu'elle arracha de terre avant de se briser. Tyrion se trouva pour sa part face à un chevalier sur le surcot duquel épiait un renard dissimulé sous des guirlandes. *Florent* fut sa première pensée, mais *sans heaume* la seconde, presque au même instant. Et il lui assena en pleine figure tout le poids de la hache, du bras, du cheval au galop, emportant la moitié de sa tête. L'épaule engourdie par la violence de l'impact, *Shagga se foutrait de moi*, songea-t-il sans cesser de charger.

Le son mat d'une pique heurtant son bouclier, la vision de Pod qui galopait à ses côtés, taillant tous les adversaires qu'ils dépassaient, le sentiment confus d'ovations en haut des remparts, et le bélier s'affala dans la boue, comme oublié en un clin d'œil par ses desservants, les uns pour détaler, d'autres pour se battre. Tyrion descendit un archer, ouvrit une pique de l'épaule jusqu'à l'aisselle, ricocha sur un heaume en forme d'espadon. Le grand rouge se cabra devant le bélier, mais le charbonneux le franchit d'un saut fluide, et ser Mandon ne fut guère qu'un éclair neigeux et soyeux de mort. Son épée sectionnait des membres, fracassait des crânes, fendait en deux des boucliers – encore qu'assez peu d'ennemis fussent parvenus à franchir la rivière avec des boucliers intacts.

Tyrion força sa monture à passer le bélier. Les ennemis fuyaient. Mais pas trace de Pod, à gauche ni à droite ni d'aucun côté. Une flèche ferrailla contre sa tempe, manquant de peu la fente de la visière. *Si je dois m'amuser à jouer les souches, autant valait me peindre une cible sur le plastron.*

Piquant des deux, il prit le trot parmi les monceaux de cadavres, les foulant ici, les contournant là. Vers l'aval, les galères en flammes encombraient la Néra. Empanachées de plumets verts hauts de vingt pieds, des nappes de grégeois dérivaient encore au fil de l'eau. Devant la porte, plus d'assaillants, mais on se battait tout le long de la rive. Les gens de ser Balon Swann, très probablement, ou ceux de Lancel, qui s'efforçaient de refouler tout ce que les bâtiments incendiés déversaient d'hommes vers la terre ferme. « À la porte de la Gadoue ! » ordonna-t-il.

À peine ser Mandon eut-il rugi : « *La Gadoue !* » qu'on était déjà reparti, parmi les cris dépenaillés de « *Port-Réal !* » et de, plus surprenant pour Tyrion : « *Bout-d'Homme ! Bout-d'Homme !* ». Qui pouvait bien l'avoir propagé, celui-là ? À travers l'acier capitonné du heaume l'étourdissaient des mugissements d'angoisse, le pétillement vorace de la fournaise, des sonneries tremblotées de cor, l'appel acide des trompettes. Tout était en feu, partout. *Bonté divine ! pas étonnant, la trouille du Limier. Avec son horreur des flammes...*

Un fracas déchirant courut la Néra. Une pierre grosse comme un cheval venait de s'abattre en plein milieu d'une galère. *Des nôtres ou des leurs ?* Les torrents de fumée empêchaient de trancher. Évaporée, la formation en coin ; chaque homme, à présent, menait sa propre bataille. *J'aurais dû rebrousser chemin*, songea-t-il tout en poussant sus.

En son poing s'appesantissait la hache. Il ne lui restait plus que quelques compagnons, les autres morts ou envolés. Et tout un tintouin que de maintenir la tête de l'étalon dirigée vers l'est. Si le puissant destrier n'avait pas plus de goût pour le feu que Sandor Clegane, il était néanmoins plus facile à brider.

Des hommes émergeaient en rampant des flots, des hommes brûlés, sanglants qui suffoquaient à cracher l'eau, titubaient, moribonds la plupart. Tyrion mena ses gens sur eux afin d'administrer à ceux qui avaient encore assez de force pour se redresser une mort plus prompte et plus propre. La guerre s'étriquait aux dimensions de sa visière. Des chevaliers deux fois plus grands que lui déguerpirent à son approche ou ne l'attendirent que pour mourir. Ils avaient l'air de petites choses effarées. « *Lannister !* » criait-il en les massacrant. Rougi jusqu'au coude, son bras luisait à contre-jour de la rivière en feu. Comme son cheval se cabrait derechef, il brandit sa hache vers les étoiles et les entendit clamer : « *Bout-d'Homme ! Bout-d'Homme !* » Il se sentait saoul.

La fièvre de la bataille. Jaime avait eu beau l'en entretenir maintes fois, jamais il ne s'était attendu à l'éprouver lui-même. À éprouver lui-même sous son emprise combien le temps paraissait s'estomper, se ralentir, voire s'arrêter, combien le passé, l'avenir s'abolissaient jusqu'à n'être plus rien d'autre que cet instant, combien la peur vous fuyait, combien vous fuyait la pensée, vous fuyait même la notion de votre propre corps. « Tu ne sens plus tes blessures, alors, ni les douleurs de ton dos accablé par le poids de l'armure, ni la sueur qui te dégouline dans les yeux. Tu cesses de sentir, tu cesses de penser, tu cesses d'être *toi*, seuls subsistent la lutte et l'adversaire, cet homme et le suivant puis le suivant puis le suivant, et tu sais qu'ils ont peur et qu'ils n'en peuvent plus, toi pas, que tu es en vie, que la mort te cerne de toutes parts, mais que *leurs* épées se meuvent avec tant de lenteur que tu peux, toi, t'en jouer en dansant avec des éclats de rire. » *La fièvre de la bataille. Je suis un bout d'homme et saoul de carnage, qu'ils me tuent, s'ils peuvent !*

Ils essayaient bien. Une nouvelle pique se rua sur lui. Il en trancha le fer puis la main puis le bras tout en lui trottant tout autour. Un archer sans arc lui darda une flèche qu'il maniait comme un couteau, le destrier l'envoya baller en lui décochant une ruade dans les jambons, et l'hilarité fit aboyer le nain. Qui, dépassant une bannière plantée dans la boue, l'un des cœurs ardents de Stannis, en faucha la hampe d'un revers de hache. Un chevalier surgi de nulle part avec un estramaçon se mit à lui battre battre battre le bouclier, un poignard se planta sous son bras. Manié par qui ? par un Lannister ? mystère.

« Je me rends, ser. » Un autre chevalier le hélait, plus en aval. « Me rends. Ser chevalier, je me rends à vous. Mon gage, tenez, tenez. » Vautré dans une mare d'eau noire, il tendait en gage de soumission un gantelet à l'écrevisse. Tyrion dut se pencher pour s'en saisir. Il s'y employait quand un pot de grégeois explosa en l'air, éparpillant des flammèches vertes, et la brusque illumination lui révéla que la mare était non pas noire mais rouge. Le gantelet remis par le chevalier contenait encore sa main. Écœuré, Tyrion le rejeta. « Me rends », hoqueta d'un ton navré, désespéré le manchot, tandis qu'il s'éloignait.

Un homme d'armes empoigna son cheval par la bride et lui porta au visage un coup de dague, la hache écarta la lame avant de s'enfouir dans la nuque de l'agresseur. Tyrion se démenait pour l'en dégager quand un éclair blanc fusa vers l'angle de sa visière. Il se retourna, s'attendant à revoir ser Mandon Moore à son côté, mais c'est un autre qui lui apparut. Il avait beau porter la même armure, les cygnes noirs et blancs de sa maison frappaient le caparaçon de son destrier. *Plus crasseux que neigeux, le bougre !* songea bêtement Tyrion. Ser Balon Swann était de pied en cap maculé de caillots, barbouillé de suie. Il brandit sa masse vers l'aval. Des bribes d'os et de cervelle la hérissaient. « Regardez, messire. »

Tyrion fit volter son cheval pour examiner ce qu'il indiquait. La Néra roulait toujours ses flots noirs et puissants sous sa couverture de flammes et de sang. Les nues étaient rouges et orange et criardes de vert vénéneux. « Quoi ? » demanda-t-il. Et puis il vit.

Des hommes d'armes tapissés d'acier coulaient à flots vers une galère qui s'était fracassée au fond d'un bassin. *En si grand nombre... D'où viennent-ils donc ?* Parmi les flamboiements de la fumée, il les escorta vaille que vaille du regard jusqu'à la rivière. Vingt galères s'enchevêtraient là, peut-être davantage, comment dénombrer ? Leurs rames se croisaient, leurs coques disparaissaient sous un fouillis de filins, de grappins, elles s'éventraient l'une l'autre avec leurs éperons, s'empêtraient dans des réseaux de gréements effondrés. Un grand rafiot flottait, quille en l'air, entre deux bateaux plus petits. Des épaves, mais si tassées qu'il était sûrement possible de se faufiler de l'une à l'autre et de traverser ainsi la Néra.

Et ils étaient des centaines, la fine fleur de Stannis Baratheon, à faire cela, rien que cela. Tyrion vit même un grand benêt de chevalier s'échiner à le faire monter, malgré la terreur que manifestait son cheval à franchir rames et plats-bords, à se frayer passage sur les ponts de guingois et poisseux de sang où crépitait le feu grégeois. *Un sacré pont, que nous leur avons fabriqué là*, songea-t-il, consterné. Un pont dont sombraient tels pans, flambaient tels autres et qui branlait, craquait tout du long, prêt à se disloquer d'un instant à l'autre, apparemment, mais qu'ils empruntaient tout de même sans sourciller. « En voilà, des braves ! dit-il à ser Balon avec émerveillement. Allons les tuer. »

Comme il martelait une longue jetée de pierre à la tête de ses propres hommes et de ser Balon parmi les ruisseaux de flammes et les nuées de cendre et de suie, ser Mandon les rejoignit, bouclier démantibulé. Aux tourbillons de fumée se mêlaient des pluies d'escarbilles, et les adversaires ne ripostèrent à la charge qu'en se disloquant pêle-mêle afin de regagner plus vite la rivière, sauf à se bousculer, passer sur le corps, précipiter à l'eau pour grimper à l'abordage du pont. Ils n'y pouvaient accéder que par une de leurs galères, à demi submergée, dont la proue portait *Vainc-dragons*, et dont la cale s'était embrochée sur l'un des bateaux sabordés par Tyrion dans chacun des bassins. Une pique arborant le crabe rouge Celtigar creva le poitrail du cheval de ser Balon Swann qui vida les étriers, Tyrion frappa l'homme à la tête en le dépassant en trombe et puis n'eut pas le temps de tirer sur les rênes. Son étalon bondit dans le vide à l'extrémité de la jetée, survola un plat-bord en ruine et reprit pied, plouf ! avec un hennissement terrifié, dans trois pouces d'eau. La hache de Tyrion prit l'air en virevoltant, suivie de Tyrion lui-même, vers qui le pont se rua pour lui appliquer une claque humide.

Et ce fut la folie. Le cheval s'était brisé une jambe et poussait des clameurs affreuses. Sans trop savoir comment, le nain parvint à tirer sa dague et à trancher la gorge de la pauvre bête. La fontaine écarlate qui en jaillit lui inonda le torse et les bras. Il finit néanmoins par retrouver ses pieds, par tituber jusqu'à la lisse, et il se surprit en train de se battre à nouveau, de poignarder, de patauger sur des ponts gauchis que balayait l'eau, de voir survenir des hommes qu'il tuait ou blessait ou qui disparaissaient, mais de plus en plus d'hommes, toujours plus d'hommes. Il perdit sa dague au profit d'une pique brisée, fort en peine de dire comment. Il la tenait ferme et frappait, frappait, tout en vomissant des jurons. Des hommes fuyaient devant lui, et il se lançait à leurs trousses en escaladant un plat-bord vers le suivant puis le suivant. Ses deux ombres blanches ne le lâchaient pas d'une semelle, Balon Swann et Mandon Moore, superbes en leur plate blême. Cernés par des piques Velaryon, ils combattaient dos à dos, conférant au combat des grâces de ballet.

Moins élégante était sa propre façon de tuer. Il transperça des reins par-derrière, agrippa une jambe et en culbuta le propriétaire dans la rivière. Des flèches sifflaient à ses oreilles et clapotaient contre son armure, l'une se logea au défaut de la spallière et du pectoral, il n'en sentit rien. Un type à poil tomba du ciel et, en atterrissant sur le pont, y explosa comme un melon lâché d'une tour. Son sang éclaboussa Tyrion par la fente de la visière. Des pierres se mirent à grêler, perforant si bien les divers bordages tout en réduisant des hommes en bouillie que l'invraisemblable pont finit par sursauter d'une rive à l'autre et, se tordant violemment sous lui, renversa le nain sur le flanc.

Aussitôt, toute la rivière lui emplit le heaume. Il se l'arracha et, à quatre pattes, longea la gîte de la lisse jusqu'à n'avoir plus d'eau qu'au ras du menton. Un grondement semblable aux râles d'agonie de quelque bête monstrueuse l'assaillit. *Le navire*, eut-il le temps de penser, *le navire est sur le point de se démembrer*. Les épaves étaient en train de se séparer en se déchirant, le pont de se rompre. Et à peine se le fut-il formulé qu'avec un *crrrac !* subit et tonitruant le bordage fit une embardée qui, d'une glissade en arrière, l'immergea comme précédemment.

Désormais, le bordage était si abrupt qu'il lui fallut, pour le regravir et en suivre la ligne brisée, se hisser putain de pouce par putain de pouce. Du coin de l'œil, il vit s'éloigner au fil du courant, tournant lentement sur elle-même, l'épave jusqu'alors empêtrée dans la sienne. Des hommes rampaient sur ses flancs. Certains arboraient le cœur ardent de Stannis, certains le cerf et le lion de Joffrey, d'autres emblèmes, mais c'était devenu, semblait-il, dérisoire à leurs yeux. À mont comme à val sévissait le feu. D'un côté, combats plus furieux que jamais, inextricable et rutilant fatras de bannières flottant sur une mer d'hommes au corps à corps, murs de boucliers se formant et se disloquant, chevaliers montés taillant la cohue, poussière et gadoue et sang et fumée. De l'autre, tout là-haut, sinistre, la silhouette du Donjon Rouge crachant le feu. Sauf que tout ça – c'était à l'envers, tout ça. Un moment, Tyrion crut qu'il perdait la tête, que les positions de Stannis et du château s'étaient interverties. *Comment Stannis aurait-il pu gagner la rive gauche ?* Il finit par comprendre que l'épave pivotait, qu'il avait lui-même perdu le nord, de sorte que bataille et château semblaient inversés. *Bataille... ? mais quelle bataille, si Stannis n'a pas traversé, qui affronte-t-il ?* Il était trop épuisé pour trouver une solution rationnelle. Son épaule lui faisait atrocement mal, et c'est en voulant se la masser qu'il aperçut la flèche et, du coup, recouvra la mémoire. *Il me faut quitter ce bateau.* Vers l'aval ne l'attendait rien d'autre qu'un mur de flammes et, si l'épave achevait de se libérer, le courant l'y emmènerait droit dedans.

On criait son nom, quelque part, du fond du tintamarre de la bataille. Il essaya de répondre en gueulant de toutes ses forces : « Ici ! Ici, je suis ici, à l'aide ! », mais d'une voix si ténue, crut-il, qu'à peine pouvait-il l'entendre lui-même. Il agrippa la lisse et reprit vaille que vaille son escalade du plancher gluant. La coque battait si fort contre la galère voisine et rebondissait avec tant de violence qu'il faillit être rejeté à l'eau. Où donc était passée toute son énergie ? Tout juste avait-il encore la force de se cramponner.

« Messire ! attrapez ma main ! Messire tyrion ! »

Sur le pont du bateau voisin, main tendue par-dessus un gouffre d'eau noire qui allait en s'élargissant, se tenait ser Mandon Moore. Des reflets jaunes et verts miroitaient sur son armure blanche, et son gantelet à l'écrevisse était empoissé de sang, mais Tyrion tenta tout de même de le saisir, au désespoir d'avoir des bras si courts, si courts ! Et ce n'est qu'au tout dernier instant, quand leurs doigts se frôlaient par-dessus le gouffre, qu'un détail le tarabusta, tout à coup... Ser Mandon lui tendait la main *gauche*, pourquoi... ?

Est-ce pour cela qu'il recula précipitamment, ou pour avoir, en définitive, vu venir l'épée ? Il n'aurait su dire. La pointe l'atteignit juste sous les yeux, et il en sentit la dureté froide avant que ne fulgurât la douleur. Sa tête se dévissa comme sous l'effet d'une gifle, et les retrouvailles avec l'eau glacée furent une seconde gifle, plus éprouvante encore que la première. Il se débattit pour se raccrocher à quelque chose, trop conscient que, s'il dévalait, jamais il ne pourrait remonter. Sa main s'abattit d'aventure sur le moignon déchiqueté d'une rame qu'il étreignit avec un désespoir d'amant, et il la remonta, pied à pied. Ses yeux étaient pleins d'eau, sa bouche pleine de sang, et sa cervelle le lancinait abominablement. *Puissent les dieux me donner la force d'atteindre le pont...* À cela se réduisait désormais le monde : la rame, l'eau, le pont.

Finalement, il se laissa rouler de côté et s'abandonna, vidé, hors d'haleine, de tout son long sur le dos. Des ballons de flammes vertes et orange crépitaient, là-haut, traçant leur sillon parmi les étoiles. Le temps de penser que c'était bien joli, et ser Mandon lui en obstrua la vision. Telle une ombre d'acier neigeux au fond de laquelle étincelait un regard noir. Et le nain n'avait pas plus de force qu'une poupée désarticulée. Ser Mandon lui poussa la pointe de son épée au creux de la gorge, et ses deux mains se reployaient autour de la garde...

... quand une brusque embardée vers la gauche l'expédia, chancelant, contre le plat-bord. Le bois éclata, et ser Mandon Moore disparut sur un hurlement suivi d'un gros *plouf*. Un instant après, les coques se heurtèrent à nouveau si durement que le pont donna l'impression de bondir, puis quelqu'un s'agenouilla près de Tyrion, se pencha sur lui. « Jaime ? » coassa-t-il, à demi étouffé par le sang qui le bâillonnait. Qui d'autre que son frère aurait pu vouloir le sauver ?

« Ne bougez pas, messire, vous êtes gravement blessé. » *Une voix de gosse, c'est insensé*, songea Tyrion. On aurait juré qu'elle ressemblait à celle de Pod.

SANSA

En apprenant la défaite de la bouche de ser Lancel, Cersei fit tourner sa coupe vide entre ses doigts et finit par dire : « Avisez mon frère, ser », d'une voix lointaine, comme si ces nouvelles ne présentaient guère d'intérêt pour elle.

« Votre frère est probablement mort. » Le sang qui suintait de sous son bras avait imbibé son surcot. À sa seule vue, certaines des personnes réfugiées dans la salle s'étaient mises à larmoyer. « Il se trouvait sur le pont de bateaux quand celui-ci s'est rompu, paraît-il. Ser Mandon a été probablement emporté, lui aussi, et le Limier demeure introuvable. Et vous, Cersei, sacredieux ! *pourquoi* diable avoir fait ramener Joffrey au château ? En le voyant partir, les manteaux d'or se sont complètement dégonflés, et, maintenant, ils jettent leurs piques et déguerpissent – par centaines ! Bien que la Néra ne soit plus qu'une coulée d'épaves et de flammes et de cadavres, nous aurions pu tenir, si... »

Osney Potaunoir se porta près de lui. « Y a main'nant qu' ça s' bat des deux côtés, Vot' Grâce. 't-êt' ben qu'y aurait des seigneurs à Stannis qui s' battent entre eux, personne est sûr, c'est tellement désordre par là-bas ! Le Limier s'est tiré, personne sait où, et ser Balon s'est replié dans la ville. C'te rive est à eux, toujours. Z-attaquent au bélier d' nouveau la porte du Roi, et ser Lancel ment pas, v's hommes, y désertent les murs, et y tuent l's officiers. Pis y a qu'à la porte de Fer et la porte des Dieux, la racaille l's agresse pour sortir d'hors, pus la grosse émeute à Culpucier, qu' sont bus. »

Bonté divine ! songea Sansa, *voici que les choses se réalisent, Joffrey perdu, et moi aussi... !* Son regard chercha ser Ilyn sans parvenir à l'apercevoir. *Mais il rôde par là, je le sens. Tout près. Je ne lui échapperai pas, il aura ma tête.*

D'un air étrangement calme, la reine se tourna vers l'autre Potaunoir. « Relevez le pont et barrez les portes. Personne n'entre à Maegor ou n'en sort sans ma permission.

— Et les femmes parties prier ?

— Elles se sont de leur propre chef soustraites à ma protection. Laissez-les prier ; les dieux les défendront s'ils veulent. Où est mon fils ?

— À la conciergerie du château. 'l a eu envie d' commander les arbalétriers. Pasqu'y a du monde à hurler d'vant, des manteaux d'or pour la moitié. D' ceusses qui z-y couraient après d'puis la Gadoue.

— Ramenez-le ici. *Tout de suite.*

— *Non !* » Dans son indignation, Lancel avait omis de parler bas, et tous les yeux de l'assistance étaient fixés sur l'estrade quand il glapit : « On ne va pas renouveler l'exploit de la Gadoue ! Laissez-le où il est, c'est le *roi*, et...

— C'est mon fils. » Cersei se dressa. « Vous vous flattez d'être un Lannister aussi, mon cousin ? Prouvez-le. Que faites-vous planté là, Osfryd ? *Tout de suite* ne signifie pas demain. »

Le Potaunoir s'esbigna précipitamment, suivi de son frère. Nombre d'invités se ruèrent également vers la sortie. Certaines des femmes pleurnichaient, certaines priaient. Le reste demeura sur place et se contenta de réclamer du vin. « Cersei... reprit ser Lancel d'un ton suppliant, si nous perdons le château, Joffrey est un homme mort, vous le savez pertinemment. Laissez-le à son poste, je le garderai près de moi, je vous jure...

— Hors de mon chemin. » Elle le claqua à pleine paume sur sa blessure, lui arrachant une exclamation de douleur, et, comme il chancelait, près de s'évanouir, elle sortit comme une furie, sans seulement condescendre à Sansa l'ombre d'un regard. *Elle m'a oubliée. Ser Ilyn me tuera, et elle n'y pensera même pas.*

« Oh, dieux ! se lamenta une vieille femme, nous sommes perdus, Stannis est vainqueur, et elle prend la fuite. » Des enfants piaillaient de tous côtés. *Ils flairent la panique.* Sur l'estrade, il n'y avait plus qu'elle. Lui fallait-il rester là ? Lui fallait-il courir après la reine et la conjurer de lui laisser la vie ?

Sans savoir pourquoi elle se levait, elle se leva. « N'ayez pas peur ! dit-elle d'une voix forte. La reine a fait relever le pont. Nulle part vous ne seriez plus en sécurité qu'ici. Des murs épais nous protègent, et la douve, et les piques...

— Que s'est-il passé ? demanda une femme qu'elle connaissait vaguement pour être l'épouse d'un hobereau. Que lui a dit Osney ? Le roi est-il blessé, la ville tombée ?

— *Dites-nous !* » cria quelqu'un d'autre. Une femme s'inquiéta de son père, une autre de son fils.

Sansa leva les mains pour obtenir silence. « Joffrey a regagné le château. Indemne. On se bat toujours, voilà tout ce que je sais, on se bat courageusement. La reine reviendra sous peu. » C'était finir par un mensonge, mais à seule fin de les apaiser. Elle aperçut les fous, debout sous la tribune. « Fais-nous rire un peu, Lunarion. »

Au terme d'une roue sur les pieds et les mains, Lunarion se retrouva d'un bond juché sur une table. Il s'y empara de quatre coupes et se mit à jongler de manière qu'aucune, en retombant, ne manquait de lui heurter le crâne. Quelques rires nerveux se firent écho dans la salle. Sansa se dirigea vers ser Lancel et s'agenouilla près de lui. Sous la taloche qu'il avait reçue, sa blessure s'était remise à saigner. « De la démence, hoqueta-t-il. Bons dieux ! ce qu'il avait raison, le Lutin, mais raison... !

— Aidez-le », commanda Sansa à deux serviteurs. L'un d'eux ne lui consentit qu'un coup d'œil avant de détaler, lui, plateau et tout. Ses semblables s'esquivaient de même, mais elle n'y pouvait rien. Aidée du second, elle remit sur pied le chevalier blessé. « Emmenez-le chez mestre Frenken. » Lancel avait beau être l'un d'eux, toujours est-il qu'elle ne pouvait se résoudre à désirer sa mort. *Je suis molle et lâche et stupide, exactement comme le dit Joffrey. Je devrais être en train de le tuer, au lieu de le secourir.*

Les torches brûlaient de plus en plus bas, deux ou trois s'étaient déjà éteintes, et nul ne se souciait de les remplacer. Cersei ne revenait pas. Ser Dontos s'aventura jusque sur l'estrade, pendant que l'autre fol fixait sur lui tous les regards. « Regagnez votre chambre, chère Jonquil, souffla-t-il. Verrouillez-vous-y, vous serez moins exposée qu'ici. Je viendrai vous chercher quand auront cessé les combats. »

Quelqu'un viendra m'y chercher, pensa-t-elle, *mais qui ? vous, ou ser Ilyn ?* Dans son affolement, elle faillit une seconde le conjurer de la défendre. Il avait été chevalier, lui aussi, il avait, lui aussi, su manier l'épée, juré de protéger les faibles... *Non. Il n'a ni le courage ni l'habileté nécessaires. Je ne réussirais qu'à le faire périr avec moi.*

Elle eut besoin de toute son énergie pour quitter d'un pas nonchalant le Bal de la Reine, alors qu'elle mourait si vilement d'envie de prendre ses jambes à son cou. Ce n'est pourtant qu'en atteignant son escalier qu'elle les prit *effectivement*, grimpant quatre à quatre et tournant tournant, tant qu'à la fin le souffle lui manqua. Le vertige l'étourdissait quand l'un des gardes boula contre elle. Sous le choc, une coupe enrichie de gemmes et deux chandeliers d'argent s'échappèrent du manteau rouge dans lequel il les avait enveloppés et dégringolèrent de marche en marche avec un tapage d'enfer. Il se jeta à leur poursuite sans prêter à Sansa le moindre intérêt, un vague coup d'œil l'ayant assuré qu'elle n'envisageait pas de lui disputer son butin.

Des ténèbres de poix régnaient dans la chambre. Sansa barra la porte et, se dirigeant à l'aveuglette vers la fenêtre, en fit coulisser les rideaux. Et le spectacle lui coupa le souffle.

Agité de coloris instables et maléficieux, le ciel réfléchissait la véhémence des incendies qui ravageaient la terre. Des houles d'un vert sinistre agressaient la panse des nuages, des mares d'orange embrasaient l'émeute du firmament. Dans la guerre incessante que se livraient les rouges, les jaunes des flammes ordinaires et les jade, les émeraude du feu grégeois, chacun des lutteurs ne flamboyait que le temps de s'éteindre et d'accoucher de hordes d'ombres éphémères qui dépérissaient à leur tour au bout d'un instant. Aubes livides et crépuscules sanguinolents se supplantaient en un clin d'œil. L'air lui-même empestait le *cramé*, l'âcre puanteur de ces cuisines où la soupe oubliée sur les braises a débordé de la marmite. La nuit foisonnait d'escarbilles qui zigzaguaient comme des nuées de lucioles.

Sansa délaissa la croisée pour se replier vers l'abri de l'alcôve. *Je vais dormir*, se promit-elle, *et, à mon réveil, un nouveau jour luira, le ciel sera de nouveau bleu. La bataille sera terminée, et l'on me dira s'il me faut vivre ou si je dois mourir.* « Lady », gémit-elle tout bas. La retrouverait-elle, sa louve, une fois morte ?

C'est alors que quelque chose remua, derrière, et qu'une main surgie du noir se referma autour de son poignet.

Elle ouvrit la bouche pour crier, mais déjà s'y abattait une seconde main qui la bâillonna. Des doigts rudes et calleux, tout gluants de sang. « Petit oiseau. Je savais bien que tu viendrais. » Son timbre rauque d'après boire.

Au-dehors fusa vers les astres un crachat sinueux de jade qui jeta dans la chambre un éclair verdâtre à la faveur duquel elle le discerna, tout noir et vert, avec sa figure toute barbouillée d'un sang de goudron, ses yeux que la brusque intrusion de lumière moira de glauque comme ceux d'un chien. Puis les ténèbres se refermèrent, et il ne fut plus qu'un bloc de ténèbres cerné de neige maculée.

« Je te tue, si tu cries. Parole. » Il lui libéra la bouche. Elle se mit à haleter. Le Limier saisit le flacon de vin qu'il avait déposé sur la table de chevet. Il s'envoya une longue lampée. « Tu ne demandes pas qui est en train de gagner, petit oiseau ?

— Qui ? » souffla-t-elle, trop terrifiée pour le défier.

Il pouffa. « Je sais seulement qui a perdu. Moi. »

Je ne l'ai jamais vu ivre à ce point. Il dormait dans mon lit. Que vient-il faire ici ? « Qu'avez-vous donc perdu ?

— Tout. » La moitié calcinée de son mufle était comme un masque de sang séché. « Putain de nain. Dû le tuer. Y a des années.

— On le dit mort.

— Mort ? Non. Foutre non. Je le veux pas mort. » Il repoussa le flacon vide. « Je le veux *brûlé*. Si les dieux sont bons, ils le brûleront, mais je serai pas là pour le voir. Je me tire.

— Me tire ? » Elle essaya de dégager son poignet, mais il le maintenait dans un étau de fer.

« Le petit oiseau répète tout ce qu'il entend. *Me tire*, oui.

— Où voulez-vous aller ?

— Loin d'ici. Loin des feux. Sortirai par la porte de Fer, je pense. Quelque part au nord, n'importe où.

— Vous ne sortirez pas, objecta-t-elle. La reine a fermé Maegor, et les portes de la ville sont fermées aussi.

— Pas pour moi. J'ai le manteau blanc. Et j'ai *ça*. » Il tapota le pommeau de son épée. « Le type qu'essaie de m'arrêter est un type mort. À moins qu'il soit en feu. » Il éclata d'un rire amer.

« Pourquoi être venu ici ?

— Tu m'as promis une chanson, petit oiseau. T'as oublié ? »

Elle ne comprit pas ce qu'il voulait dire. Chanter pour lui, ici, quand le ciel lui-même était embrasé, quand par centaines mouraient des hommes, par milliers ? « Je ne puis, dit-elle. Laissez-moi, vous m'effrayez.

— Tout t'effraie. Regarde-moi. *Regarde*-moi. »

Le sang avait beau masquer ses pires cicatrices, il était effroyable, avec ses yeux blancs, dilatés. Le coin calciné de sa bouche se convulsait, n'arrêtait pas de se convulser. Et il puait à renverser – la sueur, la vinasse, le vomi rance et, par-dessus tout, le sang, fade... ! le sang, le sang.

« Avec moi, tu serais en sécurité, grinça-t-il. Je leur fous la trouille à tous. Ils n'oseraient plus, plus personne, te faire de mal, ou je les tuerais. » Il l'attira violemment vers lui et, un instant, elle crut qu'il voulait l'embrasser. S'y opposer ? il était trop fort. Elle ferma les yeux, toute au désir d'en avoir fini, mais il ne se passa rien. « Peux toujours pas supporter de regarder, hein ? » l'entendit-elle hoqueter. D'une rude secousse, il la fit pivoter, la jeta sur le lit. « J'aurai ma chanson. Jonquil et Florian, t'as dit. » Il avait tiré son poignard, le lui appuyait sur la gorge. « Chante, petit oiseau. Chante, pour sauver ta petite vie. »

Elle avait la gorge sèche, la peur l'étranglait, et toutes les chansons qu'elle avait sues par cœur s'étaient envolées de sa mémoire. *Pitié, ne me tuez pas !* criait tout son être, *pitié, non, non !* Sentant la pointe du poignard lui vriller la peau, la poussée s'en accentuer, elle faillit à nouveau clore les paupières, et puis elle se souvint. Pas de la chanson de Jonquil et Florian, mais ça se chantait. La voix lui revint, guère mieux, lui sembla-t-il, qu'un filet de voix presque inaudible et tremblotant :

Gente Mère, ô fontaine de miséricorde,
Préserve nos fils de la guerre, nous t'en conjurons,
Suspends les épées et suspends les flèches,
Permets qu'ils connaissent un jour meilleur.
Gente Mère, ô force des femmes,
Soutiens nos filles dans ce combat,
Daigne apaiser la rage et calmer la furie,
Enseigne-nous les voies de la bonté.

Elle avait oublié les autres versets. En entendant s'éteindre la dernière note, elle crut sa mort imminente mais, au bout d'un moment, le Limier, sans un mot, rengaina son arme.

Quelque chose d'instinctif alors la poussa à lever la main et à la poser délicatement sur la joue de Sandor Clegane. Il faisait trop noir dans la chambre pour qu'elle le voie, mais elle sentit sous ses doigts la poisse du sang et une fluidité qui n'était pas du sang. « Petit oiseau », dit-il une fois de plus de sa voix âpre et râpeuse comme sur la pierre l'acier. Puis il se releva. Sansa perçut quelque chose comme un déchirement de tissu, puis, plus mat, le bruit de pas qui s'éloignaient.

Quand elle rampa hors du lit, bien après, elle se trouvait seule. Le manteau blanc gisait à terre, en boule, barbouillé de sang et de suie. Dehors, le ciel s'était assombri. Seuls y dansaient encore, contre les étoiles, quelques spectres d'un vert pâlot. Une bise glaciale soufflait, qui faisait battre les volets. Sansa frissonna. Déployant le manteau en loques, elle se pelotonna dessous, à même le sol, grelottante.

Combien de temps elle resta là, elle n'aurait su dire, mais une cloche finit par sonner quelque part au loin, de l'autre côté de la ville. Un timbre de bronze grave aux vibrations puissantes et dont les volées se succédaient à un rythme de plus en plus vif. Sansa s'interrogeait sur le sens du message qu'elle diffusait quand une nouvelle cloche se joignit à elle, puis une troisième, et leurs voix s'appelaient et se répondaient par monts et par vaux, par-dessus venelles et tours, aux quatre coins de Port-Réal. S'extirpant du manteau, elle alla jusqu'à la fenêtre.

Vers l'est se distinguaient les premiers signes avant-coureurs de l'aube, et les cloches du Donjon Rouge sonnaient à leur tour, entremêlant leurs notes au fleuve sonore que déversaient les sept tours de cristal du Grand Septuaire de Baelor. Cela s'était déjà produit, se souvint-elle, pour le décès du roi Robert, mais d'une manière toute différente. Au lieu du lent glas douloureux d'alors tonnaient à présent des carillons allègres. Des rues montaient aussi des clameurs qui ne pouvaient être que des ovations.

C'est de ser Dontos qu'elle eut le fin mot. Il franchit son seuil en titubant, l'enveloppa dans ses bras flasques et la fit tournoyer tournoyer tournoyer tout autour de la chambre en poussant des exclamations si incohérentes qu'elle n'en saisissait un traître mot. Il était aussi saoul que le Limier, mais il avait, lui, la gueule de bois gaie. Elle défaillait, hors d'haleine, quand il finit par la reposer. « Qu'y a-t-il ? » Elle dut s'accrocher aux montants du lit. « Que s'est-il passé ? Dites-moi !

— C'est fini ! Fini ! Fini ! La ville est sauvée. Lord Stannis est mort, lord Stannis est en fuite, on ne sait pas, et on s'en fout, son ost s'est débandé, terminé, le danger ! Massacré, dispersé, viré de bord, dit-on. Oh, la splendeur des bannières ! les bannières, Jonquil, les bannières ! Avez-vous du vin ? Il nous faut boire à ce jour, oui ! De lui date votre salut, ne voyez-vous pas ?

— *Mais dites-moi donc ce qui s'est passé !* » Elle se mit à le secouer.

Ser Dontos éclata de rire et se mit à sauter d'un pied sur l'autre, au risque de s'affaler. « Ils ont surgi des cendres alors que la rivière était en feu. La rivière, Stannis était jusqu'au cou dans la rivière, et ils lui sont tombés dessus par-derrière. Oh, être à nouveau chevalier, avoir pris part à ça ! Ses propres hommes se sont vaillamment battus, paraît-il. Certains se sont enfuis, mais beaucoup ont ployé le genou et viré de bord aux cris de : "Lord Renly !" Qu'a dû penser Stannis en entendant ça ? Je le tiens d'Osney Potaunoir, qui le tenait de ser Osmund, mais ser Balon est de retour, et ses hommes disent pareil, et les manteaux d'or aussi. Nous sommes délivrés, ma chérie ! Ils ont emprunté la route de la Rose puis longé la rivière et traversé toutes les campagnes incendiées par Stannis, se poudrant les bottes dans les nuages de cendre qu'ils soulevaient, devenant tout gris dans leurs armures, mais les bannières, oh, les *bannières* ! elles devaient être superbes ! la rose d'or et le lion d'or et cent autres, l'arbre Marpheux et l'arbre des Rowan, le chasseur Tarly, les pampres Redwyne et la feuille de lady du Rouvre ! Tous les gens de l'Ouest, toute la puissance de Castral Roc et de Hautjardin ! Lord Tywin en personne menait l'aile droite, sur la rive nord, Randyll Tarly le centre et Mace Tyrell la gauche, mais la victoire, c'est l'avant-garde. Elle s'est enfoncée dans Stannis comme une lance dans une citrouille, tout ça hurlant comme un démon bardé d'acier. Et savez-vous qui la conduisait, l'avant-garde ? Oui ? Oui ? *Oui ?*

— Robb ? » C'était espérer par trop, mais...

« C'était *lord Renly* ! Lord Renly dans son armure verte, avec les flammes qui se reflétaient dans ses andouillers d'or ! Lord Renly, avec sa grande pique au poing ! On dit qu'il a tué de sa propre main ser Guyard Morrigen en combat singulier, plus une douzaine d'autres chevaliers d'élite. C'était Renly, c'était Renly, c'était Renly ! Oh ! les bannières, Sansa chérie ! Oh ! être chevalier ! »

DAENERYS

Elle était en train de déguster un bouillon froid de cre-
vettes au persil quand Irri lui apporta une robe de Qarth
taillée dans un brocart ivoire diaphane rebrodé de
semence de perles. « Remporte-moi ces falbalas, dit-elle.
Ils seraient déplacés sur les quais. »

Puisque les Sang-de-Lait la trouvaient si barbare, elle
endosserait la tenue du rôle à leur intention. Aussi gagna-
t-elle les écuries tout bonnement chaussée de sandales
d'herbe tissée, vêtue de pantalons de soie sauvage délavés et d'une veste dothrak peinte sous laquelle flottaient
librement ses petits seins. À sa ceinture de médaillons
était enfilée une dague courbe. Enfin, Jhiqui lui avait
tressé les cheveux à la mode dothrak et noué au bas de
la natte une clochette d'argent. « Je n'ai pas remporté
de victoire », protesta-t-elle en l'entendant tinter.

Tel n'était pas l'avis de la servante. « Vous avez brûlé
ces *maegi* dans leur palais de poussière et envoyé leurs
âmes en enfer. »

Le mérite en est à Drogon, pas à moi, faillit-elle avouer,
mais elle retint sa langue. Quelques sonnailles dans sa
chevelure, et les Dothrakis ne l'en respecteraient que
mieux. Du reste, la clochette eut beau tintinnabuler
lorsqu'elle enfourcha son argenté puis à chacune des
foulées de la jument, ni ser Jorah ni les sang-coureurs
n'y firent la moindre allusion. Daenerys préposa Rakharo
à la garde de son peuple et de ses dragons, pendant
qu'elle visiterait le front de mer, escortée d'Aggo et Jhogo.

Abandonnant palais de marbre et jardins embaumés, ils traversèrent un quartier pouilleux de la ville dont les humbles maisons de briques ne montraient tout du long que façades aveugles. On croisait là moins de chevaux et de chameaux, et pas un palanquin en vue, mais les rues grouillaient de mendiants, de marmaille et de roquets maigres couleur de sable. Des hommes pâles enjuponnés de drap crasseux se tenaient sous la voûte des porches à les regarder passer. *Ils savent qui je suis, et ils ne m'aiment pas.* Elle déduisait cela de leur façon de la dévisager.

Ser Jorah aurait mieux aimé la fourrer dans son palanquin, bien camouflée, bien à l'abri derrière les rideaux de soie, mais elle s'y était fermement refusée. Elle en avait assez de se prélasser sur des coussins de soie, de se laisser trimballer ci là par des bœufs. Au moins avait-elle, à cheval, l'impression qu'elle se rendait quelque part.

Sa visite au port ne relevait pas d'un caprice. Il lui fallait fuir à nouveau. Son existence entière lui semblait n'avoir été rien d'autre qu'une longue fuite. Une fuite qui avait débuté dès le sein maternel et ne s'était jamais interrompue depuis. Que de fois Viserys et elle avaient-ils au plus noir de la nuit dû s'esquiver, talonnés qu'ils étaient par les tueurs à gages de l'Usurpateur ! Et voici qu'une fois de plus s'enfuir ou mourir était son lot... Elle tenait de Xaro que Pyat Pree rassemblait les conjurateurs survivants pour lui faire un mauvais parti.

Elle s'était d'abord esclaffée. « N'est-ce pas vous qui m'affirmiez qu'ils étaient comme ces vétérans qui se gargarisent à vide d'exploits oubliés et de prouesses abolies ? »

Il prit un air embarrassé. « Tels étaient-ils alors. Mais maintenant ? Je n'en suis plus si certain. À ce qu'on prétend, les bougies de verre brûlent dans la demeure d'Urrthon l'Erre-nuit, et elles n'avaient pas brûlé depuis cent ans. La phantagmale croît au jardin de Gehane, on a aperçu des tortues-goules chargées de messages entre les maisons sans fenêtres de la rue Mage, et tous les rats de la ville se rongent la queue. La femme de Mathos

Mallarawan, qui s'était gaussée de la robe pisseuse et mitée d'un conjurateur, est subitement devenue folle et ne supporte plus le moindre vêtement. Même les soieries lavées de frais lui procurent la sensation que des milliers d'insectes grouillent sur sa peau. Et Sybassion Mange-yeux le Sillé a, au dire de ses esclaves, recouvré la vue. De quoi vous rendre circonspect... » Il soupira. « Temps bizarres que vit là Qarth. Et rien de si néfaste que les temps bizarres pour le négoce. Parler de la sorte me navre, mais vous feriez bien, je crains, de quitter Qarth pour jamais, et le plus tôt possible. » Xaro lui effleura les doigts d'une caresse rassurante. « Rien ne vous oblige à partir seule, cependant. Si le palais des Poussières vous a offert de sombres visions, de brillants songes ont en revanche visité Xaro. Je vous ai vue reposant, comblée, notre enfant contre votre sein. Appareillez en ma compagnie pour un périple en mer de Jade et, ce songe, nous saurons le réaliser ! Il n'est pas trop tard. Donnez-moi un fils, ô ma suave chanson de joie ! »

Un fils ? tu veux dire un dragon... « Je ne veux pas vous épouser, Xaro. »

Les risettes s'étaient figées instantanément. « Alors, partez.

— Pour où ?

— N'importe. Loin d'ici. »

Peut-être était-il temps, en effet. Trop heureux d'abord de pouvoir se remettre de son épouvantable errance dans le désert rouge, le *khalasar* penchait vers l'indiscipline, à présent que l'empâtait l'excès de repos. Les Dothrakis n'avaient pas pour coutume de séjourner longtemps dans un même lieu. Alors que leur caractère nomade et guerrier répugnait à l'existence urbaine, n'avait-elle pas eu tort de les immobiliser tant de mois, séduite qu'elle était par le confort et les charmes de Qarth ? Outre que la ville promettait toujours bien plus qu'elle n'entendait donner, son hospitalité s'était singulièrement aigrie depuis que les flammes avaient anéanti l'hôtel des Nonmourants. Du jour au lendemain, les Qarthiens s'étaient souvenus du *danger* qu'incarnaient les dragons, et leurs assauts de générosité taris instantanément. La Fraternité Tourmaline en avait même profité pour réclamer à cor et à cri l'expulsion de Daenerys, et la Guilde des Épiciers sa mort. L'abstention des Treize est tout ce qu'avait pu obtenir Xaro.

Mais où dois-je aller ? Ser Jorah suggérait de s'enfoncer toujours plus à l'est, afin de la mieux soustraire à ses ennemis des Sept Couronnes. Les sang-coureurs auraient quant à eux préféré retourner vers leur immense houle d'herbe verte, dût-on pour ce faire affronter à nouveau l'incandescence du désert rouge. Elle avait pour sa part caressé le projet de regagner Vaes Tolorro et de s'y installer jusqu'à ce que ses dragons acquièrent leur taille et leur force définitives, mais elle n'était que doute, en son for. Toutes ces solutions lui semblaient erronées, peu ou prou... et lors même qu'elle eut choisi sa destination, la question de savoir comment elle s'y rendrait persistait à la tarauder.

Xaro Xhoan Daxos ne lui serait d'aucun secours, elle le savait désormais. En dépit de ses innombrables protestations de dévouement, il ne jouait, à l'instar de Pyat Pree, que son propre jeu. Le soir où elle s'était entendu signifier son congé, elle l'avait prié de lui accorder une faveur dernière. « Une armée, c'est cela ? ironisa-t-il. Un chaudron plein d'or ? Peut-être une galère ? »

Elle s'empourpra. Elle détestait mendier. « Un bateau, oui. »

Les yeux de Xaro jetèrent autant de feux que les gemmes de ses narines. « Je suis un négociant, *Khaleesi*. Aussi ferions-nous mieux de parler non plus en termes de dons mais, disons ? de troc. Contre un seul de vos dragons, vous recevrez dix des plus beaux bâtiments de ma flotte. Il vous suffit de prononcer le mot le plus doux du monde.

— Non, dit-elle.

— Hélas, sanglota-t-il, tel n'était pas celui que je sous-entendais.

— Demanderiez-vous à une mère de vendre un de ses enfants ?

— Pourquoi non ? Il est toujours loisible aux mères d'en refaire. Elles en vendent tous les jours.

— Pas celle des dragons.

— Même pour vingt bateaux ?

— Ni même pour cent. »

Sa bouche s'affaissa. « Je n'en ai pas cent. Mais vous possédez trois dragons. Accordez-m'en un, pour toutes mes bontés. Il vous en restera deux encore, et trente bateaux en prime. »

Trente... De quoi débarquer une petite armée sur les côtes de Westeros... *Mais je n'ai pas de petite armée.* « Combien de bateaux possédez-vous, Xaro ?

— Quatre-vingt-trois, sans compter ma barge de plaisance.

— Et vos collègues des Treize ?

— À nous tous, un millier, je pense.

— Et la Fraternité Tourmaline et les Épiciers ?

— Des babioles qui ne comptent pas.

— Mais encore ? insista-t-elle.

— Douze ou treize cents pour les Épiciers. Pas plus de huit cents pour la Fraternité.

— Et les gens d'Asshai, de Braavos, d'Ibben, des îles d'Été, tous les autres peuples qui sillonnent la grande mer salée, combien de bateaux possèdent-ils ? À eux tous ?

— Des tas et des tas, répondit-il d'un ton agacé. À quoi rime ?

— J'essaie simplement d'estimer ce que vaut l'un des trois dragons qui vivent au monde. » Elle lui glissa un sourire exquis. « M'est avis que le tiers de tous les vaisseaux du monde le paierait à peu près son prix. »

Des ruisseaux de larmes baignèrent les joues de Xaro et les ailes de son nez rutilant de gemmes. « Vous avais-je pas mise en garde contre une visite au palais des Poussières ? Voilà exactement ce que je redoutais. Les chuchotements des conjurateurs vous ont rendue aussi folle que la femme de Mallarawan. Un tiers de tous les vaisseaux du monde ? pouah. Pouah, dis-je. Pouah. »

Elle ne l'avait pas revu depuis. Il lui faisait transmettre ses messages, chacun plus froid que le précédent, par son sénéchal. Elle devait sortir de chez lui. Il en avait assez de les entretenir, elle et sa clique. Il exigeait la restitution des cadeaux qu'elle lui avait déloyalement extorqués. Aussi se félicitait-elle (c'était sa seule consolation) du gros bon sens qui l'avait empêchée de se marier avec lui.

Trois trahisons, m'ont chuchoté les conjurateurs... L'une pour le sang, l'une pour l'or, et l'une pour l'amour. Le premier traître était assurément Mirri Maz Duur qui, pour venger son peuple, avait assassiné Khal Drogo et son fils à naître. Pyat Pree et Xaro Xhoan Daxos pouvaient-ils être les deux suivants ? Elle ne le croyait pas. L'or n'était pas le mobile de Pyat, et Xaro n'avait jamais été véritablement épris d'elle.

Les rues se vidaient peu à peu, les maisons faisaient place à des entrepôts de pierre ténébreux. Aggo prit la tête, Jhogo les arrières, ser Jorah se maintint à la hauteur de Daenerys qui, au doux tintement de sa clochette, se reprit à songer de manière incoercible au palais des Poussières avec l'espèce d'attrait machinal qui pousse incessamment la langue à se porter vers l'alvéole d'une dent perdue. *Enfant de trois*, l'avait-on qualifiée, *fille de la mort, mortelle aux mensonges, fiancée du feu*. Tellement de trois... Trois feux, trois montures à chevaucher, trois trahisons. « "Trois têtes a le dragon", soupira-t-elle. Vous comprenez ce que cela signifie, ser Jorah ?

— La maison Targaryen a pour emblème un dragon tricéphale, Votre Grâce, rouge sur champ noir.

— Je sais bien. Mais il n'existe pas de dragons tricéphales.

— Les trois chefs symbolisaient Aegon et ses sœurs.

— Rhaenys et Visenya, précisa-t-elle, oui. Je descends de Rhaenys et d'Aegon par leur fils Aenys et leur petit-fils Jaehaerys.

— Xaro ne vous a-t-il pas avertie ? Les lèvres bleues n'exhalent que mensonges. Pourquoi vous tourmenter de leurs chuchotements ? Les conjurateurs ne voulaient qu'une chose, et vous le savez, maintenant, sucer la sève de votre vie.

— Peut-être, admit-elle à contrecœur, mais ce que j'ai vu...

— Un mort à la proue d'un navire, une rose bleue, un banquet sanglant... Quel sens pourraient bien avoir pareilles sornettes, *Khaleesi* ? Et ce dragon d'histrion dont vous avez parlé ? C'est *quoi*, un dragon d'histrion, je vous prie ?

— Un dragon de tissu monté sur des bâtons, expliqua-t-elle. Les histrions s'en servent au cours des représentations pour donner quelque chose à combattre aux héros. »

Ser Jorah se renfrogna.

Elle n'en poursuivit pas moins : « *Sienne est la chanson de la glace et du feu*, disait mon frère. Je suis certaine que c'était mon frère. Pas Viserys, Rhaegar. Il avait une harpe à cordes d'argent. »

Le front de ser Jorah se creusa pour le coup si profondément que ses sourcils se rejoignirent. « Le prince Rhaegar jouait en effet d'un tel instrument, convint-il. Vous l'avez donc vu ? »

Elle hocha la tête. « Lui et une femme alitée qui donnait le sein à un nouveau-né. En lui affirmant que l'enfant était le prince des prédictions, mon frère l'invitait à le nommer Aegon.

— Il eut en effet le prince Aegon, son héritier, de son épouse Elia de Dorne, admit ser Jorah. Mais si c'était là le prince promis, la promesse alla se fracasser contre un mur en même temps que son crâne par la grâce des Lannister.

— Je n'oublie pas, dit-elle tristement. Ils assassinèrent aussi la fille de Rhaegar. Rhaenys, elle se nommait, comme notre aïeule, la sœur d'Aegon. Manquait une Visenya, mais Rhaegar n'en assurait pas moins que le dragon avait trois têtes. En quoi consiste la chanson de la glace et du feu ?

— J'en entends parler pour la première fois.

— C'est l'espoir d'obtenir des réponses qui m'a conduite chez les conjurateurs, et je n'en ai rapporté que cent nouvelles interrogations. »

Les rues se peuplaient à nouveau. « Place ! » criait Aggo, tandis que Jhogo humait l'atmosphère d'un air défiant. « Je la sens, *Khaleesi*, lança-t-il. L'eau véné-neuse. » La mer et ce qu'elle portait inspiraient à tous les gens de sa race une invincible répulsion. Ils s'interdisaient tout contact avec une eau que les chevaux refusaient de boire. *Ils y viendront*, trancha Daenerys. *J'ai bravé leur mer avec Khal Drogo. À eux maintenant de braver la mienne.*

Qarth était l'un des plus vastes ports du monde, et l'abri de son immense rade une orgie de couleurs, de vacarme et d'odeurs bizarres. Gargotes, entrepôts, tripots bordaient joue contre joue le dédale de ses ruelles avec bouges à filles et temples voués à des dieux singuliers. Tire-laine et coupeurs de gorges, changeurs et vendeurs de sorts grouillaient au sein du moindre attroupement. L'ensemble du front de mer ne formait jusqu'à l'horizon qu'un prodigieux marché sur lequel se poursuivaient la vente et l'achat jour et nuit, et, pour qui ne manifestait aucune curiosité sur leur origine, les marchandises y coûtaient cent fois moins qu'au bazar. Aussi voûtées que des bossus sous les jarres vernissées qui leur harnachaient le dos, des vieilles couturées de rides vous proposaient des eaux de senteur ou du lait de chèvre. Vous coudoyiez entre les échoppes des matelots issus de cinquante nations qui, tout en sirotant des liqueurs épicées, blaguaient dans des idiomes aux sonorités extravagantes. Et des odeurs de sel, de poisson frit, de miel et de goudron bouillant, d'encens, d'huile et de sperme vous étourdissaient partout.

Contre un liard, Aggo acquit d'un galopin une brochette de souris laquées qu'il grignota tout en chevauchant. Jhogo s'offrit une poignée de cerises blanches dodues. Plus loin s'étalaient de beaux poignards de bronze, du poulpe sec et des objets d'onyx, ailleurs se vantaient un élixir magique irrésistible fait d'ombre-du-soir et de lait de vierge, voire même des œufs de dragon que l'on pouvait suspecter n'être que cailloux peints.

Comme on longeait les grands quais de pierre réservés aux bateaux des Treize, Daenerys vit le somptueux *Baiser vermillon* de Xaro décharger des coffrets de safran, d'oliban, de poivre. À côté, barils de vin, balles de surelle et ballots de fourrures zébrées empruntaient la passerelle de *La Fiancée d'azur*, appareillage le soir même avec la marée. Plus loin, la foule assaillait une galère de la Guilde, *Le Soleil en gloire*, à fin d'enchères à l'esclave. Il était de notoriété publique que cette denrée se négociait au meilleur compte dès le débarqué de la cargaison, et les flammes flottant à ses mâts proclamaient que le navire arrivait tout juste d'Astapor, sur la baie des Serfs.

Sachant n'avoir rien à espérer des Treize ni de la Fraternité Tourmaline ou des Épiciers, Daenerys parcourut d'un trait sur son argenté les lieues et les lieues que couvraient leurs môles, docks et magasins pour gagner tout au bout du havre en fer à cheval la partie où les navires en provenance des îles d'Été, de Westeros et des neuf cités libres avaient l'autorisation d'accoster.

Elle démonta près d'une fosse au fond de laquelle un basilic mettait à mal un énorme chien rouge, sous les vociférations d'un cercle de parieurs. « Aggo, Jhogo, vous gardez les chevaux tandis que je vais voir les capitaines avec ser Jorah.

— Bien, *Khaleesi*. Nous aurons l'œil sur vous pendant votre tournée. »

Quel bonheur que d'entendre à nouveau parler valyrien, et même la langue des Sept Couronnes, se dit-elle en approchant du premier bateau. Marins, portefaix, marchands, tout s'écartait sur son passage, assez intrigué par cette mince jouvencelle aux cheveux d'argent qui, vêtue à la façon dothrak, marchait escortée d'un chevalier. Malgré le jour torride, ser Jorah portait par-dessus son haubert de mailles le surcot de laine vert frappé à l'ours noir Mormont.

Cependant, ni sa beauté à elle ni ses taille et vigueur à lui ne suffiraient à impressionner les gens dont ils convoitaient les bateaux.

« Ah bon ? une centaine de Dothrakis avec tous leurs chevaux, vous-même, ce chevalier et trois *dragons* ? » Le capitaine du gros cotre *L'Ardent ami* s'étrangla de rire et les planta là. En apprenant qu'elle était Daenerys du Typhon, reine des Sept Couronnes, le Lysien du *Trompette* prit une mine de merlan frit pour lâcher : « Mouais, comme je suis, moi, lord Tywin Lannister et chie de l'or toutes les nuits. » Le quartier-maître de la galère myrote *Esprit soyeux* déclara les dragons trop dangereux ; leur haleine risquerait à tout moment d'embraser ses gréements. Pour le propriétaire du *Faro pansu*, les dragons, passe, mais les Dothrakis, non. « Des barbares aussi mécréants dans ma panse ? jamais. » Apparemment plus traitables, les deux frères qui commandaient les vaisseaux jumeaux *Vif-argent* et *Chien gris* les invitèrent à monter prendre un verre de La Treille rouge. Touchée d'abord par leur exquise courtoisie, Daenerys faillit reprendre espoir, mais les tarifs qu'ils finirent par annoncer se révélèrent fort au-dessus de ses moyens, voire de ceux qu'eût pratiqués Xaro. *Le Petto cul-pincé* comme *L'Aguicheuse* étaient trop petits, *Le Bravo* faisait voile vers la mer de Jade, et le *Maître Manolo* semblait à peine capable de naviguer.

Comme ils se dirigeaient vers le bassin suivant, la main de ser Jorah s'aventura au creux des reins de Daenerys. « On nous suit, Votre Grâce. Non, ne vous retournez pas. » Il la conduisit galamment vers la baraque d'un dinandier. « Voilà de la belle ouvrage, ma reine ! s'exclama-t-il en s'emparant d'un grand plat comme pour le lui faire admirer. Regardez donc comme il miroite, au soleil... »

Le cuivre jaune en était effectivement si lustré qu'elle y vit nettement reflété son visage... puis, ser Jorah l'ayant orienté vers la droite, ce qui se trouvait derrière elle. « Lequel est-ce ? souffla-t-elle, le poussah basané ou le vieux à la canne ?

— Les deux, répondit-il. Ils n'ont cessé de nous filer depuis notre départ du *Vif-argent*. »

L'aspect moiré du métal déformait singulièrement les deux étrangers. L'un paraissait maigre et dégingandé, l'autre prodigieusement large et courtaud. « Un cuivre absolument exceptionnel, Votre Seigneurie ! s'époumonait le mercanti. Flamboyant comme le soleil ! Et, à la Mère des dragons, je le laisserais pour rien, trente honneurs seulement. »

Le plat n'en valait pas plus de trois. « Où sont mes gardes ? lança-t-elle. Cet homme essaie de me voler ! » Puis, à voix basse et en vernaculaire, à l'intention de ser Jorah : « Peut-être ne me veulent-ils aucun mal. Les hommes lorgnent les femmes depuis le début des temps, telle est peut-être leur seule visée. »

Le dinandier ignora l'aparté. « Trente ? Ai-je dit trente ? Ah, l'étourdi ! c'est vingt honneurs, le prix.

— Tous les cuivres de votre échoppe n'en valent pas vingt », riposta-t-elle sans cesser d'étudier les reflets. La physionomie du vieux trahissait un homme de Westeros, et le basané devait peser deux cent cinquante livres au bas mot. *L'Usurpateur avait offert d'anoblir quiconque m'assassinerait, et ces deux-là viennent du bout du monde. À moins qu'ils ne soient des créatures des conjurateurs et censés me prendre à l'improviste ?*

« Dix, *Khaleesi*, par amour pour vous. Utilisez-le pour vous contempler. Seul un cuivre aussi merveilleux rendrait justice à vos charmes incomparables.

— Il pourrait servir de tinette. Si vous le jetiez, peut-être le prendrais-je, à condition toutefois de n'avoir pas à me baisser. Mais le *payer* ? » Elle le lui rendit. « Des vers montés par votre nez vous rongent le cerveau, mon brave.

— Huit ! piaula-t-il, huit honneurs ! Mes femmes me battront en me traitant d'idiot, mais je suis un enfant sans défense entre vos mains. Allons... Huit, c'est moins qu'il ne vaut.

— Qu'aurais-je à faire de cuivraille, quand Xaro Xhoan Daxos me sert dans de la vaisselle d'or ? » En se détournant pour s'éloigner, elle laissa son regard courir sur les étrangers. Presque aussi copieux que dans le miroir, le basané avait la calvitie luisante et les joues flasques d'un eunuque. Un grand *arakh* courbe était enfilé dans sa sous-ventrière de soie jaune salie de sueur. Une espèce de caraco clouté de fer et ridiculement mesquin bridait son torse nu. De vieilles cicatrices s'entrecroisaient, blêmes, sur le ton brou de noix de ses bras énormes, sa poitrine énorme et son ventre énorme.

Vêtu d'un manteau de voyage en laine écrue dont il avait rejeté la capuche, l'autre avait de longs cheveux blancs qui lui descendaient à l'épaule, et le bas du visage couvert par une barbe blanche et soyeuse. Il s'appuyait de tout son poids sur un bâton de ronce aussi grand que lui. *À moins d'être idiots, ils ne me dévisageraient pas aussi effrontément s'ils me voulaient du mal.* Néanmoins, la prudence imposait de battre en retraite vers Aggo et

Jhogo. « Le vieux n'a pas d'épée », dit-elle à Jorah dans leur propre langue tout en l'entraînant.

Le mercanti les poursuivit en sautillant. « Cinq honneurs ! à cinq, je vous l'abandonne ! il est fait pour vous ! »

Ser Jorah répliqua : « Un bâton de ronce vous fracasse un crâne aussi net que n'importe quelle masse d'armes.

— Quatre ! Je sais que vous en avez envie ! » Il gambadait maintenant devant d'un air folâtre, à reculons, agitant le plat sous leur nez.

« Ils nous suivent ?

— Levez-moi ça juste un peu plus, dit le chevalier au bonhomme. Oui. Le vieux fait mine de s'attarder devant un étal de potier, mais le gros n'a d'yeux que pour vous.

— Deux honneurs ! deux ! deux ! » L'effort de courir à rebours le faisait haleter durement.

« Payez-le, ou il va mourir d'une attaque », dit-elle à ser Jorah, non sans se demander ce qu'elle allait bien pouvoir fiche de ce plat de cuivre encombrant. Et de s'écarter, pendant qu'il se fouillait, bien résolue à mettre un terme à toutes ces pantalonnades. Le sang du dragon n'allait tout de même pas frayer par tout le marché avec un vieillard et un eunuque obèse !

Un Qarthien se mit en travers de sa route. « Pour vous, Mère des dragons. » Il s'agenouilla et lui tendit d'un geste brusque un coffret à bijoux.

Elle s'en saisit presque machinalement. C'était une boîte de bois sculpté, avec un couvercle de nacre serti de jaspe et de chalcédoine. « Vous êtes trop généreux. » Elle ouvrit. À l'intérieur étincelait un scarabée d'onyx et d'émeraude. *Magnifique*, songea-t-elle. *Il nous aidera à payer la traversée.* Comme elle y portait la main, l'homme souffla : « Tellement navré ! », mais à peine l'entendit-elle.

Le scarabée souleva ses élytres en sifflant.

Elle entr'aperçut une face noire et maligne, quasi humaine, et une queue recourbée d'où sourdait le venin... et puis la boîte lui échappa des mains, virevolta, s'éparpilla en mille morceaux. Une douleur soudaine lui tordit les doigts. Au cri qu'elle poussa en s'étreignant la main, le dinandier fit écho par un piaillement, une femme par des stridences et, soudain, les Qarthiens se mirent à beugler, tous, en se bousculant pour s'écarter plus vite. Heurtée par ser Jorah qui la dépassait en courant, Daenerys chavira sur un genou. Sur un nouveau *sifflement*, le vieil homme planta son bâton dans le sol, Aggo surgit à cheval au travers d'un éventaire d'œufs, bondit de selle, le fouet de Jhogo cingla l'air, ser Jorah assena le plat de cuivre sur la tête de l'eunuque, matelots, putains et marchands, tout fuyait ou gueulait ou les deux à la fois...

« Mille pardons, Votre Grâce. » Le vieil homme s'agenouilla. « Il est mort. Je ne vous ai pas brisé la main, j'espère ? »

Avec une grimace, elle ploya les doigts. « Je ne crois pas.

— Il me fallait à tout prix l'abattre, et... » commença-t-il, mais les sang-coureurs l'empêchèrent d'achever en se jetant sur lui. Un coup de pied d'Aggo le sépara de son bâton, Jhogo l'empoigna aux épaules et, le terrassant, lui piqua la gorge avec son poignard. « Nous l'avons vu vous frapper, *Khaleesi*. Vous plairait-il de voir la couleur de son sang ?

— Relâche-le. » Elle se remit debout. « Examine le talon de son bâton, sang de mon sang. » L'eunuque avait déséquilibré ser Jorah. Elle courut s'interposer au moment même où l'*arakh* et l'épée sortaient flamboyants du fourreau. « Bas l'acier ! Arrêtez !

— Votre Grâce ? » De stupeur, Mormont n'abaissait sa lame que pouce après pouce. « Ces hommes vous ont attaquée...

— Ils me défendaient. » Elle fit claquer ses doigts pour en secouer les élancements. « C'est l'autre qui m'a attaquée, le Qarthien. » Un coup d'œil circulaire lui révéla qu'il avait disparu. « Un membre des Navrés. Le coffret à bijoux qu'il m'a remis recelait une manticore. Le coup de bâton en a débarrassé ma main. » Le dinandier continuait à se rouler au sol. Elle alla vers lui, l'aida à se relever. « Vous avez été piqué ?

— Non, bonne dame, dit-il en s'ébrouant, sans quoi je serais mort. Mais elle m'a touché en atterrissant sur mon bras, *aïe !* quand la boîte est tombée. » Il s'en était compissé, vit-elle. Rien d'étonnant.

Elle lui remit une pièce d'argent pour le dédommager de sa frousse avant de le congédier puis retourna auprès du vieillard à la barbe blanche. « À qui dois-je la vie sauve ?

— Votre Grâce ne me doit rien. Je m'appelle Arstan, mais Belwas m'a nommé Barbe-Blanche durant tout notre voyage jusqu'en ces lieux. » Bien que Jhogo l'eût libéré, il demeurait un genou en terre. Aggo ramassa le bâton, dont l'examen lui fit exhaler un juron dothrak. Après avoir essuyé sur une pierre les débris de la manticore qui le souillaient, il le rendit à son propriétaire.

« Qui est-ce, Belwas ? » s'enquit Daenerys.

Le colossal eunuque basané s'avança d'un air crâne en rengainant son *arakh*. « Je suis Belwas. Belwas le Fort, on m'appelle dans les arènes de Meeren. Jamais je n'ai perdu de combat. » Il claqua sa bedaine couverte de cicatrices. « Je laisse chacun de mes adversaires me faire une estafilade avant d'en finir. Comptez-les toutes, et vous connaîtrez combien d'hommes a tués Belwas le Fort. »

Daenerys n'avait que faire de les dénombrer ; beaucoup, un simple coup d'œil l'attestait. « Et que venez-vous faire ici, Belwas le Fort ?

— De Meeren, je suis vendu à Qohor et puis à Pentos et au gros lard qui se met des douceurs odorantes dans les cheveux. C'est lui qui a renvoyé Belwas le Fort de l'autre côté de la mer, et le vieux Barbe-Blanche pour le servir. »

Le gros lard qui se met des douceurs odorantes dans les cheveux... « Illyrio ? demanda-t-elle. C'est maître Illyrio qui vous envoie ?

— Oui, Votre Grâce, répondit le vieux. Le Maître vous adjure de lui pardonner s'il nous dépêche en ses lieu et place auprès de vous, mais il lui est impossible de chevaucher comme en son printemps, et naviguer perturbe sa digestion. » Il s'était d'abord exprimé en valyrien des cités libres, mais il poursuivit dans la langue des Sept Couronnes. « Agréez mes regrets de vous avoir alarmée.

Mais, à dire vrai, nous hésitions, nous nous attendions à trouver quelqu'un de plus... de plus...

— Royal ? » Elle se mit à rire. Elle n'avait pas emmené de dragon, et sa tenue n'était pas précisément celle d'une reine. « Vous parlez notre langue à la perfection. Seriez-vous natif de Westeros, Arstan ?

— Je le suis. J'ai vu le jour dans les marches de Dorne, Votre Grâce. Adolescent, je servis d'écuyer à un chevalier de la maisonnée de lord Swann. » Il tenait son bâton droit comme une lance. Seule y manquait une bannière. « À présent, j'en tiens lieu à Belwas.

— Un peu vieux pour ce genre d'emploi, non ? » Ser Jorah s'était porté aux côtés de Daenerys. Le plat de cuivre était gauchement coincé sous son bras. Le crâne coriace de Belwas l'avait passablement cabossé.

« Pas trop pour servir mon seigneur lige, lord Mormont.

— Vous me connaissez moi aussi ?

— Je vous ai vu combattre une ou deux fois. À Port-Lannis, où peu s'en faillit que vous ne démontiez le Régicide. Ainsi qu'à Pyk. Vous ne vous rappelez pas, lord Mormont ? »

Ser Jorah se rembrunit. « Vos traits me disent vaguement quelque chose, mais nous étions des centaines à Port-Lannis et des milliers à Pyk. Et je ne suis pas lord. On m'a retiré l'île aux Ours. Je suis un simple chevalier.

— Chevalier de ma garde Régine. » Daenerys lui prit le bras. « Et mon loyal ami et précieux conseiller. » Elle étudia la physionomie d'Arstan. Il en émanait, avec beaucoup de dignité, une énergie tranquille qui la séduisit. « Relevez-vous, Arstan Barbe-Blanche. Bienvenue à vous, Belwas le Fort. Vous connaissez déjà ser Jorah. Voici Ko Aggo et Ko Jhogo, le sang de mon sang. Ils ont traversé le désert rouge avec moi et vu naître mes dragons.

— Des gamins du cheval. » Belwas sourit à pleines dents. « Dans les arènes, Belwas a tué beaucoup de gamins du cheval. Ça tintinnabule en mourant. »

L'*arakh* surgit dans le poing d'Aggo. « Jamais j'ai tué un gros lard marron. Belwas sera le premier.

— Rengaine ta lame, sang de mon sang, dit Daenerys, cet homme vient me servir. Veuillez quant à vous respecter mon peuple, Belwas, ou vous quitterez mon service plus tôt qu'il ne vous plairait, et avec plus de cicatrices qu'à votre arrivée. »

Le large sourire acéré du colosse s'évanouit au profit d'un embarras teigneux. Les hommes ne devaient guère, manifestement, menacer Belwas, et moins encore les fillettes trois fois plus petites que lui.

Afin d'atténuer la cuisson de la rebuffade, Daenerys se fit enjôleuse : « Si vous me disiez à présent ce que convoite maître Illyrio, pour vous avoir fait entreprendre un si long voyage ?

— Il voudrait les dragons, répondit brutalement Belwas, et la fille qui les fait. Il voudrait vous avoir.

— Nous avons en effet pour mission de retrouver Votre Grâce, enchaîna Arstan, pour La ramener à Pentos. Les Sept Couronnes ont besoin de vous. Robert l'Usurpateur est mort, et le royaume saigne. À notre appareillage de Pentos, quatre rois se le disputaient, et il n'y régnait que l'iniquité. »

Le cœur épanoui de joie, Daenerys se garda d'en rien manifester. « J'ai trois dragons, dit-elle, et une bonne centaine de gens dans mon *khalasar*, avec leurs biens et leurs chevaux.

— Aucun problème, tonna Belwas. On prend tout. Le gros lard loue trois bateaux pour sa petite reine aux cheveux d'argent.

— C'est exact, Votre Grâce, intervint Arstan Barbe-Blanche. Le grand cotre *Saduleon*, qui se trouve à quai, là-bas, et les galères *Joso pimpante* et *Soleil d'été*, mouillées en arrière du brise-lames. »

Trois têtes a le dragon, songea Daenerys, perplexe. « Je vais dire à mon peuple de s'apprêter à partir sur-le-champ. Mais les navires qui me ramènent chez moi doivent changer de nom.

— S'il vous agrée, soit, dit Arstan. Comment souhaitez-vous qu'ils s'appellent ?

— *Vhagar*, répondit-elle. *Meraxès*. Et *Balerion*. Faites peindre ces noms sur les coques en lettres d'or de trois pieds de haut, Arstan. Je veux qu'en les voyant chacun sache que les dragons sont de retour. »

ARYA

On avait fait mariner les têtes dans le goudron pour en ralentir la putréfaction. Chaque fois qu'elle allait au puits, le matin, tirer de l'eau pour les ablutions de Roose Bolton, Arya ne pouvait éviter de les apercevoir, tout là-haut. Leur orientation vers l'extérieur l'empêchait d'en distinguer les traits, mais elle aimait à se figurer que le joli museau de Joffrey faisait partie du lot puis à imaginer ce qu'il donnerait mariné dans le goudron. *Si j'étais un corbeau, je volerais lui becqueter ses grosses lèvres boudinées de crétin boudeur.*

Les têtes ne manquaient pas d'assidus. Les corbeaux charognards qui assiégeaient la porterie d'immondices rauques fondaient au créneau se chicaner chaque œil avec force *croâ* voraces et vindicatifs, quitte à se renvoler lorsqu'une sentinelle arpentait le chemin de ronde. Parfois, les oiseaux du mestre descendaient de la roukerie, vastes ailes noires déployées, banqueter aussi. Survenaient-ils que s'éparpillaient leurs congénères plus petits, mais prêts à revenir sitôt la place libre.

Se souviennent-ils de mestre Tothmure ? se demandait-elle. *Le pleurent-ils ? S'étonnent-ils, quand ils l'appellent, de n'en pas obtenir de réponse ?* Peut-être leur parlait-il, mort, quelque langue secrète inaudible aux vivants.

Tothmure avait tâté de la hache pour les oiseaux dépêchés à Castral Roc et à Port-Réal lors de la chute de Harrenhal ; l'armurier Lucan pour les armes forgées à l'intention des Lannister ; matrone Harra pour les ordres donnés à la maisonnée de lady Whent de servir l'ennemi ; l'intendant pour les clefs du trésor remises à lord Tywin. Épargné, le cuisinier (pour avoir, chuchotaient d'aucuns, préparé la soupe de belette), mais aux ceps la jolie Pia et toutes les femmes qui avaient accordé leurs faveurs aux soldats Lannister. Entravées près de la fosse à l'ours, elles étaient, nues et tondues, à la disposition de quiconque en aurait fantaisie.

Trois hommes d'armes Frey usaient d'elles en rigolant très fort quand, ce matin-là, Arya se rendit au puits. Il lui fut moins malaisé d'affecter la cécité que la surdité. Une fois plein, le seau pesait énormément. Comme elle s'écartait pour le remporter au Bûcher-du-Roi, matrone Amabel lui saisit le bras. L'eau inonda les jambes de la femme. « Tu l'as fait exprès ! glapit-elle.

— Que me voulez-vous ? » Elle se tortillait pour desserrer l'étau. Amabel était à demi démente depuis le supplice d'Harra.

« Vois ça ? » Elle indiqua Pia, de l'autre côté de la cour. « Prendras sa place, le jour où tombera ton type du Nord.

— Fichez-moi la *paix* ! » Plus elle se démenait pour se libérer, plus se resserrait l'étreinte.

« Parce qu'il *tombera*, lui aussi. Harrenhal finit toujours par les démolir. Maintenant qu'il a remporté la victoire, lord Tywin va ramener toutes ses forces ici, et ce sera son tour de châtier les déloyaux. Et ne t'imagine pas qu'il ne saura pas ce que tu as fait ! » La vieille éclata de rire. « Te rendrai la monnaie moi-même. Avec le vieux balai d'Harra. Vais le mettre de côté pour toi. Il a un manche plein de nœuds, d'échardes et... »

Arya lui balança le seau à la volée, mais le poids de l'eau en fit tourner l'anse entre ses mains, si bien qu'au lieu d'atteindre Amabel en pleine figure comme escompté, elle la trempa seulement de la tête aux pieds. Non sans la consolation que la vieille l'avait lâchée. « Ne me touchez *jamais*, vociféra-t-elle, ou je vous *tuerai* ! *Foutez le camp !* »

Telle une noyée, matrone Amabel brandit un doigt maigre vers l'écorché cousu sur la tunique d'Arya. « Si tu crois que ce pantin saignant va te protéger, tu te goures ! Les Lannister viennent ! Gare à toi quand ils seront là ! »

Les trois quarts de l'eau s'étant répandus au cours de la rixe, Arya dut en puiser d'autre. *Si j'avisais lord Bolton des propos qu'elle m'a tenus, sa tête irait avant ce soir rejoindre celle d'Harra*, songea-t-elle tout en remontant le seau. Mais elle n'en ferait rien.

Gendry l'avait un jour surprise à contempler les têtes – deux fois moins alors qu'à présent. « Admires ton œuvre ? » demanda-t-il. D'un ton colère, elle le savait, parce qu'il aimait bien Lucan, mais l'accusation était trop injuste. « C'est celle de Walton Pelote-d'acier, se défendit-elle. Et des Pitres, et de lord Bolton.

— Et c'est qui qui nous a livrés à eux ? Toi et ta soupe de belette. »

Elle lui boxa le bras. « Du bouillon, pas plus. Ser Amory, tu le détestais, toi aussi.

— Je déteste pire ceux-ci. Ser Amory se battait pour son suzerain. Les Pitres sont que des reîtres et des tourne-casaque. La moitié peut même pas parler notre langue. Septon Utt tripote les petits garçons, Qyburn pratique la magie noire, et ton ami Mordeur *bouffe* les gens. »

Le plus dur était qu'elle ne pouvait contester ces dires. Harrenhal devait aux Braves Compaings l'essentiel de son approvisionnement, et Roose Bolton les avait chargés d'extirper partout les Lannister. Afin de visiter le plus possible de villages, Varshé Hèvre avait formé quatre bandes distinctes. Il conduisait en personne la plus importante, les autres ayant à leur tête ses capitaines les plus inconditionnels. Les méthodes de lord Varshé pour dénicher les traîtres amusaient infiniment Rorge. Il se contentait de revenir là où il s'était déjà illustré sous la bannière de lord Tywin et d'y saisir ses précédents collaborateurs. Et comme nombre de ceux-ci ne l'avaient aidé que contre espèces bien sonnantes, les Pitres revenaient avec autant de sacs d'argent que de paniers de têtes. « Devinette ! beuglait allégrement Huppé. Si la chèvre à lord Bolton croque les gens qui nourrissaient la chèvre à lord Lannister, combien de chèvres ça fait-y ?

— Une, répondit Arya lorsqu'il la lui soumit.

« — Une belette aussi maligne qu'une chèvre, holà ! »
pouffa le Louf.

En fait de vilenie, Rorge et Mordeur ne déparaient nullement la clique. À chacun des repas que prenait lord Bolton avec la garnison, Arya les retrouvait dans le tas. Vu que Mordeur puait comme un vieux fromage, ses compagnons le reléguaient seul en bas de table, et il y grognait et sifflait tout à son aise en déchiquetant sa viande à coups de griffes et de crocs. Qu'elle vînt à passer dans les parages, et il *reniflait*, mais c'est Rorge qui la terrifiait le plus. De sa place, auprès de Loyal Ursywck, il ne cessait de la peloter des yeux pendant qu'elle vaquait à ses occupations.

Elle regrettait parfois de n'avoir pas suivi Jaqen H'ghar au-delà du détroit. Et son dépit s'exaspérait devant la grotesque piécette qu'il lui avait donnée. Un bout de fer pas plus gros qu'un sou et rouillé sur la tranche. L'une des faces portait une inscription bizarre – des caractères illisibles –, l'autre une tête d'homme, mais tellement usée que les traits ne s'en discernaient plus. *Il a eu beau m'en vanter la valeur extrême, ce n'était là sans doute qu'un mensonge, un de plus, comme son nom et jusqu'à sa figure.* Un accès de rage la lui avait fait jeter, mais elle en éprouva des remords si cuisants qu'au bout d'une heure il lui fallut coûte que coûte la récupérer, fût-ce pour des prunes.

Elle était en train d'y songer, tout en traversant la cour aux Laves, arc-boutée pour traîner son seau quand : « Nan ? héla-t-on. Pose ça et viens m'aider. »

Pas plus vieux qu'elle, Elmar Frey était en outre fluet pour son âge. À force de rouler un baril de sable sur le sol raboteux, il avait le teint violacé d'un apoplectique. Elle alla lui donner un coup de main. Après avoir poussé le baril ensemble jusqu'au mur et retour, ils le mirent en position verticale. Tandis qu'elle écoutait s'écouler le sable vers le fond, Elmar soulevait le couvercle et retirait un haubert de mailles. « Assez net, tu crois ? » Il devait, en sa qualité d'écuyer de Roose Bolton, le maintenir bien rutilant.

« Secoue-le d'abord. Encore des traces de rouille, là, tu vois ? » Elle montra du doigt. « Ferais mieux de recommencer.

— Fais-le, toi. » Fort amical lorsqu'il lui fallait de l'aide, il ne manquait jamais, ensuite, de se rappeler leurs statuts respectifs de vulgaire servante et de noble écuyer. Il se rengorgeait volontiers d'être le fils du seigneur du Pont, pas un neveu, pas un bâtard ni un petit-fils, ça non ! le fils légitime, et, à ce titre, se flattait d'épouser rien de moins qu'une princesse.

Sa précieuse princesse, Arya s'en battait l'œil, et recevoir des ordres de lui, non merci. « Me faut apporter son eau à m'sire. Il est dans sa chambre, couvert de sangsues. Pas les noires banales, les grosses blanchâtres. »

Elmar arrondit des yeux gros comme des œufs durs. Les sangsues lui faisaient horreur, surtout les grosses blanchâtres et leur aspect gélatineux quand elles n'étaient pas gorgées de sang. « J'oubliais, t'es trop maigrichonne pour pousser un baril si lourd.

— Et toi trop bête, j'oubliais. » Elle rempoigna son seau. « Tu devrais peut-être essayer les sangsues. Il y en a, dans le Neck, de grosses comme des porcs. » Et de les planter là, son baril et lui.

Elle trouva la chambre bondée. En sus de Qyburn, qui était de service, s'y pressaient le glacial Walton, en cotte de mailles et jambières, et une douzaine de Frey, tous frères, demi-frères et cousins. Roose Bolton reposait sur son lit, à poil, des sangsues cramponnées à l'intérieur des bras, des jambes et un peu partout sur son torse blême. De longues choses translucides qui viraient au rose luisant pendant qu'elles pompaient leur vie. Bolton les ignorait aussi superbement qu'il ignora Arya.

« Nous ne devons pas laisser lord Tywin nous enfermer dans la nasse d'Harrenhal », disait ser Aenys Frey pendant qu'elle remplissait la cuvette. Géant gris et voûté, l'œil rouge et chassieux, des battoirs énormes et tordus, ser Aenys avait amené quinze cents épées des Jumeaux, mais commander, ne fût-ce qu'à ses propres frères, semblait souvent le désemparer. « Il faut toute une armée pour tenir ce château immense, et, une fois cernés, nous ne pouvons *nourrir* une armée. Ni nous bercer d'ailleurs d'y pouvoir stocker suffisamment de provisions. Le pays est en cendres, les bourgades abandonnées aux loups, les récoltes incendiées ou déjà pillées. Alors que l'automne est sur nous, nos magasins sont vides, et on ne va rien planter. Nous ne subsistons qu'à force de fourrager, et si les Lannister viennent à nous l'interdire, nous en serons réduits d'ici une lune au cuir de chaussure et aux rats.

— Je ne compte pas soutenir de siège. » Roose Bolton parlait si bas que chacun devait tendre l'oreille et que, dans ses appartements, l'ambiance était toujours étrangement feutrée.

« Mais alors quoi ? » demanda ser Jared Frey. Il était maigre, menacé par la calvitie, grêlé. « Sa victoire a-t-elle enivré ser Edmure Tully au point qu'il envisage d'affronter lord Tywin en rase campagne ? »

Il le rossera, s'il le fait, songea-t-elle. *Il le rossera comme à la Ruffurque, vous verrez.* En douce, elle alla se placer auprès de Qyburn.

« Lord Tywin se trouve à des lieues d'ici, répliqua paisiblement Bolton. Il lui reste à régler des tas de choses à Port-Réal. Il ne marchera pas de sitôt contre Harrenhal. »

Ser Aenys secoua la tête d'un air buté. « Vous connaissez moins bien les Lannister que nous, messire. Le roi Stannis aussi se figurait lord Tywin au diable, et il lui en a cuit. »

Un léger sourire erra sur les lèvres de l'homme pâle qui, sur le lit, gavait les sangsues de son sang. « Je ne suis pas du genre à me laisser cuire, ser.

— Même en admettant que Vivesaigues aligne toutes ses forces et que le Jeune Loup survienne de l'ouest, comment nous flatter d'avoir l'avantage du nombre ? Quand il paraîtra, lord Tywin le fera avec des effectifs autrement considérables qu'à la Verfurque. Hautjardin s'est rallié à Joffrey, je vous signale !

— Merci de me le rappeler.

— J'ai déjà goûté des geôles de lord Tywin, intervint ser Hosteen qui, voix de rogomme et bouille carrée, passait pour le plus énergique des Frey. Je n'ai aucune envie de subir à nouveau son hospitalité. »

Frey lui aussi, mais par sa mère, ser Harys Haigh branla vigoureusement du chef. « Si lord Tywin a su défaire un adversaire aussi chevronné que Stannis Baratheon, que pèsera contre lui notre jeune roi ? » Il quêta d'un regard circulaire l'appui de ses frères et cousins qui ne furent guère à lui marchander un murmure approbateur.

« Quelqu'un doit avoir le courage de le dire, abonda ser Hosteen, la guerre est perdue. Il faut amener le roi Robb à voir les choses sous cet angle. »

Les prunelles pâles de Bolton s'appesantirent sur lui. « Sa Majesté a battu les Lannister à chaque rencontre.

— Mais perdu le Nord, objecta ser Hosteen, perdu *Winterfell* ! Ses frères sont morts, et... »

Sous le choc, Arya omit de respirer. *Morts, Bran et Rickon ? Morts ? Que veut-il dire ? Que veut dire son allusion à Winterfell ? Joffrey n'a pu prendre Winterfell, jamais Robb ne l'aurait toléré, jamais... !* Puis elle se souvint que Robb ne se trouvait pas à Winterfell mais là-bas, dans l'ouest, que Bran était infirme et Rickon âgé d'à peine quatre ans. Il lui fallut se concentrer très fort, ainsi que le lui avait enseigné Syrio Forel, pour demeurer muette, impavide et aussi inerte qu'un meuble. Des larmes lui montèrent aux yeux, que sa volonté refoula. *Ce n'est pas vrai, cela ne peut être, c'est une fable Lannister.*

« Stannis aurait gagné, tout serait différent... lâcha mélancoliquement Ronel Rivers, l'un des bâtards de lord Walder.

— Il a perdu, le rabroua ser Hosteen. Désirer le contraire ne le fera pas advenir. Le roi Robb doit faire sa paix avec les Lannister. Il doit déposer la couronne et ployer le genou, quelque déplaisir qu'il en éprouve.

— Et qui se chargera de l'en aviser ? » Roose Bolton sourit. « C'est merveilles que d'avoir, en des temps si troublés, tant de frères aussi valeureux. Je vais méditer vos propos. »

Son sourire valait congé. Les Frey se répandirent en courbettes avant de se retirer. Seuls restèrent, en plus d'Arya, Qyburn et Walton Pelote-d'acier. Lord Bolton la fit approcher d'un signe. « Assez de saignée. Ôte-moi les sangsues, Nan.

— Tout de suite, messire. » Roose Bolton détestait avoir à répéter ses ordres. Elle brûlait de lui demander ce qu'avait voulu dire ser Hosteen à propos de Winterfell mais n'osa. *J'interrogerai Elmar*, se dit-elle. *Lui m'éclairera.* Les sangsues frétillaient mollement sous ses doigts tandis qu'elle les prélevait une à une, blafardes et gluantes, boursouflées de sang. *De simples sangsues*, se ressassait-elle. *Il me suffirait de fermer le poing pour les écrabouiller.*

« Il est arrivé une lettre de dame votre épouse. » Qyburn extirpa de sa manche un parchemin roulé. En dépit de ses robes de mestre, il ne portait pas de chaîne ; il s'en était vu, murmurait-on, priver pour ses barbotages dans la nécromancie.

« Lis toujours », dit Bolton.

Sa lady Walda lui écrivait des Jumeaux presque tous les jours, mais pour dire invariablement les mêmes choses. « Je prie pour vous matin, midi et soir, cher seigneur, rabâchait la présente, et je compte les jours en attendant que vous reveniez partager ma couche. Faites vite, et je vous donnerai maints fils légitimes pour remplacer votre bien-aimé Domeric et gouverner après vous Fort-Terreur. » À ces mots, Arya se représenta un poupon rose et grassouillet que dans son berceau tapissaient des sangsues grassouillettes et roses.

Elle remit à lord Bolton une serviette humide pour éponger sa chair glabre et flasque. « Je compte moi-même expédier une lettre, souffla-t-il à l'adresse du ci-devant mestre.

— À lady Walda ?

— À ser Helman Tallhart. »

Une estafette de celui-ci s'était présentée l'avant-veille. Un court siège lui avait permis de reprendre le château des Darry contre la reddition de la garnison Lannister.

« Dites-lui que Sa Majesté lui ordonne de passer les captifs au fil de l'épée, d'incendier le château puis d'opérer sa jonction avec Robett Glover et de se rabattre à l'est vers Sombreval. C'est une région opulente et que les combats n'ont fait qu'effleurer. Il est temps qu'elle en goûte. Glover a perdu un château, Tallhart un fils. Qu'ils se vengent sur Sombreval.

— Je vais rédiger le message pour le soumettre à votre sceau, messire. »

L'idée qu'on allait brûler le château des Darry ravit Arya. C'est là qu'on l'avait ramenée comme une prisonnière après son altercation avec Joffrey, là que la reine avait contraint Père à tuer la louve de Sansa. *Pas volé, qu'il brûle.* Mais elle déplorait que Robett Glover et ser Helman Tallhart ne reviennent pas à Harrenhal ; leur départ précipité l'avait prise de court, avant qu'elle ne fût parvenue à trancher s'il était possible de leur révéler son secret.

« J'irai chasser, aujourd'hui, annonça Roose Bolton pendant que Qyburn l'aidait à enfiler un justaucorps matelassé.

— Est-ce bien prudent, messire ? s'inquiéta Qyburn. Voilà seulement trois jours, des loups ont attaqué les gens de septon Utt. Ils se sont aventurés jusqu'au cœur de son bivouac, à moins de cinq pas du feu, et lui ont tué deux chevaux.

— C'est justement eux que je veux traquer. La nuit, leurs hurlements m'empêchent presque de fermer l'œil. » Il boucla son ceinturon, rectifia l'inclinaison du poignard et de l'épée. « On raconte que les loups-garous, jadis, écumaient le Nord par meutes de cent et plus et ne craignaient ni homme ni mammouth, mais cela se passait dans une autre époque et un autre pays. Que ces vulgaires loups du sud se montrent si hardis me paraît curieux.

— À temps épouvantables, choses épouvantables, messire. »

Quelque chose qui pouvait passer pour un sourire découvrit les dents de Bolton. « Ces temps sont-ils si épouvantables, mestre ?

— L'été n'est plus, et le royaume a quatre rois.

— Un roi peut être épouvantable, mais quatre ? » Il haussa les épaules. « Ma pelisse, Nan. » Elle la lui apporta. « Que mes appartements soient propres et rangés d'ici mon retour, ajouta-t-il tandis qu'elle la lui agrafait. Sans oublier la lettre de lady Walda.

— Votre servante, messire. »

Sur ce, les deux hommes sortirent sans lui condescendre fût-ce un coup d'œil. Une fois seule, elle prit la lettre, la jeta dans l'âtre et tisonna les bûches pour ranimer la flamme. Elle regarda le parchemin se tordre, noircir, s'embraser. *Si les Lannister ont osé toucher à Bran et Rickon, Robb les tuera, tous tant qu'ils sont. Il ne ploiera jamais le genou, jamais, jamais, jamais. Il n'a peur d'aucun d'eux.* Des bribes de cendres s'envolaient vers la cheminée. Arya s'accroupit près du feu et les contempla s'élever, toutes voilées de pleurs brûlants. *Si Winterfell n'est plus, vraiment, est-ce ici que je suis chez moi ? Suis-je encore Arya, ou seulement Nan la bonniche, et pour toujours toujours toujours ?*

Les quelques heures qui suivirent, elle les consacra au ménage des appartements. Elle balaya la vieille jonchée, en répandit une fraîche au parfum délicat, rebâtit le feu, changea les draps, fit bouffer le matelas de plumes, vida les pots de chambre à la garde-robe et les récura, charria chez les blanchisseuses une brassée de vêtements souillés, remonta des cuisines une jatte de poires d'automne croquantes. La chambre achevée, elle dévala une demi-volée de marches pour nettoyer à son tour la loggia qui, pour n'être guère meublée que de courants d'air, était aussi vaste que les grandes salles de bien des castels. Des bougies ne restait que la souche, elle les remplaça. Sous les baies se dressait l'énorme table de chêne qui servait au seigneur de bureau. Elle rempila les livres, rassembla plumes, encre et cire à cacheter.

Une grande basane en lambeaux gisait en travers de la paperasse. Arya l'enroulait déjà quand ses couleurs lui sautèrent aux yeux : le bleu des lacs et des rivières, un point rouge à l'emplacement des villes et des châteaux, le vert des bois. Du coup, elle l'étala. Les Terres du Trident, proclamait au bas de la carte une inscription enluminée. Tous les détails étaient là, sous ses yeux, depuis le Neck jusqu'à la Néra. *Harrenhal, là, en haut du grand lac*, vit-elle, *mais où se trouve Vivesaigues ?* Elle finit par le repérer. *Pas tellement loin...*

L'après-midi n'étant guère avancé quand elle eut achevé sa besogne, elle porta ses pas vers le bois sacré. En tant qu'échanson de Bolton, elle était moins accablée que du temps de Weese ou même de Zyeux-roses, malgré le désagrément d'avoir à s'habiller en page et à se débarbouiller un peu trop souvent. Et comme les chasseurs ne reviendraient pas avant des heures, rien ne s'opposait à ce qu'elle s'offrît quelques menus travaux d'aiguille.

Elle tailla tant et tant dans les feuilles de bouleau que la pointe ébréchée de son bâton de bruyère en devint verte et poisseuse. « Ser Gregor, murmura-t-elle dévotement, Dunsen, Polliver, Raff Tout-miel. » Elle toupilla, sauta, se tint en équilibre sur la pointe des pieds tout en poussant des bottes de-ci de-là, faisant valser des pignes. « Titilleur », invoquait-elle tantôt, tantôt « le Limier », tantôt « ser Ilyn, ser Meryn, la reine Cersei ». Le tronc d'un chêne se dressa devant elle, et elle se fendit sur lui, grondant : « Joffrey ! Joffrey ! Joffrey ! » Les rayons du soleil et les ombres des frondaisons lui mouchetaient les bras, les jambes. Elle avait la peau luisante de sueur quand elle s'interrompit. Et, comme une écorchure qu'elle s'était faite au talon droit saignait, c'est à cloche-pied qu'elle se planta devant l'arbre-cœur et le salua de l'épée. « *Valar morghulis* », dit-elle aux vieux dieux du Nord. Elle adorait la sonorité de ces mots quand elle les proférait.

Comme elle traversait la cour en direction des bains, elle aperçut un corbeau qui descendait en cercle vers la roukerie. D'où venait-il ? et porteur de quel message ? *De Robb, peut-être, pour nous annoncer qu'il n'y avait rien de vrai, à propos de Bran et Rickon.* Elle se mâchouilla la lèvre, pleine d'espoir. *Si j'avais des ailes, je volerais à Winterfell me rendre compte de mes propres yeux. Et si la nouvelle m'était confirmée, je reprendrais aussitôt mon essor et, dépassant la lune et les étoiles scintillantes, je verrais tout ce que nous narrait Vieille Nan, les dragons, les monstres marins, le Titan de Braavos, et peut-être que je ne reviendrais jamais, sauf si j'en avais envie.*

La chasse ne reparut qu'aux approches du crépuscule, avec neuf loups morts. Sept étaient adultes ; de grosses bêtes brun-gris, puissantes et d'aspect féroce, avec leurs longs crocs jaunes découverts sur un ultime grondement. Les deux derniers n'étaient guère que des chiots. Lord Bolton ordonna de coudre toutes les peaux pour s'en faire une couverture. « Le poil des petits est encore doux comme du duvet, messire, observa l'un des hommes. Tirez-en plutôt une jolie paire de gants bien douillets. »

Bolton jeta un coup d'œil aux bannières qui claquaient en haut des tours de la porterie. « Ainsi que les Stark nous le rappellent volontiers, l'hiver vient. Des gants, soit. » Il distingua Arya parmi les badauds. « Un flacon de vin bouillant et bien épicé, Nan, je me suis gelé dans les bois. Ne le laisse pas refroidir, surtout. Je suis d'humeur à dîner seul. Pain d'orge, beurre et sanglier.

— Tout de suite, messire. » La seule réponse qui convînt toujours.

Tourte était en train de fabriquer des galettes d'avoine quand elle pénétra aux cuisines. Deux cuistots désarêtaient du poisson, et un marmiton tournait un sanglier au-dessus des flammes. « Messire veut son dîner, et du vin aux épices pour la descente, proclama-t-elle, mais surtout pas froid. » L'un des hommes se lava les mains, prit une bouilloire et l'emplit d'un rouge sirupeux et corsé. Tourte reçut mission de râper les épices pendant que le vin chauffait. Arya s'approcha pour l'aider.

« M'en charge, dit-il d'un ton revêche. Pas besoin de tes leçons pour savoir comment faire. »

Lui aussi me déteste. Ou je lui fais peur. Elle battit en retraite, plus attristée qu'irritée. Quand tout fut prêt, les cuistots posèrent une cloche d'argent sur les mets et enveloppèrent le flacon dans un linge épais. À l'extérieur s'installait la nuit. En haut du rempart, les corbeaux marmonnaient autour des têtes comme des courtisans autour de leur souverain. L'un des gardes plantés à la porte du Bûcher-du-Roi lança plaisamment : « J'espère qu' c'est pas d' la soupe de b'lette ! »

Assis près du feu, Roose Bolton était plongé dans la lecture d'un gros bouquin relié de cuir quand elle entra.

« Allume un peu, ordonna-t-il tout en tournant une page. Commence à faire noir, ici. »

Elle déposa le repas près de lui et obtempéra. Le clignotement des chandelles se mêla sourdement dans la pièce au parfum de girofle. Du bout du doigt, Bolton tourna quelques pages supplémentaires puis, fermant le volume, le plaça soigneusement dans les flammes et le regarda s'y consumer, ses yeux pâles allumés de reflets. Un *wouf* et le vieux cuir sec s'embrasa, puis les pages jaunies se feuilletèrent en brûlant comme sous la main d'un lecteur fantôme. « Je n'aurai plus besoin de toi, ce soir », dit-il, toujours sans se retourner.

Alors qu'elle aurait dû s'esquiver, silencieuse comme une souris, quelque chose la retint. « Messire, demanda-t-elle, m'emmènerez-vous quand vous quitterez Harrenhal ? »

Au regard qu'il posa sur elle, on aurait juré que son dîner venait de lui adresser la parole. « T'ai-je donné la permission de m'interroger, Nan ?

— Non, messire. » Elle baissa le nez.

« Alors, tu n'aurais pas dû parler. Si ?

— Non. Messire. »

Il eut un moment l'air amusé. « Je vais te répondre, juste cette fois. J'entends donner Harrenhal à lord Varshé, lorsque je regagnerai le nord. Tu resteras ici, avec lui.

— Mais je ne... » commença-t-elle.

Il la coupa. « Je n'ai pas pour habitude de me laisser questionner par les serviteurs, Nan. Me faut-il t'arracher la langue ? »

Elle le savait capable de le faire avec autant d'aisance qu'un autre en met à rabrouer un chien. « Non, messire.

— Ainsi, plus un mot ?

— Non, messire.

— Dans ce cas, file. J'oublierai cette impertinence. »

Elle fila, mais pas se coucher. Comme elle abordait les ténèbres extérieures, le factionnaire de la porte lui dit avec un hochement : « Tourne à l'orage... Sens pas ? » Des rafales mordantes torturaient les torches plantées au rempart le long de la file de têtes. En retournant vers le bois sacré, elle passa devant la tour Plaintive où elle avait naguère vécu dans la terreur de Weese. Les Frey se l'étaient adjugée pour résidence depuis la prise d'Harrenhal. D'une fenêtre se déversait le tohu-bohu rageur de disputes entremêlées de discussions. Elmar était assis sur le perron, seul.

« Qu'est-ce qui t'arrive ? » demanda-t-elle. Il avait le museau sillonné de larmes.

« Ma princesse... ! pleurnicha-t-il. Aenys dit qu'on est déshonorés. Un oiseau est arrivé des Jumeaux. Le seigneur mon père veut que j'épouse quelqu'un d'autre, ou je serai septon, sinon. »

Une princesse idiote, songea-t-elle, *vraiment pas de quoi chialer.* « Il paraîtrait que mes frères sont morts », glissa-t-elle.

Il lui décocha un regard de mépris. « Palpitant, les frères d'une bonniche. »

Elle l'aurait volontiers rossé. Se contenta de lancer : « Crève ta princesse ! » et détala sans demander son reste.

Après avoir récupéré la latte dans sa cachette, elle se rendit devant l'arbre-cœur et s'agenouilla. Les feuilles rouges frémissaient. Les yeux rouges la sondaient jusqu'au fond du cœur. *Les yeux des dieux.* « Dites-moi, vous, dieux, ce que je dois faire », pria-t-elle.

Un long moment s'écoula sans qu'elle perçût rien d'autre que le bruit du vent, le murmure de l'eau, le frou-frou des feuilles contre l'écorce. Et puis, loin, loin, bien au-delà du bois sacré, des tours hantées et des gigantesques murailles de pierre d'Harrenhal, monta le long hurlement solitaire d'un loup. Elle en eut la chair de poule et comme un vertige. Jusqu'à ce que la voix de Père, oh, ténue, si ténue, chuchotât : « Lorsque la neige se met à tomber et la bise blanche à souffler, le loup solitaire meurt, mais la meute survit. »

« Mais je n'ai pas de meute », souffla-t-elle au barral. Bran et Rickon étaient morts, les Lannister tenaient Sansa, Jon était parti pour le Mur, et Robb... « Je ne suis même plus moi, je suis Nan. »

« Tu es Arya de Winterfell, fille du Nord. Tu m'as affirmé que tu étais capable de te montrer forte. Le sang du loup coule dans tes veines. »

« Le sang du loup. » Elle se souvenait, à présent. « Je serai aussi forte que Robb. J'ai promis de l'être. » Elle prit une profonde inspiration puis, levant à deux mains son épée factice, l'abattit brusquement sur son genou. Le bâton s'y rompit avec un gros *crrrac* ! et elle en jeta les morceaux. *Je suis un loup-garou. Terminé, les quenottes en bois.*

Allongée sur son étroite couchette jonchée de paille urticante, elle prêta cette nuit-là l'oreille, en attendant que se lève la lune, aux voix des vivants et des morts qui conversaient tout bas. Les seules en qui désormais elle aurait confiance. Par-dessus le timbre de sa propre haleine, elle entendait celui des loups, une forte meute, à présent. *Beaucoup plus proches que n'était celui de tout à l'heure, dans le bois sacré*, nota-t-elle. *Et c'est à moi que leurs appels s'adressent.*

Elle finit par se glisser de sous la couverture et, enfilant à la hâte une tunique, descendit l'escalier nu-pieds. Roose Bolton étant la prudence incarnée, l'accès au Bûcher-du-Roi demeurait gardé jour et nuit. Aussi dut-elle s'esquiver par un soupirail du cellier. La cour était muette, et abandonné à ses hantises l'immense château. Au-dessus s'affûtait la bise aux moindres interstices de la tour Plaintive.

Les feux de la forge étaient éteints, ses portes closes et verrouillées. Arya s'y insinua néanmoins par une fenêtre, ainsi qu'elle avait déjà fait naguère. Une fois parvenue dans le galetas que Gendry partageait avec deux autres apprentis, elle attendit à croupetons d'avoir suffisamment accommodé pour être absolument sûre de la place qu'il y occupait. Alors, elle lui posa une main sur la bouche et le pinça. Il ouvrit les yeux. Son sommeil ne devait pas être bien profond. « *S'il te plaît...* » souffla-t-elle. Elle lui libéra la bouche et pointa l'index.

Elle eut d'abord l'impression qu'il ne comprenait pas, mais il finit par repousser ses couvertures et, nu comme un ver, alla revêtir une camisole de bure avant de descendre à son tour. Les autres dormeurs n'avaient pas bougé. « Qu'est-ce que tu veux encore ? demanda-t-il tout bas d'un ton exaspéré.

« — Une épée.

— Poucenoir les garde toutes sous clef, je te l'ai déjà répété cent fois. C'est pour lord Sangsue ?

— Pour moi. Brise la serrure avec ton marteau.

— Et on me brisera la main, grommela-t-il. Ou pire.

— Pas si tu t'enfuis avec moi.

— Fuis, ils te rattraperont et te tueront.

— Ils te feront pire. Lord Bolton va donner Harrenhal aux Pitres Sanglants, il me l'a dit. »

Il repoussa les mèches noires qui lui barraient l'œil. « Et alors ? »

Elle le regarda froidement, bien en face. « Alors, dès que Varshé Hèvre sera le maître, il tranchera les pieds de tous les serviteurs pour les empêcher de s'enfuir. Forgerons inclus.

— Des blagues, fit-il avec dédain.

— Non, c'est vrai. J'ai entendu de mes propres oreilles lord Varshé le dire, mentit-elle. Il va trancher un pied à tout le monde. Le gauche. Va aux cuisines réveiller Tourte, il t'écoutera, toi. Il nous faut des galettes d'avoine ou du pain ou n'importe quoi. Charge-toi des épées, moi, je me charge des chevaux. On se retrouve à la poterne du mur est, derrière la tour des Spectres. Personne n'y vient jamais.

— Je connais. Gardée, comme toutes les autres.

— Eh bien ? tu n'oublieras pas les épées ?

— J'ai jamais dit que je venais.

— Non. Mais, si tu viens, tu n'oublieras pas les épées ? »

Il fronça le sourcil. « Non, lâcha-t-il enfin, je parie que non. »

Rentrée au Bûcher-du-Roi comme elle en était sortie, elle gravit le colimaçon, furtive et attentive à étouffer ses pas. Sitôt dans sa cellule, elle ôta sa tunique pour s'habiller soigneusement : sous-vêtements doubles, chausses bien chaudes et sa tunique la plus propre. À la livrée de lord Bolton. Sur la poitrine étaient cousues les armes parlantes de Fort-Terreur : l'écorché. Après avoir lacé ses chaussures, elle drapa ses maigres épaules dans une cape de laine qu'elle se noua sous le menton. Après quoi, silencieuse comme une ombre, elle redescendit l'escalier jusqu'à la porte de la loggia devant laquelle elle s'immobilisa, l'oreille aux aguets. Silence total. Elle poussa lentement le vantail.

La carte de basane se trouvait toujours sur la table, à côté des reliefs du dîner. Elle la rafla et en fit un mince rouleau qu'elle enfila dans sa ceinture. Elle prit également la dague de lord Bolton qui traînait par là. Juste au cas où Gendry se dégonflerait.

Un cheval hennit tout bas lorsqu'elle se faufila dans les ténèbres des écuries. Les palefreniers roupillaient. Elle agaça les côtes de l'un d'eux du bout de l'orteil jusqu'à ce qu'il se mette sur son séant et, pâteux, bafouille : « Hé ? Qu'y a ?

— Lord Bolton demande trois chevaux sellés et harnachés. »

Le valet se jucha sur pied tout en épluchant la paille qui lui hérissait la tignasse. « Bouh, à c'te heure ? ch'vaux, tu dis ? » Il loucha vers l'emblème Bolton. « Veut faire quoi, de ch'vaux, dans l' noir ?

— Lord Bolton n'a pas pour habitude de se laisser questionner par les serviteurs. » Elle se croisa les bras.

Il demeurait comme fasciné par l'écorché. Il en connaissait la signification. « Trois, tu dis ?

— Un deux trois. Des chevaux de chasse. Vitesse et sûreté du pied. » Elle l'aida à trimbaler selles et harnais, qu'il n'ait pas besoin d'éveiller les autres. Elle espérait qu'on ne le maltraiterait pas, par la suite, mais ne se faisait guère d'illusions.

Le plus dur était de mener les montures à travers le château. Elle demeura le plus possible à l'ombre du mur de courtine. Ainsi les sentinelles qui arpentaient le chemin de ronde ne l'apercevraient-elles qu'à condition de regarder juste en dessous. *Et le feraient-elles, qu'importe ? Je suis l'échanson personnel de messire, après tout.* La nuit était glaciale et humide, une nuit d'automne. De l'ouest accouraient des nuages qui dissimulaient les étoiles, et la tour Plaintive répondait aux rafales par des mugissements lugubres. *Sent la pluie...* Propice ou néfaste à leur évasion ? Elle ne savait.

Personne ne la vit, et elle ne vit personne, hormis un matou gris et blanc qui, sur le mur d'enceinte du bois sacré, s'immobilisa pour cracher vers elle, suscitant par là le souvenir de Père et du Donjon Rouge et de Syrio Forel. « Je t'attraperais si je le voulais, lui jeta-t-elle à voix basse, mais je dois partir, chat. » Le matou déguerpit sur un dernier crachat.

La tour des Spectres était la plus en ruine des cinq tours gigantesques d'Harrenhal. Elle se dressait, sombre et désolée, derrière les vestiges chaotiques d'un septuaire où seuls venaient prier les rats depuis près de trois siècles. C'est là qu'elle se posta pour voir si Tourte et Gendry la rejoindraient. L'attente lui parut interminable. Les chevaux se mirent à grignoter les herbes folles qui surgissaient des monceaux de pierre, pendant que les nuages achevaient de gober la dernière étoile. Arya tira la dague et l'aiguisa pour s'occuper les mains. À longs effleurements tendres, ainsi que le lui avait enseigné Syrio. Le crissement régulier lui rendit son calme.

Elle les entendit venir bien avant de les apercevoir. Tourte, qui haletait comme un bœuf, trébucha dans le noir et, en s'éraflant le jarret, jura de manière à réveiller la moitié d'Harrenhal. Gendry se montrait plus discret, mais les épées qu'il charriait ferraillaient à chacun de ses mouvements. « Je suis là. » Elle se dressa devant eux. « Silence, ou on va vous entendre. »

Les garçons la rejoignirent cahin-caha parmi les amas de ruines. Gendry portait sous son manteau de la maille huilée, vit-elle, et son marteau de forgeron lui battait le dos. La bouille ronde et rouge de Tourte prétendait s'enfouir dans un capuchon, il tenait sous l'aisselle gauche une grosse forme de fromage et à la main droite un sac de pain. « Y a un garde, à ta poterne, chuchota Gendry, je t'avais bien dit.

— Restez avec les chevaux, répondit-elle. Je vais m'occuper de lui. Vous arrivez dès que j'appelle. »

Gendry acquiesça d'un signe, mais Tourte : « Ulule comme une chouette quand tu veux qu'on vienne.

— Je ne suis pas une chouette, répliqua-t-elle. Je suis un loup. Je hurlerai. »

Toute seule, elle se glissa dans l'ombre de la tour des Spectres. Elle allait bon train pour se préserver de la peur, et cela lui donnait l'impression que Syrio Forel marchait à son côté, ainsi que Yoren et Jaqen H'ghar et Jon Snow. Elle n'avait pas pris l'épée que Gendry lui destinait. Plus tard. En l'occurrence, la dague irait mieux. Une bonne lame effilée. Percée dans un angle de l'enceinte au bas d'une tour de défense, la poterne était la plus modeste d'Harrenhal : rien de plus qu'une porte étroite de chêne massif et clouté de fer. Aussi n'y postait-on qu'un homme, mais encore fallait-il également compter avec les senti-nelles nichées en haut de la tour comme avec celles qui faisaient les cent pas au rempart. À elle d'être, quoi qu'il advînt, silencieuse comme une ombre. *Il ne doit pas pousser un cri.* Quelques gouttes éparses s'étaient mises à tomber. Elle en sentit une s'écraser sur son front puis dégouliner lentement le long de son nez.

Loin d'essayer de se dissimuler, elle approcha le garde ouvertement, comme si lord Bolton en personne la lui envoyait. Il la regarda venir d'un air intrigué. Quelle mis-sion pouvait bien amener un page dans ces parages au plus noir de la nuit ? Un homme du Nord, s'aperçut-elle tout en avançant, très grand, très mince, et emmitouflé dans une pelisse élimée. Ce qui compliquait tout. Rouler un Frey ou l'un des Braves Compaings ne la tracassait pas, mais un des gens de Fort-Terreur... Ils avaient servi Roose Bolton leur vie durant, le connaissaient plus à fond qu'elle. *Si je lui dis que je suis Arya Stark et lui ordonne de me laisser passer...* Non. C'était trop risqué. Il était bien du Nord, mais pas de Winterfell. Il appartenait à Roose Bolton.

Au moment de l'aborder, elle écarta les pans de son manteau pour bien mettre en évidence l'emblème à l'écorché. « Lord Bolton m'envoie.

— À c'te heure ? Pour quoi faire ? »

Sous la fourrure se discernait le miroitement de l'acier. Aurait-elle assez de force pour transpercer la cotte de mailles ? *Sa gorge, il me faut sa gorge, mais il est trop grand.* Une seconde, elle ne sut que dire. Une seconde, elle ne fut plus à nouveau qu'une petite fille, une petite fille effarée, la pluie coulant sur son visage comme des larmes.

« Il m'a chargée de remettre à chacun de ses gardes une pièce d'argent, en récompense de leurs bons et loyaux services. » Les mots semblaient surgir de nulle part.

« D'argent, tu dis ? » Il ne la croyait pas mais avait *envie* de la croire, l'argent étant après tout l'argent. « Donne, alors. »

Elle plongea la main sous sa tunique et finit par y attraper la pièce donnée par Jaqen. Dans le noir, le fer pouvait passer pour de l'argent terni. Elle la tendit... et la laissa s'échapper de ses doigts.

En la maudissant dans sa barbe, l'homme mit un genou en terre pour s'emparer de la pièce, et sa nuque se retrouva juste à la bonne hauteur. Arya dégaina, et la dague ouvrit le gosier d'une caresse aussi satinée que soierie d'été. Le sang chaud lui inonda brusquement les mains, le type essaya de crier, mais il ne vomit qu'une gorgée de sang.

« *Valar morghulis* », chuchota-t-elle comme il se mourait.

Quand il eut cessé de bouger, elle ramassa la pièce. Hors les murs, un loup étourdit Harrenhal d'un long hurlement. Elle releva la barre, la rabattit sur le côté, ouvrit le lourd vantail de chêne. La pluie tombait à verse lorsque Gendry et Tourte arrivèrent avec les chevaux. « Tu l'as *tué* ! s'étrangla Tourte.

— Tu croyais que je ferais quoi ? » Elle avait les doigts tout empoissés de sang, et l'odeur en rendait nerveuse sa jument. *Bah*, songea-t-elle en se mettant en selle, *la pluie va les nettoyer*.

SANSA

Un océan de pierreries, de fourrures et de tissus somptueux. Les dames et les seigneurs qui emplissaient le fond de la salle du Trône ou en tapissaient les bas-côtés sous les grandes baies se bousculaient comme des poissardes à la criée.

La cour de Joffrey rivalisait de frais vestimentaires pour l'occasion. Jalabhar Xho s'était tellement emplumé, et emplumé de manière si faramineuse, qu'il paraissait prêt à prendre son essor. Pour peu qu'il dodelinât sous sa couronne de cristal, le Grand Septon vous fulgurait mille arcs-en-ciel. À la table du Conseil flamboyaient les brocarts d'or à crevés de velours grenat de la reine Cersei tout contre les moires clinquantes et les chichis lilas de Varys. Ser Dontos et Lunarion s'étaient vu accoutrer de bariolures neuves et rutilaient comme des matins printaniers. Des atours pareils de satin turquoise rehaussé de vair enjolivaient jusqu'à lady Tanda et ses filles, tout comme lord Gyles le mouchoir incarnat de soie bouillonné de dentelle d'or où enfouir ses quintes. Et, planant là-dessus sous le faix de sa couronne d'or parmi les barbelures agressives du trône de Fer, Sa Majesté Joffrey, tout lampas écarlate et taffetas noir constellé de rubis.

Se faufilant dans une cohue d'écuyers, chevaliers, bourgeois cossus, Sansa parvenait enfin sur le devant de la tribune quand une sonnerie de trompettes annonça l'entrée de lord Tywin Lannister.

Celui-ci remonta toute l'allée centrale sur son destrier pour ne démonter qu'au pied du trône. Jamais Sansa n'avait vu d'armure comparable à celle qu'il portait : toute d'acier rouge bruni, tout incrustée de filigranes et de rinceaux d'or, elle arborait des rondelles en forme d'échappées solaires ; le lion rugissant qui faîtait le heaume avait des yeux de rubis ; à chaque épaule, une lionne agrafait un manteau de brocart d'or si vaste qu'il drapait en plombant tout l'arrière-train du cheval. Lequel n'était pas moins doré sur tranche et bardé de soieries écarlates frappées au lion Lannister.

L'effet produit par le sire de Castral Roc en cet appareil était si sensationnel que sa monture estomaqua l'assistance en égrenant un chapelet de crottin juste au bas du trône. Ce qui contraignit non seulement Joffrey à un détour précautionneux pour descendre accoler son grand-père et le proclamer Sauveur de la Ville mais Sansa à dissimuler derrière sa main un rictus nerveux.

Joff prit sa mine la plus théâtrale pour prier lord Tywin d'assumer la gouvernance du royaume, charge que lord Tywin accepta d'un ton solennel « jusqu'à la majorité de Votre Majesté ». Des écuyers désarmèrent alors celui-ci qui, sitôt le col ceint par le roi lui-même avec la chaîne de la Main, s'en fut prendre place à la table du Conseil auprès de sa fille. Une fois remmené le destrier puis évacué son hommage, la cérémonie se poursuivit sur un simple signe de Cersei.

Chacun des héros qui franchissait les immenses portes de chêne se vit dès lors saluer par une fanfare éclatante. Les hérauts proclamaient hautement, que nul n'en ignore, ses patronyme et prouesses, et gentes dames autant que nobles chevaliers l'ovationnaient avec une ferveur digne de coupe-jarrets massés pour un combat de coqs. En premier lieu fut ainsi honoré Mace Tyrell, sire de Hautjardin, dont la vigueur ancienne s'était singulièrement empâtée, mais qui n'en conservait pas moins une belle prestance. Le suivaient ses deux fils, ser Loras et ser Garlan le Preux. Tous trois étaient vêtus de même, velours vert soutaché de martre.

À nouveau, le roi descendit – grâce insigne – de son perchoir pour les accueillir et leur ceindre au col une chaîne de roses en or massif jaune qui comportait en pendentif un disque d'or au lion Lannister scintillant de rubis. « Les roses, soutien du lion, déclara Joffrey, comme la puissance de Hautjardin soutient le royaume. S'il est la moindre faveur que vous désiriez requérir de moi, requérez, et vous l'obtiendrez. »

Nous y voici, songea Sansa.

« Sire, dit ser Loras, daignez m'accorder l'honneur de servir dans votre Garde, afin de défendre votre personne contre ses ennemis. »

Joffrey releva le chevalier des Fleurs et le baisa sur la joue. « C'est chose faite, frère. »

Lord Tyrell s'inclina. « Il n'est plus grand plaisir que de servir le bon plaisir du roi. Si je n'étais jugé par trop indigne de me joindre à votre Conseil, vous n'auriez pas de plus loyal et fidèle serviteur que moi. »

Joff lui posa la main sur l'épaule et le baisa lorsqu'il se fut relevé. « Votre désir est exaucé. »

De cinq ans l'aîné, ser Garlan était une espèce de réplique agrandie, barbue de son fameux frère. Avec plus de coffre et de carrure, il ne laissait pas d'être assez avenant, mais ses traits n'avaient pas tant de finesse ni tant d'éclat. « Sire, déclara-t-il comme le roi l'abordait, j'ai une jeune sœur, Margaery, qui fait les délices de notre maison. Elle était, ainsi que vous le savez, l'épouse de Renly Baratheon, mais son départ pour la guerre empêcha celui-ci de consommer le mariage, de sorte qu'elle a conservé son innocence. Or, à force de s'entendre vanter votre sagesse, votre bravoure et vos manières chevaleresques, Margaery s'est éprise à distance de votre personne. Je vous prie de la faire venir et de daigner prendre sa main pour unir à jamais à la vôtre notre maison. »

Le roi Joffrey joua les étonnés. « Malgré la réputation que s'est acquise la beauté de votre sœur dans les Sept Couronnes, ser Garlan, je me trouve engagé à une autre. Un roi se doit de tenir parole. »

La reine Cersei se dressa dans des froufrous soyeux. « Votre Conseil restreint, Sire, opine qu'il ne serait point judicieux ni séant à vous d'épouser non seulement la fille d'un homme exécuté pour forfaiture mais la sœur d'un homme toujours en rébellion ouverte contre le trône. Aussi conjure-t-il Votre Majesté de renoncer, pour le bien du royaume, à Sansa Stark. Lady Margaery vous sera une reine incomparablement mieux assortie. »

Telle une bande de toutous savants, dames et seigneurs de l'assistance clabaudèrent instantanément leur enthousiasme. « *Margaery !* jappaient-ils à l'envi, donnez-nous Margaery ! » et : « Point de reine félonne ! Tyrell ! Tyrell ! »

Joffrey leva la main. « Je serais trop heureux de combler les vœux de mon peuple, Mère, mais j'ai juré une foi que je ne saurais violer. »

Le Grand Septon s'avança. « Si les fiançailles sont effectivement sacrées, Sire, au regard des dieux, il n'en est pas moins vrai que le roi Robert, bénie soit sa mémoire, avait conclu cette alliance avant que les Stark de Winterfell ne révélassent leur duplicité. Leurs crimes contre le royaume vous ont délié de tous les engagements que vous aviez pu prendre précédemment. D'un point de vue strictement religieux, le contrat de mariage entre votre auguste personne et Sansa Stark est d'évidence nul et non avenu. »

Des acclamations délirantes emplirent la salle du Trône et, tout autour de Sansa fusèrent des « *Margaery ! Margaery !* ». Les doigts crispés sur la main courante de bois, elle se pencha pour mieux voir. Tout en sachant ce qui allait venir, elle redoutait les paroles que proférerait Joffrey, craignait qu'il ne refusât de la libérer, même à présent qu'en dépendait le sort du royaume entier. Il lui sembla qu'elle se trouvait à nouveau sur le perron de marbre du Grand Septuaire, attendant de son prince qu'il lui accordât la grâce de Père et l'entendant, au lieu de cela, ordonner à ser Ilyn de le décapiter. *Pitié*, pria-t-elle de toute son âme, *pitié, faites qu'il le dise, faites qu'il le dise*.

Lord Tywin dévisageait son petit-fils. Lequel lui répondit par un coup d'œil maussade avant d'avancer relever ser Garlan Tyrell. « Par un effet de la bonté divine, me voici libre d'écouter mon cœur. J'épouserai votre chère sœur, et de grand gré, ser. » Il baisa la joue barbue de son vis-à-vis sous un ouragan d'ovations.

Elle en éprouva pour sa part une sensation bizarrement vertigineuse. *Délivrée, je suis délivrée.* Les yeux s'attachaient sur elle. *Me garder de sourire,* s'enjoignit-elle. La reine l'en avait assez chapitrée ; quels que fussent vos sentiments intimes, le monde n'en devait rien lire sur votre visage. « Gare à vous si vous humiliez mon fils, avait dit Cersei. M'entendez-vous ?

— Oui. Mais puisque je ne dois pas être reine, que va-t-il advenir de moi ?

— Cela reste à débattre. Pour l'heure, vous resterez à la Cour comme notre gage.

— Je veux rentrer chez moi. »

La reine avait manifesté son agacement. « N'auriez-vous toujours pas compris qu'aucun de nous ne fait ce qu'il veut ? »

J'y suis arrivée, pourtant, songea Sansa. *Je suis délivrée de Joffrey. Je n'aurai pas à l'embrasser ni à lui donner ma virginité ni à lui faire ses enfants. À Margaery Tyrell, la pauvre, toutes ces corvées.*

Quand le tapage se fut éteint, le sire de Hautjardin siégeait à la table du Conseil, et ses fils se trouvaient sous les baies parmi les chevaliers et hobereaux. Sansa s'efforça de feindre une désolation de répudiée tandis que l'on introduisait pour toucher leur récompense d'autres héros de la bataille de la Néra.

S'avancèrent de la sorte Paxter Redwyne, sire de La Treille, entre ses deux fils, Horreur et Baveux, celui-là boquillonnant par suite d'une blessure ; lord Mathis Rowan, doublet neigeux brodé d'arborescences d'or ; lord Randyll Tarly, maigre et déplumé, le dos barré par le fourreau joaillier d'un estramaçon ; ser Kevan Lannister, autre déplumé mais trapu, barbe taillée court ; ser Addam Marpheux, chevelu de cuivre jusqu'aux épaules, et les grands vassaux de l'Ouest Lydden, Crakehall, Brax.

Leur succédèrent quatre moindre-nés qui s'étaient distingués durant les batailles : ser Philip Pièdre, en tuant en combat singulier lord Bryce Caron ; le franc-coureur

Lothor Brune qui, en se forçant passage au travers d'une centaine de Fossovoie pour capturer ser Jon de la branche verte et tuer ser Edwyd et ser Bryan de la rouge, s'était acquis le sobriquet de Croque-pomme ; le grison Willit, homme d'armes au service de ser Harys Swyft, si grièvement blessé en dégageant son maître écrasé par l'agonie de sa monture et en le défendant contre une meute d'agresseurs qu'on l'apporta sur un brancard ; enfin, un écuyer duveteux du nom de Josmyn Dombecq que ses quatorze ans tout au plus n'avaient pas empêché d'abattre deux chevaliers, d'en blesser un troisième et d'en capturer deux de plus.

Après que les hérauts eurent fini de détailler tous ces exploits, ser Kevan, qui avait pris place auprès de son frère, lord Tywin, se leva. « N'ayant plus cher désir que de rétribuer ces braves à la hauteur de leur mérite, Sa Majesté décrète ce qui suit : ser Philip sera dorénavant lord Philip Pièdre, et à sa maison écherront les terres, privilèges et revenus de la maison Caron ; élevé à la dignité de chevalier d'ores et déjà, Lothor Brune se verra fieffé dès la guerre achevée d'un domaine et d'un manoir sis dans le Conflans ; en sus d'une épée, d'une armure de plates et d'un destrier de son choix dans les écuries royales, Josmyn Dombecq accédera à la chevalerie sitôt atteint l'âge requis ; quant au valeureux Willit, il recevra une pique à hampe cerclée d'argent, un haubert de mailles nouvellement forgé et un heaume à visière ; en outre, ses fils seront admis à Castral Roc auprès de la maison Lannister, l'aîné en qualité d'écuyer, le plus jeune en qualité de page, avec, sous réserve de bons et loyaux services, promesse d'être un jour adoubés chevaliers. Toutes décisions auxquelles acquiescent la Main du Roi comme les membres du Conseil restreint. »

Sur ce furent honorés les capitaines des vaisseaux de guerre royaux *Prince Aemon*, *Flèche de rivière* et *Bourrasque*, ainsi qu'une poignée de sous-officiers des *Grâce divine*, *Pertuisane*, *Soyeuse* et *Bélier* dont le titre de gloire le plus remarquable était, pour autant du moins qu'en pût juger Sansa, d'avoir survécu. Piètre motif à se glorifier... Le roi exprima de même sa gratitude aux maîtres de la guilde des alchimistes et lordifia Hallyne le Pyromant mais sans le doter, nota-t-elle, ni de terres ni d'un castel, ce qui rendait la lorderie de l'impétrant aussi *factice* que celle du castrat Varys. Autrement conséquente était celle que conféra Joffrey à ser Lancel Lannister, auquel advenaient les château, droits et propriétés de la maison Darry, éteinte en la personne d'un bambin qui avait péri au cours des affrontements, « sans laisser de descendance légitime ni d'héritier légal par le sang, n'ayant qu'un cousin bâtard ».

Ser Lancel ne se présenta pas pour recevoir son titre ; sa blessure, à ce qu'on disait, le menaçait de perdre le bras, voire même la vie. Le Lutin lui-même passait pour agoniser d'une formidable plaie au crâne.

À l'appel du héraut : « *Lord Petyr Baelish !* », celui-ci progressa vers le pied du trône, tout atourné de tons roses et prune sous un manteau chamarré de moqueurs, et, non sans sourire, s'agenouilla. *Exulte-t-il... !* À la connaissance de Sansa, Littlefinger ne s'était signalé durant la bataille par aucune espèce d'héroïsme mais, à l'évidence, il n'en escomptait pas moins une éclatante récompense.

Ser Kevan se leva derechef. « Sa Majesté désire que son loyal conseiller Petyr Baelish soit récompensé pour les services éminents qu'il n'a cessé de rendre à la Couronne et au royaume. Chacun sache en conséquence qu'à lord Baelish est offert, avec toutes les terres et revenus y afférents, le château d'Harrenhal pour en faire sa résidence et y exercer pleine et entière suzeraineté sur tout le Trident. Lui-même et ses fils et petits-fils étant appelés à conserver cette dignité et à en jouir pour jamais, les seigneurs riverains lui rendront hommage comme de droit. Ainsi consentent la Main du Roi et le Conseil restreint. »

Toujours à genoux, Littlefinger leva les yeux vers le roi. « Mille humbles grâces, Sire. Me voici tenu, je présume, d'œuvrer à me faire une postérité. »

Joffrey se mit à rire, et la Cour s'esclaffa. *Seigneur suzerain du Trident*, se dit Sansa, *et sire d'Harrenhal, en plus*. Elle ne voyait pas là de quoi se montrer si ravi ; toutes ces gratifications étaient aussi creuses que le titre d'Hallyne le Pyromant. Sur Harrenhal planait une malédiction, nul ne l'ignorait, et les Lannister ne le possédaient même plus. En outre, les seigneurs riverains étant les vassaux jurés de la maison Tully, de Vivesaigues et du roi du Nord, jamais ils n'accepteraient pour suzerain ce Littlefinger. *À moins de s'y trouver contraints. À moins que mon frère et mon oncle et mon grand-père ne soient tous abattus et tués.* Cette idée l'angoissa, mais elle s'accusa de sottise. *Robb les a déconfits à chaque rencontre. Il déconfira lord Baelish de même, au besoin.*

Plus de six cents nouveaux chevaliers furent faits ce jour-là. Après avoir veillé toute la nuit dans le Grand Septuaire de Baelor, ils avaient, le matin, traversé la ville nu-pieds pour prouver l'humilité de leurs cœurs. Et voici qu'ils approchaient, simplement vêtus de sarraus de laine écrue, pour se faire adouber par la Garde. Une cérémonie d'autant plus interminable que la célébraient seulement trois des Frères de la Blanche Épée. Comme Mandon Moore avait péri durant la bataille, que le Limier s'était évaporé, qu'Aerys du Rouvre se trouvait à Dorne auprès de la princesse Myrcella, et que Jaime Lannister était prisonnier de Robb, la confrérie se voyait réduite à Balon Swann, Meryn Trant et Osmund Potaunoir. Une fois consacrés, les récipiendaires se levaient, bouclaient leur ceinture et allaient se placer sous les baies. La marche à travers la ville avait ensanglanté les pieds de certains, mais Sansa leur trouva néanmoins fière allure et grand air.

Dès avant qu'ils n'eussent tous reçu leur *ser*, l'assistance avait commencé de manifester son impatience, et plus que quiconque Joffrey. Certains des spectateurs de la tribune s'étaient bien éclipsés en catimini, mais les notables, en bas, étaient pris au piège, qui devaient attendre le congé du roi. À en juger par la manière dont il gigotait sur le trône de Fer, Joff le leur aurait accordé volontiers, mais sa tâche était loin d'être terminée. Car avec l'introduction des prisonniers s'annonçait maintenant l'envers de la médaille.

Cette nouvelle compagnie comportait aussi grands seigneurs et nobles chevaliers : ce vieux fielleux de lord Celtigar, le Crabe rouge ; lord Estremont, plus caduc encore ; ser Bonifer le Généreux ; lord Varnier, qu'un genou brisé força de sautiller tout du long mais qui refusa toute aide ; ser Mark Mullendor, visage terreux, le bras gauche amputé à hauteur du coude ; le farouche Red Ronnet, de Perche-Griffon ; ser Dermot, de Bois-la-Pluie ; lord Willum et ses fils, Elyas et Josua ; ser Jon Fossovoie ; ser Timon Râpe-épée ; Aurane, bâtard de Lamarck ; lord Staedmon, alias Grippe-sou ; des centaines d'autres...

À ceux qui avaient changé de camp durant la bataille, il suffisait de prêter allégeance à Joffrey, mais ceux qui s'étaient battus pour Stannis jusqu'à l'amertume finale devaient prendre la parole. De ce qu'ils diraient dépendrait leur sort. S'ils imploraient le pardon de leur forfaiture et promettaient de servir loyalement à l'avenir, Joffrey saluait leur retour à la paix du roi et les rétablissait dans tous leurs domaines et prérogatives. Quelques-uns persistèrent à le défier, néanmoins. « Ne t'imagine pas que c'est terminé, mon gars ! lança l'un d'eux, bâtard de quelque Florent, semblait-il. Le Maître de la Lumière protège le roi Stannis et le protégera toujours. Toutes tes manigances et toutes tes épées ne te sauveront pas, quand sonnera son heure.

— La *tienne* vient à l'instant de sonner ! » Joffrey ordonna à ser Ilyn Payne d'emmener l'insolent et de lui trancher la tête. Mais à peine eut-on entraîné celui-ci qu'un chevalier à la physionomie austère et au surcot frappé du cœur ardent vociféra : « Stannis est le roi authentique ! Sur le trône de Fer est assis l'abominable fruit d'un monstrueux inceste !

— Silence ! » aboya ser Kevan.

Le chevalier n'en hurla que plus fort : « Joffrey est le ver noir qui ronge le cœur du royaume ! Ténèbres fut son père, et sa mère Mort ! Anéantissez-le avant qu'il ne vous gangrène tous ! Anéantissez-les, la reine putain comme son ver de fils, l'ignoble gnome et l'araignée perfide, les fleurs mensongères ! » Un manteau d'or eut beau le jeter violemment à terre, il poursuivit : « Il va surgir, le feu purificateur ! Le roi Stannis va revenir ! »

Joffrey bondit sur ses pieds. « C'est *moi*, le roi ! Tuez-le ! tuez-le sur-le-champ ! Je le veux ! » Il abattit sa main en un geste de mort furieux... et poussa un glapissement. Il venait de s'écorcher le bras sur l'un des crocs acérés qui l'environnaient. L'éclatante écarlate de sa manche s'assombrit sous l'afflux du sang. « *Mère !* » larmoya-t-il.

Profitant de ce que l'on n'avait plus d'yeux que pour le roi, l'homme à terre subtilisa la pique d'un manteau d'or et, s'appuyant dessus pour se remettre debout, cria : « Le trône le récuse ! *Il n'est pas le roi !* »

Cependant que Cersei volait vers son fils, lord Tywin, lui, demeurait de marbre. Et il n'eut qu'à brandir l'index pour que s'anime Meryn Trant, lame au clair, et que tout s'achève. Les manteaux d'or empoignèrent le chevalier, lui ramenèrent les bras en arrière, et, comme il criait à nouveau : « *Pas le roi !* », l'épée de ser Meryn lui perça la poitrine.

Trois mestres accourus trouvèrent Joff enfoui au giron de sa mère et l'emballèrent par l'entrée du roi. Du coup, tout se mit à jacasser simultanément. Les manteaux d'or déblayèrent le cadavre qui traça tout du long un sillage vermeil. Lord Baelish se flatta la barbe pendant que Varys lui parlait à l'oreille. *Va-t-on nous congédier ?* se demanda Sansa. Des tas de prisonniers plantonnaient encore, mais qui s'apprêtaient à quoi ? à maudire ou se renier ?

Lord Tywin se dressa de toute sa taille. « Aux suivants, déclara-t-il d'une voix nette et si vigoureuse qu'elle rétablit le silence instantanément. Que ceux qui veulent se repentir de leurs félonies le fassent. Nous ne tolérerons plus de scandale. » Il se dirigea vers le trône de Fer et s'assit sur l'une des marches qui en commandaient l'accès, à trois pieds au-dessus du sol.

Par les baies ne pénétrait plus que le déclin du jour quand la séance tira vers sa fin. L'épuisement faisait tituber Sansa quand elle entreprit de descendre de la tribune. Joffrey s'était-il sérieusement amoché ? *Le trône de Fer a la réputation de se montrer impitoyable envers qui l'usurpe.*

En retrouvant l'asile de sa chambre, elle enfouit son visage dans un oreiller pour étouffer ses cris de joie. *Oh, bonté divine ! il l'a fait ! il m'a répudiée à la face de l'univers !* À l'arrivée de son dîner, peu s'en fallut qu'elle n'embrassât la servante. Au menu, pain chaud, beurre frais, potage de bœuf, chapon aux carottes, pêches au miel. *Les mets eux-mêmes ont davantage de saveur, à présent*, s'émerveilla-t-elle.

La brune venue, elle s'emmitoufla dans un manteau pour se rendre au bois sacré. Revêtu de sa blanche armure, ser Osmund Potaunoir gardait le pont-levis. Sansa prit sa voix la plus misérable pour lui souhaiter le bonsoir mais, à la manière dont il la lorgna, douta s'être montrée pleinement convaincante.

Le clair de lune mouchetait Dontos au travers des feuilles. « Pourquoi cette mine sinistre ? l'interpella-t-elle gaiement. Vous étiez là, vous avez entendu. Joffrey m'a répudiée, il en a terminé avec moi, il... »

Il lui saisit la main. « Oh, Jonquil, ma pauvre Jonquil, vous méprenez-vous ! Terminé avec vous ? Tout juste commencé. »

Elle défaillit. « Que voulez-vous dire ?

— Jamais la reine ne vous laissera partir, jamais. Vous êtes un otage trop précieux. Et Joffrey..., ma chérie, demeure le roi. S'il désire vous voir partager sa couche, il vous aura, mais, au lieu d'enfants légitimes, c'est de bâtards qu'il ensemencera votre sein.

— *Non !* s'exclama-t-elle, horrifiée. Il m'a signifié mon congé, il... »

Ser Dontos lui planta sur l'oreille un baiser visqueux. « Courage ! J'ai juré de vous ramener chez vous, je puis à présent vous tenir parole. Le jour est déjà choisi.

— Quand ? demanda-t-elle. Quand partons-nous ?

— La nuit des noces de Joffrey. Après le banquet. Tout est réglé dans le moindre détail. Le Donjon Rouge pullulera d'étrangers. La moitié de la Cour sera ivre, et l'autre moitié secondera la parade nuptiale de Joffrey. On vous oubliera le temps de ce bref entracte, et nous aurons la pagaille pour allié.

— Mais le mariage n'aura lieu que dans une lune ! Margaery Tyrell se trouve encore à Hautjardin, et l'on vient tout juste de la mander...

— Vous attendez depuis si longtemps, patientez seulement un peu plus. Tenez, j'ai quelque chose pour vous. » Il fouilla dans sa bourse et finit par en extirper une toile d'araignée brillante qu'il laissa pendiller entre ses gros doigts.

C'était une résille d'argent si fine et si délicate qu'elle ne pesait pas plus qu'un soupçon de brise au creux de la paume. À chaque croisement des fils se devinaient d'infimes gemmes si sombres que le clair de lune s'y engloutissait. « Quelle espèce de pierres est-ce là ?

— Des améthystes noires d'Asshaï. La variété la plus rare. D'un violet véritable et abyssal au jour.

— C'est absolument ravissant, dit-elle, tout en pensant : *C'est d'un bateau que j'ai besoin, pas d'une parure pour mes cheveux.*

— Beaucoup plus ravissant que vous ne pensez, chère enfant. C'est magique, en fait, vous savez. C'est la justice que vous tenez là. C'est la vengeance de votre père. » Il se pencha contre elle et l'embrassa de nouveau. « C'est le *chez moi* que vous désiriez. »

THEON

Mestre Luwin vint le trouver dès que parurent sous les murs les premiers éclaireurs. « Messire prince, il faut vous rendre », annonça-t-il.

Theon considéra fixement les galettes d'avoine, le miel et le boudin rouge qu'on lui avait servis pour son déjeuner. Il émergeait nerfs à vif d'une nouvelle nuit d'insomnie, et la seule vue de la nourriture lui donnait des nausées. « Pas de réponse de mon oncle ?

— Aucune, répondit le mestre. Ni de votre père, à Pyk.

— Expédiez de nouveaux oiseaux.

— Inutile. Le temps qu'ils atteignent...

— *Expédiez-en !* » Repoussant violemment le plateau d'un revers de coude, il rejeta ses couvertures et jaillit du lit de Ned Stark nu et furibond. « Ou c'est ma mort que vous voulez ? Est-ce ça, Luwin ? La vérité, maintenant ! »

Le petit homme gris demeura impavide. « Mon ordre sert.

— Certes, mais qui ?

— Le royaume, dit mestre Luwin, et Winterfell. Jadis, Theon, je vous ai enseigné à lire, écrire, compter, l'histoire et le métier militaire. Et je vous aurais enseigné bien davantage si vous aviez manifesté la moindre envie d'apprendre. Je n'irai pas jusqu'à prétendre que je vous aime de tout mon cœur, mais je ne saurais non plus vous haïr. Et vous haïrais-je que, tant que vous tenez Winterfell, mes vœux m'obligent en conscience à vous conseiller. Aussi vous conseillé-je à présent de *vous rendre*. »

Theon se baissa pour ramasser un manteau qui traînait, roulé en boule, dans la jonchée, secoua les brindilles qui le hérissaient, s'en drapa les épaules. *Du feu. Je veux du feu et des vêtements propres. Où est Wex ? Je ne vais quand même pas descendre dans la tombe en tenue crasseuse !*

« Vous n'avez aucune chance de tenir, ici, poursuivit le mestre. Si votre seigneur père avait eu l'intention de vous porter secours, ce serait déjà chose faite. Il ne s'intéresse qu'au Neck. C'est parmi les ruines de Moat Cailin que se livrera la bataille pour le Nord.

— Il se peut, répliqua Theon. Mais, tant que je tiens Winterfell, ser Rodrik et les bannerets Stark ne peuvent marcher vers le sud et tomber sur les arrières de mon oncle. » *Je ne suis pas si ignare en matière de stratégie que tu te figures, vieillard.* « J'ai suffisamment de provisions pour soutenir un an de siège, le cas échéant.

— Il n'y aura pas de siège. Peut-être passeront-ils un ou deux jours à fabriquer des échelles et fixer des grappins en bout de cordes, mais ils ne tarderont pas à submerger vos murs sous cent assauts simultanés. Même en admettant que vous parveniez à garder le donjon quelque temps, le château lui-même sera tombé au bout d'une heure. Vous feriez mieux d'ouvrir vos portes en demandant...

— ... *miséricorde ?* Je sais quel genre de miséricorde ils me réservent.

— Il existe une voie.

— Je suis un Fer-né, lui rappela Theon, j'ai ma propre voie. Quel choix me laissent-ils ? Non, ne répondez pas, j'ai ma claque de vos *conseils*. Allez expédier vos oiseaux, c'est un ordre, et je le maintiens ; et dites à Lorren que je veux le voir. Wex de même. J'entends que ma maille soit impeccable et que ma garnison s'assemble dans la cour. »

Il crut un instant que le mestre allait le défier, mais celui-ci finit par s'incliner roidement. « À vos ordres. »

Cela produisit un rassemblement dérisoire, tant la cour était vaste et limité le nombre des Fer-nés. « Les gens du Nord seront sur nous d'ici ce soir, leur annonça-t-il. Ser

Rodrik Cassel et tous les vassaux qu'a mobilisés son appel. Je ne les esquiverai pas. J'ai pris ce château, j'entends le garder et vivre ou mourir prince de Winterfell. Mais je n'oblige personne à mourir avec moi. Si vous partez sur l'heure, avant que ne survienne le gros des forces de ser Rodrik, vous avez encore une chance de vous en tirer. » Il dégaina sa longue épée pour tracer un trait dans la poussière. « Qui veut rester se battre, un pas en avant. »

Aucun ne pipa. Tous demeurèrent aussi immobiles que s'ils s'étaient, sous leur maille et leurs fourrures et leur cuir bouilli, changés en statues de pierre. Certains échangèrent un regard furtif. Urzen battait mollement la semelle. Dykk Harloi graillonna un glaviot. Un doigt de vent fourragea la longue tignasse blonde d'Endehar.

Theon eut l'impression de couler à pic. *Pourquoi m'étonner ?* songea-t-il mornement. Son père l'avait abandonné, tout comme ses oncles et sa sœur et ce maudit salopard de Schlingue. Pourquoi diable ses hommes auraient-ils dû lui manifester davantage de fidélité ? Il n'y avait là rien à redire, et rien là contre à faire. Il se voyait simplement réduit à jouer les piquets sous les grands murs gris, sous le blanc minéral du ciel, et à attendre, attendre, attendre, l'épée au poing...

Wex fut le premier à franchir la ligne. Trois pas vifs le portèrent aux côtés de Theon, pantelant. Mortifié par l'attitude du gamin, Lorren le Noir suivit, l'œil mauvais. « Qui d'autre ? » lança-t-il. Rolf le Rouge s'avança. Puis Kromm. Werlag. Tymor et ses frères. Ulf la Teigne. Harrag le Voleur-de-moutons. Quatre Harloi, deux Botley. Kenned la Baleine enfin. Dix-sept en tout et pour tout.

Urzen était de ceux qui n'avaient pas bougé. Et Stygg. Et les dix amenés par Asha de Motte-la-Forêt. « Partez, alors, dit Theon. Courez rejoindre ma sœur. Vous recevrez d'elle un chaleureux accueil, je suis sûr. »

À défaut de mieux, Stygg eut la bonne grâce de se montrer honteux. Les autres se retirèrent sans un mot. Theon se tourna vers les dix-sept restants. « Au rempart. Si les dieux consentent à nous épargner, je me rappellerai chacun d'entre vous. »

Ses compagnons partis, Lorren le Noir s'attarda. « Les gens du château se retourneront contre nous dès le début des combats.

— Je sais. Que devrais-je faire, à ton avis ?

— Les foutre dehors. Tous. »

Theon secoua la tête. « La hart est prête ?

— Oui. Comptez vous en servir ?

— Tu vois mieux ?

— Ouais. Je prends ma hache, je me plante sur le pont-levis, et qu'ils viennent se frotter à moi. Un par un, deux, trois, m'est égal. Pas un ne passera la douve tant que j'aurai un souffle d'air. »

Il se propose de mourir, songea Theon. *Ce n'est pas à la victoire qu'il aspire mais à une fin digne d'être chantée.* « Nous utiliserons la hart.

— Soit », répliqua Lorren, l'œil noirci de mépris.

Une fois que Wex l'eut aidé à endosser sa tenue de combat, cuirs bouillis matelassés, cotte de mailles dûment huilée, surcot noir, mantelet d'or, et lui eut remis ses armes, Theon monta dans la tour de guet sise à l'angle des murs est et sud se faire une idée du sort qui l'attendait. Les hommes du Nord se disséminant de manière à parfaire l'encerclement, combien étaient-ils ? difficile à dire. Un millier, voire deux fois plus. *Contre dix-sept.* Ils s'étaient fait suivre de catapultes et de scorpions. Aucune tour de siège ne remontait apparemment la route Royale, mais ce n'était pas le matériau qui manquait dans le Bois-aux-Loups pour en construire tant et plus.

La lunette myrote de mestre Luwin facilita l'examen des bannières. De tous côtés flottait gaillardement la hache de guerre Cerwyn, ainsi que l'arbre Tallhart, le triton de Blancport. Plus clairsemés se révélèrent les emblèmes Flint et Karstark. De-ci de-là s'apercevait encore l'orignac Corbois. *Mais pas de Glover, Asha s'est occupée d'eux, pas de Bolton de Fort-Terreur, pas d'Omble descendus des parages du Mur.* Cela ne modifiait guère, au demeurant, le rapport de forces. Le jeune Cley Cerwyn ne tarda pas à se présenter aux portes et, brandissant en bout de hampe une bannière blanche, à proclamer que ser Rodrik Cassel désirait parlementer avec Theon Tourne-casaque.

Tourne-casaque. Aussi amer à avaler qu'une gorgée de fiel, le terme lui remémora le but initial de son voyage à Pyk : entraîner les boutres de Père contre Port-Lannis... « Je sortirai dans un instant ! cria-t-il. Seul. »

Lorren le Noir signifia sa réprobation. « Seul le sang peut laver le sang, déclara-t-il. Il se peut que les chevaliers respectent leurs trêves avec d'autres chevaliers, mais le point d'honneur les encombre moins quand il s'agit de régler leur compte à ceux qu'ils traitent de bandits. »

Theon se rebiffa. « Je suis le prince de Winterfell et l'héritier des îles de Fer. Va chercher la fille et fais ce que je t'ai dit. »

Regard meurtrier, puis : « Ouais, prince. »

Un de plus contre moi, s'avisa Theon. Il avait depuis quelque temps l'impression que même les pierres de Winterfell s'étaient déclarées ses ennemies mortelles. *Si je meurs, je mourrai sans amis, dans l'abandon le plus total.* Le seul recours était de vivre.

Il gagna la porte à cheval et couronne en tête. Près du puits, une femme remontait son seau. Sur le seuil des cuisines se carrait Gage. Et leur exécration, ils avaient beau la dissimuler sous des airs maussades et des physionomies de bois, Theon ne la percevait que trop clairement.

À l'abaisser du pont-levis, une bise glacée s'engouffra, gémissante, par-dessus la douve, et un frisson lui parcourut la chair. *C'est le froid, voilà tout,* se dit-il, *un frisson, pas un tremblement. La bravoure n'interdit pas de frissonner.* Poussant sa monture dans la gueule même de cette bise, il passa sous la herse et franchit le pont-levis tandis que s'ouvraient devant lui les portes extérieures. En émergeant au bas des murs, il sentit s'appesantir sur lui, du fond des orbites vides, le regard des deux gosses empalés, là-haut.

Ser Rodrik l'attendait au marché, monté sur son hongre pommelé. À son côté claquait, brandie par Cley Cerwyn, la bannière au loup-garou Stark. Personne d'autre sur la place, mais Theon distingua des archers postés sur les toits, tout autour, des piques à sa droite et, à sa gauche, une rangée de chevaliers en selle sous la bannière au triton Manderly. *Chacun d'eux n'aspire qu'à me voir mort.* Il reconnut tel et tel gars avec lesquels il avait jadis trinqué, joué aux dés, voire même troussé la gueuse, mais rien de cela ne le sauverait s'il leur tombait entre les pattes.

« Ser Rodrik. » Il tira sur les rênes. « C'est un chagrin pour moi que de devoir vous considérer comme un ennemi.

— Mon unique chagrin est de devoir attendre l'heure de te pendre. » Le vieux chevalier cracha dans la boue. « Theon Tourne-casaque.

— Je suis un Greyjoy de Pyk, rappela Theon. La casaque où m'emmaillota mon père était frappée d'une seiche, pas d'un loup-garou.

— Tu as été dix ans durant pupille des Stark.

— Otage et prisonnier, dirais-je.

— Lord Eddard aurait peut-être dû dès lors t'enchaîner au mur d'un cachot. Il préféra t'élever parmi ses propres fils, ces enfants que tu as massacrés, et je t'ai, moi, pour ma honte éternelle, exercé aux arts de la guerre. Que ne t'ai-je enfoncé l'épée dans les tripes au lieu de t'en mettre une au poing !

— Je suis venu pour parlementer, pas pour me laisser injurier. Dites ce que vous avez à dire, vieil homme. Que souhaitez-vous obtenir de moi ?

— Deux choses. Winterfell et ta peau. Commande à tes gens d'ouvrir les portes et de déposer les armes. Ceux qui n'ont pas assassiné d'enfants seront libres de se retirer, mais tu relèves de la justice du roi, toi. Puissent les dieux te prendre en compassion quand Robb reviendra.

— Plus jamais le regard de Robb ne se posera sur Winterfell, affirma Theon. Il se brisera sur Moat Cailin, comme l'ont fait depuis dix mille ans toutes les armées du sud. C'est nous qui tenons désormais le Nord, ser.

— Vous tenez trois châteaux, répliqua ser Rodrik, et j'entends reprendre celui-ci, Tourne-casaque. »

Theon affecta un souverain dédain. « Voici mes conditions à *moi*. Vous avez jusqu'à ce soir pour vous égailler. Ceux qui jureront leur foi à Balon Greyjoy en tant que leur roi et à moi-même en tant que prince de Winterfell se verront confirmer dans leurs droits et leurs biens sans souffrir la moindre avanie. Ceux qui nous défieront seront anéantis. »

L'incrédulité fit béer le jeune Cerwyn. « Es-tu fou, Greyjoy ? »

Ser Rodrik secoua la tête. « Rien que vain, mon gars. Theon s'est toujours démesuré sa petite personne, je crains. » Il darda son doigt vers lui. « Ne te fais aucune illusion, surtout. Pour régler leur compte aux ordures de ton espèce, je n'ai que faire d'attendre que Robb ait opéré sa percée dans le Neck. J'amène près de deux mille hommes... et tu en possèdes à peine une cinquantaine, si j'en dois croire mes informateurs. »

Dix-sept, très exactement. Il s'extirpa un sourire. « J'ai mieux que des hommes. » Il agita le poing par-dessus sa tête, ainsi que convenu avec Lorren le Noir.

Les remparts de Winterfell se trouvaient dans son dos mais, les ayant carrément sous le nez, ser Rodrik ne pouvait rater le spectacle, lui. Theon se contenta de scruter sa physionomie. Le tressaillement des bajoues sous les épais favoris blancs suffit à lui révéler dans les moindres détails ce que voyait le vieux chevalier. *Il n'est pas étonné*, s'attrista-t-il, *mais atterré, oui*. « Quelle lâcheté ! grommela ser Rodrik. « Utiliser une enfant si... C'est – c'est infâme.

— Oh, je sais, riposta Theon. C'est un plat dont j'ai goûté moi-même, auriez-vous oublié ? J'avais dix ans lorsqu'on m'a emmené de chez mon père pour s'assurer qu'il ne fomente plus de rébellions.

— Ça n'a rien à voir ! »

Theon demeura impassible. « Mon propre nœud coulant n'était point fait de chanvre, admettons, mais je le sentais tout de même. Et il m'échauffait, ser Rodrik. Il m'échauffait à vif. » Il n'en avait jamais pris pleinement conscience jusqu'alors, mais chaque mot qui débordait le frappait par sa véracité.

« On ne t'a jamais maltraité.

— Non plus qu'on ne maltraitera votre Beth, tant que vous... »

Ser Rodrik ne lui laissa pas le loisir d'achever. « *Vipère !* cracha-t-il, la face empourprée de colère sous les favoris neigeux. Je t'offrais la chance de sauver tes hommes et de mourir avec un rien d'honneur, Tourne-casaque. J'aurais dû savoir que c'était encore trop exiger d'un tueur d'enfants. » Sa main se porta sur la poignée de son épée. « Je devrais t'abattre ici même, à l'instant, que c'en soit terminé de tes mensonges et de tes vilenies. Je devrais, crebleu ! »

Theon ne craignait pas un vieillard branlant, mais ces archers à l'affût, ces piques et cette ligne de chevaliers, c'était une tout autre affaire. Que ces derniers défourraillent, et ses chances de regagner le château vivant pouvaient être comptées pour nulles. « Parjurez-vous en m'assassinant, et vous verrez votre petite Beth s'étrangler au bout de sa corde. »

L'étreinte avait blanchi les jointures de ser Rodrik, mais il finit par relâcher sa prise. « J'ai trop vécu, décidément.

— Ce n'est pas moi qui vais vous démentir, ser. Acceptez-vous mes conditions ?

— J'ai des devoirs envers lady Catelyn et la maison Stark.

— Et envers votre propre maison ? Beth est la dernière de votre sang. »

Le vieux chevalier se redressa de tout son haut. « Laissez-moi prendre la place de ma fille. Relâchez-la, prenez-moi comme otage. Le gouverneur de Winterfell vaut assurément plus cher qu'une enfant.

— Pas à mes yeux. » *Magnifique, mon vieux, ton geste, mais je ne suis pas stupide à ce point.* « Ni, je gage, à ceux de Leobald Tallhart ou de lord Manderly. » *Ta vieille peau piteuse ne vaut pas un clou, ni pour eux ni pour n'importe qui.* « Non, je garde la petite... et elle ne courra aucun risque si vous exécutez mes ordres point par point. Sa vie est entre vos mains.

— Mais, bonté divine ! comment peux-tu agir ainsi, Theon ? Tu sais que je dois attaquer, que j'ai *juré*...

— Si votre armée assiège encore ma porte au coucher du soleil, je fais pendre Beth, assena Theon. Un deuxième otage subira le même sort au point du jour, un troisième au crépuscule et ainsi de suite, matin et soir, jusqu'à ce que vous soyez partis. Les otages ne me manquent pas. » Sans attendre de réponse, il fit volter Blagueur et retourna vers le château, d'abord au pas, mais la hantise des archers dans son dos l'incita bientôt à s'offrir un petit galop. Du haut de leurs piques, les deux crânes enfantins le lorgnaient venir, plus impressionnants à chaque foulée, avec leurs faces écorchées noircies de bitume ; entre eux se tenait, hart au col, Beth Cassel, en larmes. Des deux éperons, Theon lança Blagueur au triple galop. Les sabots crépitèrent sur le pont-levis comme une volée de tambour.

Il sauta de selle dans la cour et, tout en tendant les rênes à Wex, « Ça va peut-être les dissuader, dit-il à Lorren le Noir. Nous le saurons au crépuscule. D'ici là, rentre la gamine et mets-la-moi quelque part au frais. » Sous ses strates de cuir, d'acier, de laine, il était moite de sueur. « Une coupe de vin ne sera pas de trop. L'idéal serait une cuve. »

Un bon feu flambait dans la chambre de Ned Stark. Theon s'assit au coin de la cheminée et se versa un rouge plein de corps qu'on lui avait monté des caves et aussi âpre que son humeur. *Ils attaqueront*, songea-t-il sombrement, les yeux sur les flammes. *Malgré sa passion pour sa fille, ser Rodrik s'en fera une obligation comme gouverneur et, surtout, comme chevalier.* La corde eût-elle enserré la gorge de Theon et lord Balon Greyjoy commandé les troupes, à l'extérieur, que déjà les cors eussent, sûr et certain, sonné l'assaut. Les dieux soient loués, ser Rodrik n'était pas Fer-né... Les hommes des terres vertes étaient certes faits d'une étoffe autrement plus souple, mais souple assez ? Theon n'en eût pas juré.

Si, dans le cas contraire, le vieux donnait l'ordre, en dépit de tout, de monter à l'assaut, Winterfell tomberait, Theon ne se berçait à cet égard d'aucune illusion. Dussent ses dix-sept tuer trois, quatre, cinq fois plus d'adversaires, ils finiraient fatalement par succomber.

L'œil attaché sur les flammes par-dessus le bord de sa coupe, Theon ruminait l'injustice de tout cela. « J'ai chevauché aux côtés de Robb Stark dans le Bois-aux-Murmures », bougonna-t-il. La peur qui l'avait tenaillé, cette nuit-là, bagatelle à côté de celle qu'il éprouvait à présent. C'était une chose que de se jeter dans la mêlée entouré d'amis, c'en était une autre que de périr seul et couvert d'opprobre. *Miséricorde*, songea-t-il misérablement.

Le vin ne lui apportant aucun réconfort, il dépêcha Wex lui chercher son arc, se traîna vers l'ancienne cour intérieure et, campé là, décocha flèche après flèche aux cibles d'entraînement jusqu'à en avoir mal aux épaules et les doigts sanglants, mais sans s'accorder d'autre pause que pour aller récupérer ses flèches avant de recommencer. *C'est avec ce même arc que je sauvai Bran*, se rappela-t-il. *Que ne peut-il me sauver moi-même.* Des femmes vinrent au puits, qui n'eurent garde de s'attarder ; ce qu'elles percevaient de sa physionomie les faisait promptement déguerpir.

Derrière lui se dressait, déchiquetée comme une couronne par l'incendie de ses étages supérieurs, la tour foudroyée jadis. La course du soleil en déplaçait incessamment l'ombre et l'allongeait peu à peu, tel un bras noir brandi vers Theon Greyjoy. Si bien que celui-ci, lorsque le soleil frôla le sommet du rempart, se retrouva pris dans son poing. *Si je pends la gosse, ils attaqueront immédiatement*, se dit-il en lâchant un trait. *Mais si je ne la pends pas, ils sauront que je menace en l'air.* Il encocha une nouvelle flèche. *Pas moyen de sortir de là, pas un.*

« Si vous possédiez une centaine d'archers aussi doués que vous, vous auriez peut-être une chance de tenir », le fit tressaillir une voix paisible.

Mestre Luwin était derrière lui. « Du large ! gronda Theon. J'en ai marre, de vos conseils.

— Et de la vie ? En avez-vous marre aussi, messire prince, de la vie ? »

Il haussa son arc. « Un mot de plus et cette flèche vous perce le cœur.

— Vous n'en ferez rien. »

Theon banda l'arc, et les plumes d'oie grises vinrent effleurer sa joue. « Vous amuse de parier ?

— Je suis votre ultime espoir, Theon. »

Je n'espère rien, songea-t-il, mais il n'en abaissa pas moins l'arc d'un demi-pouce. « Je ne m'enfuirai pas.

— Je ne parle pas de fuite. Prenez le noir.

— La Garde de Nuit ? » Il laissa la corde se détendre lentement puis pointa la flèche vers le sol.

« Ser Rodrik a depuis sa naissance servi la maison Stark, et la maison Stark est depuis toujours l'amie de la Garde. Il ne vous rebutera pas. Ouvrez-lui vos portes, mettez bas les armes, acceptez ses conditions, et il se fera un *devoir* de vous laisser prendre le noir. »

Frère de la Garde de Nuit. Cela signifiait ni couronne ni fils ni femme... mais cela signifiait vivre, et vivre avec honneur. Le propre frère de Ned Stark avait choisi la Garde, ainsi que Jon Snow.

Des tenues noires, une fois arrachée la seiche, j'en ai des tas. Jusqu'à mon cheval qui est noir. Il me serait possible de m'élever haut, dans la Garde – chef des patrouilles, voire même lord Commandant. Qu'Asha garde ces putains d'îles, elles sont aussi rébarbatives qu'elle. Si je servais à Fort-Levant, je pourrais commander mon propre navire, et le gibier abonde, au-delà du Mur. Quant aux femmes, quelle sauvageonne ne désirerait un prince dans son lit ? Un sourire s'ébaucha lentement sur ses traits. *Un manteau noir, ça ne peut pas se retourner. Je me montrerais aussi valeureux que quiconque, et...*

« *PRINCE THEON !* » La brusquerie de l'appel pulvérisa ce rêve éveillé. Kromm accourait à toutes jambes. « Les gens du Nord... »

Une nausée de trouille le submergea. « L'assaut ? »

Mestre Luwin le saisit par le bras. « Il est encore temps. Une bannière blanche...

— Ils se battent ! haleta Kromm. Il en est venu d'autres, des centaines, qui ont d'abord fait mine de se joindre à eux, mais ils leur foncent dedans, maintenant !

— Asha ? » S'était-elle enfin résolue à le sauver ?

Kromm branla du chef. « Non. Des *gens du Nord*, je vous dis ! Avec un homme en sang sur leur bannière. »

L'écorché de Fort-Terreur. Avant sa capture, se souvint Theon, Schlingue appartenait au bâtard Bolton. Qu'une pareille ordure ait pu convaincre les Bolton de changer de camp semblait aberrant, mais comment s'expliquer leur arrivée, sinon ? « Me faut voir ça. »

Mestre Luwin leur emboîta le pas. Une fois parvenus sur l'enceinte extérieure, la place du marché leur apparut jonchée d'hommes morts et de chevaux mourants. Au lieu de lignes de bataille ne se distinguait qu'un magma mouvant de bannières et d'acier. Le frisquet de l'automne retentissait de cris et de beuglements. Si ser Rodrik avait apparemment l'avantage du nombre, les Bolton avaient celui d'un meilleur chef et le bénéfice de la surprise. Theon les contempla charger, tournoyer, charger de nouveau, tailler des croupières sanglantes dans chacune des tentatives de l'ennemi pour se reformer entre les maisons. Du vacarme assourdissant que faisaient les haches en s'abattant sur les boucliers de chêne émergeaient les hennissements claironnants d'un cheval épouvanté par ses mutilations. L'auberge brûlait.

Lorren le Noir surgit aux côtés de Theon et fut longtemps sans prononcer un mot. Déjà bas sur l'horizon, le soleil peignait de rougeoiements sombres les façades et les champs. Un maigre cri de douleur tremblota par-dessus les murs, une sonnerie de cor s'éteignit brusquement derrière des chaumières en feu. Theon regarda un blessé ramper vaille que vaille dans son propre sang que buvait la terre en direction du puits, au centre du marché, et mourir avant de l'atteindre ; il portait un justaucorps de cuir et un heaume conique, mais aucun insigne qui permît d'identifier le parti pour lequel il s'était battu.

Le sol était bleu quand les corbeaux survinrent avec les étoiles du soir. « Les Dothrakis voient dans les étoiles les âmes des preux défunts », dit Theon. Mestre Luwin le lui avait conté, voilà bien longtemps.

« Dothrakis ?

— Les seigneurs du cheval, par-delà le détroit.

— Ah. Eux. » Lorren le Noir grimaça sous sa barbe. « Les sauvages croient toutes sortes de conneries. »

Au fur et à mesure que s'épaississait la nuit et que s'épanchait la fumée, ce qui se passait sous les murs devenait de plus en plus indéchiffrable, mais le fracas du fer s'amenuisa graduellement jusqu'à trois fois rien, les braillements et les sonneries firent place aux plaintes et à de pitoyables gémissements. Une colonne d'hommes à cheval finit par émerger des tourbillons de fumée. À leur tête se trouvait un chevalier revêtu d'une armure sombre. Son heaume arrondi rougeoyait de façon lugubre, et un manteau rose pâle flottait dans son dos. Il tira sur les rênes à l'entrée principale, et l'un de ses gens somma le château d'ouvrir.

« Êtes-vous des amis ou des ennemis ? leur brailla Lorren le Noir.

— Un ennemi apporterait-il d'aussi beaux présents ? » Le heaume rouge agita la main, et trois cadavres basculèrent devant les portes. Une torche vint les illuminer de manière à permettre aux défenseurs de les identifier.

« Le vieux gouverneur, dit Lorren le Noir.

— Ainsi que Leobald Tallhart et Cley Cerwyn. » Une flèche avait crevé l'œil du jeune lord, un bras de ser Rodrik était tranché à hauteur du coude. Avec un cri de détresse inarticulé, mestre Luwin se détourna et tomba à genoux, l'estomac retourné.

« Si ce gros porc de lord Manderly n'avait été trop lâche pour quitter Blancport, on vous l'aurait livré aussi ! » gueula le heaume rouge.

Sauvé, pensa Theon. Pourquoi, dès lors, se sentait-il si vide ? Il la tenait pourtant, la victoire, la douce victoire, la délivrance tant désirée. Il jeta un coup d'œil vers mestre Luwin. *Et dire que j'étais à deux doigts de me rendre et de prendre le noir...*

« Ouvrez les portes à nos amis. » Peut-être allait-il, cette nuit, dormir, dormir enfin sans plus craindre les fantômes qui hantaient ses rêves.

Les gens de Fort-Terreur franchirent la douve et les portes de l'enceinte intérieure. Suivi de Lorren le Noir et de mestre Luwin, Theon les accueillit dans la cour. Des pennons rougeâtres ornaient bien le fer de quelques lances, mais la plupart des survenants ne charriaient que des haches, rapières et boucliers plus ou moins en pièces. « Combien d'hommes avez-vous perdus ? s'enquit Theon pendant que démontait le heaume rouge.

— Vingt ou trente. » Le reflet de la torche éclaboussa l'émail éraillé de sa visière. Heaume et gorgeret affectaient l'effigie d'un visage et de ses épaules écorchés, sanglants. La bouche béait sur un hurlement d'angoisse muet.

« Ser Rodrik vous avait à cinq contre un.

— Ouais, mais il nous a pris pour des potes. Une erreur banale. Quand le vieil idiot m'a tendu la main, je lui ai piqué la moitié du bras. Avant de lui révéler mon visage. » Il porta les deux mains à son heaume, le souleva par-dessus sa tête et le coinça sous son bras.

« Schlingue ! » s'écria Theon, mal à l'aise. *Comment diable un serviteur vulgaire a-t-il pu se procurer une armure aussi splendide ?*

L'autre ricana. « Mort, cette canaille. » Il se rapprocha. « La faute à la fille. Si elle ne s'était pas mise à courir comme une dératée, il n'aurait pas estropié son cheval, et nous aurions pu nous enfuir. Quand j'ai vu les cavaliers, du haut de la crête, je lui ai refilé le mien. J'avais fini la fille, à ce moment-là, mais lui, ça lui plaisait, de prendre la relève tant qu'elles étaient tièdes encore. Il m'a fallu le retirer d'elle et lui fourrer mes propres vête-ments dans les mains – doublet de velours, bottes en veau, ceinturon niellé d'argent, tout, même ma pelisse de zibeline. "File à Fort-Terreur, lui ai-je dit, et ramè-nes-en le plus possible de secours. Prends mon cheval, tu iras plus vite, et, tiens, l'anneau que m'a donné mon père, ça leur prouvera que tu viens de ma part." Il savait que mieux valait ne pas me poser de question... Et moi, le temps qu'on lui fiche une flèche entre les épaules, je m'étais bien barbouillé avec la merde de la fille avant d'endosser sa défroque à lui. Au risque d'ailleurs de me faire pendre, mais j'ai vu là ma seule chance de m'en tirer. » Il se frotta la bouche du dos de la main. « Et main-tenant, mon cher prince, une femme m'était promise si je ramenais deux cents hommes. De fait, j'en ai amené trois fois plus, et pas des bleus, pas des bouseux non plus... – la garnison de mon propre père. »

Theon avait donné sa parole. Et ce n'était pas le moment de flancher. *Paie-lui sa livre de chair, tu lui régle-ras son compte par la suite.* « Harrag, dit-il, rends-toi aux chenils et ramènes-en Palla pour... ?

— Ramsay. » Un sourire flottait sur sa lippe grasse, mais pas l'ombre dans ses prunelles pâles, pâles... ! « Snow, m'appelait ma femme avant de se ronger les doigts, mais je dis Bolton. » Le sourire s'ourla. « Ainsi, vous m'offririez une fille de chenil en récompense de mes bons et loyaux services, c'est bien cela ? »

Quelque chose dans le ton qu'il venait de prendre n'était pas pour plaire à Theon, non plus que l'impudence avec laquelle le toisaient les hommes de Fort-Terreur. « Telles étaient nos conventions.

— Elle pue la crotte de chien. Or il se trouve que, ce genre de fragrances-là, j'en ai satiété. Tout bien réfléchi, je prendrai plutôt votre chaufferette. Vous l'appelez comment, déjà ? Kyra ?

— Êtes-vous fou ? s'emporta Theon. Je vais vous faire... »

Le revers du Bâtard le prit en pleine figure, il entendit sa pommette se pulvériser avec un fracas répugnant sous le gantelet à l'écrevisse, et puis le rugissement pourpre de la douleur abolit l'univers.

Lorsqu'il finit par reprendre conscience, il gisait au sol. Il roula sur son ventre et déglutit une bolée de sang. Essaya bien de gueuler : *Fermez les portes !*, mais il était trop tard. Les types de Fort-Terreur avaient déjà trucidé Rolfe le Rouge et Kenned, et les portes ne cessaient d'en dégorger d'autres, un fleuve ininterrompu de maille et de lames acérées. Il était assourdi de bourdons, et l'horreur l'environnait. Il vit que Lorren le Noir avait tiré l'épée, mais que quatre hommes le serraient de près. Il vit Ulf courir vers la grande salle et s'effondrer, la panse crevée par un carreau d'arbalète. Il vit mestre Luwin s'efforcer de le rejoindre et un chevalier monté lui planter une pique entre les épaules puis, d'une volte, lui passer sur le corps. Il vit un autre homme faire tournoyer une torche par-dessus sa tête et la balancer finalement vers le toit de chaume des écuries. « *Sauvez-moi les Frey !* braílla le Bâtard, comme les flammes s'élançaient avec un mugissement, *et brûlez les autres ! Brûlez-moi ça ! Brûlez-moi tout !* »

La dernière image qu'emporta Theon Greyjoy fut celle de Blagueur qui, la crinière en feu, surgissait de la fournaise des écuries en cabriolant, claironnant, ruant...

TYRION

Sur son rêve planaient un plafond de pierre crevassé et des odeurs inextricables de sang, de merde et de viande carbonisée. Et l'âcreté de la fumée vous suffoquait. Tout autour s'exhalaient des gémissements, des plaintes, et, de temps à autre, un cri de douleur strident montait, qui vous écorchait les tympans. Il tenta de se mouvoir et s'aperçut qu'il avait embrenné sa literie. La fumée faisait ruisseler ses yeux. *Suis-je en train de pleurer ?* Il ne devait surtout pas le laisser voir à Père. Il était un Lannister, un Lannister de Castral Roc. *Un lion. Je dois être un lion, vivre en lion, mourir en lion.* Mais ce qu'il souffrait, bons dieux. Trop faible pour geindre, il s'abandonna dans sa propre merde et ferma les yeux. Non loin, quelqu'un maudissait les dieux d'une voix pâteuse et monocorde. Il prêta l'oreille aux blasphèmes et se demanda s'il était en train de mourir. Au bout d'un moment, la pièce se dissipa.

Il se retrouva hors les murs, parcourant à pied un monde entièrement décoloré. Les vastes ailes noires des corbeaux sillonnaient le ciel gris, et chacun de ses pas soulevait des nuées furieuses de freux charognards dont il perturbait les festins. Des asticots blancs affouillaient la pourriture noire. Gris étaient les loups, grises aussi les sœurs du Silence, et ils dépouillaient de conserve les morts de leur chair. D'innombrables cadavres jonchaient les lices. Pas plus gros qu'un liard porté à incandescence, le soleil blanc brillait sur la rivière grise qui se ruait avec des remous sur les carcasses calcinées de bateaux sombrés. Des bûchers funèbres s'élevaient de noires colonnes de fumée et de cendres chauffées à blanc. *Mon œuvre*, songea Tyrion Lannister. *Ils sont morts sur mon ordre.*

Au premier abord, le monde lui parut comme un bloc de silence, mais, à la longue, il y perçut la voix des morts, des voix basses, des voix effroyables. Qui pleuraient et se lamentaient, qui suppliaient que leurs tourments cessent et appelaient à l'aide et réclamaient leur mère. Sa mère, Tyrion ne l'avait pas connue. Il réclamait Shae, lui, mais Shae ne se trouvait pas là. Solitaire, il marchait parmi la foule d'ombres grises, essayant de se souvenir...

Les sœurs du Silence dépouillaient les morts de leur armure et de leurs vêtements. Leurs mille teintures éclatantes avaient fui les surcots ; de vagues nuances de gris et de blanc paraient seulement les cadavres dont le sang était noir, uniformément, noir et croûteux. Une fois dénudés, on les soulevait par un bras, une jambe, et on les charriait, ballants, jusqu'aux bûchers de leurs copains. Métal et tissu s'amassaient sur le plancher d'une charrette blanche attelée de deux grands chevaux noirs.

Tant de morts, tant, tant, tant... Les corps pendouillaient, flasques, les visages étaient tantôt mous, tantôt crispés, tantôt boursouflés par les gaz, méconnaissables, à peine humains. Les tenues ôtées par les sœurs s'ornaient de cœurs noirs, de lions gris, de fleurs fanées, de cerfs blafards comme des spectres. Toutes les armures étaient dentelées, fracassées, toutes les cottes démaillées, rompues, déchirées. *Pourquoi les ai-je massacrés, tous ?* Il l'avait su, puis oublié, bizarrement.

Il aurait volontiers interrogé une sœur du Silence mais, chaque fois qu'il voulait parler, il découvrait n'avoir pas de bouche. Comment vivre sans bouche ? Il prenait ses jambes à son cou. La ville n'était pas bien loin. Il y serait à l'abri, dans la ville, loin de tous ces morts. Les morts, il n'en faisait pas partie. Il n'avait pas de bouche, bon, mais il était encore un homme en vie. *Non, un lion, un lion, et vivant, bien vivant.* Mais, lorsqu'il atteignit les murs de la ville, on lui en ferma les portes.

Il faisait sombre, à son réveil. Il ne distingua d'abord rien, mais peu à peu finirent par lui apparaître les vagues contours d'un lit sur lequel il était couché. Puis, malgré les courtines étroitement closes, il discerna la silhouette de montants sculptés, le baldaquin dont le velours pochait au-dessus de lui. Sous ses membres cédait le moelleux d'un matelas de plumes, et l'oreiller sur lequel reposait sa tête était bourré de duvet d'oie. *Mon propre lit. Je me trouve dans mon propre lit, dans ma propre chambre.*

Il faisait chaud, dans l'alcôve close et sous l'amas de fourrures et de courtepointes qui le couvraient. Il transpirait. *Fièvre*, songea-t-il obscurément. Il se sentait d'une faiblesse extrême, et la douleur le lancina par tout le corps quand il prétendit lever une main. Il renonça. Trop dur. Il avait l'impression d'être affublé d'une tête énorme, aussi grosse que le lit, et beaucoup trop lourde pour se détacher de l'oreiller. Le reste de son corps, à peine en avait-il le sentiment. *Comment suis-je arrivé ici ?* Il essaya de se rappeler. La bataille lui revint par bribes et par brèves images. Le combat le long de la berge, le chevalier présentant en gage son gantelet, le pont de bateaux...

Ser Mandon. Ressurgirent les yeux vides et morts, la main tendue, les miroitements verts sur la plate émaillée de blanc. Une vague de peur glacée le submergea ; il sentit sa vessie s'en vider sous les draps. Il aurait bien crié, mais il n'avait pas de bouche. *Non, c'était le cauchemar, ça,* songea-t-il, la cervelle sous le laminoir. *À l'aide ! à l'aide ! quelqu'un, Jaime, Shae, Mère, quelqu'un... Tysha...*

Personne n'entendit, personne ne vint. Seul dans le noir, il resombra dans un sommeil qui puait la pisse. Et rêva que sa sœur se penchait au-dessus du lit, le seigneur leur père à son côté, revêche. Ce ne pouvait être qu'un rêve, puisque lord Tywin se trouvait à mille lieues de là, dans l'ouest, combattant Robb Stark. D'autres allaient et venaient de même. Si Varys soupirait en le contemplant, Littlefinger lâchait une boutade. *Putain de bâtard de traître,* songea Tyrion, venimeux, *on t'a expédié à Pont-l'Amer, et tu n'es jamais revenu !* Il lui arrivait de les entendre converser, mais il ne comprenait pas leurs paroles. Leurs voix bourdonnaient à ses oreilles comme des guêpes tout emmitouflées de feutre.

Il mourait d'envie de demander si l'on avait remporté la victoire. *Nous avons dû, sans quoi je ne serais plus qu'une tête sur une pique, quelque part. Si je vis, nous avons gagné.* Quel plaisir, au fait, prisait-il le plus, celui de la victoire ou celui d'être parvenu à la déduire ? Il recouvrait son humour, encore que lentement. Ouf. Son seul et unique bien, l'humour.

À son réveil suivant, les rideaux se trouvaient tirés, Podrick Payne s'inclinait sur lui, muni d'un bougeoir. Qui, le voyant ouvrir les yeux, détala. *Non, ne t'en va pas, aide-moi, à l'aide*, essaya-t-il d'articuler, mais sans mieux émettre qu'un vagissement sourd. *Je n'ai pas de bouche.* Il leva une main, geste aveugle, geste déchirant, mal, mal ! vers sa figure, et ses doigts finirent par rencontrer quelque chose de rigide où ils auraient dû trouver des lèvres, de la peau, des dents. *Tissu.* Des bandages lui enserraient tout le bas du visage, un emplâtre durci qui, tel un masque, comportait des trous pour le passage du souffle et des aliments.

Pod reparut presque aussitôt. Un inconnu l'escortait, cette fois, collier, robes – un mestre. « Il ne faut pas vous agiter, messire, murmura l'homme. Vous êtes grièvement blessé. N'empirez pas vous-même votre état. Avez-vous soif ? »

Il s'arracha un semblant de hochement. Le mestre inséra une pipette de cuivre incurvée dans le trou d'alimentation qui signalait l'emplacement de la bouche, et un menu filet liquide s'en déversa. Tyrion avala. Pas grand goût. Du lait de pavot, comprit-il un instant trop tard. La pipette se retirait à peine qu'il retombait en tournoyant dans le puits du sommeil.

À présent, c'est à un banquet que le conviait son rêve, un banquet de victoire, dans une vaste salle. Il trônait en haut de l'estrade, et, gobelets brandis, des hommes l'ovationnaient comme un héros. Là se trouvait Marillion, le rhapsode jadis mêlé à l'équipée dans les montagnes de la Lune, et il célébrait en s'accompagnant sur la harpe son audace et ses prouesses à lui, Lutin. Et Père lui-même souriait d'un air approbateur. La chanson ache-vée, Jaime bondissait de sa place. « À genoux, Tyrion », ordonnait-il, et son épée d'or lui touchait une épaule puis l'autre. Ainsi se relevait-il chevalier. Shae n'attendait que le moment de l'embrasser. Elle lui prenait la main et, rieuse et taquine, l'appelait « mon géant Lannister ».

La chambre était noire, glacée, déserte lorsqu'il émer-gea. On avait de nouveau fermé les courtines. Quelque chose clochait, qui prenait une sale tournure, il le sentait sans savoir quoi. Il était seul, une fois de plus. Il repoussa les couvertures, tenta de s'asseoir, mais il souffrait trop et s'abandonna, hors d'haleine. Le pire n'était pas son visage, tant s'en fallait. Son côté droit n'était qu'un énorme foyer de souffrance et, pour peu qu'il bougeât le bras, des fulgurances lui ravageaient le torse tout entier. *Que m'est-il arrivé ?* Les combats eux-mêmes baignaient dans un flou de rêve quand il s'efforçait de s'en souvenir. *Je ne me doutais pas que j'étais si salement amoché quand ser Mandon...*

Malgré l'épouvante qu'elle ressuscitait, Tyrion se contraignit à supporter cette évocation, la scruter sans détours, y appliquer tout son esprit. *Il a tenté de m'assas-siner, pas d'erreur. Cela, je ne l'ai pas rêvé. Et il m'aurait tranché la gorge, si Pod... Pod ! où est Pod ?*

Quitte à grincer des dents, il attrapa les tentures du lit, tira dessus. Elles se décrochèrent du baldaquin, s'affalè-rent, à demi dans la jonchée, à demi sur lui. Tout déri-soire qu'il avait été, cet effort suffit à lui donner d'affreux vertiges. La pièce se mit à tourner, toute ombres épaisses et murs nus percés d'une seule fenêtre étroite. Il aperçut un coffre qui lui appartenait, un monceau de vêtements à lui, son armure démantibulée. *Ce n'est pas ma cham-bre*, saisit-il soudain. *Pas même la tour de la Main.* Quelqu'un l'avait déménagé. Son cri de colère se résolut en un geignement étouffé. *On m'a relégué ici pour mou-rir*, songea-t-il, et, renonçant à lutter, il ferma les yeux une fois de plus. L'atmosphère était froide, humide et, malgré cela, il se sentait brûlant.

Il rêva d'un lieu plus aimable, une petite maison douillette au bord de la mer d'occident. Les murs avaient beau en être lézardés, de guingois, le sol de terre battue, toujours il s'y était senti bien au chaud, lors même qu'on avait laissé le feu dépérir. *Elle me taquinait là-dessus*, se rappela-t-il. *Jamais l'idée d'alimenter le feu ne m'avait traversé l'esprit. Un serviteur s'en chargeait toujours.* « Nous n'avons pas de serviteurs », lui signalait-elle, et il répondait : « Tu m'as, je suis ton serviteur », et elle ripostait : « Un serviteur cossard. Et les serviteurs cossards, on leur fait quoi, à Castral Roc, messire ? » et il rétorquait : « On les embrasse. » Elle se mettait à pouffer, chaque fois. « Sûrement ! Je parie qu'on les rosse, moi », faisait-elle, et lui de maintenir : « Non pas, on les embrasse, juste comme ça », et il lui montrait : « On leur embrasse d'abord les doigts, un à un, là, puis on leur embrasse les poignets, oui, et la saignée du coude. Puis on embrasse leurs drôles d'oreilles, ils ont tous de drôles d'oreilles, nos serviteurs. Arrête de rire ! Et on leur embrasse les joues, et on leur embrasse les narines avec un petit *boum* ! dedans, là, *boum !*, comme ça, et on embrasse leurs chers sourcils et leurs cheveux et leurs lèvres, leur... mmmm... bouche..., ainsi... »

Ils se bécotaient des heures et des heures, et ils passaient des journées entières à ne rien faire d'autre que se prélasser au lit, écouter les vagues et se peloter. Il était émerveillé par son corps à elle, et elle avait l'air de se délecter de son corps à lui. Parfois, elle chantait pour lui. *J'aimais une fille belle comme l'été, elle avait du soleil dans sa chevelure.* « Je t'aime, Tyrion, lui chuchotait-elle avant qu'ils ne cèdent au sommeil, la nuit, j'aime tes lèvres, j'aime ta voix, j'aime les mots que tu me dis, j'aime ta gentillesse à mon égard, j'aime ton visage.

— Mon *visage* ?

— Oui. Oui. J'aime tes mains et leur manière de me toucher. Ta queue, j'aime ta queue, j'aime la sensation de l'avoir en moi.

— Elle t'aime aussi, ma dame.

— J'aime prononcer ton nom. Tyrion Lannister. Il va

avec le mien. Pas le Lannister, l'autre. Tyrion et Tysha. Tysha et Tyrion. Tyrion. Mon seigneur Tyrion... »

Mensonges, pensa-t-il, *rien que simagrées, que cupidité, une pute, la pute de Jaime, le cadeau de Jaime, ma dame de la menterie.* On eût dit dépolis par un voile de pleurs, les traits de Tysha s'estompèrent, mais bien après qu'ils se furent effacés, sa voix demeura perceptible, toute faible et distante qu'elle était, lointaine, qui l'appelait : « ... messire, m'entendez-vous ? Messire ? Tyrion ? Messire ? Messire ?... »

À travers les brumes du pavot, dormait-il toujours ? Tyrion discerna un visage rose et flasque incliné sur lui. Il était de retour dans la chambre humide aux courtines arrachées, et le visage n'était pas le bon, pas le sien à elle, trop rond, puis frangé d'une barbe brune. « Avez-vous soif, messire ? J'ai votre lait, votre bon lait. Vous ne devez pas vous débattre, pas essayer de bouger, il faut absolument vous reposer. » Une de ses mains, rose et moite, tenait la pipette de cuivre, l'autre une carafe.

Comme l'individu se penchait davantage, les doigts de Tyrion se faufilèrent sous sa chaîne de métaux divers, la saisirent, tirèrent brusquement. Le mestre lâcha sa carafe, le lait de pavot se répandit de tous côtés sur la couverture. Tyrion tordit la chaîne jusqu'au moment où il sentit les maillons s'incruster dans le lard de l'autre. « *Non. Plus* », croassa-t-il d'une voix tellement enrouée qu'il douta même avoir parlé. Mais il avait dû le faire, car le mestre hoqueta en retour : « Lâchez, messire... vous le faut, le lait... la douleur... la chaîne, non, lâchez, non... »

Sa bouille rose commençait à se violacer quand le libéra Tyrion. Il se recula précipitamment, cherchant l'air. Sur sa gorge rougie s'imprimait en blanc la marque de chaque maillon. Il avait aussi les yeux blancs. La main de Tyrion se leva vers son bâillon de plâtre et fit mine de l'arracher. Une fois. Deux. Trois.

« Vous... vous souhaitez qu'on retire le pansement, c'est cela ? fit enfin le mestre. Mais je ne... Ce serait... fort malavisé, messire. Vos plaies ne sont pas encore cicatrisées, la reine désirait... »

La mention de sa sœur fit gronder Tyrion. *Tu es de sa clique, alors ?* Il brandit l'index vers le mestre puis referma violemment son poing. Manière de promettre à ce crétin : je te broierai, t'étranglerai ! si tu n'obtempères.

Par bonheur, celui-ci comprit. « Je... je le ferai, si tel est le bon plaisir de messire, mais... c'est inopportun, vos blessures...

— *Fais-le*. » D'une voix nettement plus distincte, cette fois.

Avec une révérence, l'homme quitta la pièce et revint au bout de peu d'instants chargé d'un long couteau à fine lame en dents de scie, d'une cuvette d'eau, d'un tas de compresses et de pas mal de fioles. Entre-temps, Tyrion s'était débrouillé pour se trémousser vers l'arrière de quelques pouces, de sorte qu'il se trouvait désormais à demi assis contre l'oreiller. Le mestre lui intima la plus parfaite immobilité pendant qu'il lui insérait sous le menton et le masque la lame de son couteau. *Que sa main dérape, et voilà Cersei délivrée de moi*, songea-t-il, tandis que la lame crissait à deux doigts de sa gorge sur son carcan de plâtre et de tissu.

La chance voulut que ce mollasson rose ne fût pas l'une des créatures les plus intrépides de la reine. Tyrion ne tarda guère à sentir sur ses joues la fraîcheur de l'air. La souffrance aussi, mais il l'ignora de son mieux. Le mestre écarta les bandages, encore encroûtés de drogues. « Tenez-vous bien tranquille, il me faut nettoyer la plaie. » Il avait la main délicate, et l'eau tiède un pouvoir apaisant. *La plaie*. Tyrion revit l'éclair vif-argent fuser subitement juste au bas de ses yeux. « Ça risque de picoter », prévint le mestre tout en humectant une compresse avec du vin qui embaumait la décoction de simples pilés. Cela fit pis que picoter. Cela lui traça un sillage de feu sur tout le travers du visage et lui tortilla jusqu'à la racine du nez un tisonnier rougi. Ses doigts agrippèrent les draps, et il en perdit la respiration, mais du moins réussit-il à ne pas couiner. Le mestre cependant caquetait comme une vieille poule. « Il aurait été plus sage de maintenir le masque jusqu'à ce que les lèvres se soient ressoudées, messire. C'est propre, néanmoins, bon, bon.

Quand nous vous avons retrouvé, au fond de cette cave, parmi les morts et les mourants, vos blessures étaient pleines d'immondices. Vous aviez une côte cassée, vous devez vous en ressentir, un coup de masse, peut-être, ou bien une chute, difficile à dire. Et vous aviez pris une flèche au bras, juste à la jointure de l'épaule. Il portait des traces de gangrène, et j'ai bien cru d'abord que vous alliez le perdre, mais nous l'avons traité avec du vin bouillant et des asticots, et on dirait que sa guérison est en bonne voie...

— Nom, lui exhala Tyrion. *Nom.* »

Le mestre cilla. « Eh bien, vous êtes Tyrion Lannister, messire. Frère de la reine. Vous rappelez-vous la bataille ? Il arrive parfois que les blessures à la tête...

— *Votre* nom. » Il avait la gorge à vif, et sa langue avait oublié comment prononcer les mots.

« Je suis mestre Ballabar.

— Ballabar, répéta Tyrion. Apportez. Miroir.

— Mais, messire, objecta le mestre, sans me permettre de vous conseiller... cela risque d'être... ah, malavisé, en l'occurrence... Votre blessure...

— *Apportez* », dut-il insister. Il avait la bouche raide et douloureuse comme si un coup de poing lui avait fendu la lèvre. « Et boire. *Vin.* Pas pavot. »

Le mestre se leva, tout rouge, et fila, le temps de rapporter un flacon d'ambré pâle et un petit miroir d'argent poli qu'entourait un cadre d'or ciselé. Se posant sur le bord du lit, il emplit une demi-coupe et la porta aux lèvres boursouflées de son patient. Un filet de vin en coula, dont Tyrion perçut la fraîcheur, mais la saveur, guère. « *Encore* », dit-il quand la coupe fut vide. Mestre Ballabar versa de nouveau. Après cette seconde coupe, Tyrion Lannister se sentit assez fort pour supporter sa propre vue.

Il retourna le miroir et ne sut s'il lui fallait rire ou pleurer. Toute de biais, la balafre débutait à un cheveu sous son œil gauche pour ne s'achever qu'au bas de sa mâchoire, à droite. Trois quarts de son nez avaient disparu, et un copeau de lèvre. Quelqu'un avait recousu les bords de la déchirure avec du boyau de chat, et ces points de suture grossiers hérissaient tout du long l'horrible lézarde rouge et bouffie de chair en voie de cicatrisation. « *Joli* », croassa-t-il en jetant le miroir de côté.

Il se souvenait, maintenant. Le pont de bateaux, ser Mandon Moore, une main qui se tend, une épée lui volant au visage. *Si je ne m'étais rejeté en arrière, ce coup-là me faisait valser la moitié du crâne.* Jaime l'avait toujours dit, ser Mandon était le membre de la Garde le plus dangereux, parce que ses yeux vides et morts ne trahissaient jamais rien de ses intentions. *Jamais je n'aurais dû faire confiance à aucun d'entre eux.* S'il avait toujours su ser Boros et ser Meryn les âmes damnées de Cersei, il s'était fait accroire que leurs compères n'étaient pas absolument perdus d'honneur. *Cersei l'aura payé pour m'empêcher coûte que coûte d'en sortir vivant. Pourquoi, sinon ? Jamais je n'avais, que je sache, causé le moindre tort à Moore.* Il se palpa le visage, en éprouvant hardiment à pleins doigts chacune des fongosités. *Encore un cadeau de ma chère sœur.*

Le mestre se dandinait à côté du lit comme une oie prête à s'envoler. « Là, messire, il est fort probable que vous garderez une cicatrice...

— *Fort probable ?* » Son reniflement goguenard n'aboutit qu'à une grimace de supplicié. Pour sûr, il garderait une cicatrice. Et probable aussi que son nez ne repousserait pas de sitôt. Bon. Moins grave que si sa gueule avait toujours été un sujet de contemplation. « Rappelez-moi, ne pas, jamais, jouer avec, haches. » Ça tirait, de sourire. « Où, sommes-nous ? Quel, quel lieu ? » C'était douloureux de parler, mais il était resté trop longtemps silencieux.

« Ah. Dans la citadelle de Maegor, messire. Une chambre au-dessus du Bal de la Reine. Sa Grâce a voulu vous avoir tout près, pour veiller sur vous personnellement. »

Gageons qu'elle l'a fait. « Ramenez-moi, ordonna-t-il. Propre lit. Propres appartements. » *Où j'aurai mes propres hommes sous la main, et mon propre mestre aussi, si j'en déniche un en qui je puisse me fier.*

« Vos propres... Ce serait impossible, messire. La Main du roi s'est installée dans vos anciens appartements.

« — Je. *Suis.* Main du roi. » L'effort de parler commençait à l'épuiser, et ce qu'il apprenait le laissait pantois.

Mestre Ballabar parut désemparé. « Non, messire, je... Vous étiez blessé, presque à l'agonie. Le seigneur votre père assume ces fonctions, maintenant. Lord Tywin. Il...

— *Ici ?*

— Depuis la nuit de la bataille. C'est lui qui nous a tous sauvés. Les petites gens disent que ce fut le fantôme du roi Renly, mais les hommes sensés ne s'y trompent pas. C'est votre père, et lord Tyrell, ainsi que le chevalier des Fleurs et lord Littlefinger, qui, chevauchant au travers des cendres, tombèrent sur les arrières de l'usurpateur Stannis. Ce fut une grande victoire et, à présent, lord Tywin s'est installé à la tour de la Main pour aider Sa Grâce à rétablir la justice dans le royaume, loués soient les dieux.

— Loués soient les dieux », répéta machinalement Tyrion. Ce salaud de Père *et* ce salaud de Littlefinger et le *fantôme de Renly* ? « Je veux... » *Qu'est-ce que je veux ?* Il n'allait sûrement pas charger le rose Ballabar d'aller lui chercher Shae. Mais qui en charger ? En qui pouvait-il se fier ? Varys ? Bronn ? Ser Jacelyn ? « ... mon écuyer », termina-t-il. « Pod. Payne. » *C'était Pod, sur le pont de bateaux, le gamin m'a sauvé la vie.*

« Le garçon ? Le garçon bizarre ?

— Garçon bizarre. Podrick. Payne. Allez. Envoyez. *Lui.*

— Bien, messire. » Mestre Ballabar hocha du chef et sortit en trombe. Pendant qu'il attendait, Tyrion sentait ses forces s'amenuiser. Depuis combien de temps dormait-il, là ? *Cersei serait ravie que je m'endorme pour jamais. Je n'aurai pas tant d'obligeance.*

Podrik Payne entra dans la chambre avec une timidité de souris. « Messire ? » Il osait à peine approcher. *Comment un garçon si hardi sur le champ de bataille peut-il se montrer si froussard dans une chambre de malade ?* « Je voulais rester à votre chevet, mais le mestre m'a congédié.

— Congédie-le, *lui.* Écoute-moi. Dur de parler. Besoin de vinsonge. *Vinsonge,* pas lait du pavot. Va voir Frenken. *Frenken,* pas Ballabar. Regarde-le faire. Rapporte ici. »

Pod lui jeta un regard à la dérobée et, vite vite, détourna les yeux. *Vais pas l'en blâmer.* « Je veux, poursuivit-il, ma propre garde. Bronn. Où est Bronn ?

— On l'a fait chevalier. »

Même froncer le sourcil lancinait. « Trouve-le. Ramène.

— À vos ordres. Messire. Bronn. »

Tyrion lui saisit le poignet. « Ser Mandon ? »

Le gamin chancela. « Je ne v-v-voulais pas le t-t-t-t...

— *Mort ?* Tu... certain ? *Mort ?* »

Il remua les pieds, penaud. « Noyé.

— Bon. Dis rien. De lui. De moi. De tout ça. *Rien.* »

Quand son écuyer se fut retiré, les dernières forces de Tyrion s'étaient également retirées de lui. Il s'allongea sur le dos, ferma les yeux. Peut-être allait-il à nouveau rêver de Tysha. *Qui sait comment elle trouverait mon visage, à présent ?* songea-t-il avec amertume.

JON

En recevant de Qhorin Mimain l'ordre de glaner du bois pour faire un feu, Jon sut qu'approchait la fin.

Voilà qui nous procurera du moins l'agrément, si précaire soit-il, de ne plus grelotter, se dit-il tout en dépouillant de ses branches un arbre mort. Plus muet que jamais, Fantôme le regardait faire, assis sur son séant. *Hurlera-t-il son deuil, après que j'aurai péri, comme le fit Été, lors de la chute de Bran ? Et chacun de ses frères, ceux de Winterfell ou, quelque part qu'ils se trouvent, Vent-Gris, Nyméria, joindra-t-il à la sienne sa voix désolée ?*

La lune émergeait, derrière une montagne, et le soleil sombrait derrière une autre quand, à force d'entrechoquer silex et poignard, s'éleva du foyer un maigre bouchon de fumée. Qhorin vint se planter au-dessus de Jon comme la première flamme léchait en vacillant le ramas d'écorce et d'aiguilles de pin. « Aussi timide, commenta-t-il à mi-voix, qu'une vierge au soir de ses noces, et presque aussi jolie. On en vient parfois à omettre combien c'est plaisant, le feu. »

Évoquer vierges et soirs de noces, lui ? cela semblait inconcevable. À la connaissance de Jon, toute l'existence de Qhorin s'était déroulée dans la Garde de Nuit. *A-t-il jamais aimé une fille ? fait l'expérience du mariage ?* Ne pouvant se permettre de le demander, il se contenta d'éventer les braises et, une fois que le feu flamba haut et clair en crépitant, retira ses gants raidis par le gel pour se chauffer les mains. Une merveille. Comme si du beurre fondu vous irriguait peu à peu les doigts. Il soupira. Jamais baiser lui avait-il procuré autant de plaisir ?

Mimain s'assit en tailleur à même le sol, et la flambée se mit à équarrir capricieusement sa rude physionomie. Des cinq patrouilleurs enfuis du col Museux ne demeuraient qu'eux deux, refoulés au fin fond gris-bleu des Crocgivre inhospitaliers.

L'espoir que Sieur Dalpont réussirait à coincer pas mal de temps les sauvageons dans la nasse du col s'était effondré le premier lorsque avait retenti la sonnerie du cor annonçant trop clairement sa perte. Ensuite avait surgi des ombres le grand aigle aux ailes bleuâtres, mais il s'était mis hors de portée dès avant que Vipre, saisissant son arc, n'en eût seulement pu bander la corde, ce qui fit cracher Ebben, puis grommeler de nouvelles imprécations où revenaient les mots lugubres de mutants et autres zomans.

L'aigle, ils l'aperçurent à deux reprises le lendemain, tandis que sur leurs arrières ne cessait de se répercuter d'écho en écho, chaque fois plus fort, chaque fois plus proche, l'appel du cor. À la tombée de la nuit, Ebben reçut l'ordre de repartir au triple galop vers l'est avec son propre cheval et celui de Sieur alerter Mormont, tandis qu'eux-mêmes donneraient le change à leurs poursuivants. « Envoie Jon, conjura-t-il Mimain, il monte aussi vite que moi.

— Un autre rôle l'attend.

— Il n'est encore qu'un gamin...

— Non, riposta Qhorin, il est un homme, et un homme de la Garde de Nuit. »

Ebben les quitta donc, dès la lune levée. Vipre l'escorta un bout de chemin, manière, en revenant sur ses pas, de brouiller les pistes, puis tous trois repartirent vers le sud-ouest.

Dès lors, leurs jours et leurs nuits se succédèrent en s'enchevêtrant. Ils dormaient en selle, ne faisaient halte que le temps d'abreuver et de nourrir leurs montures avant de les renfourcher. Ils chevauchaient tantôt sur la roche nue, tantôt au travers de forêts de pins ténébreuses ou de vieilles coulées de neige, tantôt sur des crêtes glacées ou dans des ravins où couraient des torrents sans nom. Parfois, Qhorin ou Vipre s'écartaient pour décrire une boucle censée dépister la traque, mais cette précaution ne rimait à rien, surveillé comme on l'était. Chaque aube et chaque crépuscule étaient en effet marqués par l'apparition, guère plus qu'un point dans le ciel immense, de l'aigle entre les cimes.

On gravissait un escarpement médiocre entre deux pics enneigés quand, à moins de dix pas, surgit en grondant de sa tanière un lynx étique et demi-mort de faim mais dont la seule vue terrifia si bien la jument de Vipre qu'elle se cabra, prit le mors aux dents et, avant que son cavalier ne parvînt à la maîtriser, dévala la pente et s'y brisa une jambe.

Si Fantôme mangea son content, ce jour-là, Qhorin insista, lui, pour qu'on imbibe la bouillie d'avoine de sang de cheval, à titre de roboratif. L'estomac soulevé par cette mixture infecte, Jon eut toutes les peines du monde à la déglutir. Cela fait, ses compagnons et lui n'en prélevèrent pas moins sur la carcasse qu'on allait devoir abandonner aux lynx une douzaine de tranches à mâchouiller, chemin faisant, telles quelles, fibreuses et crues.

Il n'était cependant plus question de doubler le train. Vipre offrit de rester en arrière afin de surprendre les poursuivants et d'en emmener quelques-uns, si possible, en enfer avec lui, mais Qhorin refusa. « S'il est, dans toute la Garde de Nuit, un homme susceptible de se tirer des Crocgivre seul et à pied, c'est toi, frère. Tu peux traverser des montagnes qu'un cheval se voit forcé de contourner. Gagne le Poing, et dis à Mormont ce qu'a vu Jon, et de quelle manière. Dis-lui que les vieilles puissances sont en train de se réveiller, qu'il se trouve face à des géants, des zomans et pire. Dis-lui que les arbres ont à nouveau des yeux. »

Il n'a aucune chance, songea Jon, les yeux attachés sur la silhouette noire de Vipre qui allait, telle une infime fourmi, s'amenuisant de plus en plus parmi les replis montueux des congères.

Désormais, chaque nuit parut plus glaciale et plus désolée que la précédente. Si le loup s'absentait souvent, jamais il ne s'éloignait beaucoup, et son unique réconfort, Jon le puisait dans le sentiment de sa proximité, car Qhorin n'était pas des plus sociable, qui, sa longue natte grise oscillant au rythme de la progression, pouvait chevaucher des heures sans vous dire un mot. Seuls s'entendaient dans le grand silence le cliquetis régulier des sabots sur la pierre et les mugissements incessants du vent dans les hauts. Jon venait-il à s'assoupir qu'il dormait d'un sommeil sans rêves, d'un sommeil sans loups ni frères ni rien. *Des parages mortels même pour les rêves*, songea-t-il.

« Ton épée tranche bien, Jon Snow ? lui lança brusquement Mimain par-dessus le halètement des flammes.

— Elle est en acier valyrien. Un cadeau du Vieil Ours.

— Tu te rappelles les termes de tes vœux ?

— Oui. » Comment oublier pareilles formules ? Une fois prononcées, impossible de s'en dédire, elles modifiaient votre vie pour jamais...

« Redis-les avec moi, Jon Snow.

— Comme il vous plaira. » Leurs voix s'enlacèrent pour n'en former qu'une, avec pour témoins la lune qui montait au ciel et Fantôme qui dressait l'oreille et les montagnes qui les cernaient. « La nuit se regroupe, et voici que débute ma garde. Jusqu'à ma mort, je la monterai. Je ne prendrai femme, ne tiendrai terres, n'engendrerai. Je ne porterai de couronne, n'acquerrai de gloire. Je vivrai et mourrai à mon poste. Je suis l'épée dans les ténèbres. Je suis le veilleur au rempart. Je suis le feu qui flambe contre le froid, la lumière qui rallume l'aube, le cor qui secoue les dormeurs, le bouclier protecteur des royaumes humains. Je voue mon existence et mon honneur à la Garde de Nuit, je les lui voue pour cette nuit-ci comme pour toutes les nuits à venir. »

Quand ils eurent achevé retomba le silence, à peine troublé par le léger crépitement des braises et le chuchotis lointain des rafales. Tout en ployant, déployant les doigts de sa main brûlée, Jon se pénétra mentalement de chacun des mots proférés et pria les dieux de son père de l'aider à périr en brave, l'heure venue. Celle-ci ne tarderait plus guère, à présent. Les chevaux étaient à bout de forces. Le lendemain serait probablement fatal, subodorait-il, à celui de Qhorin.

Le feu avait déjà singulièrement baissé, la chaleur commençait à s'évanouir. « Le feu va bientôt s'éteindre, lâcha Mimain, mais que le Mur tombe, et ce sont tous les feux qui s'éteindront. »

Ce constat ne souffrant aucune réplique, Jon se contenta d'un hochement muet.

« Nous pouvons encore leur échapper, reprit Qhorin. Ou non.

— Je n'ai pas peur de la mort. » Ce n'était qu'un demi-mensonge.

« Les choses ne sont pas forcément aussi simples que tu le penses, Jon. »

La remarque l'abasourdit. « Que voulez-vous dire ?

— Que, s'ils nous prennent, tu devras te rendre.

— Me rendre ? » L'incrédulité le fit papilloter. Les sauvageons ne faisaient pas de prisonniers parmi les hommes qu'ils qualifiaient de corbacs. Ils les tuaient tous, à moins que ceux-ci... « Ils n'épargnent que les parjures. Ceux qui les rallient, tel Mance Rayder.

— Et toi.

— Non. » Il secoua la tête. « Jamais. Je n'en ferai rien.

— Si. Je t'en donne l'ordre.

— *L'ordre ?* mais...

— Notre honneur est aussi dépourvu de valeur que nos jours, quand il s'agit de sauvegarder le royaume. Es-tu un homme de la Garde de Nuit ?

— Oui, mais...

— Il n'y a pas de *mais*, Jon Snow. Tu l'es ou tu ne l'es pas. »

Jon se raidit. « Je le suis.

— Alors, écoute-moi. S'ils nous prennent, tu passeras dans leur camp, comme t'en pressait la fille, l'autre jour. Peut-être t'obligeront-ils à lacérer ton manteau, à leur jurer ta foi sur les mânes de ton propre père, à maudire tes frères et le lord Commandant mais, quoi qu'ils exigent, tu ne devras pas barguigner. Obéis-leur... sauf, en ton cœur, à te rappeler qui tu es et ce que tu es. Marche avec eux, mange avec eux, bats-toi dans leurs rangs aussi longtemps qu'il le faudra. Et *regarde* de tous tes yeux.

— Quoi donc ?

— Si je le savais… marmonna Qhorin. Ton loup a vu leurs fouilles, dans la vallée de la Laiteuse. Que cherchaient-ils, en ces lieux désertiques et au diable ? L'ont-ils découvert ? Voilà ce que tu dois apprendre, avant de rejoindre Mormont et nos frères. Telle est la tâche que je t'assigne, Jon Snow.

— Je m'y emploierai, puisque vous le voulez, promit-il, non sans répugnance, mais… vous les en informerez, n'est-ce pas ? le Vieil Ours, au moins ? vous le lui direz, que je n'ai pas violé mon serment ? »

Par-dessus les tisons, Qhorin Mimain fixa sur lui ses yeux noyés dans deux flaques d'ombre. « Aussitôt que je le reverrai. Parole. » Il fit un geste en direction du feu. « Du bois. Que ça flambe clair et cuisant. »

Jon alla couper de nouvelles branches qu'il brisa chacune en deux avant de les déposer sur les braises. Bien qu'il fût mort depuis belle lurette, l'arbre semblait revivre au contact du feu, tant ses moindres ramures éveillaient instantanément de bacchantes qui virevoltaient et tourbillonnaient avec frénésie dans des flamboiements de voiles jaunes, rouges, orange.

« Suffit, dit brusquement Mimain. Départ immédiat.

— Départ ? » Au-delà du feu, nuit noire et glacée. « Pour où ?

— En arrière. » Qhorin enfourcha une fois de plus son bidet vanné. « Le feu les incitera, j'espère, à nous dépasser. Viens, frère. »

Une fois de plus, Jon enfila ses gants, s'enfouit sous son capuchon. Les chevaux eux-mêmes semblaient ne s'éloigner qu'à regret du feu. Les ténèbres avaient dès longtemps naufragé toutes choses, et le chemin scabreux qu'ils allaient rebrousser, tout au plus le givrait d'argent la lueur d'un quartier de lune. Quel stratagème mijotait au juste Qhorin, Jon l'ignorait, mais il en espérait désespérément le succès. L'idée de jouer les parjures, fût-ce pour le bon motif, lui était odieuse.

En combinant prudence d'allure et autant de silence que s'en peuvent promettre hommes et montures, ils rétrocédèrent à flanc de montagne jusqu'à certaine ravine d'où débouchait un torrent glacé dans lequel ils avaient abreuvé leurs chevaux vers la fin du jour.

« L'eau est en train de geler, observa Qhorin au moment de s'engager dans le défilé, dommage, nous aurions emprunté son lit. Mais si nous brisons la glace, ils risquent de le remarquer. Colle au plus près de la paroi. Dans un demi-mille, elle fait un crochet qui nous dissimulera. » Sur ce, il éperonna, et Jon, après un dernier regard nostalgique vers le feu qui brillait au loin, suivit.

Plus on avançait, plus se resserraient les murailles, de part et d'autre. Le torrent déroulait jusque vers sa source un ruban lunaire. Des glaçons barbelaient ses rives rocheuses, mais on l'entendait toujours, en dépit de la fine carapace qui le tapissait, courir en pestant.

L'effondrement d'un énorme pan de falaise avait, un peu plus haut, quasiment bloqué le passage, mais le pied sûr des petits chevaux sut triompher de cet obstacle chaotique. La faille, au-delà, se pinçait encore plus sévèrement, et l'on aboutissait au pied d'une grande cascade tout échevelée. Saturée d'embruns, l'atmosphère glaciale évoquait le souffle d'un monstre inédit. La lune lamait les eaux bouillonnantes. Ce spectacle désempara Jon. *Il n'y a pas d'issue.* À la rigueur, Qhorin et lui pourraient escalader le cul-de-sac, mais les chevaux, non. Et quelle illusion se faire, une fois à pied, sur la durée de leur survie ?

« Vite ! » commanda Mimain. Et, dégingandé sur son modeste canasson, il poussa droit sur les rochers gluants de glace vers le rideau tumultueux et s'y engouffra. Ne le voyant pas reparaître, Jon talonna son propre cheval, parvint à le contraindre, non sans mal, à faire de même, et la cascade finit par le marteler de coups de poing si violents et glacés qu'il crut en perdre la respiration.

Et puis il se retrouva de l'autre côté ; trempé, grelottant, mais de l'autre côté.

À peine le pertuis qui s'ouvrait dans l'à-pic était-il assez large pour un cavalier, mais il s'évasait, au bout, et du sable moelleux tapissait le sol. Jon sentait déjà le gel hérisser sa barbe mouillée quand Fantôme surgit à son tour dans un élan rageur, ébroua sa fourrure en une multitude de gouttelettes, flaira les ténèbres d'un air méfiant puis leva la patte contre une paroi. Qhorin avait déjà mis pied à terre. Jon l'imita. « Vous connaissiez l'existence de cette caverne.

— Un jour, j'avais à peu près ton âge, un frère a raconté en ma présence qu'un lynx qu'il poursuivait s'était réfugié derrière cette cascade. » Il dessella son cheval, lui ôta le mors et la bride, en fourragea la crinière emmêlée. « Il existe un passage, au cœur de la montagne. S'ils ne nous ont pas retrouvés d'ici l'aube, nous l'emprunterons vite fait. À moi la première veille, frère. » Il se laissa choir sur le sable, s'adossa au mur et ne fut plus qu'une vague ombre noire dans le noir de l'antre. Malgré le tapage incessant de la chute, un léger crissement d'acier sur du cuir avertit Jon que le vieux patrouilleur venait de dégainer.

Il retira son manteau saucé, mais l'ambiance glaciale et humide le dissuada de se dévêtir davantage. Fantôme vint s'étendre contre son flanc et, après lui avoir léché une main gantée, se roula en boule pour dormir. Touché de lui devoir un peu de chaleur, Jon se demanda si le feu, là-haut, brûlait toujours, ou s'il s'était éteint. *Que le Mur tombe, et ce sont tous les feux qui s'éteindront.* À travers la nappe incessante des eaux qu'elle moirait de scintillements, la lune faufilait sur le sable un pâle rayon tremblant qui finit lui-même par s'effacer, et tout ne fut plus que ténèbres.

À la longue vint le sommeil, et des cauchemars avec lui. Des châteaux brûlaient, des morts angoissés se dressaient en sursaut dans la tombe. Il faisait toujours noir quand Mimain l'éveilla. Pendant que celui-ci dormait à son tour, il s'assit et, calé contre la paroi, prêta l'oreille au ruissellement de la chute en guettant l'aurore.

Lorsque s'esquissa celle-ci, ils mastiquèrent chacun sa tranche de cheval à demi-gelée puis resselèrent leurs montures et s'enveloppèrent dans leurs manteaux noirs. Durant son tour de garde, Qhorin avait bricolé une demi-douzaine de torches en imbibant des gerbes de mousse sèche avec la provision d'huile qu'il charriait dans ses fontes. Après en avoir allumé une, il prit les devants dans le noir, le bras tendu pour éclairer la marche vaille que vaille. Jon prit la bride des chevaux et suivit la flamme pâlotte. Le corridor rocheux se poursuivait en tournico-tant, tantôt vers le bas, tantôt vers le haut, puis s'enfonçait de plus en plus. Et il se faisait parfois si étroit que les chevaux rechignaient à croire qu'il leur était possible de s'y insérer. *Quand nous nous retrouverons à l'air libre, nous aurons semé les sauvageons*, finit par se dire Jon. *Même un regard d'aigle ne saurait percer l'écran de la pierre. Nous les aurons semés, et nous n'aurons plus qu'à chevaucher dur pour aviser le Vieil Ours, au Poing, de tout ce que nous savons.*

Or, lorsqu'ils émergèrent après bien des heures en pleine lumière, cent pieds au-dessus de leur corniche les attendait l'aigle, perché sur un arbre mort. Et Fantôme eut beau lui courir sus en bondissant de roche en roche, il n'eut besoin que d'un battement d'ailes pour reprendre l'air.

La bouche serrée, Qhorin suivit le rapace des yeux. « La position est idéale pour résister, déclara-t-il enfin. L'embouchure de la caverne nous protège de toute atta-que par le haut, et l'on ne peut nous surprendre sur nos arrières sans traverser les entrailles de la montagne. Ton épée tranche bien, Jon Snow ?

— Oui.

— Autant nourrir les chevaux. Ils nous ont vaillam-ment servis, les pauvres. »

Pendant que Fantôme rôdait comme une âme en peine dans la rocaille, Jon donna tout ce qui restait d'avoine à sa monture et, après lui avoir longuement flatté l'encolure, rajusta ses gants pour mieux éprouver la flexibilité de ses doigts brûlés. *Je suis le bouclier pro-tecteur des royaumes humains.*

De montagne en montagne avait à peine rebondi la sonnerie d'un cor que s'entendirent des aboiements. « Ils nous auront bientôt rejoints, déclara Qhorin. Retiens ton loup.

— Ici, Fantôme », ordonna Jon. Le loup-garou n'obtempéra, queue verticale, qu'à contrecœur.

Déjà, les sauvageons, toute une bande, submergeaient un escarpement distant de moins d'un demi-mille. Devant eux galopaient des limiers grondants dont le poil grisâtre attestait plus qu'un cousinage avec les loups. Les babines de Fantôme se retroussèrent, et sa fourrure se hérissa. « Sage, murmura Jon, au pied. » Un bruissement d'ailes lui fit lever les yeux. Après s'être posé sur un ressaut rocheux, l'aigle glatit un ricanement de triomphe.

Cependant, les chasseurs n'approchaient qu'avec circonspection. Il se pouvait par crainte d'encaisser des flèches. Jon en compta quatorze, et huit chiens. Couverts de peaux tendues sur une armature d'osier, leurs boucliers ronds étaient ornés de crânes peints. Des heaumes rudimentaires de bois et de cuir bouilli dissimulaient les traits de cinq ou six d'entre eux. Les encadraient quelques archers qui, malgré la flèche encochée sur la corde de leurs petits arcs de bois et de corne, ne tiraient pas. Les autres n'étaient apparemment armés que de piques et de maillets. L'un balançait une hache de pierre taillée. Et ce qu'ils portaient de bribes d'armure, ils le devaient à quelque razzia ou à la dépouille de patrouilleurs, car ils ne pratiquaient ni l'extraction ni la fonte des minerais, et les forges étaient encore plus rares, au nord du Mur, que les forgerons.

Qhorin tira sa longue épée. Qu'après la mutilation de sa main droite il se fût appris à ferrailler de la gauche et, contait-on, avec encore plus d'habileté que précédemment contribuait à sa légende. Épaule contre épaule avec lui, Jon dégaina Grand-Griffe. Malgré l'intensité du froid, la sueur lui piquait les yeux.

Les chasseurs firent halte à une dizaine de pas en dessous de l'entrée de la grotte, et leur chef s'avança seul. Il montait une bête qui, à en juger d'après son aisance à gravir l'éboulis pour le moins abrupt, tenait de la chèvre plus que du cheval. Un cliquetis bizarre les précédait, qui s'expliqua finalement par le fait que tous deux étaient revêtus d'os. D'os de vache et d'os de mouton, d'os de chèvre, d'aurochs, d'orignac, d'énormes os de mammouth... ainsi que d'os humains.

« Clinquefrac, salua de son haut le grand patrouilleur, avec une politesse glaciale.

— Eul' s'gneur des Os, pour les corbacs », corrigea l'autre. Un crâne brisé de géant lui tenait lieu de heaume, et des griffes d'ours cousues côte à côte sur ses manches de cuir bouilli lui recouvraient les bras du haut en bas et de bas en haut.

Qhorin émit un reniflement. « Le seigneur, vois pas. Vois rien qu'un cabot accoutré de pilons de poulet qui font du barouf quand il bouge. »

Le sauvageon émit un sifflement colère qui fit se cabrer son cheval, et le *barouf* assourdit Jon ; fixés côte à côte comme autant de pendeloques, les os s'entrechoquaient et quincaillaient au moindre mouvement. « Mon barouf, c' 'vec *tes* os, Mimain, que j' vais, t't à l'heure ! Te ferai bouillir la bidoche jusqu'à temps que tes côtelettes m' servent d'haubert... Me taillerai des runes, 'vec tes ratounes, et ton crâne, je m'y mangerai ma bouillie...

— Veux ma carcasse ? Viens la prendre... ! »

Ce défi-là, Clinquefrac ne se montrait guère enclin à le relever. L'exiguïté de la position qu'occupaient les frères noirs réduisait presque à rien l'avantage du nombre ; pour les extirper de leur tanière, les sauvageons se verraient contraints de monter les y affronter deux par deux. Un cavalier grimpa néanmoins le rejoindre, une de ces amazones que, dans son jargon, leur peuplade appelait *piqueuses*. « On est dix-quatre et vous deux, corbacs, plus huit chiens contre votre loup, lança-t-elle. Combattre ou fuir, vous êtes à nous.

— Montre-z-y », commanda Clinquefrac.

Elle farfouilla dans un carnier maculé de sang et brandit un trophée. Ebben. Qui, chauve comme un œuf, pendouillait de biais, tenu par une oreille. « Mort en brave, commenta-t-elle.

— Mais mort, conclut Clinquefrac. Vous pareil. » Il exhiba sa hache de guerre et la fit tournoyer au-dessus de sa tête. Du bel et bon acier, dont les deux lames miroitaient d'un éclat funeste. Pas homme à négliger ses armes, Ebben. Venus se masser auprès de leur chef, les autres sauvageons se répandirent en quolibets. Quelques-uns prirent Jon pour cible. « 'l est à toi, c' loup, mon gars ? cria un adolescent maigrichon qui agitait un fléau de pierre. M'en f'rai un manteau d'ici c' soir. » À l'autre bout du groupe, une piqueuse écarta ses fourrures en loques sur une lourde mamelle blême. « Y veut pas sa m'man, bébé ? Viens m' sucer ça, petiot ! » Les molosses clabaudaient aussi.

« Cherchent à nous humilier pour qu'on fasse une connerie. » Le regard de Qhorin s'appesantit sur Jon. « Oublie pas tes ordres.

— 'paremment qu'y faut l'ver les corbacs ! aboya Clinquefrac par-dessus les vociférations. Fichez-y des plumes !

— *Non !* » éructa Jon avant que les archers n'aient le temps de tirer. Deux pas le jetèrent vers l'adversaire. « Nous nous rendons !

— On m'avait bien prévenu que c'était couard, le sang de bâtard, entendit-il Qhorin Mimain déclarer froidement dans son dos. Le fait est, je vois. Va t'aplatir devant tes nouveaux maîtres, pleutre. »

Rouge de honte, il descendit jusqu'à l'endroit où se tenait, toujours en selle, Clinquefrac. Qui, du fond des orbites de son heaume, le dévisagea avant de lâcher : « Le peuple libre n'a que faire de pleutres.

— Ce n'est pas un pleutre. » Retirant son couvre-chef tapissé de peau de mouton, l'un des archers secoua sa tignasse rouge. « C'est le bâtard de Winterfell. Il m'a épargnée. Qu'il vive. »

Jon croisa le regard d'Ygrid et demeura muet.

« Qu'il meure, riposta le seigneur des Os. Le corbac est un fourbe noir. Pas confiance en lui. »

Sur son perchoir rocheux, l'aigle battit des ailes en claironnant sa rage.

« Y te hait, Jon Snow, expliqua Ygrid. Et pas pour rien. 'l était homme, avant que tu le tues.

— Je l'ignorais, avoua Jon, non sans candeur, tout en essayant de se rappeler les traits de sa victime, au col. Tu m'as dit que Mance me prendrait.

— Et y le fera, maintint-elle.

— Mance est pas là, coupa Clinquefrac. Étripe-le-moi, Ragwyle. »

Les yeux plissés, la piqueuse objecta : « Si le corbac veut rejoindre le peuple libre, il a qu'à montrer sa vaillance et nous prouver sa bonne foi.

— Demandez-moi n'importe quoi, et je le ferai. » C'était dur à sortir, mais il parvint à se l'arracher.

À l'éclat de rire qui le secoua, l'armure de Clinquefrac répondit par un fracas d'os. « Alors, tue le Mimain, bâtard.

— Comme s'il en était capable ! ricana Qhorin. Demi-tour, et crève, Snow. »

Déjà s'abattait son épée, mais il se trouva que Grand-Griffe bondit, bloqua. L'impact fut néanmoins si violent que Jon manqua lâcher la lame bâtarde et dut reculer, titubant. *Quoi qu'ils exigent, tu ne devras pas barguigner.* Assurant sa prise à deux mains, il fut assez prompt pour contre-attaquer, mais le patrouilleur balaya sa botte d'un simple revers dédaigneux. Et ils poursuivirent de la sorte, avançant, reculant tour à tour, environnés de leurs manteaux noirs, la prestesse du cadet compensant l'effroyable vigueur et les estocades gauchères du grand aîné. Semblant surgir de partout à la fois, le fer de Mimain grêlait à droite, à gauche et menait Jon, tel un fantoche, où il voulait, menaçant sans trêve de le déséquilibrer, l'éreintant si bien qu'il sentait déjà s'engourdir ses bras.

Et, lors même que les mâchoires de Fantôme se furent refermées sur l'un de ses mollets, Qhorin se débrouilla pour ne pas perdre pied, mais la seconde qu'il consacra à se démener fournit l'ouverture, Jon pointa, pivota, le patrouilleur s'était rejeté en arrière, et il sembla un instant que le coup ne l'avait pas touché, mais, soudain, tout un collier de larmes rouges, aussi rutilantes que des rubis, lui cercla la gorge, le sang gicla à gros glouglous, et Qhorin Mimain s'effondra.

Si le museau de Fantôme en dégoulinait, seule était barbouillée d'écarlate l'extrême pointe de l'épée bâtarde, deux maigres travers de doigts. Ayant fait lâcher prise au loup, Jon s'agenouilla, l'enferma dans un de ses bras. Déjà s'éteignait le regard du vieux patrouilleur. « ... tranche », exhala-t-il en levant sa main mutilée. Qui retomba. C'était fini.

Il savait, songea-t-il, vaseux. *Il savait ce qu'on allait exiger de moi.* Puis la pensée le traversa de Samwell Tarly, et de Grenn, et d'Edd la Douleur, et de Pyp et de Crapaud restés à Châteaunoir, là-bas. Venait-il de les perdre, tous, comme il avait déjà perdu Bran et Rickon et Robb ? Qui était-il, maintenant, quoi ?

« Relevez-le. » De rudes mains le remirent debout. Il ne résista pas. « T'as un nom ? »

Ygrid répondit à sa place. « Y s'appelle Jon Snow. 'l est le sang d'Eddard Stark, de Winterfell. »

Ragwyle se mit à glousser. « Qui aurait cru ? Qhorin Mimain crouni par un détritus de noblaille !

— Étripe-le-moi. » L'ordre émanait de Clinquefrac, toujours à cheval. L'aigle vint à tire-d'aile se jucher, braillard, sur son heaume d'os.

« Y s'est rendu, protesta Ygrid.

— Ouais, pis fait son frangin, renchérit un vilain bout d'homme coiffé d'un morion dévoré de rouille. »

Tout cliquetant d'os, Clinquefrac poussa de l'avant. « C' le loup qu'a fait tout l' boulot. Une saleté. C't à moi qu' rev'nait la mort du Mimain.

— Même que t'en mourais d'envie ! ça, on est tous témoins... se gaussa Ragwyle.

— C't un zoman, grommela le seigneur des Os, puis qu'un corbac. Y m' débecte.

— Et quand y serait un zoman, riposta Ygrid, toujours pas ça qui nous fait peur, les zomans, si ? » Des cris d'approbation fusèrent, çà et là. Tout noir de méchanceté que se devinait son regard au fond des orbites du crâne jauni, Clinquefrac finit par grogner un simulacre de soumission. *Ils sont vraiment un peuple libre*, songea Jon.

Ils brûlèrent Qhorin Mimain à l'endroit même où il était tombé, sur un bûcher primitif d'aiguilles de pin, de broussailles et de branchages. Comme il s'y trouvait du bois vert, la combustion fut lente et fuligineuse, accompagnée d'un panache noir qui jurait sur l'azur minéral du ciel. Après que Clinquefrac se fut adjugé quelques os noircis, ses compagnons jouèrent aux dés les frusques du patrouilleur. À Ygrid échut son manteau.

« On rentre par le col Museux ? » lui demanda Jon. Il doutait d'en jamais revoir les parages, dût son cheval survivre à cette seconde équipée.

« Non, dit-elle. Là-bas derrière, y a plus rien. » Son regard n'exprimait que tristesse. « À cette heure, Mance a dû pas mal descendre la Laiteuse. 'l est en marche contre ton Mur. »

BRAN

De toutes parts neigeait la grisaille feutrée des cendres.

Foulant à petits pas le tapis brun d'aiguilles et de feuilles, il gagna la lisière où se clairsemaient peu à peu les pins. Par-delà prairies et champs se distinguaient, fièrement campés contre les tourbillons de la fournaise, les prodigieux amoncellements de pierres humaines. La bise brûlante lui soufflait des effluves de chair saignante et carbonisée si puissants que l'eau lui en vint aux babines.

Mais si ceux-ci l'attiraient invinciblement, d'autres l'alarmaient autant. Il huma les bouffées de fumée. *Des hommes, beaucoup d'hommes, beaucoup de chevaux, et du feu, du feu, du feu.* Nulle odeur n'était plus dangereuse, pas même l'odeur dure et froide du fer, remugle ambigu de griffe humaine et de cuir coriace. Au travers des cendres et de la fumée qui l'obnubilaient lui apparut dans le ciel une hydre aux ailes gigantesques et qui rugissait un torrent de flammes. Il découvrit ses crocs, elle avait déjà disparu. Derrière les falaises édifiées de main d'homme, un brasier monstrueux dévorait les étoiles.

Toute la nuit crépita sa rage, jusqu'à ce que se produisît une espèce d'épouvantable grondement, suivi d'un vacarme qui ébranla jusqu'aux entrailles de la terre, déchaînant des abois déments, des hennissements de terreur. Des hurlements transpercèrent la nuit, des hurlements de meute humaine, tout un fatras d'appels féroces et de cris d'angoisse, de rires et de déchirements stridents. Tandis qu'il se contentait de pointer les oreilles,

attentif à tout, ce tapage d'enfer faisait grogner continû-
ment son frère. Ils finirent par regagner furtivement le
couvert résineux lorsque les rafales peuplèrent par trop
les nues de cendres et d'escarbilles, mais l'incendie perdit à la longue en intensité, décrut, s'amenuisa, parut
s'éteindre, et le matin vit se lever un soleil grisâtre et
fuligineux.

Il ne s'aventura hors du bois qu'alors, pas à pas, le long
des labours. Fasciné par l'odeur de mort et de sang, son
frère l'escortait. Ils se glissèrent sans bruit parmi les taniè-
res de bois, de roseaux, de torchis que s'étaient fabri-
quées les hommes. Nombre d'entre elles et davantage
avaient brûlé, nombre d'entre elles et davantage croulé,
quelques-unes se dressaient telles qu'auparavant. Mais
nulle part ne s'apercevait ni ne se flairait la moindre appa-
rence de vie. Les cadavres étaient noircis de charognards
qui prenaient leur essor en croassant sitôt qu'ils approchaient, son frère et lui, faisant déguerpir de même les
chiens sauvages.

Au bas des grandes falaises grises retentissait l'agonie
d'une jument qui, malgré sa jambe brisée, tentait désespérément de se relever et s'effondrait en hennissant. Mais
elle eut beau ruer tant bien que mal et rouler des prunelles exorbitées, une brève manœuvre d'encerclement
permit au frère de l'égorger. Or ce dernier, comme lui-
même abordait à son tour la proie, coucha ses oreilles
et lui jappa un avertissement. Il riposta par un coup de
patte et une morsure au jarret, puis ce fut l'empoignade,
et ils roulèrent emmêlés sous l'averse de cendres près
du cheval mort, parmi la poussière et l'herbe jusqu'à ce
que, ventre en l'air et queue pacifiée, son frère eût signifié sa soumission. Après avoir gratifié la gorge ainsi offerte
d'un mordillement, il se mit à manger puis, non content
de tolérer que le vaincu mange à son tour, lécha le sang
qui maculait sa fourrure noire.

Vint là-dessus le tirailler l'impérieuse attraction du lieu
de ténèbres, séjour des murmures et des cécités humaines. Tels des doigts froids qui l'empoignaient. Une odeur
de pierre aussi vibrante qu'un murmure et qui lui affolait
le flair. Il résista de toutes ses forces. Il détestait ce genre

de ténèbres. Il était un loup. Un chasseur, un coureur et un prédateur. Il appartenait, à l'instar de ses frères et sœurs, au profond des bois, ne connaissait de plus grand bonheur que de courir libre sous les astres du firmament. Il se dressa sur son séant, leva la tête et se mit à hurler. *Je n'irai pas !* cria-t-il, *je suis un loup, je n'irai pas !* Mais plus il s'arc-boutait, plus s'épaississaient néanmoins les ténèbres, plus les ténèbres l'investissaient, qui finirent si bien par lui siller les yeux, boucher les oreilles et sceller le nez qu'il se retrouva aussi incapable de rien voir que de rien entendre, rien sentir et dans l'impuissance de fuir, tandis qu'étaient abolies les falaises grises, aboli le cheval mort, aboli son frère, et que l'univers se faisait noirceur et silence et noirceur et glace et noirceur et mort et noirceur...

« *Bran*, murmurait une voix presque imperceptible, *Bran, revenez, maintenant, Bran, Bran...* »

Il ferma son troisième œil et ouvrit les deux autres, les deux d'autrefois, les deux aveugles. Dans le lieu de ténèbres, les hommes étaient tous aveugles. Mais quelqu'un le tenait. Des bras l'entouraient, il le sentait, comme il sentait la chaleur d'un corps pressé contre le sien. Et il entendait nettement Hodor fredonner pour lui-même, à part lui, paisiblement, « Hodor, hodor, hodor ».

« Bran ? » La voix de Meera. « Vous vous débattiez. Vous poussiez des cris épouvantables. Qu'avez-vous vu ?

— Winterfell. » Sa langue lui faisait l'effet d'un corps étranger, pâteux. *Un de ces jours, quand je reviendrai, je ne pourrai plus parler, je ne saurai plus.* « Winterfell. En proie aux flammes, tout entier. Et cela sentait le cheval, l'acier, le sang. Ils y ont tué tout le monde, Meera. »

Il eut la sensation qu'elle lui passait la main sur le visage, en repoussait doucement les cheveux. « Vous êtes en nage, dit-elle. Désirez-vous boire ?

— Boire », acquiesça-t-il. Une gourde effleura ses lèvres, et il y téta si voracement que l'eau déborda la commissure de sa bouche. Chacun de ses retours était marqué par la même conjugaison d'extrême faiblesse et de soif intense. De faim dévorante aussi. Il se ressouvint du cheval mourant, de la saveur du sang, de l'odeur de

viande brûlée qui flottait sur le froid du petit matin.
« Longtemps ?

— Trois jours », répondit Jojen. Soit qu'il fût survenu
à pas feutrés ou qu'il eût été là tout du long. Bran n'aurait
su dire, en ce monde aveugle. « Nous étions mortelle-
ment inquiets.

— Je me trouvais avec Été.

— Cela durait trop. Vous vous tuerez d'inanition. Le
peu d'eau que Meera vous faisait avaler goutte à goutte
et le miel que nous étalions sur vos lèvres sont des aliments très insuffisants.

— J'ai mangé, dit Bran. Nous avons abattu un orignac
qu'il nous a fallu défendre contre les prétentions d'un
chat sauvage. » Il le revoyait très précisément, beige et
brun, de moitié moindre qu'un loup-garou, mais des plus
agressif, et il en sentait encore les relents musqués, alors
que, des branches du chêne où il s'était finalement réfugié, le chat persistait à leur cracher sa hargne.

« Le loup a mangé, rectifia Jojen, vous non. Prenez
garde, Bran. Souvenez-vous de qui vous êtes. »

Il ne s'en souvenait que trop, hélas. Bran le gamin,
Bran le rompu. *Mieux vaut Bran le fauve.* Comment
s'étonner un instant qu'il préférât ses rêves d'Été, ses
rêves de loup ? Ici, dans les ténèbres humides et glacées
de la tombe, s'était finalement ouvert son troisième œil,
et il se trouvait désormais en mesure de communier avec
Été chaque fois qu'il le désirait. Une fois même, il avait
réussi, par l'intermédiaire de Fantôme, à s'entretenir avec
Jon. À moins qu'il ne l'eût simplement rêvé. Pourquoi,
dès lors, Jojen s'acharnait-il à essayer de l'en empêcher ?
C'était incompréhensible. À la seule force des bras, il se
hissa sur son séant. « Il me faut dire à Osha ce que j'ai
vu. Est-elle ici ? Où est-elle allée ? »

La sauvageonne répondit en personne. « Nulle part,
m'sire. Me suis bien assez cognée dans le noir comme
ça. » Entendant un talon claquer sur la pierre, il tourna
bien la tête en direction du bruit mais ne vit rien. Quant
à percevoir son odeur comme il le croyait, ce pouvait
n'être qu'une impression. Tous dégageaient la même, là-
dedans, et le flair d'Été lui aurait seul permis de différen-

cier celle d'un chacun. « La nuit dernière, j'ai pissé sur le pied d'un roi, reprit Osha. Si c'était pas ce matin, va savoir. Je dormais, en plus, mais pas maintenant. » Ils dormaient tous énormément, pas seulement lui. Que faire d'autre, en effet, que dormir, manger, redormir ? Échanger quelques mots, bon, de-ci de-là, mais pas trop... puis qu'en murmurant, comme l'exigeait la sécurité. Encore Osha aurait-elle préféré que l'on ne parle pas du tout, mais rien n'angoissait Rickon comme le silence, et comment empêcher Hodor de se marmonner sans trêve « Hodor, hodor, hodor » ?

« J'ai vu brûler Winterfell, Osha », souffla Bran. Quelque part sur sa gauche, il percevait le souffle léger de Rickon.

« Un rêve, répliqua-t-elle.

— Un rêve de loup, rétorqua-t-il. Et puis je l'ai *senti*, aussi. Il n'est pas d'odeur qui se puisse confondre avec l'odeur du feu ou celle du sang.

— Sang de qui ?

— De tout le monde. D'hommes, de chevaux, de chiens. Il nous faut aller *voir*.

— C'est peut-être un sac d'os, mais j'ai que cette peau, dit-elle. Qu'y m'attrape, leur prince calmar, et c'est à coups de fouet qu'on me l'enlèvera du dos. »

La main de Meera trouva dans le noir celle de Bran et l'étreignit brièvement. « J'irai, si tu as peur, moi. »

Des doigts tripotèrent du cuir, puis de l'acier crissa contre un briquet. Crissa derechef. Une étincelle jaillit, qui prit corps. Osha souffla doucement. Une longue flamme pâle s'anima, se dressa telle une fillette faisant des pointes. Au-dessus flottaient en suspens les traits de la sauvageonne. Qui la mit au contact d'une torche, et Bran ne put s'empêcher de ciller quand la poix s'embrasa, saturant le monde d'ardeurs orange. La lumière éveilla Rickon, qui s'assit en bâillant.

Du mouvement qui déplaça les ombres naquit un instant l'illusion que se levaient à leur tour les morts. Brandon et Lyanna comme leur père, lord Rickard, et son père à lui, lord Redwyle, et lord William et son frère, Artos l'Implacable, et lord Donnor et lord Beron et lord Rodwell et lord Jonnel le Borgne, et lord Barth comme lord Brandon, et lord Cregan, adversaire émérite du fameux Chevalier-Dragon. Tous se carraient sur les trônes de pierre, loups-garous de pierre à leurs pieds. Ce noir séjour les avait accueillis après que la chaleur s'était retirée de leurs membres, ici résidaient les morts, au sein de ténèbres que craignaient d'affronter les vivants.

Là se pelotonnaient, dans l'embrasure béante de la tombe où son austère effigie de granit attendait lord Eddard, les six fugitifs, avec leurs maigres provisions de pain, d'eau, de viande séchée. « Reste plus grand-chose, maugréa Osha, inventoriant celles-ci d'un coup d'œil. M'aurait de toute manière forcée à monter bientôt dérober de la nourriture. Qu'on était réduits, sans ça, à manger Hodor.

— Hodor ! s'exclama Hodor en lui dédiant un sourire épanoui.

— Fait-il jour ou nuit, là-haut ? s'inquiéta-t-elle. J'ai plus la moindre idée de ça.

— Jour, affirma Bran, mais sombre à cause de la fumée.

— M'sire est certain ? »

Sans qu'il eût à bouger si peu que ce fût ses membres estropiés, son don de double vue lui révéla tout en un éclair. Tout en distinguant parfaitement Osha qui, debout, brandissait sa torche, et Meera, Jojen et Hodor, et l'impressionnante allée de piliers de granit et l'interminable kyrielle de seigneurs défunts qui se perdaient au loin dans les ténèbres... il discernait avec autant de netteté parmi les trouées de fumée, dehors, la grisaille de Winterfell, les massives portes de chêne et de fer charbonneuses, à demi dégoncées, les chaînes brisées qui s'enchevêtraient sur le tablier en loques du pont-levis. Îles à corbeaux, flottaient sur la douve des tas de cadavres.

« Certain », déclara-t-il.

Osha rumina quelque temps l'assertion. « Je vais risquer un œil, alors. Serrez-vous tous derrière moi. La hotte de Bran, Meera.

« — On rentre à la maison ? s'échauffa Rickon. Je veux mon cheval. Et je veux de la tarte aux pommes et du beurre et du miel – et Broussaille. On va où il est, Broussaille ?

— Oui, promit Bran, mais il faut te taire. »

Après avoir fixé le panier d'osier aux épaules d'Hodor, Meera aida Bran à se soulever pour y insérer ses jambes inertes. Il s'étonna d'avoir les tripes aussi nouées, quand il savait pertinemment quel spectacle l'attendait en haut, mais sa frousse n'en était pas moindre, tant s'en fallait. Comme on s'ébranlait vers l'issue, il se détourna pour jeter à Père un dernier regard, et il lui sembla déchiffrer dans ses yeux comme une tristesse, comme un regret de les voir partir. *Nous devons*, songea-t-il. *Il est temps.*

Osha, la torche dans une main, charriait dans l'autre sa longue pique. Une épée nue lui barrait le dos, l'une des dernières auxquelles Mikken eût imprimé sa marque. Il l'avait expressément forgée pour la tombe de lord Eddard, afin que reposent en paix les mânes de celui-ci. Mais une fois Mikken mort et les Fer-nés maîtres de l'armurerie, la tentation du bon acier devenait trop forte, fût-ce au prix d'une profanation. Tout en déplorant qu'elle fût trop lourde, Meera s'était adjugé celle de lord Rickard, et Bran celle faite pour son éponyme, l'oncle Brandon qu'il n'avait pas connu. Il avait beau ne se faire aucune illusion sur sa propre efficacité, en cas de combat, le simple contact de l'arme dans son poing lui procurait une espèce de satisfaction.

Ce n'était qu'un jeu, et il ne s'y méprenait pas.

Chacune des galeries de la crypte répercutait tour à tour l'écho des pas. Tandis que les ombres, derrière, engloutissaient Père, les ombres, devant, battaient en retraite, et de nouvelles statues se dévoilaient l'une après l'autre ; non de seigneurs au sens strict, elles, mais de rois du Nord plus anciens. Des couronnes de pierre ceignaient leurs fronts. Torrhen Stark, le roi devenu vassal. Edwyn le Printanier. Theon le Loup famélique. Brandon l'Incendiaire et Brandon le Caréneur. Jonos et Jorah, Brandon le Mauvais, Walton le Lunaire, Edderion le Fiancé, Eyron, Benjen le Miel et Benjen le Fiel, Edrick

Barbeneige. Ils avaient des physionomies sévères, énergiques, et certains avaient perpétré des forfaits effroyables, mais tous étaient des Stark, et Bran connaissait par cœur l'histoire de chacun. Les cryptes ne l'avaient jamais effrayé ; elles faisaient partie intégrante de son chez soi, de son identité propre, et il avait toujours su qu'un jour il y reposerait aussi.

Or voici qu'il en doutait quelque peu. *Si je monte à présent, y redescendrai-je jamais ? Où irai-je, à ma mort ?*

« Attendez ici », dit Osha lorsqu'ils eurent atteint le colimaçon de pierre qui vous menait vers la surface ou s'enfonçait vers les étages inférieurs dans les ténèbres desquels trônaient impassibles les rois issus de la nuit des temps. Elle tendit la torche à Meera. « Je grimperai à tâtons. » Aussitôt, ses pas s'éloignèrent, d'abord audibles, puis de plus en plus sourds, et le silence retomba. « Hodor », grinça fiévreusement Hodor.

Après s'être dit cent fois, dit et répété n'exécrer rien tant que demeurer là, tapi dans le noir, et ne rien désirer si fort que revoir le soleil, chevaucher dans le vent, la pluie, Bran se sentait gagné par la panique, à présent qu'allaient être comblés ses vœux. Les ténèbres lui avaient jusqu'alors procuré le sentiment d'être en sûreté ; quand vous ne pouviez seulement repérer sous votre nez votre propre main, vous n'aviez aucune peine à vous convaincre que vos ennemis ne sauraient davantage vous repérer. Au surplus, la présence des seigneurs de pierre vous donnait du cœur au ventre. Même sans les voir, vous les saviez là.

Le silence était si profond que l'attente s'éternisait. À se demander s'il n'était pas arrivé malheur à la sauvageonne. Rickon ne tenait plus en place et s'impatientait. « Je veux rentrer *chez moi* ! » finit-il par glapir en trépignant. Hodor secoua sa crinière et hennit : « Hodor ! » Puis s'entendit un frôlement qui se fit peu à peu bruit de pas de plus en plus net, et Osha reparut enfin, qui, dans le halo de la torche, grimaça d'un air sombre. « Quelque chose bloque la porte. Pas pu l'ébranler.

— Hodor le fera, dit Bran, rien ne lui résiste. »

D'un coup d'œil, Osha jaugea le colosse. « Peut-être. Allons-y. »

L'étroitesse de l'escalier les contraignit à grimper à la file. Osha menait. Hodor la talonnait. Sur son échine se plaquait Bran, de peur de se fracasser le crâne contre la voûte. Meera suivit, torche au poing. Main dans la main, Jojen et Rickon fermaient la marche. Tandis qu'on montait en tournant, tournait en montant toujours, Bran pensait percevoir l'odeur de fumée. Celle de la torche, tout simplement ?

Taillée des siècles auparavant dans la masse d'un ferrugier, la pesante porte d'accès aux cryptes reposait de guingois sur le sol. Comme n'en pouvait approcher qu'une seule personne à la fois, Osha s'efforça de nouveau de l'ouvrir, mais Bran eut tôt fait de constater que c'était en vain. « À Hodor d'essayer. »

Il fallut d'abord l'extraire de sa hotte, où il risquait de se faire aplatir, et le déposer sur les marches. Meera s'accroupit à son côté et, telle une aînée tutélaire, lui enlaça les épaules, pendant qu'Osha s'effaçait au profit d'Hodor. « Ouvre la porte, Hodor », commanda Bran.

Le géant mit ses deux mains à plat sur le vantail, poussa, émit un grognement. « Hodor ? » Le violent coup de poing qu'il lui infligea ne fit pas seulement sursauter le bois. « Hodor ! »

— Avec ton dos, insista Bran, et tes jambes. »

Hodor se tourna, s'arc-bouta, poussa. Poussa encore. Et encore. « Hodor ! » Il posa l'un de ses pieds plus haut que l'autre de manière à se retrouver ployé sous le biais que formait la porte et tenta de la soulever. Le bois geignit, pour le coup, craqua. « *Hodor !* » Le second pied remonta d'une marche, Hodor écarta les jambes et banda ses muscles en se redressant. Sa face s'empourpra, son col se corda de monstrueuses protubérances qu'enflait à vue d'œil la lutte acharnée contre la puissance de l'inertie. « *Hodor Hodor Hodor Hodor Hodor Hodor !!!* » D'en haut provint un grondement sinistre puis, subitement, la porte eut un soubresaut, et un rai de lumière en travers du visage aveugla Bran momentanément. À une poussée nouvelle répliqua le fracas de pierres dégringolant, et la voie fut libre. Pique en avant, Osha se risqua dehors, et Rickon la suivit en se faufilant entre les jambes de Meera. D'un coup d'épaule, Hodor acheva d'écarter la porte et enjamba le seuil. Force fut dès lors aux Reed de porter Bran pour escalader les dernières marches.

Gris pâle était le ciel, et de toutes parts l'assaillait la fumée. Ils se tenaient dans l'ombre du premier donjon, de ce qu'il en restait, du moins. Un pan de ses murs s'était écroulé. Débris de gargouilles et moellons jonchaient la cour. *Ils sont tombés au même endroit que moi*, songea Bran en les apercevant. Certaines des gargouilles étaient si bien pulvérisées qu'il s'étonna d'être encore en vie, lui. Des corbeaux becquetaient non loin un cadavre écrasé sous les monceaux de pierre. Mais comme il gisait face contre terre, Bran était incapable de l'identifier.

Malgré des siècles et des siècles de déréliction, jamais le premier donjon n'avait eu si fort l'aspect d'une coquille vide. Tous ses étages avaient flambé, et toutes ses poutres. Sa façade crevée permettait au regard de s'aventurer dans chacune des pièces et de lorgner jusqu'au fond de la garde-robe. En arrière, toutefois, se dressait toujours la tour mutilée, telle exactement que par le passé. Des quintes de toux – la fumée – secouaient Jojen. « Ramenez-moi à la maison ! piaillait Rickon. Je veux retrouver *la maison* ! » Hodor piétinait en rond. « Hodor », geignait-il tout bas. Et ils demeuraient là, debout, étroitement blottis contre la ruine et la mort qui les environnaient.

« Tout le boucan qu'on a fait, dit Osha, y avait de quoi réveiller un dragon, mais y vient personne. Mort, le château, brûlé. Exactement comme avait rêvé Bran, mais on ferait mieux... » Un léger bruit, derrière, l'interrompit et la fit pivoter, pique en arrêt.

Au pied de la tour démantelée surgirent deux minces silhouettes sombres qui se glissaient prudemment parmi les décombres. « *Broussaille !* » s'écria joyeusement Rickon, et le loup noir ne fit qu'un bond vers lui. D'un pas plus circonspect s'approcha Été qui, tout en se frottant le museau contre le bras de Bran, lui lécha le visage.

« Il faudrait partir, intervint Jojen. Toute cette mort va attirer bien d'autres loups qu'Été et Broussaille, et tous n'auront pas quatre pattes.

— Mouais, partir, acquiesça Osha, et le plus tôt possible, mais nous devons d'abord trouver des provisions. L'incendie n'a peut-être pas tout ravagé. Restons bien groupés. Bouclier haut, Meera, surveillez nos arrières. »

Ils consacrèrent le reste de la matinée à explorer patiemment le château. En subsistaient les remparts de granit, certes noircis de loin en loin mais somme toute intacts. À l'intérieur de l'enceinte, en revanche, régnaient la mort et la destruction. Calcinées, les portes de la grande salle achevaient de se consumer ; dedans, la charpente avait cédé, et le toit tout entier s'était effondré. En miettes, les verrières jaunes et vertes des jardins d'hiver, saccagés les arbres, les fruits, les fleurs, ou bien condamnés à périr de froid. Des écuries, bâties en bois et couvertes de chaume, ne subsistait rien que des cendres et des braises jonchées de carcasses. Bran dut repousser l'image de Danseuse pour ne pas pleurer. Un lac fumait sous la tour de la Librairie, et l'eau bouillante giclait à force par une crevasse dans l'un de ses flancs. Le pont qui reliait le beffroi à la roukerie s'était écroulé dans la cour, et la tourelle de mestre Luwin avait disparu. Par les soupiraux se devinaient des rougeoiements sinistres dans les celliers du Grand Donjon, et un autre incendie dévorait encore l'une des resserres.

Au fur et à mesure qu'ils avançaient dans les tourbillons de fumée, Osha multipliait les appels discrets, mais personne ne répondait. Ils aperçurent un chien besognant un cadavre, mais l'odeur des loups le fit immédiatement détaler ; ses congénères avaient péri dans les chenils. Les corbeaux du mestre courtisaient eux-mêmes quelques dépouilles, d'autres les corneilles de la tour en ruine. En dépit du coup de hache qui l'avait défiguré, Bran reconnut quelque part Tym-la-Grêle. Devant les vestiges éboulés du septuaire de Mère était assise une figure carbonisée dont les bras à demi repliés et les poings crispés sur leur noirceur même semblaient vouloir boxer quiconque oserait s'approcher. « Si les dieux ont un rien de bonté, marmonna Osha d'un ton colère, les Autres emporteront ceux qui ont fait ça.

— C'est Theon, dit Bran sombrement.

— Non. Regarde. » Sa pique désigna plusieurs points de la cour. « Un de ses Fer-nés, ça. Et ça. Et là, tu vois ? son destrier. Le noir, tout criblé de flèches. » Elle se mit à circuler parmi les morts, les sourcils froncés. « Et voilà Lorren le Noir. » On l'avait taillé en pièces et déchiqueté si sauvagement que sa barbe paraissait désormais brun rouge. « En a pris plus d'un dans la mort, lui. » Du bout du pied, elle retourna l'une des victimes. « Y a un écusson. Un bonhomme tout rouge.

— L'écorché de Fort-Terreur », dit-il.

Sur un hurlement, Été prit sa course.

« Le bois sacré. » Ecu et trident au poing, Meera s'élança aux trousses du loup-garou. Les autres la suivirent en se frayant cahin-caha passage à travers les monceaux de pierre et les nuages de fumée. On respirait un air moins âcre sous les arbres. Quelques pins étaient bien roussis, le long de la lisière, mais le sol humide et la luxuriance de la verdure avaient, au-delà, triomphé des flammes. « Le bois vivant possède des pouvoirs, dit Jojen, comme s'il devinait la pensée de Bran, des pouvoirs aussi puissants que ceux du feu. »

L'herbe foulée, maculée de sang, trahissait assez qu'un homme avait rampé vers l'étang. Au bord des eaux noires, en effet, du côté qu'abritait l'arbre-cœur, gisait dans l'humus, à plat ventre, mestre Luwin. Mort, déduisit Bran des façons d'Été qui, penché sur lui, le flairait posément, mais lorsque Meera lui palpa la gorge, le vieillard émit un gémissement. « Hodor ? pleurnicha Hodor, hodor ? »

Tout doucement, ils étendirent Luwin sur le dos. Gris d'yeux, gris de poil, il portait ses éternelles robes grises, mais le sang qui les détrempait y avait élargi de noires auréoles. « Bran », murmura-t-il dans un souffle en l'apercevant juché sur le dos d'Hodor. « Et Rickon aussi. » Il eut un sourire. « Bénie soit la bonté des dieux. Je savais...

— Savais ? s'ébahit Bran.

— Les jambes m'ont suffi... Les vêtements correspondaient bien, mais les muscles des jambes... Pauvre gosse... » Un accès de toux le prit, qui lui barbouilla la bouche d'écarlate. « Dans les bois, vous... avez disparu... comment ?

— Nous n'y sommes jamais allés, dit Bran. Enfin, pas plus loin que l'orée, puis nous avons rebroussé chemin. J'ai chargé les loups de tracer la piste, et nous nous sommes réfugiés dans la tombe de Père.

— Les cryptes », gloussa Luwin, les lèvres ourlées d'écume rose. Il voulut bouger, grimaça un hoquet de douleur.

Les yeux de Bran s'emplirent de larmes. Quand quelqu'un se blessait, c'est chez le mestre que vous l'emmeniez, mais que faire quand c'était le mestre, le blessé ?

« Va falloir faire un brancard pour le transporter, dit Osha.

— Pas la peine, fit Luwin. Je vais mourir, femme.

— Vous ne *pouvez* pas ! s'insurgea Rickon, non, vous ne pouvez pas ! » À son côté, Broussaille dénuda ses crocs en grondant.

Le mestre sourit. « Chut, enfant, chut, je suis beaucoup plus vieux que toi. Je peux... mourir à ma guise.

— Hodor, baisse-toi », commanda Bran. Le colosse s'agenouilla docilement près du mestre.

« Écoute, reprit ce dernier à l'adresse d'Osha. Les princes..., héritiers de Robb. Pas... pas ensemble..., tu entends ? »

Appuyée sur sa pique, la sauvageonne s'inclina. « Mouais, séparés. Plus sûr. Mais où les emmener ? Je m'étais dit, ces Cerwyn, peut-être... »

Bien que le moindre geste le martyrisât, manifestement, mestre Luwin secoua la tête. « Mort, le petit Cerwyn. Et ser Rodrik, Leobald Tallhart, lady Corbois..., morts, tous. Tombés, Motte et Moat Cailin, Quart Torrhen sous peu. Fer-nés du côté des Roches. Et, à l'est, le bâtard Bolton.

— Alors où ? insista Osha.

— Blancport... les Omble... je ne sais... guerre partout... chacun contre son voisin, et l'hiver qui vient..., tant,

tant de bestialité, de bestialité frénétique et noire... »
Dans un élan désespéré, il agrippa l'avant-bras de Bran,
l'étreignit avec véhémence. « Fort te faut être, à présent.
Fort.

— Je le serai », promit Bran. Une promesse dure à
tenir, désormais qu'il n'aurait plus ser Rodrik ni Luwin
ni... *Personne, personne...*

« Bien, approuva le mestre. Brave gars. Digne... digne
de ton père, Bran. Et maintenant, *pars.* »

Osha leva furtivement les yeux vers les frondaisons du
barral puis, considérant le tronc pâle et la face rouge :
« Comme ça ? En vous abandonnant aux dieux ? »

— Je voudrais... » Il fit un effort pour déglutir. « ... un...
boire un peu d'eau, et te prier... Une autre faveur. S'il te
plaît...

— Mouais. » Elle se tourna vers Meera. « Emmenez les
petits. »

Jojen et sa sœur encadrèrent Rickon, et Hodor les suivit entre les arbres vers la sortie. Si, pas après pas, les
branches basses fustigeaient le visage de Bran, leurs
feuilles épongeaient ses pleurs. Osha ne tarda guère à
reparaître dans la cour mais ne souffla mot de mestre
Luwin. « Hodor reste avec Bran pour lui tenir lieu de
jambes, déclara-t-elle d'un air presque guilleret. Moi,
j'emmène Rickon.

— Nous accompagnons Bran, décida Jojen.

— M'y attendais, mouais. Crois que j'essaierai la porte
de l'Est et prendrai la route royale un bout.

— Nous emprunterons la porte du Veneur, annonça
Meera.

— Hodor ! » fit Hodor.

Ils s'arrêtèrent d'abord aux cuisines, et la sauvageonne
y dénicha quelques miches de pain passablement brûlées mais encore mangeables, et même une volaille rôtie
qu'elle partagea équitablement. Meera parvint quant à
elle à exhumer une jatte de miel et un gros sac de pommes. Les adieux se firent dehors. Comme Rickon sanglo-
tait en se cramponnant à la jambe d'Hodor, Osha finit
par lui botter le train avec la hampe de sa pique, et il la
suivit presque instantanément, Broussaille dans son sil-

lage. La dernière image qu'emporta Bran de leur départ fut la disparition de la queue du loup derrière la tour foudroyée.

À la porte du Veneur, la fournaise avait tellement déformé la herse de fer qu'à peine parvinrent-ils à la relever d'un pied. Il leur fallut ramper sous ses piques, un par un.

« Irons-nous chez votre seigneur père ? demanda Bran, pendant qu'on traversait le pont-levis jeté sur la douve entre les enceintes. À Griseaux ? »

Meera consulta son frère d'un coup d'œil. « Notre chemin va vers le nord », indiqua-t-il.

Au moment de pénétrer dans le Bois-aux-Loups, Bran se retourna pour avoir, du haut de sa hotte, un dernier aperçu du château qui avait jusqu'alors incarné sa vie. Des bouchons de fumée s'élevaient encore vers le gris du ciel, mais pas plus que n'en auraient, par un banal après-midi frisquet d'automne, exhalé les cheminées de Winterfell. Des traces de suie maculaient telle ou telle archère, et de loin en loin se distinguaient dans le mur extérieur une crevasse, une vague lacune, mais la distance les réduisait à des dommages insignifiants. Au-delà, le faîte des donjons, des tours conservait son aspect séculaire, et bien fin qui se fût douté là-devant que le saccage et l'incendie avaient ravagé la forteresse de fond en comble. *La pierre est forte*, se dit Bran, *les racines des arbres plongent fort avant dans le sol, et là-dessous trônent, impassibles, les rois de l'Hiver*. Aussi longtemps qu'ils y demeureraient demeurerait de même Winterfell. Winterfell n'était pas mort, il n'était que rompu. *Comme moi*, songea Bran. *Moi non plus, je ne suis pas mort*.

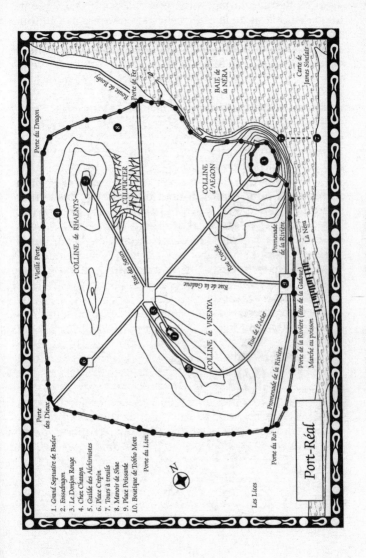

Port-Réal

1. Grand Septuaire de Baelor
2. Fossedragon
3. Le Donjon Rouge
4. Chez Chataya
5. Guilde des Alchimistes
6. Place Crépin
7. Tours à truilfs
8. Manoir de Shae
9. Place Poissarde
10. Boutique de Tobho Mott

Porte des Dieux
Vieille Porte
Porte du Dragon
COLLINE de RHAENYS
CULPUCIER
Route de Rosby
Porte de Fer
BAIE de la NÉRA
Carte de
James Sinclair
COLLINE
d'AEGON
La Néra
Promenade
de la Rivière
Rue Crépie
Rue des Sœurs
Rue de la Gadoue
COLLINE de VISENYA
Rue de l'Acier
Promenade de la Rivière
Porte de la Rivière (dite de la Gadoue)
Marché au poisson
Porte du Roi
Porte du Lion
Les Lices
N

Le Nord

La Grève Glacée
La Forêt Hantée
Les Crocgivre
LE MUR
Baie des Glaces
Tour Ombreuse
Château-noir
Fort Levant
Baie des Phoques
Skagos
Île-aux-Ours
Presqu'île de Merdragon
Motte-la-Forêt
Ultime
Karhold
Bois-aux-Loups
Fort-Terreur
Winterfell
N
Les Roches
Quart-Torrhen
Route Royale
Blanchedague
LES TERTRES
Les Rus
Blancport
La Veuve
Fjord de Piquesel
Moat Cailin
Baie d'Enfer
Pouce-Flint
Le Neck
La Morsure
Cap Kraken
Falaises de Flint
Griseaux
Les Trois Sœurs
Les Quatre Doigts
Îles de Fer
Vieux Wick
Les Jumeaux
Grand Wick
Cap des Aigles
Salvemer
Les Eyrié
VAL D'ARRYN
Baie du Fer-né
Verfurque
La Porte Sanglante
Carte par James Sinclair
Bleufurque
Vivesaigues
Ruffurque

6335

Composition PCA à Rezé
Achevé d'imprimer en France (La Flèche)
par Brodard et Taupin le 8 septembre 2006. 37212
Dépôt légal septembre 2006. ISBN 2-290-31995-3
1er dépôt légal dans la collection : juillet 2002

Éditions J'ai lu
87, quai Panhard-et-Levassor, 75013 Paris
Diffusion France et étranger : Flammarion